D1625290

Traduction : Daniel Lauzon
Design de la couverture : Antoine Cloutier-Bélisle
Photos en couverture : *Portrait of woman in profile*, ©Everett Collection,
    Shutterstock ; *The summit pyramid of Mount Everest, in the Nepal Himalaya*,
    © Martin Gillespie, Shutterstock.
En quatrième de couverture : © J. B. Noel / Royal Geographical Society.
    De gauche à droite, à l'arrière-plan : Andrew Irvine, George Mallory, Edward Norton,
    Noel Odell et John Macdonald. Au premier plan : Edward Shebbeare, Geoffrey Bruce,
    Howard Somervell et Bentley Beetham

Catalogage avant publication de Bibliothèque et Archives nationales du Québec
et de Bibliothèque et Archives Canada
Rideout, Tanis
    [Above all things. Français]
    Par-dessous tout
    Traduction de : Above all things.
    ISBN 978-2-89649-505-4
    1. Mallory, George, 1886-1924 - Romans, nouvelles, etc. 2. Mallory, Ruth, 1892-1942
- Romans, nouvelles, etc. 3. Mount Everest Expedition (1924) - Romans, nouvelles, etc.
I. Lauzon, Daniel, 1980- . II. Titre. III. Titre : Above all things. Français.
PS8635.I364A6714 2014   C813'.6   C2014-940658-4
PS9635.I364A6714 2014

VLB ÉDITEUR
Groupe Ville-Marie Littérature inc.*
Une société de Québecor Média
1010, rue de La Gauchetière Est
Montréal (Québec) H2L 2N5
Tél. : 514 523-7993, poste 4201
Téléc. : 514 282-7530
Courriel : vml@groupevml.com
Vice-président à l'édition : Martin Balthazar

DISTRIBUTEUR :
Les Messageries ADP inc.*
2315, rue de la Province
Longueuil (Québec) J4G 1G4
Tél. : 450 640-1234
Téléc. : 450 674-6237
* filiale du Groupe Sogides inc.,
  filiale de Québecor Média inc.

VLB éditeur bénéficie du soutien de la Société de développement des entreprises
culturelles du Québec (SODEC) pour son programme d'édition.
Gouvernement du Québec – Programme de crédit d'impôt pour l'édition
de livres – Gestion SODEC.
Nous reconnaissons l'aide financière du gouvernement du Canada par l'entremise
du Fonds du livre du Canada pour nos activités d'édition.
Nous remercions le Conseil des arts du Canada de l'aide accordée à notre
programme de publication.

Dépôt légal : 2ᵉ trimestre 2014
© Tanis Rideout et VLB éditeur
Édition originale : *Above All Things*, McClelland & Stewart, une division de
    Random House of Canada Limited, 2012
www.editionsvlb.com

Imprimé au Canada

Tanis Rideout

PAR-DESSUS TOUT

Traduit de l'anglais (Canada)
par Daniel Lauzon

vlb éditeur
Une société de Québecor Média

Pour Simon,
qui sait qu'il y aura toujours des montagnes.

J'ai connu des joies trop grandes pour pouvoir les décrire en mots, et des chagrins sur lesquels je n'ai pas osé m'appesantir ; c'est pourquoi je dis : Grimpez, si vous le voulez, mais souvenez-vous que le courage et la force ne sont rien sans la prudence, et qu'un moment de négligence peut détruire le bonheur de toute une vie. Ne faites rien à la hâte, surveillez bien chacun de vos pas, et dès le début, songez à ce que pourrait être la fin.

EDWARD WHYMPER

Je regardai en haut et je vis ses épaules,
Déjà revêtues des rayons de la planète
Qui guide l'homme dans tous les sentiers.
Alors s'apaisa un peu ma peur.

L'ENFER, CHANT IER

1920

«Raconte-moi l'histoire de l'Everest, dit-elle, son visage traversé d'un grand sourire qui lui donnait des yeux rieurs. Parle-moi de cette montagne qui t'arrache à moi.»

George et Ruth étaient assis sur le plancher du salon, éméchés et folâtres, pendant que le dîner refroidissait sur la table dans la pièce voisine. Ruth se tenait devant lui les jambes croisées, sa jupe grise tendue sur ses genoux. Elle ramassa l'épaisse feuille de papier ivoire et relut l'invitation de l'Everest Committee, nouvellement formé. «Mon mari, l'explorateur mondialement connu.» Ruth leva son verre de vin, et il tendit le sien. Le cristal résonna dans la lumière tamisée de la pièce. Ruth débordait de joie.

«J'aime bien cette idée», dit George; et il se plut à imaginer ce que ce serait si les gens se mettaient à penser à lui, à parler de lui. Aux perspectives d'avenir qu'ouvrirait son succès sur l'Everest. «Je pourrais quitter l'enseignement, peut-être même écrire à temps plein. Nous pourrions voyager, dit-il. Partir à l'aventure, juste toi et moi.»

Ruth lui rendit l'invitation, se releva tant bien que mal et prit une autre gorgée de vin. Il parcourut la lettre de nouveau – *espérons que vous prendrez part à la reconnaissance de l'Everest, la conquête du dernier pôle, pour le roi et pour la patrie* – tandis qu'elle se dirigeait vers la bibliothèque. Pieds nus, elle se dressa sur ses orteils, saisit l'atlas sur la tablette du haut et revint vers lui à pas feutrés. «Montre-moi», dit-elle, s'asseyant cette fois à ses côtés. Ses cheveux épinglés s'étaient défaits, auréolant son visage dans la faible lumière. Elle les chassa de son front d'un geste de la main.

Il prit l'atlas, le *Times Atlas of the World,* et l'ouvrit par terre, sur le tapis turc aux entrelacs d'azur et d'eau, de glace et de neige. Quand il eut trouvé la bonne carte, George prit la main de Ruth et encercla l'Europe de son doigt à elle, puis traça le parcours d'un bateau longeant les côtes françaises, contournant les péninsules et les îles étroites et les ruines des Grecs. À travers le canal qui coupait le désert en deux, menant à l'Arabie de Lawrence. Leurs mains esquissaient de folles aventures, voguant sur toutes longitudes et latitudes, au-delà de ces lieux *où se trouvent des monstres* et du dos sinueux de serpents de mer décorant le bleu de l'océan Indien, jusqu'au port de Bombay. George parcourut les plaines de l'Inde, traversant bazars et villages, pays de théiers et de vaches hindoues, pour atteindre l'échine courbée de l'Himalaya, ses contreforts et ses plateaux.

«Il n'y a rien!» s'écria Ruth quand leurs mains parvinrent à l'endroit où devait se trouver la montagne ; on n'y voyait qu'une série de noms – aucun relief, aucune crête ni indication d'altitude. Seulement des mots au milieu d'un espace vide qui n'attendait que lui pour être revendiqué.

«Personne ne l'a encore cartographiée. C'est ce que nous allons faire, Ruth : la reconnaître, lui donner une forme.» Ses doigts caressèrent la carte, comme s'il pouvait explorer la chaîne en frôlant les pages, sentir l'aspérité des cimes. «Ce sont les plus hautes montagnes de la Terre.» Sa voix trahissait une admiration stupéfaite qu'il aurait voulu qu'elle partage. Il récita les noms en effleurant le papier avant de délaisser la carte pour explorer sa peau, sous les plis de sa jupe. «D'ouest en est, imagine-les : Cho Oyu, Gyachungkang, Everest, Makalu, Kangchenjunga.» C'étaient comme des épices sur sa langue, celle de Ruth, un chatouillement.

Dans un nuage de lavande et de clou de girofle, remède au mal de dents dont elle s'était plainte un peu plus tôt, Ruth se blottit contre lui, promit de lui faire des *curries.* «Tu devras tout me raconter. Chaque détail, pour que ce soit presque comme si j'étais avec toi.» Un fil pendait à l'encolure de sa robe, dessinant une ligne sur sa gorge blanche.

«Tu seras avec moi, dit-il. À chaque pas.

— Everest… fit-elle. Le nom paraît étranger.»

Il prit de nouveau ses mains dans les siennes et parcourut les lignes de chaque paume, comme autant d'horizons. «On lui a donné le nom de George Everest. C'était le topographe en chef des Indes, mais il est mort avant d'avoir vu la montagne qui a reçu son nom. Du paludisme, devenu aveugle, paralysé, avec de grands accès de démence. C'était un tyran, apparemment; ses hommes en devenaient fous. Il ambitionnait de mettre de l'ordre dans le monde avec ses cartes. Il a commencé au bas de la péninsule et a topographié toute la superficie de l'Inde.»

Il chuchota des mots comme *trigonométrique* et *triangulation* contre son cou, près des pulsations sous son oreille. Du revers de ses doigts, il effleura la longue déclivité de sa gorge, parcourut l'arête de sa clavicule disparaissant sous son chemisier.

«Ils ont mesuré l'Everest tout au bout de l'horizon.» Il traça la courbure de la terre sur son ventre concave. L'allongea sur le tapis bleu, la mit au jour.

«Ils se sont glissés de colline en colline, construisant des tours et mesurant l'angle des cimes à l'horizon. Une fraction de degré pouvait tout changer.» Il s'étendit sur elle, souleva ses hanches et la tira contre lui.

Les pages de l'atlas se déchiraient sous son corps, le papier collait à sa peau moite.

Après quelques minutes, Ruth se tourna sur le côté, enroula son corps autour du sien et fit reposer sa tête sous son menton. Elle sentait sa propre odeur sur lui.

«Trois difficultés se sont présentées pour les mesures. Des corrections à faire, toutes mathématiques. La courbure de la Terre, la réfraction de la lumière dans l'air raréfié, et les températures plus froides. Et le poids de la montagne.»

L'air était plus frais, à présent, sur sa peau nue. Au bout d'un moment, Ruth se mit à frissonner malgré la sueur qui perlait encore sur elle. Elle se redressa, se recroquevilla face à lui, les genoux contre sa poitrine. Elle n'arrivait pas à croire combien elle était heureuse, fière, que George ait été choisi. Son odeur masculine flottait sur sa peau. « Le poids de la montagne ? » demanda-t-elle.

La lumière déclinait dans la pièce, enveloppant leurs deux silhouettes dans un bleu crépusculaire. George se leva, gagna la fenêtre à grands pas et fixa les tours de Charterhouse pendant que Ruth se blottissait sous le veston qu'il avait jeté par terre. Il ferma bien la fenêtre, puis revint et s'agenouilla face à elle. Il tira sur les revers de l'habit afin qu'il épouse mieux les épaules de Ruth.

« Elle est si énorme qu'elle joue sur la gravité autour d'elle. Ils l'ont mesurée à l'aide de théodolites, mais l'attraction de la montagne a faussé les calculs. Peux-tu imaginer quelque chose d'aussi puissant, Ruth ? Cette montagne a une présence. Everest le savait quand il a entrepris de la mesurer ; et il ne s'en est même pas approché, ne l'a même jamais vue. » Fermant les yeux, Ruth s'appuya sur l'épaule de George et se représenta le relief déchiqueté de la montagne.

« Vingt-neuf mille pieds. » Une invocation murmurée. Une prière.

Elle pensa aux lettres qu'il lui enverrait de l'Himalaya, se vit pelotonnée devant la cheminée en train de les lire. Elle songea à son retour à la maison, à son succès. Son visage s'épanouit d'un nouveau sourire qui lui fit mal aux joues. Elle ne pouvait s'en empêcher. Le bonheur qu'elle ressentait pour lui la transportait. Elle refusait de croire que l'idée d'être séparés ne semblait romantique que lorsqu'on était ensemble.

« Comment savent-ils ? demanda-t-elle. Comment peuvent-ils connaître son altitude si personne n'y est jamais allé ? »

George tendit de nouveau la main, et Ruth voulut aller à sa rencontre. Elle lui prendrait la main, l'inviterait à se lever, le conduirait dans l'escalier jusqu'à leur chambre. Mais il ne fit que la frôler et posa son doigt sur l'espace vide de la carte qui attendait.

Encore un petit instant, pensa-t-elle. Elle lui laisserait le temps de songer à la montagne, à l'avenir. « Comment savent-ils ? demanda-t-elle à nouveau. Ce n'est peut-être même pas la plus haute.

— Il faut que ce soit elle, dit-il, laissant ses doigts errer sur le papier. Il le faut. »

LE VOYAGE EN ORIENT

NIVEAU DE LA MER

1924

1 se rappelait encore la première fois qu'il l'avait vue. Même alors, il avait ressenti son attraction.

En 1921, les membres de l'expédition avaient tout prévu, savaient environ à quel moment ils l'apercevraient pour la première fois. Mais lorsqu'ils étaient parvenus au col himalayen qui devait leur offrir cette vue, ils n'avaient trouvé que des bancs de nuages, transpercés par les crêtes les plus rapprochées. Ils avaient néanmoins établi leur campement et, tout au long de l'après-midi jusque dans la soirée, la montagne s'était lentement dévoilée. C'est alors qu'ils la virent, se défaisant de ses lambeaux de nuages et de lumière.

«Là-bas!» s'écria l'un d'entre eux quand le sommet apparut enfin, un croc immense dressé dans l'étendue du ciel. Elle dominait de la tête et des épaules toutes les autres cimes.

Ils passèrent la nuit au sommet du col et la virent réapparaître au matin, observant la lumière et les vapeurs jouer sur ses parois, la manière dont elle se drapait à nouveau de nuages dans l'après-midi. Ils étaient déjà plus près du but qu'aucun autre homme ne l'avait été.

La première fois, se disait George, le succès avait été assuré avant même son départ.

Un an plus tard, lorsqu'il était revenu en Angleterre au terme de sa deuxième expédition vers l'Everest, il lui avait été impossible de prétendre avoir réussi. Le *Times* le rendait déjà responsable de la catastrophe qui avait mis fin abruptement à la tentative de 1922. C'était injuste ; mais son nom était devenu synonyme de l'Everest, pour le meilleur ou pour le pire.

Lorsque, à son retour, il rencontra Ruth à Paris, il était certain de ne plus jamais revoir cette montagne. Dans la chambre d'hôtel, il avait juré à sa femme qu'il n'y retournerait plus : « J'en ai fini avec elle, c'est promis. Je n'ai plus besoin d'elle. J'ai besoin d'être avec toi. » Il y croyait, à l'époque. Il continua d'y croire l'année suivante, même après qu'Arthur Hinks, président de l'Everest Committee, lui eut offert d'y retourner une troisième fois, en 1924, alors même que d'autres noms circulaient et qu'une équipe s'organisait sans lui.

Il avait tenté de la chasser de son esprit, en vain : c'était la première chose à laquelle il pensait en se levant, et la dernière avant de s'endormir. Elle le narguait quand il lisait les articles de journaux où il était question des membres de la dernière expédition qui prendraient part à la nouvelle – *le colonel Edward (Teddy) Norton, le docteur Howard Somervell* ; quand il songeait qu'ils pourraient gravir sa montagne.

Puis, un jour, Ruth lui avait dit : « Tu envisages d'y retourner. » Ce n'était pas une question. Ses yeux s'étaient posés derrière lui, sur la fenêtre battue par la pluie. Il pouvait entendre l'eau fouetter la vitre et ruisseler dans les gouttières. Il aurait dû nier ; il aurait dû ne rien dire, mais il était trop tard.

« Peut-être devrions-nous au moins y réfléchir. Ils auront besoin de mon expérience. Personne n'est allé là-bas aussi souvent que moi. S'ils réussissent et que je ne suis pas là… Te souviens-tu de nos grands rêves, quand j'ai été approché pour la première fois ?

— Teddy a déjà foulé l'Everest, répliqua Ruth. Et le docteur Somervell aussi. Tu n'y as passé qu'une seule saison de plus qu'eux, George. Tu n'as pas à t'occuper de ces gens. Tu as des responsabilités ici. Tu as ce nouveau poste d'enseignant à Cambridge. Et je ne crois pas que les enfants pourront supporter de te voir partir encore une fois.»

Il tenta d'exorciser le souvenir de John qui s'était éloigné de lui, à son retour en 1922. Mais John n'était qu'un bébé à ce moment-là. Depuis, il avait passé du temps avec son père, le connaissait. Cette fois, ce serait différent.

«Tu disais que tu en avais fini avec elle. Tu me l'avais promis.» Sa voix s'était durcie. Elle prit une grande inspiration. «Je te connais, George. Tu veux seulement que je te donne la permission de partir.

— Non», commença-t-il; mais elle avait raison. Il le savait et elle aussi.

Ruth avait fini par admettre qu'ils feraient mieux d'y réfléchir, et il lui promit qu'ils prendraient la décision ensemble. Mais quand l'invitation finale de Hinks lui parvint, George accepta sans la consulter. Il n'avait pu s'en empêcher. Dans les jours qui suivirent, il avait attendu le moment opportun pour le lui avouer.

Il était rentré d'une réunion au collège, déterminé à tout lui dire. Elle se trouvait dans la salle à manger, silhouette parfaite dans la pénombre du soir, ses traits nettement découpés devant le crépuscule qui filtrait à travers la fenêtre. Entrant dans la pièce, il voulut l'embrasser, la soulever, mais quelque chose chez elle, son immobilité, le contour douloureux de sa bouche, le retint.

«Je savais que tu ne laisserais jamais personne d'autre la conquérir», dit-elle sans même le regarder. Son profil à contre-jour était un camée qu'il aurait voulu emporter avec lui. «Dès que le comité a décidé qu'une nouvelle expédition aurait lieu, j'ai su que tu irais, malgré toutes les protestations, toutes les promesses. Tu n'avais qu'à me le dire.»

Elle avait raison. Il n'avait jamais souhaité qu'elle l'apprenne de cette façon. Le télégramme posé sur la table devant elle luisait sur le bois sombre. George devinait ce qu'il disait : *Content de vous avoir de nouveau à bord.* Fichu Hinks.

« Je suis désolé, Ruth, dit-il. Mais il faut que j'y aille. Il le faut. C'est ma montagne. Il faut que tu comprennes. » Elle secoua la tête, comme si elle ne pouvait pas, ne voulait pas comprendre. « Ce sera la dernière fois. Ça ne peut pas être autrement.

— Je t'ai déjà entendu dire cela, George. Et je t'ai cru. Cette fois, je ne suis pas sûre d'en être capable.

— Ruth…

— Non. » Elle se leva dans un souffle d'air qui envoya flotter le télégramme jusqu'au sol. Quand George leva les yeux de l'endroit où la feuille était tombée, il vit le regard de sa femme fixé sur lui, ses yeux voilés par la faible lumière. Ses mains papillonnaient près de sa bouche, de sa gorge. « Il faudra que tu trouves le moyen d'en parler aux enfants. Clare sera tellement déçue », laissa-t-elle tomber en le contournant, se dirigeant vers la porte. *Déçue.* Ce mot le pinça au cœur. Il savait que c'était ce qu'elle ressentait par-dessus tout. Déception, trahison. Il grimaça, tenta de bannir ce mot de son esprit.

« Quand est-ce que tu pars ? » dit-elle, debout dans l'embrasure, lui faisant dos.

« Ruth, tu verras. Tout se passera bien. Cette fois, je réussirai, et plus jamais je ne devrai partir.

— Quand est-ce que tu pars ? » demanda-t-elle à nouveau.

Les mois suivants avaient été difficiles. Ruth s'était montrée silencieuse, renfermée, offrant toujours un soutien poli. Il n'était pas encore parti qu'elle lui manquait déjà.

La veille de son départ, ils avaient fait l'amour dans une chambre d'hôtel anonyme, et elle s'était accrochée à lui, désespérément, comme le vent sur la montagne, se cabrant sur lui jusqu'à ce qu'il eût le souffle coupé, complètement vidé. Ils étaient tous deux différents lorsqu'il partait ; la séparation imminente les transformait, les rendait plus hardis.

Le lendemain matin, à bord du *RMS California,* elle lui avait donné un baiser d'adieu, hochant la tête énergiquement, puis elle était redescendue le long de la passerelle, se déhanchant sous sa longue jupe. Mon Dieu. Comment pouvait-elle ne pas le croire quand il lui disait qu'elle était belle ? Elle secouait la tête et se couvrait la bouche de ses mains – d'autant plus belle qu'elle s'entêtait à le nier. Des larmes brûlantes piquaient les yeux de George ; une douleur sourde lui serrait la gorge. Il déglutit et la regarda partir. Il calcula mentalement. Il s'écoulerait six mois, peut-être plus, avant qu'il la revoie.

Cela faisait déjà plusieurs semaines. Debout sur le pont du *California,* George jeta un regard en arrière sur les eaux de l'océan Indien, vers l'horizon disparu, là où le soleil s'était couché une heure auparavant. Il n'y avait aucun moyen de ramener l'harmonie dans leur couple, hormis ce qu'il promettait à Ruth depuis des années : réussir et laisser l'Everest derrière lui une fois pour toutes. Il avait essayé de lui réexpliquer, dans la lettre qu'il avait commencée plus tôt, les raisons précises qui l'obligeaient à partir, qui n'avaient rien à voir avec son amour pour elle ; mais il n'avait pas pu trouver les mots qu'il fallait. *Ma très chère Ruth, je sais que c'est difficile pour toi, mais il faut que tu saches combien tu es importante à mes yeux, et combien le fait de savoir que tu es là, à attendre ma réussite et mon retour, me pousse toujours à avancer ; de sorte que chaque jour où je m'éloigne est aussi un jour de moins avant mon retour auprès de toi.*

Le navire roulait légèrement sous lui, soulevant un chœur de grincements et de bruits métalliques parmi les chaînes et les embarcations de sauvetage qui se trouvaient à proximité. Faisant fi du vacarme, il plongea la main dans son smoking et en sortit son journal. Dans l'obscurité grandissante, les dates inscrites en gras au haut de chaque page étaient à peine visibles. Il se pencha un peu plus au-dessus de la balustrade, profitant des reflets lumineux à la surface de l'eau pour mieux s'éclairer, et fit le décompte des jours. Encore deux nuits sur le navire. Puis, le sous-continent indien – sa chaleur cuisante, son exotisme fiévreux et chaotique – entrevu avant qu'ils ne disparaissent de la carte. Il voulait que cette chaleur consume le sel, l'odeur de poisson et d'algues qui emplissaient ses narines. L'air marin était trop dense, trop lourd. Il collait à lui, lui bloquait les poumons.

« Je vous dérange ? »

George leva les yeux. « Pas du tout », répondit-il tandis que Sandy Irvine s'avançait vers la balustrade et s'installait à ses côtés. George referma son journal, tentant de se rappeler ce qu'il avait écrit au sujet de Sandy dans sa lettre à Ruth. Sans doute quelque remarque à propos de sa solide charpente, de son gabarit imposant. *Ce que nous avons trouvé de plus près du surhomme,* se souvint-il. Il remit le journal dans sa poche, sortit ses cigarettes et en offrit une à Sandy, qui secoua la tête et s'accouda à la balustrade. Derrière eux, la salle à manger était resplendissante de lumière ; les serveurs débarrassaient et plaisantaient ouvertement, maintenant que les convives étaient partis.

« Je ne vous ai pas vu au concours de palets cet après-midi, dit Sandy.

— Ce n'est pas vraiment mon sport.

— J'ai gagné. »

Mais bien sûr, pensa George alors que Sandy lui décrivait le dénouement serré de la partie. Le jeune homme devait avoir une certaine facilité pour les épreuves physiques. Sandy était le plus robuste de toute l'équipe – pas le plus grand, mais il semblait plus fort qu'aucun des autres alpinistes.

« Le comité essaie d'introduire du sang neuf au sein du groupe », avait expliqué Teddy Norton, le chef de l'expédition, quand George s'était interrogé sur le choix du jeune homme, quelques mois auparavant. « Pour faire contrepoids à notre… *expérience,* dirons-nous, avait achevé Teddy en levant un sourcil.

— Ils veulent de la force brute, alors? avait répondu George. Tu sais aussi bien que moi qu'il faut plus que des muscles pour atteindre le sommet. Et il ne m'a pas l'air d'un très bon grimpeur. Il est trop costaud. Ça fait beaucoup de poids à traîner le long d'une pente.

— Tu imaginais quelqu'un comme toi, je suppose », s'était moqué Teddy.

Reste que les meilleurs grimpeurs avaient le même profil que lui. Et Teddy, pensa George. Grands et minces, avec une longue portée.

Sur le pont du *California*, George se redressa et passa la main dans ses cheveux, étirant les muscles de son dos. N'empêche, si le jeune homme pouvait continuer à parfaire ses habiletés, il serait peut-être d'une certaine utilité, une fois en haute altitude.

« T'es-tu exercé à faire les nœuds que je t'ai montrés? demanda-t-il.

— Je les connais déjà, dit Sandy.

— Tu ferais mieux de t'exercer, crois-moi. Quand tes doigts seront gelés et que ton cerveau te lâchera et suffoquera à cause du manque d'air, tu prieras pour que ton corps se souvienne de tout sans effort de ta part. Exerce-toi.

— J'ai déjà fait de l'escalade. Au Spitzberg, avec Odell. Je n'étais pas mauvais. Plutôt bon, en fait. »

Mais bien sûr. « Sandy, ça n'a absolument rien à voir avec tout ce que tu as pu faire jusqu'à présent. Nous pourrions mourir dix fois, que diable, avant même d'être là-bas – le paludisme, les animaux sauvages, une chute du haut d'un escarpement… Ça, c'est sans compter la montagne elle-même. » Il parlait comme s'il était de retour dans sa classe à Charterhouse, devant ses étudiants le dévisageant avec ennui.

Il prit une bouffée d'air et essaya de nouveau. « Il n'y a tout simplement pas moyen de savoir comment tu réagiras. Pas à une telle altitude. Vingt-neuf mille pieds. Même les Camels ne volent pas aussi haut. Et ces pilotes, ils perdraient connaissance sans leur masque à oxygène. Mon frère, Trafford, était pilote. Il adorait voler. Mais il m'a dit qu'il croyait mourir les premières fois qu'il est monté là-haut. À cause du vertige et des nausées. Sur l'Everest, c'est comme ça tout le temps. Comme la pire grippe que t'as jamais eue. C'est comme si une chose horrible se posait sur ta poitrine et t'arrachait les poumons. Tout est douloureux. Tes articulations, tes os, ta peau, même. Et le seul moyen de mettre fin à tout ça, c'est de monter cette maudite montagne.

— Bon.» Le jeune se retourna et le regarda droit dans les yeux. Ceux de Sandy étaient saisissants, d'un bleu plutôt mat. Presque trop clairs, comme un reflet de lumière sur une eau stagnante. «Rappelez-moi donc pourquoi on y va?» Il se pencha vers George et lui donna un coup de poing sur l'épaule, une simple poussée à vrai dire. Puis il sourit et son visage s'épanouit au même moment, et ses yeux n'étaient plus mats: ils devinrent plus profonds, changèrent de couleur. «Je blague, dit-il. Je ne voudrais pas être ailleurs.» Il se tourna de nouveau vers le vaste océan qui glissait sous leurs pieds.

Derrière eux, à travers la fenêtre ouverte donnant sur le salon du capitaine, George percevait le tintement des verres, les rires et les bavardages de leurs coéquipiers: le chef de l'expédition, Edward «Teddy» Norton, ainsi que le médecin de l'équipe, Howard Somervell, et le naturaliste Noel Odell. Ces trois hommes, en plus de George et de Sandy, prendraient part à l'escalade. Deux autres les attendaient à Bombay: Shebbeare et Hazard, des soldats affectés aux régiments locaux des Gurkhas. Ils connaissaient les langues et les coutumes tibétaines (plus encore que Teddy) et leur serviraient de traducteurs et de guides.

De temps à autre, l'appareil photo de John Noel détonait, jetait des éclairs sur le pont, ponctuant le lointain murmure des conversations. George ne pouvait en saisir un seul mot, mais il devinait très bien ce qui se disait. Déjà, ces discussions, toujours les mêmes, le fatiguaient : les provisions, l'oxygène, la stratégie. Et le verbiage de Teddy. La condescendance de Somervell. Odell qui savait toujours ce qui valait mieux pour tout le monde.

« Regardez ça », dit Sandy, pointant l'eau noire qui bouillonnait dans le sillage du paquebot. Une lueur verte venait d'apparaître sous la surface des eaux traversées par le *California*.

« Ce sont des algues, dit George, observant la traînée phosphorescente à la poupe du navire.

— Incroyable. » La voix de Sandy, réduite à un murmure, se fondit dans le sourd vrombissement des moteurs, loin sous la coque. « Odell m'a parlé de cette lueur verte, une fois, en route vers le Spitzberg. Nous sortions sur le pont chaque soir, mais je n'ai jamais rien vu. C'est si étrange. Ça me rappelle les aurores boréales que nous avions vues en arrivant au Groenland.

— Mmm. » George se pencha sur la balustrade afin de mieux voir. De l'air frais montait de l'océan quatre-vingts pieds plus bas. Il n'avait jamais vu d'aurores boréales, mais cette couleur était trop dense, trop visqueuse pour évoquer un phénomène lumineux. Elle lui rappelait les rubans de gaz des tranchées, dans les entonnoirs du no man's land. Elle se déplaçait de la même façon : une chose suintante qui se lovait et se coagulait, plus épaisse, plus lourde que le milieu dans lequel elle voyageait. Il se rappelait la manière dont le gaz se faufilait vers vous, comme s'il savait où vous vous trouviez. Comme s'il vous traquait. Sa gorge se serra ; il put sentir le caoutchouc des masques à gaz. George se redressa et respira à pleins poumons : l'air salin, le mazout, le tabac qui brûlait dans sa main.

Il secoua la tête afin de chasser ce souvenir et tira sur sa cigarette. Sandy était trop jeune pour vraiment se souvenir de la guerre. « Quel âge m'as-tu dit que tu avais, Sandy ? »

Sandy se raidit à ses côtés. « Vingt et un ans. Je sais ce que vous pensez, mais je me sens prêt. Peut-être que, comme vous dites, c'est différent pour l'Everest, mais au Spitzberg, ce n'était pas facile. Mon Dieu, ce froid. La neige fondait dans nos bottes, dans notre cou, c'était impossible de rester au sec. Mais c'était incroyable… de sentir que ce que je faisais avait de l'importance, que des gens comptaient sur nous. Comme dans ce cas-ci. Vous ne sentez pas la même chose ? Il faut que nous réussissions. Il le faut. Tout le monde compte sur nous. »

On entendit un éclat de rire plus loin sur le pont. Une femme, un rire forcé. Manifestement, son compagnon n'était pas drôle du tout, mais elle tâchait de lui faire croire le contraire. George envoya sa cigarette à la mer d'une pichenette.

« C'est aussi ce que pense ma mère, poursuivit Sandy. Que je suis trop jeune. Elle craint que j'aille me tuer là-bas. "Est-ce qu'on n'a pas perdu suffisamment de nos garçons ?" qu'elle m'a dit. Je lui ai répondu que tout irait bien. Mais avant mon départ, elle a cessé de me parler. Elle m'a pris dans ses bras pour me faire ses adieux, mais elle n'a voulu rien dire. » Sandy s'agrippa à la balustrade, puis se projeta en arrière, comme pour dire au navire de se hâter. Comme s'il pouvait fixer l'issue de l'expédition de l'endroit où il se trouvait. « Mais quand nous aurons réussi, poursuivit Sandy, quand nous aurons escaladé l'Everest, elle comprendra pourquoi il fallait le faire. »

George posa les yeux sur Sandy. Le jeune homme était vraiment convaincu qu'ils ne pouvaient pas échouer.

« Elles finissent par lâcher prise, dit George. Les mères. » Il fourra ses mains dans ses poches. « La mienne ne s'inquiète plus tellement. Elle dit : "Je me demande ce qui te passe par la tête", mais j'aime bien qu'elle se pose des questions. » Son père, en revanche… Il aurait bien échangé le silence de la mère de Sandy contre les jugements tonitruants de son propre père.

Les deux hommes restèrent silencieux tandis qu'un couple passait près d'eux, marchant l'un contre l'autre, devisant à voix basse. Sandy les regarda disparaître et n'ouvrit la bouche que lorsque le son de leur pas se fut évanoui. «Je suppose qu'on s'y habitue avec le temps… au fait d'être si loin?»

Comment répondre à cela? À l'évidence, Sandy cherchait un semblant de réconfort, mais George n'était pas sûr de pouvoir le lui donner. «Non, on ne s'habitue pas, répondit-il enfin. Moi, en tout cas, je ne m'y suis jamais habitué.» Même à présent, il était déchiré. Une partie de lui-même regrettait d'être séparée de Ruth et des enfants. Une autre lui reprochait tout ce sentimentalisme. C'était faire preuve de faiblesse. Reste qu'il goûtait la liberté que l'éloignement lui procurait. Il se sentait un autre homme lorsqu'il était loin de Ruth, loin de la vie quotidienne, et il ne savait jamais vraiment qui il était, qui il voulait être.

Quelque part sur le pont, une porte s'ouvrit et se ferma, laissant filtrer quelques notes de musique. À ses côtés, Sandy se mit à chantonner sur le même air, puis il s'arrêta, comme s'il n'avait eu conscience de rien.

Ruth faisait parfois la même chose, fredonnait des bouts de chansons ou de mélodies qu'elle inventait sans s'en rendre compte. Elle riait lorsqu'il lui en faisait la remarque. «Je ne fredonnais pas, disait-elle. Tu te fais des idées.» Grand Dieu, ce qu'elle pouvait lui manquer.

«N'empêche, je suis content d'être ici, s'empressa d'ajouter Sandy, comme si ses inquiétudes concernant sa famille risquaient de créer un malentendu. Je veux dire, je suis content que vous m'ayez choisi pour l'expédition.

— Ce n'était pas vraiment ma décision», répondit-il, et il sentit un mouvement de recul chez Sandy. Il s'était mal exprimé. «Odell est un brave type. Il a déjà fait ses preuves en montagne et c'est aussi un naturaliste de premier ordre. Il a ramené au moins une douzaine de nouvelles espèces de plantes en sol anglais. Cette fois, il espère trouver des fossiles, apparemment. Ses recommandations doivent forcément être prises au sérieux. Et elles l'ont été, de toute évidence.» Il poursuivit: «Odell cherche à prouver que le mont Everest se trouvait autrefois au fond de l'océan. Voyez-vous cela.» George laissa son regard planer sur les eaux ondoyantes qui glissaient sous le navire, tenta d'en imaginer la profondeur. Aussi profondes que l'Everest pouvait être haut. «Ridicule, à vrai dire.

— Quelle importance ?

— Exactement.

— Tout ce qui compte, c'est qu'elle soit là, cette montagne.» George jeta un regard de côté à Sandy qui, tout sourire, s'amusait de lui retourner ainsi sa célèbre boutade. «C'est bien la première fois que je l'entends, celle-là, dit George.

— Je ne pouvais pas résister.» Sandy leva les yeux vers le ciel nocturne, peuplé d'étranges constellations. L'air du large perlait sur lui, et une fine poussière d'eau saline s'était déposée sur son veston. Sous la lumière du ciel étoilé, Sandy jetait une ombre élégante. Une nouvelle clameur s'éleva derrière eux, suivie d'un rire saccadé. Sans doute celui de Somervell. Sandy se tourna vers les voix. «Si nous les rejoignions ?

— Vas-y, je t'en prie. J'ai quelques lettres à écrire. Du reste, ce sont toujours les mêmes vieilles conversations.

— Comme vous voulez.» Avant de partir, Sandy se pencha de nouveau sur la balustrade. «Parties.» La déception se lisait dans sa voix.

Pendant un instant, George resta sans comprendre, puis il remarqua que l'eau s'était assombrie en l'espace de quelques minutes. Les algues avaient disparu, la traînée verte s'était évaporée ; seul demeurait le bouillonnement noir de l'océan.

«Je vous raconterai ce que vous avez manqué.» Sandy s'arrêta un instant, comme s'il attendait une réponse, avant de se diriger vers le salon.

George s'était rendu compte que Sandy l'observait, le jaugeait. Que voyait-il ? Un vieil homme ? À trente-sept ans, il n'était pas si vieux. Il était fort et en bonne forme. *Un candidat parfait pour l'expédition,* pouvait-on lire dans son rapport médical. Bien sûr, les autres étaient tout aussi capables. Forcément. Il n'avait pas affaire à des empotés. Mais Odell était bien trop chétif. La montagne n'aurait pas grand-chose à lui arracher. Sandy, en revanche… Sandy était plus fort qu'aucun d'entre eux.

George se retourna vers l'océan et contempla les vagues, crête après crête, aussi loin que portait son regard.

* * *

LE PORT DE BOMBAY dépassait toutes ses attentes. George avait tenté de lui décrire le chaos qui y régnait, mais c'était pire que tout ce que Sandy aurait pu imaginer.

Alors que le navire se préparait à accoster, il n'avait dormi que par à-coups, ce qui n'aidait pas. Dans son énervement, sans compter le clapotis de sons qui provenait de la ville, il n'avait cessé de se réveiller. *C'est presque comme un matin de Noël*, avait-il écrit à Marjory au beau milieu de la nuit, éclairé par sa torche électrique. Jusqu'à ce qu'Odell, sur la couchette inférieure, se mette à cogner sous le matelas de Sandy et lui demande en marmonnant s'il allait finir par dormir, oui ou merde.

Il avait accueilli les premières lueurs du jour avec soulagement. Sandy se tenait à présent sur le pont, stupéfait devant l'agitation du port. Après les longues journées en mer, même l'air semblait différent. Il n'était plus lavé par les vents marins, mais dense dans ses narines et dans ses poumons. Il pouvait le goûter : du diesel et de la friture, du poisson pourri et les rebuts fétides du port. Du haut de sa plate-forme, il observa cette cohue tourbillonnante, des hommes vêtus de costumes blancs et de *kurtas*, coiffés de turbans rougeâtres ou de casques coloniaux brun clair. Parmi eux se trouvaient des femmes en saris éclatants – des roses et des verts qu'aucune Anglaise n'aurait portés. Une mer de gens brouillée par la chaleur.

Une tape dans le dos le tira de ses réflexions. «Tu devrais sans doute te rendre utile», lui lança George en s'engouffrant dans le tumulte au bas de la passerelle de débarquement. Il avait raison, mais Sandy ne pouvait s'arracher à ce spectacle. Même s'il devait revenir à Bombay à plusieurs reprises, comme George, il savait qu'il ne la verrait plus jamais comme cette première fois. Devant lui se dressait la grande Porte, et derrière le Taj Mahal Hotel avec ses minarets et ses tourelles. C'est là qu'ils logeraient. Le temps d'une seule nuit. Un dernier luxe à s'offrir, avait dit Odell, avant de s'enfoncer dans la campagne, à travers les provinces, où ils dormiraient dans des tentes et des wagons.

Descendant dans la foule, Sandy aperçut Odell, penché sur une énorme caisse, essuyant la sueur de son front et chassant l'enfant décharné qui l'avait abordé, les mains tendues. Sandy ne pouvait se résoudre à lui demander des consignes. Sans la recommandation d'Odell, il ne se serait pas trouvé ici, c'est vrai; mais il ne voulait pas être associé éternellement au naturaliste. Et il n'avait pas besoin qu'on s'occupe de lui. S'il avait la moindre chance d'atteindre le sommet, ce ne serait pas avec Odell. George ne les coupleraient jamais: ce n'était pas un heureux mariage de force et d'expérience. Au contraire.

Le colonel Norton descendait la passerelle en compagnie du commissaire du bord. *J'aime bien Norton,* avait-il écrit la nuit dernière, dans sa lettre à Marjory. *Teddy, comme ils l'appellent. C'est le chef de l'expédition. Militaire de carrière, il a vécu plus longtemps à l'étranger qu'en Angleterre. On dit qu'il organise des chasses au sanglier vraiment extra, ici, dans les colonies. Mais il a l'air trop civilisé, trop soigné pour quelque chose d'aussi barbare. Norton semble parfaitement calme, contrairement à George (qui est notre chef de cordée). George n'arrête pas de bouger, il gigote sans arrêt, même quand il est assis à son bureau. Il est toujours à tripoter quelque chose. Norton, lui, bouge plus lentement, parle plus lentement. Quand il a quelque chose à dire, il le dit une fois et avec les bons mots.*

Voulant rejoindre Norton, Sandy contourna un groupe d'Indiens de petite taille, mais fut bloqué par une silhouette gracile venue s'interposer entre eux. «Méfie-toi de ceux qui tentent de t'approcher, l'avait averti Norton avant le débarquement. Surtout les enfants. Une main pour mendier, l'autre dans ta poche.» Sandy fourra ses mains dans ses poches et fit un pas de côté, secouant la tête, essayant de se rappeler comment on disait *non* en hindi. Mais la forme continuait de lui bloquer le passage, et lorsqu'il baissa les yeux, il fut surpris d'apercevoir non pas un enfant mais une jeune femme. Elle était étrangement petite, comme une figurine miniature vêtue de blanc, sa tête enveloppée d'un linge. Il se demanda si elle était là pour le distraire, si quelqu'un d'autre n'était pas sur le point de lui faire les poches, mais elle semblait seule. Elle avait une douce odeur, pas celle d'un parfum : il ne pouvait dire ce que c'était. Elle lui fit signe de se baisser, ce qu'il fit, et il la huma profondément. Elle leva le bras et posa un doigt entre les sourcils de Sandy, sans toutefois croiser son regard. Elle regarda plutôt ses lèvres, l'angle de sa mâchoire sous son oreille. Elle joignit ses paumes teintées de jaune et s'inclina.

Il s'inclina à son tour, mais elle restait toute petite à côté de lui. Elle tendit les mains. Il fouilla ses poches en quête d'une pièce, mais il n'avait que de l'argent anglais. Il plaça un shilling dans sa main, et le jaune resta sur ses doigts, comme du pollen. Elle le regarda en souriant et s'inclina de nouveau avant d'aller se planter devant un autre passager qui débarquait, et qui la chassa d'un geste de la main.

Sandy tâta l'endroit où elle l'avait touché du doigt. Incroyable. Tout ça était simplement incroyable.

«Sandy?» Odell, aux prises avec quelques-unes des plus grosses caisses, lui faisait signe. Shebbeare et Hazard se tenaient à ses côtés, très élégants dans leur uniforme kaki. Les deux derniers membres de l'expédition, venus à la rencontre du *California*, étaient montés à bord munis de formulaires douaniers et de contrats, d'informations sur le train qu'ils devaient prendre et l'heure à laquelle ils devaient embarquer. «Tu nous donnes un coup de main?»

Sandy se courba, saisissant une caisse, puis Hazard et lui la hissèrent dans le camion avec un grognement. «On s'en occupe», dit Sandy à Odell, tandis que Shebbeare et lui se penchaient sur la suivante.

«Penses-y un peu, fit Shebbeare en souriant, bientôt on sera en train de trimballer ça sur une montagne.»

Sandy tourna le coin d'une rue, haletant et en sueur, sprintant sur le dernier quart de mille qui le séparait de l'hôtel. Chaque pas ébranlait ses genoux, ses tibias. Ce n'était pas une longue course, mais il tentait d'y mettre tout ce qu'il avait, en dépit de ses points de suture au côté, de son souffle court. «Donne-toi comme si tu ramais ton dernier huit, lui avait dit Somervell. Reviens bien épuisé.»

Malgré ses jambes courbaturées, il se sentait solide, traversant le lobby jusque dans la cour luxuriante où Somervell l'attendait. Et ça faisait du bien de se dépenser, de sentir son corps répondre à l'effort. Les quatre semaines passées sur le paquebot, malgré les visites au gymnase et les courses sur le pont, l'avaient avachi. À présent, cette sensation se dissipait tandis que ses muscles s'embrasaient et reprenaient vie.

Il freina sa course en arrivant devant Somervell, lequel déposa sa pipe et son journal et saisit son stéthoscope. Sandy était plié en deux; son torse se soulevait et la sueur dégouttait sur le plancher de marbre. L'air était rempli de l'odeur de cette femme qui l'avait béni un peu plus tôt, mais maintenant, elle émanait de lui. Il se lécha les lèvres, y goûtant le sel.

«Ce n'était vraiment pas la peine d'en faire autant.» Somervell consulta sa montre tout en appliquant son stéthoscope sur la poitrine de Sandy.

«Vous avez dit. De courir. Comme si. C'était mon. Dernier huit.

— Bon, d'accord, tiens-toi droit. Respire normalement. Il me faut un relevé de base. Niveau de la mer. Faible stress.»

Palpant la suture qui se trouvait sous ses côtes, Sandy se redressa et tenta de reprendre son souffle, de retrouver son pouls normal. Somervell écoutait et comptait. Dans la cour, la plupart des tables étaient inoccupées, à l'exception de quelques hommes qui tenaient de grands verres où tintaient des glaçons. Des fleurs aux couleurs éclatantes débordaient des pots accrochés aux murs, libérant leur parfum crépusculaire. Il n'avait jamais logé dans un endroit aussi somptueux, même avec Marjory, qui aimait pourtant les folles dépenses et se plaisait à lui donner rendez-vous dans de grands hôtels de Londres.

«Profites-en bien, lui avait dit George au moment de signer le registre. Après, c'est la descente aux enfers.

— La montée, vous voulez dire», avait-il répondu, tout sourire. George s'était contenté de hocher la tête.

Son pouls diminuait rapidement. Tant mieux. On l'avait prévenu qu'il devrait se soumettre à ces tests. «Nous voulons étudier les effets de l'altitude sur le corps, avait expliqué Somervell par un après-midi à bord du *California*. Nous allons faire des tests tout au long du voyage, à l'aller comme au retour, observer les changements qui se produisent. Au niveau physique, mental, émotionnel. Tout le monde y passera.»

«Ça m'a l'air très bien, dit Somervell tout en retirant le stéthoscope et en griffonnant quelque chose dans un calepin. Bon rythme au repos et aussi à l'effort. Remarque, le contraire m'aurait surpris. Continue. Mais passons aux choses sérieuses: l'acuité mentale.» Somervell tira une feuille de papier d'une serviette en cuir et la lui tendit. «Tu as trois minutes.» Somervell enclencha son chronomètre, s'assit, puis ramassa son journal et son verre.

Les problèmes n'étaient pas difficiles. Sandy les résolut facilement, sans se laisser déconcentrer par le bruit des glaçons qui tintaient dans le verre de Somervell, ou l'oiseau qui voletait quelque part dans la cour, invisible. «Faudra que vous en trouviez des plus difficiles, Somes, blagua-t-il en rendant la feuille à Somervell.

— Attends d'être là-haut.» Somervell mit la feuille de côté sans regarder les réponses. «Et maintenant? Ce passage de la Bible que je t'ai demandé d'apprendre?»

Sandy le lui récita sans aucune hésitation.

«Bon. Merci, monsieur Irvine.» Somes eut un hochement de tête protocolaire. «Cela met fin à notre première série de tests. Félicitations.

— Et puis? Est-ce que j'ai bien réussi?

— Ça m'en a tout l'air. Bien entendu, je serai mieux fixé quand j'aurai examiné tous ces résultats, mais il n'y a pas de quoi t'inquiéter. En ma qualité de médecin, je dirais que tu es apte au service.

— Eh bien, sans vouloir me vanter, je viens de connaître une bonne saison d'aviron. Et le Spitzberg a été un bon entraînement.

— Je n'en doute pas. Tu es un solide gaillard.

— Mais je me situe où, disons, par rapport à George?

— Ah. Désolé, Sandy. Secret professionnel. Du reste, on se tient quand même en forme, nous les vieux. Mais…»

— Oui?

— Eh bien, ta fréquence cardiaque d'entraînement est la plus basse. C'est bon signe, je crois. Sauf qu'il est pratiquement impossible de savoir comment tel ou tel individu va réagir à l'altitude. La forme physique n'est pas un gage de succès là-haut, il semblerait.» Somervell lui tendit une nouvelle feuille de papier, un autre passage de la Bible. «Apprends celui-ci. Je te réévaluerai quand nous serons à Darjeeling.»

Plus tard, Sandy était assis à son bureau, dans sa chambre, retrouvant l'humidité après un bain froid. Il délaissa un instant sa lettre à Marjory pour contempler la ville. Son odeur pesante, assaisonnée de parfums culinaires étranges et de celui des fleurs nocturnes, le grisait. Une musique montait d'en bas, près des quais, un fracas métallique dont il ne pouvait discerner le rythme. Pendant un instant, il s'imagina que Marjory était avec lui – la vit nue, allongée sur le couvre-lit de lin, les yeux fermés pour laisser place aux autres sensations. Il aurait presque voulu qu'elle vienne, seulement pour la voir étendue là, sa peau repue de soleil, couverte de taches de rousseur, le couvre-lit imprégné de sa sueur.

Elle l'avait rejoint sur le navire allant au Spitzberg, s'était procuré son propre billet, sa propre cabine où il avait l'habitude de se glisser la nuit. « Je veux être là pour te voir partir, lui avait-elle confié au moment où il faisait ses bagages. T'accompagner pour de vrai, pas seulement jusqu'au port. » Elle était si heureuse, si fière de lui. « Tu n'es pas du tout comme mon mari. » Elle était allongée sur lui, ses petits seins durs contre sa peau. « Il ne veut jamais rien essayer. Toi… tu es toujours prêt à tout. » Et elle lui avait lancé ce regard qu'elle avait – la bouche légèrement tordue, le sourcil gauche levé d'un iota. Chez une autre, c'eût été vulgaire, voire ridicule, mais chez elle, c'était charmant. Toujours prêt à tout ? Elle l'était bien plus que lui.

Avec Odell, je retrouve un visage familier. Son rôle dans cette expédition est différent de celui qu'il tenait au Spitzberg. Là-bas, il semblait avoir plus d'influence sur les leaders. Ici, c'est plutôt George et Norton qu'il faut que j'impressionne. En tant que chefs de cordée et d'expédition, ce sont eux qui décideront qui tentera sa chance, qui restera derrière. Ce n'est pas moi qu'ils avaient choisi en premier, c'est évident, mais je veux absolument tenter ma chance. Je sais que j'y arriverais. Je dois seulement faire mes preuves.

Globalement, la mission semble aussi plus ambitieuse. Au Spitzberg, nous étions en reconnaissance ; ici, l'objectif est complètement différent. Conquérir. Norton parle constamment de planification, de calendrier. George note des choses. Mais mes tests sont bons, d'après Somervell. Et je suis prêt. Cette ville, tu n'en croirais pas tes yeux. Un jour, nous viendrons ici ensemble. Toi et moi. Je te montrerai cet endroit.

Le pensait-il ? Il n'en était pas certain, mais les mots étaient déjà écrits. Il n'y avait pas moyen de les enlever, à moins de tout recommencer, et il avait hâte d'en finir, de s'allonger dans le noir pour écouter la ville. Déjà, les sons avaient changé : le gémissement des voitures à moteur s'était quelque peu effacé et un chœur d'insectes et d'oiseaux de nuit s'y était ajouté. Il relut sa dernière phrase, puis leva les yeux vers la fenêtre ouverte. Qu'est-ce que ça pouvait faire ? Elle se sentirait aimée, et c'était tout ce qui comptait.

Au début, cette histoire avec Marjory n'avait été qu'une folie, mais ces derniers temps, elle s'était mise à parler de l'avenir ; alors que lui n'avait jamais vraiment pensé à autre chose qu'à leurs ébats sur l'oreiller. Il n'y songerait plus pour l'instant et réglerait tout cela à son retour. À son retour, tout serait différent.

Demain, nous partons pour Darjeeling, à l'autre bout du pays, presque à une semaine d'ici par le train. J'ai l'impression que tout commence là-bas. J'avais déjà voyagé en mer. Mais là, il y a l'Inde au complet à traverser. J'espère te donner l'occasion d'être fière de moi.

Il ne signa pas *Affectueusement*, mais seulement son nom. Il éteignit la lampe de bureau, et la pièce devint plus sombre que le monde au-dehors. Il observa les petits skiffs dont la lumière scintillait dans le port, puis s'allongea sur son lit, flottant au son de leur lointaine musique résonnant sur l'eau.

DIX JOURS S'ÉTAIENT écoulés depuis leur arrivée à Bombay, et ce matin-là, le jour où ils devaient quitter Darjeeling et remonter vers le nord à travers la chaîne du Mahabharat pour arriver au Tibet, George se réveilla avec la gueule de bois. Voulant apaiser son mal de tête, il décida d'aller affronter la brume matinale pour courir le long de la Teesta, cette large et paisible rivière qui bordait le hameau et ses plantations de thé en terrasses.

Chaque pas provoquait un élancement dans sa tête, et il serrait les dents afin de le combattre. Voilà ce qu'il ressentirait en haute altitude : la même douleur, le même brouillard. La rive boueuse aspirait ses pieds, et ses jambes lui brûlaient lorsqu'il tentait de s'en dégager. Son corps était paresseux et mou, mais il finit par trouver son rythme, gobant l'air pur et humide. Riche, tourbeux.

Le voyage jusqu'ici avait été une lente dérive à travers les saisons – il se rappelait à peine la moiteur oppressante de février à Cambridge, à Londres. Puis ils avaient glissé, le long des côtes françaises, dans l'humidité d'un printemps méditerranéen. À présent, ils quittaient la chaleur estivale de l'Inde et connaîtraient bientôt l'hiver des hauteurs himalayennes. Là, tout serait gris et blanc : des paysages privés de couleur, sauf à la faveur de l'aurore et du couchant. Pour le moment, il se repaissait du vert luxuriant des plantations de thé. Il ne verrait rien des premiers verdoiements du printemps, chez lui. L'été serait déjà bien avancé quand il reviendrait.

Sentant un tiraillement familier dans sa cheville, George allongea sa foulée. Il avait la bouche sèche et pâteuse. Chez lui, à Cambridge, un verre d'eau bien froide l'aurait attendu à la fin de sa course. Ruth le lui laissait sur le perron, et il semblait toujours fraîchement versé, la paroi du verre tapissée de gouttelettes. Que faisait Ruth à ce moment précis ? Il tenta de calculer le décalage horaire. Elle devait être sur le point de se coucher, seule dans le lit conjugal.

Ne le prends pas mal, ma chérie, lui avait-il écrit la veille, avant le dîner, *mais je pense surtout à toi au moment de me mettre au lit. Je suis si habitué de t'avoir à mes côtés que ton absence est un inconfort palpable qui m'empêche de dormir, comme si le sommeil était aussi loin que toi.*

Il fallait qu'il termine cette lettre pour pouvoir la poster avant leur départ de Darjeeling. Les lettres qu'il enverrait doré-navant – de villages reculés comme Kyishong ou Khamba Dzong, voire de l'Everest même – mettraient beaucoup plus de temps à se rendre à destination. *À partir de maintenant, nos lettres voyageront plus lentement. Mais elles viendront, je te le pro-mets. Surveille leur arrivée.* Il voulait aussi lui décrire l'espèce de train miniature qu'ils avaient pris à Rangtong – *un peu comme les attractions sur la jetée de Brighton* – et ses interminables cha-mailleries avec Teddy concernant la planification et l'oxygène. Il lui était presque impossible de se rappeler toutes les choses qu'il avait vues, toutes les réflexions qu'il avait eues et qu'il vou-lait partager avec elle. Ses mots retraçaient son parcours jusqu'aux contreforts himalayens – d'abord sur l'océan, puis à travers le sous-continent indien, ses villes laissant place à des plaines jaunies, à des forêts, puis à des jungles luxuriantes et enfin au vert sombre et dense de ces contreforts.

À leur arrivée à Darjeeling, ils avaient été accueillis par Richards, le consul de l'endroit. Comme il représentait le der-nier bastion de l'Empire avant de quitter la civilisation, il avait insisté pour souligner leur départ en grande pompe. «Je n'ai pas souvent la chance de recevoir les célébrités de l'Empire, avait expliqué Richards. Pas dans cette cambrousse. Je dois sai-sir chaque occasion de flamber de l'oseille. Les habitants s'y attendent. Ils veulent qu'on les impressionne avec du faste anglais.» Aussi, chaque fois qu'ils passaient par Darjeeling, que ce soit pour aller à l'Everest ou en revenir, Richards donnait une réception dans ses jardins anglais parfaitement entretenus. Ils mangeaient et buvaient toujours à l'excès. Le dîner de la veille n'avait pas fait exception.

Ses jambes se réchauffaient, à présent, et la sueur commençait à perler sur son front, le long de son échine. Il pouvait sentir l'alcool s'évaporer de son corps. Il n'aurait pas dû boire autant la veille. Mais il n'était pas le seul. Ils avaient tous un peu abusé.

Au début du repas, Richards s'était tourné vers Teddy, avachi sur sa chaise, en montrant George d'un signe de la main : «George Mallory ! Je ne peux pas croire que tu l'as convaincu de revenir, Teddy. Je ne pensais pas qu'il remettrait les pieds ici.»

Teddy s'était esclaffé. «Ah non ? Eh bien, quant à moi, j'étais certain que George ne laisserait jamais personne d'autre l'escalader. Pour lui, c'est sa montagne. J'ai toujours su qu'il ne nous abandonnerait pas.»

George, haletant, entama son second mille. Le reste de la soirée n'avait pas été aussi bon enfant. Alors que le dîner s'éternisait et que l'alcool se mettait à couler plus librement, les membres de l'expédition étaient devenus plus tapageurs, plus agressifs : les longues semaines de promiscuité à bord du navire et des trains se ressentaient dans leur conversation.

«Sandy, avait lancé un Somervell narquois, tu ne le croiras pas, mais la dernière fois… tu te souviens, Teddy ? La dernière fois, George a mal installé la pellicule dans son appareil. On a perdu… c'était quoi, George, une semaine de photos ? Pauvre Noel. Je pensais qu'il allait te tuer.

— Pas une semaine. Un rouleau de pellicule.» Tous les autres riaient. Le gin lui montait à la tête et pétillait dans son cerveau. Il avait essayé de rire avec eux, en vain. «De toute façon, Noel a pris assez de photos pour contenter tout le monde», avait-il ajouté, jetant un coup d'œil au photographe dont l'appareil était posé sur la table devant lui.

Somervell, ignorant sa remarque, s'était tourné vers Sandy, Hazard et Shebbeare – les trois novices. «C'est pour ça qu'il faut toujours surveiller George. Il perd toujours quelque chose, ou l'oublie. Ses pensées ont une longueur d'avance sur lui. Et sur la montagne, il prend toujours une longueur d'avance sur nous.»

Comme à son habitude, Teddy, aussi imperturbable qu'un manteau de neige, était intervenu pour calmer le jeu avant même que George ait eu le temps de répondre. «Mais c'est un sacré alpiniste.»

Aujourd'hui, ils se départiraient de leurs smokings, s'en dépouilleraient au même titre que des autres raffinements de la société civilisée, pour la randonnée de trois semaines jusqu'au camp de base de l'Everest. Leurs smokings seraient lavés et repassés en attendant leur retour. Avec un peu de chance, ils en auraient besoin pour les célébrations qui ponctueraient le retour en Angleterre. À ce stade, leurs corps amaigris flotteraient dans ces costumes. Mais pour l'instant, ils semblaient tous en pleine santé, ambitieux, solides.

Suivant un long détour de la rivière, George ralentit le pas et contempla les lents remous sur l'eau chargée d'écume, paysage de rêve dans la faible lumière vacillante. Dans sa course vers le sud, la rivière emportait la brume et la fumée qui s'accrochaient à sa surface. Son pouls tambourinait sur ses tempes, la chaleur irradiait de son visage, mais au moins, sa gueule de bois se dissipait enfin. Tant pis pour Somervell – qu'il aille se faire voir, se dit-il en regardant de l'autre côté de la rivière, expulsant l'air de ses poumons.

Sur l'autre rive, des flammes tremblotaient à travers la brume sur des plate-formes surélevées, leur lueur blafarde s'étendant dans les deux directions jusqu'au détour de la rivière, voilé de brouillard. Certaines plate-formes flambaient avec ardeur, d'autres se réduisaient à des cendres chaudes qui se dispersaient dans la faible brise. Des formes blanches planaient au-dessus de quelques-unes des flammes. On aurait dit des esprits. Non, des hommes. La peau blanchie par les cendres. Ils attisaient les feux qui brûlaient encore ou balayaient des tisons dans la rivière. Une lente mélopée, lugubre, funèbre, flottait dans l'air.

Ils incinéraient des corps.

Un reflux bilieux lui monta à la gorge. Il se pencha et vomit le peu que contenait son estomac, puis cracha, et regarda la fumée qui s'élevait, le crépitement des flammes. La chair brûlée, l'encens : une odeur âcre emplissait ses narines. Répugnante, sauvage. Mais c'était un rituel consolateur, aussi, en quelque sorte. Une libération – du corps, de l'esprit – dans la rivière, dans l'air.

Après que son frère, Trafford, fut tombé sous les balles pendant la guerre, leur père avait accompli les rites funéraires en leur église de Mobberley. Son père, célébrant derrière l'autel, entouré des cercueils des trois soldats morts au champ d'honneur, trois aviateurs. Tous vides. George savait ce qu'il advenait des corps à la guerre, avait vu la bouillie sanglante qu'ils formaient en dehors des tranchées, le miroitement blanc des crânes et des ossements au clair de lune quand ils ressurgissaient, sans cesse exhumés par la pluie et les bombardements. On renvoyait rarement les corps au pays. Mais les familles voulaient un cercueil, puisqu'il fallait bien verser des pleurs sur quelque chose. On n'enterrait pas les cercueils vides. Ils étaient réutilisés, se substituaient aux cadavres d'autres hommes, autant de fois qu'il le faudrait.

Son père avait insisté pour prononcer dans une même cérémonie l'oraison des trois soldats tombés au combat.

Tombés. Même ce mot ne rendait pas compte de la brutalité et de l'injustice de leur sort.

George avait protesté : « Trafford mérite d'avoir ses propres funérailles. Ce n'est pas normal. Et c'est injuste pour maman. Elle devrait pouvoir pleurer son fils convenablement.

— Et les autres ne devraient pas ? avait rétorqué son père.

— Ce n'est pas ce que je voulais dire. Bien sûr que si. Mais Trafford…

— Il est mort de la même manière que ces autres garçons. Pour son pays. Tu crois peut-être que notre deuil est plus grand que celui des autres ?

— Non, c'est juste que… »

Son père l'interrompit. « Tu ne te rends pas compte de ce que ça signifie pour les Barker, pour les Clarke ? De voir que nous partageons leur chagrin ? Nous sommes tous logés à la même enseigne, et il s'agit d'un sacrifice commun. Le mien, celui de ta mère, de ta sœur, le tien. » Son père s'assit, ouvrit sa bible posée devant lui. « Ton frère aurait compris cela.

— Mon frère ? Vous n'osez même pas dire son nom. Vous en êtes incapable. Du moment que ce n'est pas Trafford, du moment qu'il reste anonyme, vous pouvez l'enterrer comme n'importe qui d'autre. Dites-le. » Son père refusa de lever les yeux. « Dites son nom. Je vous en prie.

— Ils sont tous morts bravement.

— Ça, vous n'en savez rien. Vous n'avez aucune idée de ce que c'est, là-bas. Dans ces tranchées-là, dans ce ciel-là. Votre Dieu n'y est pas.

— Arrête, dit son père. Tu geins comme un enfant.

— Aucun d'entre eux n'est mort bravement. Pas si être brave signifie ne pas crier, ou pleurer, ou pisser dans son froc. » Tout en parlant, il essayait de ne pas penser combien la mort de Trafford avait dû être atroce. De ne pas penser à lui en train de crier, de pleurer. De ne pas penser au reste de ses amis, de ses étudiants, toujours en France. Toujours transis, trempés et apeurés, dans l'attente d'une attaque au gaz, d'un sifflement d'obus, d'une rafale de mitrailleuse. Il ne pouvait souffrir d'y penser pendant qu'il était chez lui, sous les couvertures aux côtés de Ruth, réveillé par sa petite fille. À l'abri. Rapatrié du front à cause d'une vieille blessure d'escalade.

Il avait voulu y retourner. Il le fallait. Il se serait contenté du Havre s'il n'avait pu retourner jusqu'à Armentières. Mais sa maudite cheville lui causerait trop de problèmes, disaient les médecins. Vous pouvez aider à votre manière, lui avaient-ils dit. Alors, il avait écrit des brochures sur la conservation des aliments, du carburant, de l'électricité, des manuels d'instructions destinés aux enfants pour leur montrer comment ils pouvaient aider à vaincre les Boches. Pendant que Jack Sanders, Gilbert Bell et Rupert Brooke étaient tués au front.

Le nom de son frère était sur ses lèvres. Suivant la mélopée funèbre, George psalmodia le nom de son frère.

Son père n'avait jamais pleuré pour Trafford. Il ne pleurait jamais les morts qu'il enterrait, mais restait assis dans son presbytère, louangeant le Seigneur et se contentant de suivre Ses vœux. George haïssait son père pour cela, pour sa foi tranquille lui disant que la guerre était juste et bonne.

Son père croyait-il qu'il valait la peine de mourir pour l'Everest? Lui-même le pensait-il? Ils avaient déjà payé un lourd tribut. Onze morts jusqu'à maintenant. Sept dans l'avalanche. Les autres, victimes d'engelures et du paludisme, du mal des montagnes. Peut-être n'y avait-il aucun moyen de déterminer la valeur d'une vie humaine. Mais ne fallait-il pas risquer quelque chose, quand l'objectif suprême vous tenait à cœur?

Les flammes descendaient, bleuissaient, dévorant les lourdes entrailles, les os.

C'est tout ce qu'il y avait. Rien ne valait peut-être la peine de mourir. Tout cela était folie, ces vaines ambitions, cette soif de gloire – pour eux-mêmes, pour le roi et pour la patrie. Mais si rien ne valait la peine de mourir, alors rien ne valait la peine d'être vécu.

Il récita leurs noms. Tous ceux de ses proches. Il pourrait survivre à leur perte.

En dehors de cela, dans son esprit, c'était le vide. Pour une fois, il n'était plus question de réussite ou d'échec. Ou de fin.

Il observa la scène jusqu'à ce que le dernier bûcher s'éteigne. Il récita l'Everest.

* * *

SON PONEY ÉTAIT une terreur rousse, susceptible de s'élancer sans crier gare et de s'arrêter de la même manière. Sandy lui tenait la bride haute, à présent, le long de l'étroit sentier en épingles qui montait jusqu'au prochain col. Quand l'animal s'aventurait trop près du gouffre, Sandy pressait ses jambes contre le ventre rond du poney. Celui-ci tressautait un peu vers l'avant, secouant son cavalier, et Sandy donnait un nouveau coup de bride, forçant la bête à s'arrêter. Il la chevauchait depuis près de trois semaines, mais chaque fois qu'elle trébuchait, il était secoué d'un frisson.

Déjà, ils avaient marché un sacré bout de chemin. Ils avaient traversé des rivières à gué, ou sur des ponts étroits, faits de cordages de vignes ou de branches. Plus haut, toujours plus haut sur le plateau tibétain balayé par les vents, le long d'habitations sculptées dans le roc et de forteresses impénétrables aux terrasses étagées, faisant dos au granit. Demain, ils franchiraient la dernière étape, descendant au creux de la vallée qui abritait le monastère de Rongbuk, dernier établissement humain avant la montagne elle-même.

Une semaine auparavant, il l'avait aperçue pour la première fois. Il savait que l'heure approchait ; ils en avaient parlé la veille à Shekar Dzong, où ils avaient embauché leur équipe de porteurs en haute altitude. Mais il n'avait pas su à quoi s'attendre quand George l'avait défié de faire l'ascension du col à la course.

« Je te laisse même prendre une longueur d'avance, lui avait-il dit alors qu'ils descendaient de leurs montures. Je cours remettre les poneys à Virgil et je te rejoins. »

Sandy avait donné presque tout ce qu'il avait pour battre George, mais il y était parvenu, arrivant le premier au col, à

40

bout de souffle. S'il avait autant de mal à respirer ici, pensa Sandy, qu'est-ce que ce serait une fois sur la montagne ? Somes avait raison, l'effet de l'altitude était brutal. Mais ses jambes étaient solides, prêtes pour l'effort. C'était au moins ça.

Malgré tout, il ne s'accordait aucun répit. L'ascension ne deviendrait que plus difficile à mesure qu'ils progresseraient. Sandy s'était donné une épreuve, comme Somervell aurait pu le faire : s'il réussissait à transporter la plus grosse pierre qu'il pouvait soulever jusqu'au cairn au sommet du col sans la déposer, alors il s'en sortirait très bien sur la montagne. Le cairn ne se trouvait qu'à vingt pieds de là. Autant dire tout près. Mais dans une course d'aviron, vingt pieds représentaient une avance considérable. Ici, dans la conquête du sommet, ça pouvait faire la différence entre la réussite et l'échec.

Il se pencha et hissa une pierre sur sa poitrine. Elle était plus lourde qu'il ne l'avait cru. Il se dirigea vers le cairn. George y serait parvenu. Norton aussi. Et c'étaient pratiquement des vieillards. Cette pierre pesait quoi, deux *stones*[1] ? Cette façon de compter prit soudain tout son sens. Tout ce qu'il y avait au monde aurait dû être mesuré en *stones*. Au niveau de la mer, il aurait réussi sans effort, mais ici, il lui avait fallu près de cinq minutes pour transporter cette saloperie. N'empêche, il avait réussi. Haletant, il s'écroula au pied du cairn et tenta de reprendre son souffle.

« Ça va ? » George, arrivé en haut, respirait normalement. « George est très bon en altitude, avait confirmé Somes lors de la dernière batterie de tests. Il a de la chèvre de montagne dans le sang. Tu devras travailler fort pour surpasser ses statistiques. »

« Oui. Ça va. » Sa voix tremblotait plus qu'il ne l'aurait voulu. Sandy s'éclaircit la gorge, cracha. « Ça va, répéta-t-il plus fort.

---

1. Unité de mesure impériale équivalant à 14 livres ou 6,34 kilos. *Stone* signifie aussi « pierre » en anglais. (*NdT*).

« — L'as-tu vue ?

— Quoi ?

— Viens ici. » George le conduisit à l'extrémité du col, là où le sentier replongeait sur l'autre versant. « Là, dit-il avec une sorte de possessivité dans la voix. Juste un peu à gauche. La plus haute. C'est elle. C'est là que nous allons. »

Elle dominait de haut ses plus proches voisines. Sandy sourit, et ses lèvres se fendirent, asséchées par le vent et le soleil. Il ne s'en souciait pas. Pour quoi faire ? Il s'en allait sur le toit du monde. « Elle a l'air cruelle, même vue d'ici, dit-il.

— Elle l'est, mon vieux.

— On va y arriver. Cette fois-ci. Tu ne penses pas ? »

Il pensait que George se montrerait d'accord, mais au lieu de cela, après un bref silence, il dit : « Mon ami Geoffrey m'a appris l'escalade, il y a longtemps. » George eut un petit rire incrédule, comme s'il comptait les années. « Avant une ascension, il aimait bien m'emmener, la veille, pour étudier le trajet. Il disait que c'était important de voir la montagne de loin ; ça permettait de se repérer, si quelque chose n'allait pas, si on restait coincé.

— Ça semble assez sage, oui.

— Il est futé, Geoffrey. C'est presque comme un père pour moi. » Un silence. « Mais il serait fâché de m'entendre dire ça. Il se sentirait vieux.

— C'est un bon alpiniste, alors ?

— Il l'a été. Probablement le meilleur de sa génération. Si Geoffrey avait pu être des nôtres en 22, l'Everest serait déjà conquis. Nous ne serions même pas ici.

— Pourquoi il n'est pas venu ?

— Il ne peut plus faire d'escalade. Il a perdu une jambe à la guerre, remplacée par une prothèse. Il se déplace avec une canne.

— Navré. »

George resta un moment silencieux, regardant fixement l'Everest. « Il m'accompagne encore au pays de Galles, et le jour avant la montée, nous allons tous les deux en reconnaissance. C'est un bon exercice.

— Par où on passe, alors ? » demanda Sandy, scrutant le flanc de la montagne, tentant de choisir une route.

George leva le bras et dessina un trajet dans les airs. « On va suivre cette vallée jusqu'au camp de base : il niche dans un petit renfoncement, entouré de montagnes. Après, c'est le plus long bout. Quatorze milles sur de l'ardoise fracassée, des pierres inégales – idéal pour se casser une cheville, un membre. Puis, c'est le glacier, la cascade de glace. On va installer un campement intérimaire quelque part là-bas – juste un dépôt, une halte d'urgence avec un lit, un réchaud, rien d'élaboré. On évitera d'y rester si possible. Puis, le camp de base avancé, notre chez-nous, plus que le camp de base. C'est là que nous vivrons. Puis il faudra monter, descendre, monter, descendre, pour établir les autres campements, six en tout. »

Debout derrière Sandy, George posa son bras sur l'épaule du jeune homme afin qu'il puisse suivre son index. « Le camp VI, s'il était visible, serait juste derrière cette cime, là-bas. Du côté venteux de la crête. À partir de là, il faut presque une journée pour aller au sommet et en revenir. Les autres sont dispersés tout au long du trajet. On ne les verra pas avant d'y mettre les pieds. Sans eux, on n'aurait pas la moindre chance d'y arriver.

« La voie semble dégagée sur la crête, poursuivit George. C'est sans doute par là que nous passerons. »

Sandy espérait qu'il faisait partie de ce *nous* auquel George faisait référence. « Six camps. Trois au-dessus du col, trois en dessous ?

— Exactement. Le col. C'est l'élément-clé. » George s'interrompit un instant. « Six camps. Il nous faudra près d'un mois pour les installer tous, pour que tout soit en place. Une fois montés, ils seront chacun à une journée de marche. Puis, le sommet. »

Ils étaient presque au camp de base, à présent. Demain, après plus de deux mois de voyage, ils arriveraient enfin à l'Everest.

En bordure du sentier, Sandy sortit un altimètre de sa poche et se tourna sur sa selle afin de regarder en arrière. D'où il se tenait, il pouvait voir tout le cortège de l'expédition en contrebas. La vue était saisissante.

Une file de sherpas, de yacks et de poneys s'étirait sur près de cinq milles derrière lui. Huit Anglais et près de deux mille caisses de provisions. Le manifeste était ridiculement long : quarante-quatre boîtes de cailles au foie gras, cent-vingt boîtes de corned-beef, des dizaines de carrés au chocolat dans leur emballage, neuf boîtes de tabac, sept tubes de gelée de pétrole par personne, à enduire sur leurs visages gercés, pour déjouer le soleil, soixante-trois bouteilles d'oxygène en bon état de fonctionnement, vingt-six tentes de différentes tailles, une caisse de couverts et d'assiettes en fer-blanc, une caisse de champagne Montebello, dix-sept bouteilles de whisky Macallan, vieux d'au moins quinze ans. Des milles et des milles de corde, des lits de camp, des tentes, des outils et des marmites.

Les Anglais : Teddy Norton à la tête du groupe. Somervell, qui les examinait quotidiennement, les déclarait médicalement aptes à poursuivre. Odell, obsédé par la roche, toujours les yeux rivés sur ses chaussures, à la recherche de fossiles, ou intrigué par les stridulations d'insectes cachés. Noel et sa panoplie d'appareils photo. Hazard avec ses listes et ses tableaux. Shebbeare, capable de tout traduire en hindi ou en tibétain, un Anglais qui n'avait jamais été en Angleterre et qui rigolait de tout ce qui se disait. George, qui regardait toujours au sud et à l'est en quête de la montagne. Lui-même.

Une centaine de porteurs, dont celui de George, Virgil, et les autres qui les accompagneraient sur la montagne : des hommes et des femmes avec des nourrissons enveloppés contre eux, chargés comme des mulets, convaincus que ces Anglais étaient fous à lier.

C'était tout à fait insensé.

George conduisit son poney dans le virage, le fit s'arrêter aux côtés de Sandy.

«Seize mille pieds, dit Sandy en lui tendant son altimètre.

— C'est plus haut que le mont Blanc, ça, Sandy. Plus haut que toutes les foutues montagnes d'Europe. La plupart des alpinistes ne se rendent jamais aussi haut. Et il ne nous reste que treize mille pieds à monter.

— Un jeu d'enfant.

— On fait la course», dit George, s'élançant sur sa monture et dévalant la pente raide au triple galop. Sandy le regarda partir, vit la poussière se soulever en un nuage qui s'éleva dans les airs et fut balayé par le vent au-dessus du vaste plateau. Il donna de l'éperon, poussa un cri et se lança à sa poursuite.

POINT DU JOUR

5 HEURES

Des bruits de pas dans l'escalier de pierre devant la porte d'entrée. L'ombre d'un homme à travers les vitres colorées. Une pause. J'attends dans la pénombre du hall, retenant mon souffle, et l'ombre se fige, légèrement fléchie à la taille comme si elle m'avait entendue, comme si elle savait que j'étais là. Puis elle se penche hors de ma vue, et j'entends un tintement de verre. Ce n'est donc pas le courrier. Bien sûr que non. Il est trop tôt pour ça. Je n'ai pas encore osé consulter une des horloges, mais maintenant, je sais. Seulement cinq heures du matin. Le laitier, toujours pile à l'heure. Si seulement le facteur était aussi fiable.

L'ombre se retire, emportant ses pas avec elle, le long des escaliers et de l'allée menant à la rue ; et je me retire aussi, rentrant dans mes quartiers.

Comme j'aimerais accélérer le cours de cette journée. La prendre tel un poupon gémissant et faire comme je faisais autrefois avec Clare : la mettre au lit et refermer la porte jusqu'à ce qu'elle ait fini de pleurer. Mais pour moi, le lit n'est pas d'un grand réconfort. C'est là que je me tourne et me retourne, que je me rappelle combien le sommeil peut être loin. Combien George aussi peut être loin. Mais tout cela tire à sa fin. Il sera rentré dans deux mois s'il fait demi-tour aujourd'hui. Peut-être un peu plus, un peu moins.

Dans le bureau, je m'assois à son secrétaire. Même si nous sommes en juin, il fait frais ici, sous la mince cotonnade de ma chemise de nuit. Je m'adonne chaque soir au même rituel, comme quand il est là – un brin de toilette, puis je me déshabille, défais les couvertures, replie le lourd édredon jusqu'au pied du lit en disant bonne nuit –, mais le sommeil ne vient pas. Je m'oblige à rester étendue dans cette pièce vide jusqu'à perdre le compte des heures, martelées par l'horloge dans le couloir du rez-de-chaussée, après quoi, je m'autorise à me lever.

Durant les heures qui précèdent l'aube, je trouve à m'occuper. Il y a suffisamment à faire. Partout dans la maison, des boîtes se trouvent encore là où on les a empilées il y a sept mois, à leur arrivée de Godalming, n'attendant que d'être déballées. Ce n'est pourtant pas la place qui manque. Cette maison est plus grande que *Holt House* ne l'était, mais chaque fois que je range un objet à sa place, il me paraît bizarre, comme si son nouvel environnement le rendait étranger.

Mais il faut que ce soit fait. Tout doit trouver sa place avant que George ne soit rentré. Je tends les bras de chaque côté, plaquant mes mains sur son secrétaire. Sans doute voudra-t-il tout réarranger à son goût quand il reviendra, mais je fais de mon mieux. Le lourd panneau de chêne sur le devant du meuble est orienté vers la fenêtre ; ainsi, il peut s'asseoir ici et voir le petit jardin à l'avant, par-delà la haie, et la rue. En me penchant un peu, j'entrevois une lueur à la fenêtre de l'autre côté. Un autre lève-tôt. Un autre insomniaque.

Il n'y a rien sur le secrétaire hormis la pile de lettres que George a reçues depuis son départ, il y a presque cinq mois. Il y en a tellement qu'elles menacent de s'écrouler, et j'essaie d'y mettre de l'ordre. Je classe les enveloppes à mesure qu'elles arrivent, ouvrant celles qui ressemblent à des factures, qui semblent nécessiter une réponse. Les autres, je les dépose ici, malgré ma curiosité, afin qu'il s'en charge à son retour. J'aime ce vide que la surface de son bureau crée au milieu de la pièce. Il m'apaise.

Ce que je n'aime pas, c'est le tic-tac de la pendule sur la cheminée, qui exige qu'on lui prête attention. Je n'entends son bruit insistant que si je reste immobile. Je me lève et m'approche de la pile de boîtes près de la porte, j'en laisse tomber une par terre avec fracas, puis je reste figée un moment. Rien. Aucun son ne parvient du haut de l'escalier. Les enfants ont le droit de dormir, même si, moi, je n'y arrive pas.

Assise en tailleur sur le plancher de bois, je tire la boîte jusqu'à moi pour l'ouvrir, me penche au-dessus et commence à en sortir des livres. Les déballer n'est pas difficile, mais il faut du temps pour les trier. Tout autour de moi s'élèvent des piles de livres, classés par sujet, puis par auteur. Je les trie et les retrie.

« Pourquoi tu n'engages pas quelqu'un pour le faire ? » m'a demandé Millie, venue me rendre visite. Elle m'a trouvée coiffée d'un fichu et (pour reprendre ses termes) accoutrée en véritable fille de cuisine.

« Tu ne dis pas cela quand je peins, ai-je répondu.

— Eh bien, non. Mais la peinture est une occupation sensée pour quelqu'un comme toi. Ça, en revanche, c'est un travail d'employé. » Elle a eu un geste de la main, faisant voler des grains de poussière à travers la pièce. Si elle s'en était aperçue, elle m'aurait sans doute sermonnée à ce sujet, disant que Vi et Edith ne voyaient pas à leurs affaires. Que je ne leur en demandais pas assez.

« Je le fais de plein gré, ai-je répliqué. Il y a quelque chose de réconfortant à retrouver les choses qu'on a empaquetées il y a des semaines, des mois. C'est comme rencontrer de vieux amis. »

Je ne pouvais pas lui dire que, comme George était reparti en expédition, nous n'avions vraiment pas les moyens de payer quelqu'un pour défaire les cartons, même si je l'avais voulu.

Ces boîtes contiennent aussi des pièges, toutefois, qu'il faut éviter. Avec les livres, ça va, mais il m'arrive de trouver autre chose à l'intérieur – des photos, des lettres, des souvenirs de voyage qui me prennent de court. Encore hier, j'ai retrouvé le tableau que j'avais peint à Venise. J'ai été stupéfaite de le voir. Je pensais qu'il était perdu depuis longtemps.

Mais il était là, entre deux volumes reliés en cuir : une vue terne, aux couleurs terreuses, sur le canal qui semblait gris et morne du haut de ma fenêtre au troisième étage. Ce n'est pas le souvenir qui m'en est resté, car je l'avais peint avant l'arrivée de George, venu nous rejoindre pendant nos vacances familiales ; dès lors, ma vision des choses avait changé du tout au tout.

Mon père recueillait les jeunes hommes talentueux et les invitait chez nous, surtout s'ils se trouvaient loin de leur famille pendant les vacances, ce qui arriva à George en ce congé pascal de 1914, juste avant le début de la guerre. Ces hommes se présentaient à notre table, tant à la maison que partout en Europe, et mon père secouait la tête : « J'étais pourtant certain de vous l'avoir dit. » Helen ajoutait un couvert, et Millie, Marby et moi échangions des regards en roulant les yeux.

Mais quand George s'est présenté, ce fut différent.

Comme toujours, Marby critiquait pendant que je peignais dans le petit salon. « Tu as la main un peu lourde, Ruth. Toute ta lumière ressemble à de l'eau sale, comme si tu n'avais pas nettoyé ton pinceau depuis des semaines. C'est trop fougueux. Il te faut plus de retenue. »

Puis il se glissa derrière moi, mon père à ses côtés. « Je trouve ça merveilleux.

— Monsieur Mallory, voici mes trois filles : Marby, Millie et Ruth. »

Millie et moi l'avons salué poliment, d'un signe de tête. « Vous connaissez l'art, monsieur Mallory ? » demanda Marby.

George était époustouflant. Je n'avais jamais trouvé un homme beau auparavant, mais il l'était. Ses traits avaient cet aspect anguleux, très découpé, comme si chaque arête avait été ciselée pour faire valoir un idéal. Ses yeux gris-bleu étaient de brume, parsemés de taches sombres, de minuscules tourbillons noirs. Il se dégageait de lui une froide exactitude. Jusqu'à ce qu'il se tourne vers moi.

«Je sais ce qui me touche», dit-il avec un sourire, et il plissa les yeux comme s'il s'agissait d'une blague uniquement destinée à nous deux. Comme pour dire que le tableau n'était pas aussi bon qu'il le prétendait, mais qu'il nous considérait comme des alliés.

Il prit d'abord la main de Marby, puis celle de Millie, me gardant pour la fin. Il me tint la main plus longtemps qu'il ne le fit pour mes sœurs, ou du moins, c'est ce que je voulus bien croire.

«Ruth», dit-il, savourant l'instant. J'imaginai son souffle contre ma joue, ses lèvres contre mon oreille, et la sensation fit ricochet partout dans mon corps – se heurtant contre mes côtes, tourbillonnant dans mon ventre et s'arrêtant finalement entre mes jambes. Mon père recevait souvent des hommes à dîner ; j'y étais habituée, je les aimais bien, je flirtais même avec eux, mais cette fois, c'était tout autre chose, et je fus soudain paralysée.

George avait les paumes calleuses et ses cheveux étaient longs pour un homme, cascadant sur sa nuque, retombant sur son front.

«Nous nous sommes déjà vus, dit-il.

— Je ne crois pas.

— Bien sûr que si. Le soir du Nouvel An, chez les Byrnes.

— Je vous assure que non, insistai-je. Je m'en souviendrais.

— Sauf que j'y étais, même si vous ne vous en souvenez pas.»

Sur ma vie, j'en étais tout à fait incapable. J'étais présente à ce souper, mais il y avait des dizaines de convives. Il y avait même eu une pantomime, et j'avais joué une femme de chambre. «Vous portiez une robe rouge», dit-il. Mais c'était faux.

Plus tard, George me confia qu'il avait accepté l'invitation de mon père à cause de moi. «On se pose des questions, tu sais, quand un fervent naturiste nous invite à rejoindre sa famille en vacances. Mais je pensais à toi depuis ce souper-là. Ta robe rouge, et cette manie que tu avais de cracher les pépins de raisin dans une flûte à champagne vide.»

J'aurais aimé qu'il me parle encore de ce souper, savoir si c'était vraiment moi qu'il avait vue – il n'avait pas tort concernant les pépins –, mais mon père le conduisait déjà hors de la pièce. George nous considéra un instant, alignées comme des poupées russes, et je m'éloignai quelque peu de mes deux sœurs.

«Je vous retrouve donc au dîner?» demanda-t-il.

L'une des deux répondit pour moi. Quand il fut parti, je montai à ma chambre avec le tableau et le replaçai sur le chevalet. Marby avait raison. C'était fougueux. Mais c'est ce qui lui donnait vie, pensai-je, lui insufflait du mouvement. J'en étais fière, à présent; j'essayais de le voir à travers le regard de George.

Deux semaines plus tard, avant qu'il parte à la rencontre de ses compagnons d'escalade, je le lui offris. «Je vous en prie, prenez-le. Il est petit, vous n'aurez pas de mal à le faire rentrer dans votre sac», insistai-je, parant à toute objection concernant le transport.

«Je le garderai précieusement», dit-il, et il se pencha pour le glisser le long de la doublure de son sac.

Je m'étais demandé ce qu'il était devenu, sans jamais poser la question. Et voilà que je le retrouve, une décennie plus tard, dans les cartons qu'il a fait déménager. La peinture a un peu craquelé sur le bois. Je l'ai posée au fond d'une étagère de la bibliothèque, juste devant le secrétaire, pour qu'il la voie.

Aujourd'hui, je ne découvre aucun trésor, seulement des piles de livres poussiéreux, certains datant de l'époque où George étudiait au Magdalene College, ici même à Cambridge. Pour lui, ils peuvent renfermer toutes sortes de souvenirs, mais pour moi, ce n'est que poussière et moisissures. Mon nez se met à couler, et je me frotte les yeux.

Jetant un regard vers la fenêtre, je remarque que la pièce commence à s'éclairer et je risque un coup d'œil en direction de la pendule tictaquant sur la cheminée. Six heures et demie. Bientôt, la matinée sera bel et bien commencée. Je sens déjà la maison qui se réchauffe et s'éveille autour de moi. Le courrier devrait arriver dans une heure encore. Deux tout au plus.

Plutôt bête de l'attendre, en vérité.

Mais il devrait bientôt y avoir des nouvelles. D'après le télégramme d'Arthur Hinks que j'ai reçu hier, la mousson est arrivée sur le continent il y a une semaine. Ce qui veut dire que George n'a plus beaucoup de temps. Hinks dit qu'ils comptent sur les quelques jours de beau temps qui précèdent la mousson et les grandes chutes de neige. Mais l'expédition devra bientôt redescendre et George devra rentrer. Bientôt, un nouveau télégramme arrivera, confirmant qu'il est en route pour l'Angleterre ; mais je guette encore le son du courrier pour recueillir les factures, les invitations et les sollicitations en tous genres, dans l'espoir de trouver un mot de sa plume. Quel qu'il soit. Je préfère les lettres.

C'est par télégramme que j'ai appris qu'il partait de nouveau.

On avait frappé à la porte et j'avais répondu. La maison était vide – tout le monde était sorti, même les enfants.

« Un télégramme pour M. Mallory ?

— Je suis Mme Mallory. » L'homme avait porté la main à son chapeau et m'avait remis la feuille. Si la nouvelle était arrivée par lettre, je n'aurais rien su avant que George m'en parle, mais voilà que je lisais les félicitations d'Arthur Hinks et de l'Everest Committee.

Je croyais alors que c'était une question dont nous discutions encore. Je croyais que nous parviendrions tous les deux à une sorte d'entente.

À présent, je ferme la porte à ce souvenir et je reste debout dans le couloir, me demandant que faire ensuite. Les heures s'étendent devant moi, comme un trajet sur une carte. Je vais m'habiller et réveiller les enfants. Alors, il sera près de sept heures, une heure respectable, le reste du monde tiré du sommeil.

Je monte au premier étage, traverse le couloir dénudé, toujours privé de photographies, de tableaux. J'ajouterai cela à la liste de choses à faire. Aujourd'hui, peut-être. Ou demain. Peut-être trouverai-je quelque chose en ville. Cette maison n'est pas un foyer. Pas encore.

Le jour suivant l'arrivée du télégramme, j'avais pleuré dans le jardin, ma robe maculée de boue après m'être agenouillée sur les bulbes. Quand nous avions acheté la maison, nous étions allés ensemble au jardin et avions décidé quoi planter. George en avait parcouru tout le périmètre, attiré par le petit ruisseau tout au fond, et m'avait promis un étang à poissons.

«Nous allons tout planter ensemble. Ce sera parfait. Puis, on s'assoira ici à boire du gin chaque soir jusqu'à ce qu'on soit cuits. Ou transis. Ou les deux.»

Les crocus, m'étais-je dit, fleuriraient et se faneraient avant son retour. J'étais déjà en train de compter, d'évaluer le temps et les distances. Il s'était approché, s'était penché sur moi, mais je ne m'étais pas retournée.

«Six mois, avait-il dit. Mais après, ce sera fait.»

J'avais senti la chaleur de sa main flottant au-dessus de mon épaule.

«Et quand est-ce que tu pars?

— Ce sera la dernière fois.»

Il n'avait cessé de dire cela. Pendant des mois. Sans arrêt.

«Cette fois-ci, c'est la dernière. Je dois le faire pour moi. Pour nous. C'est ce que dit Will. Geoffrey aussi. Ils ont raison. Il faut que j'essaie. Une dernière fois. Peux-tu le comprendre? Il faut que tu le comprennes.»

Je n'y arrivais pas. Je ne savais pas non plus s'il essayait de me convaincre, ou bien de se convaincre lui-même. Je sentais la moiteur du jardin sur ma figure, je refusais de croiser son regard. J'avais décidé que je ne le laisserais pas me voir pleurer.

À présent, tandis que j'entre dans la chambre, j'aperçois mon visage dans le miroir au-dessus de la coiffeuse. Je suis vieille, me dis-je, à mille lieues de celle qui a peint cette vue de la Casa Biondetti ; même si c'est en partie l'éclairage du matin, mes yeux bouffis par le manque de sommeil. Je tire la langue à cette femme qui apparaît dans la glace et me dirige vers la penderie pour me vêtir. Je ne voudrais pas répéter le scénario d'hier.

Hier, les enfants m'ont trouvée encore en chemise de nuit, retournée sous les couvertures après mes errances du matin. Je me suis éveillée au son de leurs pas dévalant les marches et traversant le corridor nu, avant de les voir pousser la porte de ma chambre. Clare d'abord, suivie de Berry menant John par la main. Sous leurs pieds minuscules, telles des pattes de chat, le plancher de bois n'émit pas même un craquement. Ils s'arrêtèrent au bord du lit.

Dans le couloir, des pas moins délicats : ceux de Vi, à la remorque des enfants. Elle s'arrêta et écouta à la porte avant de se diriger vers les escaliers. J'attendis l'écoulement de l'eau, le son de la bouilloire heurtant le robinet.

Me redressant d'un bond, je saisis John et le hissai sur moi avec un grand cri. Il faisait si clair dans la pièce – la lumière se reflétait sur son visage, sur le débardeur qui laissait entrevoir son ventre bombé. Mes doigts se dirigèrent machinalement vers ses aisselles pour le chatouiller, et je collai mon visage contre son corps, respirant l'odeur somnolente et laiteuse qui s'en dégageait.

«Qu'est-ce que tu fais encore au lit, maman ? demanda Clare. Tu es malade ?»

Il y avait un rayon d'espoir dans sa voix. Pauvre Clare, toujours si avide de soigner les maux. Si j'étais malade, elle pouvait prendre les choses en main, m'apporter du thé et des toasts dans mon lit. Elle pouvait mener son frère et sa sœur par le bout du nez, les gronder s'ils jouaient trop fort, ou s'ils ne jouaient pas au jeu qu'elle voulait. La maladie, elle s'en chargeait.

«Non, mon ange, je vais bien.» Je lui tendis les bras et elle recula. «Maman est juste un peu fatiguée.»

Elle me regarda d'un air renfrogné. *Tu ne croiras pas à quel point elle te ressemble,* avais-je écrit à George alors qu'il était en France et qu'elle venait de fêter ses deux ans. *Elle fronce les sourcils, son visage s'assombrit, et je ne vois plus que toi. Ça me donne envie de rire autant que de pleurer. Pas de doute qu'elle est de toi.*

Comment va Clare? m'avait-il écrit à bord du *Sardinia,* la première fois qu'il était parti pour l'Everest. *Elle se montre brave pour ses frères et sœurs,* avais-je répondu. Je m'étais gardée d'ajouter qu'elle n'aurait pas dû avoir à le faire. Elle aurait dû se contenter d'être une enfant, et pouvoir compter sur la protection de ses parents.

Alors, je la saisis et la fis monter dans mon lit à son tour, malgré ses protestations. Elle se croit trop grande pour les chamailleries. Berry grimpa tant bien que mal, et je luttai contre eux trois jusqu'à ce que nous finissions l'un sur l'autre, épuisés, haletants. Leur poids me pressait contre le matelas, apaisait ces nerfs à fleur de peau qui semblent désormais habiter mon corps, rendant le moindre son agressant, la moindre lumière aveuglante.

Vi revint alors les chercher, attendant derrière la porte. Elle mettait tout son poids sur une jambe, puis sur l'autre. Comme une vache qui se balance légèrement en ruminant. Patiente, toujours patiente.

«Entrez, Vi.

— Bonjour, madame Mallory.

— C'est maintenant l'heure du petit déjeuner. Pouvez-vous vous charger de ces fripons? Leur donner à boire et à manger?»

John et Berry furent de nouveau tordus de rire, car se faire traiter de fripons les amusait, et je les regardais en louchant. Clare descendit du lit, le dos droit, et se posta tout près de la porte. «Allez, vous deux», ordonna-t-elle. Son regard m'évitait.

Ce matin, je ne permettrai pas que cela se produise. Ce sera moi qui les réveillerai.

Je finis de m'habiller et je m'examine dans le miroir. C'est mieux que tout à l'heure. Je brosse mes longs cheveux et j'en fais une tresse que je laisse pendre. Puis, je fouille de nouveau dans la penderie. Il me faut quelque chose à mettre ce soir. Pour la réception. Je sors la robe de coton noir et j'entends la voix de George – *trop funèbre* –, alors je choisis plutôt la robe de soie bleue, que j'accroche derrière la porte, me promettant de ne pas oublier de dire à Edith que je l'y ai mise, et qu'elle aura besoin d'être repassée. Avec soin.

Je m'observe à nouveau dans le miroir. J'ai l'air calme, ma peau est claire, mes mains ne tremblent pas. Je les essuie sur ma robe afin d'en enlever la sueur. Une autre journée qui me rapproche de lui, me dis-je, hochant la tête. Mon reflet acquiesce. Sept heures et des poussières. Il est temps de réveiller les enfants.

CAMP DE BASE

17 000 PIEDS

«Virgil, ceci n'est pas ma cantine. Où est-elle?» D'un coup de pied, George frappa la petite malle posée sur le sol inégal devant sa tente à demi montée, dévisageant son porteur avec impatience.

La silhouette maigre et nerveuse du Tibétain surgit de derrière la toile distendue et examina le coffre aux pieds de George. «Sahib Sandy a dit que oui», fit-il avec un hochement de tête, puis il s'accroupit de nouveau afin de fixer le cordage de la tente à une pierre.

«Eh bien, elle ne m'appartient pas. Rapportez-la et trouvez la mienne. Il me faut mes crampons pour explorer le glacier.»

Deux ans s'étaient écoulés depuis son dernier séjour au camp de base, et tant de choses avaient changé… Il avait déjà remarqué de nouveaux rochers au bord de la moraine, que la ligne de neige semblait différente sur les montagnes voisines. Le glacier aussi serait différent. Depuis une semaine, il songeait à la cascade de glace. L'Everest pouvait sembler solide, inaltérable, mais il ne l'était pas. Le glacier labourait la montagne, délogeant les rochers, raclant les pentes. Il était impatient d'examiner la glace au-delà du dangereux éboulis de pierres déchiquetées qui constituait leur campement.

«Première tente, dit Virgil tout en continuant de tirer sur la corde.

— Tout le monde est capable d'installer une maudite tente. Moi, il faut que je trouve un chemin à travers la cascade de glace et sur cette foutue montagne. » George était avide de se faire obéir, mais le porteur ne lâcha pas sa tente. « D'accord, Virgil. » Il se pencha pour saisir l'un des cordages et tendit le sommet de la tente.

« J'envoie garçon chercher malle, dit Virgil.

— Garçon ? Quel garçon ? »

Virgil désigna une petite silhouette qui s'approchait derrière lui. Que diable faisait-il ici ? On aurait dit un garçon de cinq ans, peut-être six. Environ l'âge de Berry. Il n'était pas inhabituel de voir des femmes coolies emmener leurs nourrissons, mais jamais des enfants.

Frayant son chemin avec aisance sur le terrain accidenté de la moraine, le garçon se hâta vers Virgil, arborant un large sourire. Virgil ne dit rien, mais se contenta de lui indiquer le coffre, puis Sandy et les deux nouveaux membres de l'équipe, Shebbeare et Hazard, qui acheminaient des caisses et des ballots un peu partout à travers le campement. Virgil mima qu'il soulevait la malle et l'emportait. Le garçon remua les lèvres en silence tout en hochant la tête, puis ramassa le coffre et s'en alla. S'arrêtant à intervalles, il posait la lourde caisse pour regarder Virgil par-dessus son épaule avant de poursuivre son chemin.

« Qu'est-ce qu'il a ?

— Lui pas… » Virgil pointa son oreille.

« Il n'entend pas ?

— Oui. » Virgil hocha la tête. « Il n'entend pas.

— Pas sûr que c'est un endroit pour lui, alors. Vous finissez ça ? » George lui indiqua la tente et s'en fut à grandes enjambées. « Laisse ça, je m'en charge », dit-il, reprenant la caisse des mains du garçon, qui lui adressa un sourire oblique, diffus, puis le suivit tandis qu'il allait trouver Sandy avec la cantine. Le nom d'Odell était clairement marqué au pochoir sur les côtés.

« Sandy, où est ma cantine ? » Il laissa tomber celle d'Odell sur le sol, et le garçon s'avança pour la ramasser. George fit non de la tête, posa ses mains sur les épaules du garçon et le dirigea vers un groupe de coolies. Tous tendirent les bras vers lui, effleurant sa tête ou ses frêles épaules. Il était impossible de dire à qui il appartenait.

« Pardon ? » Sandy continuait à cocher les articles du manifeste qu'il tenait dans sa main ; il donna une dernière consigne à Shebbeare et Hazard, qui se dirigèrent vers la tente-cuisine. Sandy avait la responsabilité de veiller à ce que tout arrive à la bonne place.

« Ma cantine. Celle-ci appartient à Odell, comme tu vois.

— Alors il a probablement la tienne. Les porteurs ont dû se tromper. » Le regard de Sandy allait et venait entre le manifeste et une grosse caisse posée devant lui. Le mot *fragile* était estampé sur le bois, juste au-dessus des signes entortillés qui disaient la même chose en hindi. « Je veux bien être pendu si je sais ce qu'il y a là-dedans. J'ai coché toute la liste. »

C'était une caisse étrange, plus volumineuse que les autres. « Dans ce cas, ouvrons-la pour voir.

— Faudrait pas vérifier avant ?

— Pourquoi ? On est tous dans la même galère, Sandy. Pas de secrets. » Il ramassa le pied-de-biche aux pieds du jeune homme. « Du reste, c'est nous qui l'avons charrié jusqu'ici, ce truc », dit-il en arrachant le couvercle. Il y eut un déversement de paille, une odeur de bois fendu.

« Ha ! » s'esclaffa George. Il démonta la caisse et enleva la paille d'emballage, que le vent saisit et emporta. Un fini d'acajou, chaleureux et lustré, luisait dans le désert gris et froid du camp de base.

« Mais bon sang ! C'est un Victrola. » Sandy, de toute évidence, ne comprenait pas.

« Ah ! Le voilà. Est-ce qu'il est en un seul morceau ? » Teddy se dirigeait vers eux à grandes enjambées, apportant une autre cantine. « George, je pense que ça t'appartient. Acheminé au mauvais endroit, on dirait. Vous devrez faire plus attention à l'avenir, monsieur Irvine, dit le chef de l'expédition. Ces erreurs ne doivent pas arriver là-haut.

— Oui, m'sieur. » Le visage de Sandy s'empourpra.

George reporta son attention sur le Victrola et effleura de ses doigts la petite plaque qui se trouvait sur le côté : *En mémoire des disparus.* C'était celui du Club alpin.

« Est-ce qu'il est censé être ici ? », demanda Sandy.

C'est vrai qu'il ne semble pas à sa place, pensa George. Trop délicat, instable sur le sol inégal avec ses pieds recourbés. « Personne n'est censé être ici, Sandy.

— Je l'ai apporté pour toi, George, dit Teddy en lui passant le bras autour des épaules. Je me suis dit que ça te plairait. Il devrait y avoir une autre caisse par ici…

— C'est ça, Teddy. Pour moi. C'est toi qui avais besoin de musique la dernière fois, il me semble. » Il se tourna vers Sandy. « Il chantait. Tout le temps. C'était quoi, Teddy ? »

Le chef d'équipe entonna un air. « *Toujours je fais des bulles, de jolies bulles…*

— Voilà. Cette fois-ci, évitons. Trouvons plutôt les disques. »

Alors que Teddy continuait à fredonner, ils trouvèrent une caisse remplie de disques en gomme-laque, cassés pour la plupart. « Au moins un ou deux ont survécu, dit Teddy. Essayez celui-là. » Sandy essuya la poussière et la paille à la surface du disque, qu'il plaça sur le gramophone, puis il tourna la manivelle.

Une cascade de notes rapides, celles d'une trompette criarde, déferla dans la montagne. Du jazz. George se revit immédiatement dans les bars clandestins de New York. C'était son disque, celui que Stella lui avait acheté. Il l'avait laissé au Club alpin, inquiet ce que pourrait entendre Ruth dans cette musique enflammée, pleine de nonchalance et d'abandon. Non, il avait bien fait de laisser ce disque de côté, en même temps que Stella, pensa-t-il. Une autre bêtise, qu'il valait mieux oublier.

Il inhala les sons qui flottaient dans l'air.

Plus tard, tandis que le soleil sombrait derrière la cime du Pumori, ils se réunirent autour du Victrola. Les coolies, les alpinistes, tous serrés les uns contre les autres, assis sur des chaises pliantes et des rochers – les Anglais en tweeds et en tricots Burberry, les coolies emmitouflés dans de la laine de yack rouge et jaune, recouverte de suie noire. Le jeune sourd caracolait parmi les coolies, qui prenaient sa tête entre leurs mains et le forçaient à soutenir leur regard. Il se calmait un instant avant de repartir de plus belle.

John était comme lui, incapable de rester tranquille. Ses trois enfants l'étaient tout autant, à vrai dire, mais George s'y attendait davantage avec John. C'était le propre des garçons.

La veille de son départ, il était allé voir son fils à la *nursery*. «John, avait-il murmuré, il y a des choses que tu dois savoir.» Il était debout près du petit lit, cherchant quelque chose à dire à son fils. De l'autre côté de la pièce, Clare et Berry dormaient tout aussi profondément que leur frère. Les filles l'avaient dérouté au début. *Elle semble assez superflue,* avait-il écrit à Geoffrey à la naissance de Clare au plus fort de la guerre, *au vu de tous les hommes disparus qui doivent être remplacés.* À présent, il avait honte de penser qu'il avait pu dire, de Clare ou Berry, qu'elles étaient superflues. Il avait fallu du temps pour les filles, une période de familiarisation, mais elles étaient devenues ses petites espiègles, et il les aimait. Clare était plus brave que tout ce qu'il avait espéré – un véritable garçon manqué.

Quant à John, il l'avait compris dès le début. Il avait raté sa naissance, mais ça n'avait rien changé. C'était comme s'il le connaissait déjà. «Je vais l'emmener faire de l'escalade», avait-il dit à Ruth, soulevant John dans le creux de son bras, dessinant des paysages avec l'autre main.

«George, il est encore à peine capable de se tenir la tête», avait répondu sa femme, riant dans son lit. «Il n'a même pas de dents.

— D'abord le Lake District, puis les Alpes. Peut-être, un jour, une aventure en pays lointain.

— Le Machu Picchu?

— Oui! Nous irons visiter les ruines et nous rapporterons de l'or.

— Mais pas tout de suite.» Ruth avait récupéré l'enfant, l'avait serré contre elle. «Ne me le prends pas tout de suite.»

John ferait un bon alpiniste. Il essayait déjà d'escalader tout ce qu'il voyait. Son berceau, les tables, le mur à l'arrière du jardin. George savait qu'il aurait dû le réprimander, mais il ne pouvait pas. Il voulait que son fils soit courageux, intrépide.

«Ne les laisse pas te décourager, John», avait-il murmuré près du lit, caressant les cheveux clairsemés de son fils. Si blonds, pas comme les siens ni ceux de Ruth. «Montre-leur qui tu es. N'attends pas qu'ils te le disent.»

«Messieurs.» Teddy s'était levé; Sandy s'approcha du Victrola et souleva l'aiguille avec un long grattement. George sirotait du champagne dans une tasse en émail. Derrière lui, Shebbeare murmurait, traduisant pour les coolies, qui étaient assis les mains vides. «Prenez votre temps pour le boire, dit Teddy en levant sa tasse. Il n'y aura plus de champagne avant que nous en ayons terminé. Alors nous pourrons célébrer.» Les hommes accueillirent cette entrée en matière avec quelques rires indulgents. «Nous sommes parvenus jusqu'ici en un seul morceau. Et Dieu sait que la route était déjà longue. Mais il nous reste encore beaucoup de chemin à faire.» D'un geste théâtral, Terry désigna la pyramide de l'Everest derrière l'épaule de George, sa cime blanche se détachant sur le ciel nocturne. George ne se retourna pas pour suivre l'index de Teddy. Il n'en voyait pas l'utilité. Il pouvait la sentir derrière lui, dressée de toute sa hauteur.

« Demain, poursuivit Teddy, George va ouvrir la voie à travers la moraine jusqu'à la cascade de glace. Ensuite, eh bien… on va l'escalader, cette foutue montagne. »

Si seulement c'était aussi simple. George se le représentait mentalement : l'ascension de la moraine, accidentée, mais facile à monter. Il dresserait un campement intérimaire sur la rive du glacier, un camp I très rudimentaire que Virgil et lui pourraient occuper durant la semaine qu'ils passeraient à chercher un chemin à travers la cascade de glace. Ensuite ils traversaient le *cwm* ouest – la longue vallée en forme de cuvette qui s'étendait jusqu'au pied du col nord. George l'avait baptisée ainsi la première fois qu'il l'avait vue, d'après le mot gallois signifiant *vallée*, comme pour évoquer quelque verdure à cette altitude, bien au-delà de la limite des arbres. Après, ils escaladeraient la paroi de glace du col, et alors… alors il serait à pied d'œuvre. Alors il pourrait enfin s'attaquer à cette cime. Avec de la persévérance. Du beau temps. Et la volonté d'encaisser tous les obstacles qu'elle jetterait sur leur passage.

« C'est notre mission », dit Teddy, les jambes vacillantes. « Monter et redescendre. » Il était ivre, guère étonnant au vu de l'air raréfié. George sentait sa propre tête bourdonner un peu.

« Messieurs », poursuivit Teddy, écartant les jambes afin de garder l'équilibre. « Nous sommes la meilleure équipe jamais réunie pour une expédition. Nous avons été triés sur le volet pour venir ici, ensemble. Certains diront que c'est le destin qui l'a voulu. C'est là-haut qu'il se trouve. À l'Everest », déclara Teddy, levant sa tasse.

« Au roi », répondirent les Anglais, et ils levèrent leurs verres à leur tour. Sandy était captivé ; l'excitation et le champagne lui montaient aux joues.

« Virgil », dit Somervell en balbutiant légèrement, alors que Teddy se rasseyait dans sa chaise pliante. « Raconte-nous donc encore ton histoire. Celle de la montagne. »

Virgil était resté derrière Sandy, entre les Anglais et les coolies. À présent, il se dirigeait vers le Victrola, au centre de l'assemblée. Virgil avait été aux côtés de George lors des précédentes expéditions. Robuste, courageux, très bon en altitude. George ne lui aurait pas reproché de ne pas être de la partie cette fois ; mais il n'avait pu que s'étonner du soulagement qu'il avait ressenti en apercevant Virgil dans la file de porteurs que Teddy avait engagés à Tingri. Au moins, Virgil ne semblait pas le tenir responsable de ce qui était arrivé la dernière fois.

Sa présence lui insufflait une toute nouvelle confiance. Si la montagne appartenait à quelqu'un, c'était à Virgil et à lui-même. Ils avaient vu le meilleur et le pire de l'Everest. Ils savaient ce dont la montagne était capable. Et malgré tout, Virgil était revenu, comme lui, pour une troisième tentative. Virgil avait le même désir.

« Chomolungma, dit Virgil. Déesse mère de la terre. »

George esquissa le nom sur ses lèvres. Difficile pour un Britannique – trop de syllabes, trop de consonnes. Mais c'était le nom qu'il fallait pour la montagne. Elle exigeait quelque chose de compliqué.

« Elle ne pas vivre ici. Elle *est* ici. Elle ici maintenant, mais un jour, elle s'en va. Comme tout ce qui est. Même les dieux pas toujours rester. » Virgil eut un rire, long et pétillant, comme de l'eau. George adorait l'anglais torturé de Virgil. Chaque fois, il en était fier, s'imaginait qu'il avait contribué à le perfectionner.

« C'est ses genoux ici qu'on s'assoit, qu'on dort. Plus haut, sur ses épaules… des démons. On les entend. Dans le vent. Le hurlement. Vous devez avancer prudent. Respectueux… »

George l'interrompit. « Merci, Virgil. » Il aurait préféré que Somes se soit abstenu. Ils n'avaient pas besoin d'entendre ces sornettes. Là-haut, les démons les rattraperaient bien assez vite.

« Oui, ajouta Teddy. Une histoire de fantômes. C'est toujours amusant autour d'un feu de camp. »

Mais Virgil poursuivit. « Vous devez lui faire honneur sur ses flancs. Être pur. Pas de boisson. Pas coucher ensemble. » Virgil posa les yeux sur le jeune sourd. Était-ce à cela qu'il voulait en venir ? Le jeune garçon avait-il été conçu au pied de la montagne ? Peut-être même par l'un d'entre eux ? Il n'avait jamais eu de liaison avec les femmes de l'endroit, mais il savait que d'autres en avaient eu. Il observa de nouveau le garçon.

Virgil se tourna vers George. « Il faut faire *puja* demain matin. Avant de partir. Montrer respect.

— Oui », dit Teddy, se levant de nouveau. « Oui, nous ferons la *puja* demain à la première heure. Noel pourra filmer la bénédiction. » Teddy leva son verre et remonta le Victrola.

La musique se cogna à la montagne.

Pendant des heures, leurs voix résonnèrent dans le campement, traversant le glacier et faisant écho sur les parois des montagnes tout autour d'eux. Le vent, qui soufflait du col nord, amplifiait et répétait la trompette stridente de Louis Armstrong. On ne pouvait pas dire quand la chanson commençait ou se terminait ; le vent ne cessait de la repasser en boucle.

Des bouteilles vertes jonchaient le sol autour du feu de camp et s'empilaient au pied du Victrola. Ces feux étaient un luxe. Ils n'avaient apporté qu'une petite quantité de bois, avaient quelques caisses à brûler, mais ils viendraient bientôt à en manquer. Le jeune sourd s'était appuyé contre le Victrola, absorbant ses vibrations, tâtant la musique. Il dévisageait les Anglais, la bouche grande ouverte.

Près du Victrola, Teddy et Somervell dansaient, trébuchant sur le sol inégal. Teddy montrait les coudes et Somes tournait sur lui-même, faisant quelques semblants de pas de danse. George jeta un coup d'œil vers Sandy et sourit, puis s'arracha de sa chaise. « Allons. » Il tendit la main à Sandy. « C'est un bon exercice. Ça aide à l'acclimatation.

— J'ai mal à la tête, protesta Sandy.

— Évidemment. C'est pour ça qu'il faut que tu danses.»

Il aida Sandy à se lever et le jeune homme s'affaissa contre lui avant de se ressaisir. Ils se disputèrent un instant l'initiative, puis Sandy se mit à suivre. George sentait les battements de cœur de Sandy. Il les compta. Un. Deux. Trois.

Au son de la musique jazz, ils ne cessaient de tomber les uns sur les autres, en riant de plus en plus bruyamment. Les coolies finirent par regagner discrètement leurs lits de fortune, dans la tente-cuisine ou derrière quelque gros rocher. Les Anglais dansèrent, se firent derviches tourneurs, tandis que le champagne et le whisky se figeaient dans leur sang éclairci, l'air dilué.

Une avalanche de notes, comme la mort en montagne.

Le jeune sourd l'observait. George eut envie de lui faire signe, de le soulever dans les airs au son de la musique, mais Sandy vacilla. Il agrippa plutôt Sandy.

George n'avait pas voulu faire mal au jeune garçon. Il était contrarié, épuisé d'avoir dû redescendre du camp I parce qu'il avait oublié ses maudits crampons. Sans possibilité d'avancer sur la cascade de glace, il avait perdu une journée. Il n'avait qu'une seule idée : s'effondrer dans sa tente, dormir, et tout recommencer le lendemain. Mais l'enfant se trouvait encore dans sa tente.

«Donne-moi ça», dit George en lui tendant une main.

Le garçon le regarda bouche bée, l'œil vague, le menton couvert de salive et de miettes. L'enfant ne réagissant pas, George saisit les crampons d'un geste brusque. Leurs pointes acérées se plantèrent dans la chair du garçon, et le sang inonda la plaie avant de ruisseler de sa main en de longs fils rouge clair. Le garçon le regarda fixement, la bouche tordue de douleur, les yeux affolés et grand ouverts. George songea à Berry tombant dans le sentier derrière *Holt House*, à l'éraflure ensanglantée sur son genou, à ses cris qui semblaient ne jamais vouloir s'arrêter.

Il attendit le gémissement de douleur, mais le garçon n'émit pas un son. George saisit le maillot de corps en train de sécher au sommet de sa tente et l'attacha fermement autour de la main de l'enfant. Puis, retournant le jeune garçon par les épaules, il le poussa en dehors de la tente vers un groupe de coolies réunis autour d'un petit feu de cuisson. «Faudrait bien que quelqu'un se décide à le surveiller, merde!»

Trouvant Sandy devant sa tente de travail, en train de souder un tuyau, George lui montra ses crampons. Ils étaient légèrement tordus, l'une des pointes maculée de sang. «Le garçon les a cassés et il me les faut sur la glace demain. Je n'ai même pas encore commencé et je suis déjà en retard.»

Sandy essuya le sang et les examina. «Je suis sûr qu'il n'a pas fait exprès.

— Il est toujours dans nos jambes. Ce n'est pas la première fois que je le trouve dans ma tente. Ses parents devraient s'occuper de lui.

— Ils ont sans doute du travail.

— Ce n'est pas un endroit pour les enfants. Quel genre de parents amèneraient un enfant ici?» Il s'essuya le visage sur sa manche. Dans le ciel, le soleil claironnait.

Ils ne se trouvaient au camp de base que depuis une semaine, mais déjà, il empestait sa propre sueur. Elle ruisselait dans son dos pendant qu'il tassait la neige ou qu'il triait son chargement, et elle gelait en plaques quand il ralentissait ou s'arrêtait, épuisé jusqu'à ne plus pouvoir bouger. Il retira son chapeau, passa la main dans ses cheveux graisseux et hirsutes. Ils se dressaient de manière saugrenue, gominés par leurs propres huiles. Son feutre avait une odeur âcre, piquante. Quelques jours encore et il ne sentirait plus sa fétidité, tout en sachant que l'odeur persistait sur lui, sur eux. Ils empestaient les latrines. Il y avait de la merde dans les revers de son pantalon, cachés sous ses bandes molletières; des éclaboussures d'urine causées par de soudains et inexplicables changements dans la direction du vent.

Il se sentait sauvage.

« Où est-il ? demanda Sandy.

— Il se fait soigner par des coolies.

— Somervell devrait peut-être l'examiner.

— Je lui en toucherai un mot, dit-il. Peux-tu les réparer ? Il me les faut demain.

— C'est ce que j'ai cru comprendre, George. J'y verrai ce soir. En fait, j'étais justement sur le point d'aller trouver Somes.

— Pour quoi faire ?

— Au déjeuner, il a dit qu'il avait cassé quelque chose. Tu viens de me le rappeler. Je m'en occuperai après. Promis. »

Sandy laissa les crampons par terre devant sa tente et traversa le campement jusqu'à l'infirmerie improvisée de Somervell.

Après le thé, George était assis seul dans sa tente, lisant la toute dernière lettre de Ruth. *N'oublie pas l'anniversaire de Clare, tout ce qu'elle veut c'est d'avoir de tes nouvelles.* Comme s'il pouvait oublier ses enfants. Comme si Clare, Berry et John étaient disparus quand il était parti.

Tout de même, il savait que l'altitude pouvait jouer des tours à sa mémoire, que la montagne était capable de désarrimer les esprits. Il griffonna le nom de Clare dans la marge de son journal, ajouta *anniversaire* à côté, puis compta le nombre de jours qu'il faudrait pour qu'une lettre lui parvienne. Quatre semaines, afin d'être sûr. Il devrait bientôt se décider à lui envoyer quelque chose. Ses lettres devaient désormais redescendre à travers les vallées, emportées au loin par des caravanes de yacks, puis trouver d'autres navires en partance pour l'Angleterre, relayant d'anciennes nouvelles, de vieilles inquiétudes. Des lettres à Ruth, à Will, à chacun de ses enfants. Il se souviendrait de l'anniversaire de Clare, lui enverrait un poème de papa. Neuf ans. Inimaginable.

Pour l'heure, il mit son journal de côté et revint à la lettre qu'il était en train d'écrire, destinée à Will.

Dans ses lettres, Ruth essaie d'avoir l'air heureuse, légère. Mais je la connais trop bien pour ça. Merci d'être là pour elle, Will. Tu veilles sur elle, n'est-ce pas ? Tu t'assures que Hinks reste tranquille et ne l'importune pas ? C'est déjà assez dur pour elle comme ça.

Elle sort un peu ? Elle voit des gens ? Je parierais que non. Elle risque de s'enfermer pour tout affronter toute seule. Ne la laisse pas faire. Tu pourrais lui suggérer une réception ? Tous nos amis proches. Ce serait bien de vous avoir tous réunis autour d'elle, je pense. Tu pourrais même inviter Hinks et le confronter directement.

Le soir tombait quand vint le temps de mettre un point final à sa lettre. Il consulta sa montre. Où était donc Sandy avec ses crampons ?

Tandis qu'il s'approchait de la tente de travail, il entendit la voix de Somervell à travers l'épaisse toile.

« Il est doué. C'est vrai. » George rougit un peu. Manifestement, ils parlaient de lui. « Mais des fois, il ne fait pas toujours ce qu'il y a de plus… » Somervell s'arrêta, sembla choisir ses mots. « Prudent.

— Que voulez-vous dire ? demanda Sandy.

— La dernière fois, il y a eu l'avalanche. Tu connais l'histoire, j'imagine. C'était dans le livre, dans tous les journaux. Je suppose que ç'aurait pu arriver à n'importe lequel d'entre nous. Sauf que ça n'est pas arrivé. C'était peut-être un mauvais coup de chance que George ait dirigé les opérations ce jour-là. Il avait récemment neigé. Il aurait dû tout annuler. C'était dangereux. On pouvait voir là où la neige menaçait de glisser. Mais George a voulu continuer malgré tout. Teddy aurait dû être plus catégorique, ou moi, peut-être. Mais c'est George qui a insisté. "On va rater notre chance", a-t-il dit. Alors, nous y sommes allés.»

George n'avait pas la même version des événements. Ils avaient convenu de continuer ensemble. C'est vrai, il y avait eu de la neige, mais le soleil l'avait réchauffée. Elle aurait dû s'agglutiner à la couche de neige plus froide qui se trouvait en dessous. Il connaissait les avalanches. Ils en voyaient assez souvent dans les parages – d'abord l'explosion sourde, comme de la poudre à canon mal tassée, puis un grondement croissant, comme si le monde entier s'effondrait. Ensuite, la déferlante de neige qui s'accélère et qui dévale la pente rocheuse, emportant tout sur son passage.

Non, Somervell et lui avaient pris la décision ensemble. Pas de doute, ce devait être leur dernière tentative. Ils avaient eu les quelques jours de beau temps qui précèdent toujours les tempêtes de neige que la mousson apporte dans l'Himalaya. Ils avaient examiné la paroi, étaient montés du camp IV, avaient sauté sur la neige à répétition pour voir si elle allait se rider, se détacher. Elle n'avait pas bougé.

Les avalanches étaient chose courante en montagne. C'était l'un des risques. Tout le monde le savait. C'était stupide de prétendre le contraire. Et pourtant, voilà encore Somervell qui le taxait d'imprudence. Qui disait que c'était de sa faute si sept hommes étaient morts.

Il souleva le rabat de la tente et se baissa pour entrer. «Encore tes histoires de guerre, hein, Somes?» Somervell évita son regard, et George se tourna vers Sandy. «T'es-tu occupé de mes crampons?

— Oui. Oui. Je m'excuse. J'allais justement te les apporter.

— Mais tu t'es laissé distraire?

— Ils vont tenir, dit Sandy en lui remettant les crampons.

— Merci.» Il se retourna, prêt à sortir.

«George, appela Somervell. Il faudrait te soumettre à une autre série de tests quand tu reviendras. Pour voir si le stress joue sur toi. Je vais peut-être te demander d'emmener Sandy pour que je puisse l'examiner aussi. Il se porte remarquablement bien, en fait. Tu viendras me voir.

— Je consulterai l'horaire à mon retour.» Il leur montra ses crampons. «Nous sommes déjà en retard. Quant à Sandy, j'en parlerai avec Teddy», dit-il, tournant les talons.

Il s'était toujours douté que Somervell le trouvait téméraire. Depuis son premier voyage en solitaire au pays de Galles, en fait. Mais l'opinion de Somervell n'avait aucune importance. Tant qu'il avait la confiance de Teddy, Somervell pouvait bien aller se faire foutre.

* * *

Tout était calme, merveilleusement calme. Sandy, dans sa tente de travail, n'avait pas été interrompu depuis au moins une demi-heure. George l'avait averti, sur le *California*, quand Sandy était allé le voir, de défendre son intimité chaque fois qu'il le pouvait. «Tu auras du mal à trouver un moment de solitude quand nous serons dans les montagnes. Tu ferais mieux d'en profiter pendant qu'il en est encore temps.» Mais c'était trop beau pour durer. À l'extérieur de la tente, il y avait des craquements de pas, la toile qui murmurait. Sandy inspira profondément et consulta la liste des réparations qu'il devait faire : *appareil photo, réchaud Unna, lit de camp de Hazard ?, torche électrique, oxygène.* Une ombre se glissa sur la page.

«Qu'est-ce qu'il y a ? dit-il plus sèchement qu'il ne l'aurait voulu.

— Je ne m'attendais pas à un tel accueil», dit Odell. Sandy perçut un sourire dans sa voix. Même ce sourire invisible l'agaçait.

«Désolé, j'ai cru que c'était encore un porteur avec une réparation à faire.

— Reste que ce n'est pas une raison pour être aussi brusque. Ç'aurait pu être n'importe qui, en fait.»

Sandy ne répondit pas. Il avait oublié cette manie d'Odell – son côté doctrinaire, maître d'école. Au Spitzberg, Odell cherchait toujours à corriger sa ramasse, la façon dont il poussait ses skis, nonobstant le fait que Sandy venait de gagner une course, une semaine après les avoir chaussés pour la toute première fois.

Odell s'insinua encore un peu plus dans sa bulle de silence. « Teddy se demandait si tu pourrais préparer un autre harnais à oxygène. George doit revenir de la cascade de glace aujourd'hui. Teddy voudrait qu'il y jette un œil. »

Sandy se leva et s'avança vers le rabat ; Odell recula pour lui permettre de sortir. « J'y verrai, dit Sandy. Mais je me fais sans cesse interrompre. » Il inspira de nouveau. « J'y verrai », répétat-il à Odell avant de lui tourner le dos et de se diriger, furieux, vers l'autre extrémité du campement. Il ne savait pas où il allait ; il voulait seulement échapper à Odell. À tout le monde. Mais partout où il posait ses yeux, il y avait des gens – des porteurs courant de-ci de-là, Shebbeare en train de démêler des cordes, Norton sortant de la tente-cuisine avec un bout de papier. Sandy voulait s'éloigner de tout cela. Loin de la tente-cuisine, du Victrola, vers la tente de Noel à l'extrémité du campement.

Il aurait aimé pouvoir ressusciter l'affection qu'il avait eue autrefois pour Odell, mais il était toujours contrarié par ce qu'Odell avait fait l'autre soir, au cours d'un des « conseils de guerre » organisés par Norton après l'heure du thé.

« Sandy a complètement revu le dispositif d'oxygène, avaitil dit à Norton.

— C'est une perte de temps, s'était exclamé Somervell.

— On n'a encore pris aucune décision, Somes, avait dit Norton. Mais si l'oxygène nous permet d'arriver au sommet et de redescendre sans incident, on va s'en servir. »

Sandy trouvait surprenante cette hostilité de Somervell à l'égard des bouteilles d'oxygène. Au cours d'une de leurs discussions à ce sujet, Somes avait présenté ses arguments : Dieu a créé l'homme. Il a créé la Terre. L'homme devrait pouvoir atteindre le point culminant de la Terre sans aide. «Dieu ne fait pas d'erreurs de ce genre, avait-il plaidé.

— Mais oui, Somes, avait répondu George. Et si l'homme ne peut descendre jusqu'au fond de l'océan, c'est son foutu problème.»

Pourtant, Sandy n'était pas sûr de vouloir s'en servir. «J'aimerais bien mieux atteindre la dernière pyramide sans oxygène que d'arriver au sommet en l'utilisant», avait-il confié un jour à George. Parlait-il sérieusement ? Il n'en était pas convaincu, même à l'époque. Chacun avait son opinion sur cette question. Était-ce vraiment de bonne guerre ? Serait-ce même efficace ? Mais le simple fonctionnement du dispositif le fascinait.

«Sandy, pourquoi tu n'irais pas chercher le prototype que tu viens de terminer pour le montrer à Teddy ?» avait lancé Odell, s'adressant à lui comme à un écolier à qui on aurait demandé de montrer ses devoirs. Quand il était revenu, Odell était en train de montrer à Norton les esquisses que Sandy avait faites. Il ne se souvenait pas de les avoir données à Odell.

«Peut-être que je devrais lui montrer moi-même ? avait dit Sandy.

— J'essayais seulement de lui expliquer ce que tu es en train de faire», s'était défendu Odell. Mais aux yeux de Sandy, Odell semblait plutôt vouloir s'attribuer une partie du mérite.

Norton avait malgré tout été impressionné, et lui avait demandé de se garder quelques heures pour d'autres remises à neuf. Il avait ajouté cela à sa longue liste de corvées et de réparations.

À présent, il s'approchait de l'extrémité du campement ; le soleil cognait dur, et il dut plisser les yeux. Le soleil avait ravagé son visage, brûlé au tout début de l'expédition, et sa peau n'avait pas eu l'occasion de guérir. Sa lèvre inférieure était enflée et couverte de cloques. Il passa la langue sur cette masse tendre et pulpeuse. Il avait laissé son chapeau dans sa tente. Il aurait pu y retourner pour le prendre, mais Odell se tenait encore à proximité, examinant sa propre liste de tâches.

La tente de travail, partiellement affaissée, faisait pitié. Sous le regard de Sandy, un autre porteur s'en approcha et tenta d'ouvrir le rabat d'une main maladroite. Il déposa quelque chose sur le sol et se retira. Pas de doute, encore quelque chose à rajouter sur sa maudite liste. Le nombre d'objets défectueux, endommagés ou perdus au camp de base était ahurissant. Et puisqu'on ne cessait de lui apporter des choses, il n'avait pas deux minutes pour se mettre à la tâche.

Chez lui, personne ne venait jamais le déranger dans son atelier. Si la porte était fermée dans le jardin, c'était on ne peut plus clair. Les choses se passaient ainsi depuis qu'il avait onze ans, quand son père lui avait permis de se servir de l'atelier sans supervision. Ils avaient peint les mots ENTRÉE INTERDITE sur une planche de bois qu'ils avaient clouée à la porte. Pour une raison quelconque, tout le monde respectait l'écriteau : ses parents, son frère et sa sœur, même Dick, lors de ses rares visites.

Contournant la tente de travail de Noel, Sandy tomba sur Hazard se débattant avec un vaste amoncellement de toile. «Désolé», dit Hazard, levant la tête. «Noel voulait que je lui installe ça. Sa tente ne serait pas assez sombre pour développer. Tu peux peut-être me donner un coup de main ?»

Seigneur, il voulait seulement une minute en paix. «J'allais juste au petit coin. Puis j'ai d'autres réparations. C'est au tour de votre lit de camp.» Il fila vers les latrines avant que Hazard ait pu lui répondre. S'il existait quelque part un havre de solitude, c'était bien l'endroit. Ils se laissaient tous un peu de marge de manœuvre quand venait le temps d'utiliser les W.-C.

Arrivé sur place, il fut envahi par l'odeur et fit presque demi-tour. Latrines – le mot était généreux. *Un trou peu profond derrière un petit mur de pierres. Tu imagines ? Le froid est la seule chose qui puisse atténuer cette puanteur. Une fosse à ciel ouvert où près d'une centaine d'hommes vont se soulager… Les Anciens étaient mieux équipés !* Voilà un sujet qu'il pouvait aborder sans aucune crainte avec son ami Dick. Rien n'était plus éloigné de Marjory que cela. Et ce n'était pas quelque chose qu'il souhaitait partager avec elle. Sandy, laissant tomber son pantalon, fut saisi par le froid cinglant, puis il s'accroupit, regardant pardessus le mur.

Le camp de base était bondé, comme une petite ville de campeurs. Une centaine de porteurs, des yacks mugissants. Tout le contraire de ce qu'il avait imaginé : un grand vide, le luxe de se trouver seul au milieu de nulle part.

« Oh, ce sera tellement charmant, tout ça », s'était exclamée Marjory, étendue dans sa baignoire à pattes de lion. Sa main pendait par-dessus le rebord. Il lui alluma une cigarette et la plaça entre ses doigts. « Très exotique, acheva-t-elle avec une bouffée grise.

— Non, ça, c'est toi. Exotique et charmante.

— Quel séducteur ! » Elle l'éclaboussa. « Mais sans blague. Pense à la nourriture, aux épices. L'Inde est si mystérieuse, à ce qu'on dit. Et tu iras plus loin qu'aucun autre homme n'est jamais allé. Rien d'autre que la nature sauvage et les gens du coin pour t'apporter du champagne et du caviar. » Elle s'agenouilla dans la baignoire, se pencha pour l'embrasser. « J'aimerais y aller. Quel soulagement ce serait de pouvoir s'évader d'ici. »

Il remonta son pantalon. C'était bien une évasion, en quelque sorte. Ici, au moins, il n'avait pas à s'inquiéter de la situation avec Marjory ou Dick. Ils étaient vraiment seuls avec la montagne. Il n'avait pas le temps de penser à autre chose. C'est du moins ce qu'il se disait. Il s'était promis d'arranger tout ça avec eux deux quand il rentrerait.

Il avait cru que tout serait plus simple en montagne, mais les relations étaient tendues. Il comprenait que cela puisse arriver dans ces conditions extrêmes. Au Spitzberg, après seulement trois jours sur le glacier avec Odell et Simon, il n'en pouvait plus. Des consignes d'Odell et de l'optimisme indéfectible de Simon. *Tu devines à quel point,* avait-il écrit à Marjory, *une telle proximité peut conduire au mépris.* Elle lui avait répondu en plaisantant : *C'est ce qui est arrivé avec mon mari, en tout cas.* À présent, il évitait Odell, et Odell en voulait à Norton pour une offense probablement imaginaire dont Sandy ne savait rien. Somes et George se parlaient à peine depuis leur échange musclé dans la tente de travail de Sandy. Seul Norton paraissait au-dessus de tout cela. Pourtant, malgré ces disputes, chacun semblait faire confiance aux autres. Il savait qu'aucun de ses compagnons ne le laisserait tomber.

Sa tente de travail, Dieu merci, était déserte lorsqu'il revint. Si Norton voulait que le harnais soit prêt quand George reviendrait, il ferait de son mieux pour le satisfaire. Il souleva le rabat de la tente, et le soleil éclatant jeta une ombre noire sur le sol de la tente vide. Parfait, donc : le réchaud Unna en premier. Après, il pourrait se remettre à l'oxygène. Ensuite, le déjeuner. Laissant les rabats ouverts pour laisser entrer un peu d'air frais et de lumière, il s'assit en tailleur sur le sol.

Tout en travaillant, il songeait à ce que Somervell lui avait confié l'autre soir.

« C'est exactement ce que je disais », avait-il laissé tomber après que George fut parti avec ses crampons, furieux. « Il est impétueux et ne maîtrise pas ses humeurs. Quand il s'énerve, il n'y a pas moyen de le retenir. Mais Dieu sait qu'il est doué. Quand George est concentré, Sandy, il est sans égal. » Somes avait eu un léger haussement d'épaules. « Bien sûr, en public, ce sont des choses qu'on ne dit pas. En public, il faut se serrer les coudes. George était la cible facile, et c'était peut-être injuste. »

C'est le nom de George qu'on avait associé à l'avalanche. C'est sur lui qu'on avait jeté tout le blâme.

Sandy tenta d'allumer le réchaud. Il ne fonctionnait toujours pas. Il enleva le tuyau, dévissa le capuchon.

«Peut-être, avait dit sa mère après avoir lu les articles et les éditoriaux, peut-être qu'on ne devrait plus aller là-bas, si c'est comme ça. Il y a déjà eu trop de morts.» Sa voix était tendue, comme si elle se retenait pour ne pas en dire plus. C'était le ton qu'elle prenait quand son père rentrait trop tard du pub. «Et ces sherpas. Ce n'est même pas leur métier, je me trompe? Ce ne sont que des fermiers, ou je ne sais quoi. On devrait peut-être les laisser tranquilles.»

Peut-être. Quand elle était certaine de ce qu'elle disait, elle disait *peut-être.*

«Balivernes, avait répondu son père. Ce qui mérite d'être entrepris a un prix. Tout ce qui mérite d'être entrepris. Pas vrai, Sandy? N'est-ce pas ce que je t'ai toujours montré?

— Oui, p'pa.

— *Le sacrifice,* c'est le mot d'ordre.

— Oui, p'pa.

— Peut-être qu'il ne nous appartient pas de le faire, ce sacrifice», avait répondu sa mère.

Sandy alluma de nouveau le réchaud et les étincelles le firent sursauter. Tout était tellement sec, ici; il y avait toujours un frisson d'électricité statique. Le réchaud produisait maintenant un sifflement distinct, une bouffée de gaz. Une fuite quelque part. S'il avait été chez lui, il aurait eu tout réparé en un quart d'heure. Il avait là-bas les outils nécessaires. Ici, il ne disposait que de l'assortiment le plus élémentaire, en plus de ces gravillons qui s'immisçaient partout.

«Mais vous ne l'avez pas fait, avait-il répondu à Somes. Vous ne l'avez pas soutenu dans la presse. Le comité l'a fait, mais aucun d'entre vous n'a rien dit.

— Nous n'avions pas le droit, Sandy. Tu le sais bien.»

Avant d'avoir eu à signer son propre contrat, il ne savait pas que les membres de l'expédition ne pouvaient s'adresser à la presse à moins d'en avoir obtenu la permission. « Mais George a parlé, lui. »

— Il n'aurait pas dû. Et il est chanceux d'avoir été sollicité cette fois-ci. Ils ont laissé tomber Finch pour les mêmes motifs, et il n'a jamais rien dit d'aussi controversé que ce que George a pu laisser entendre.

— Qu'est-ce que vous voulez dire ?

— George a dit qu'il aurait voulu que l'un d'entre nous figure parmi les morts. Un Anglais, en plus des sept porteurs, afin de partager le deuil. Comme si nous ne l'avions pas ressenti. »

Sandy n'avait pas voulu argumenter, mais il se demandait si George n'avait pas voulu dire autre chose. Qu'ils n'avaient pas vraiment assumé leur part du fardeau.

Il laissa le réchaud de côté. Il lui faudrait aller voir Odell et lui demander s'il leur restait des tuyaux de rechange. Autant en finir tout de suite. Ensuite, il aurait tout le loisir de s'occuper de l'oxygène. Si George devait rentrer au camp de base aujourd'hui, comme le disait Norton, cela voulait dire qu'ils commenceraient l'ascension dans un jour ou deux. Il fallait que l'oxygène soit prêt. Il fallait que lui-même soit prêt. Il ne voulait pas être celui qu'on laisse derrière pour alimenter les autres campements, et servir de nounou aux porteurs. Il ne voulait pas être oublié.

* * *

GEORGE ALLAIT PARTIR pour voir s'il y avait du courrier, après s'être absenté du camp de base pendant près d'une semaine. Il espérait une ou deux lettres de Ruth. Il en avait une pour elle, prête à être envoyée, et un poème pour l'anniversaire de Clare, pourvu que le courrier n'ait pas encore été expédié.

Sandy l'appela, debout près de la tente-cuisine. « George, te voilà. Norton voulait que je te montre ce que j'ai fait pour l'oxygène, sitôt que tu rentrerais.

— Ça peut attendre ? J'étais en chemin pour voir s'il y a du courrier. » Ses poumons lui brûlaient quand il marchait. Quand ils auraient atteint le sommet, ils ne sentiraient plus rien depuis un bon moment déjà.

« Il n'y en a pas. Rien depuis que tu es parti.

— Rien du tout ? »

Sandy ne lui répondit pas. « J'ai revu tout le dispositif d'oxygène. Norton l'a inspecté et m'a félicité.

— J'avais cru comprendre que tu ne voulais pas t'en servir.

— Eh bien, si ça marche… Ça pourrait bien marcher, en fait. » Sandy amena George à sa tente de travail. « Je veux dire, j'ai bien réfléchi à tout ça… À l'acclimatation. C'est pour ainsi dire une évolution en accéléré. Chaque jour que nous passons ici, nos corps changent. » Sandy tendit le bras et plaça sa main sur le cœur de George. « Comme l'air se raréfie à mesure que nous montons, notre organisme fabrique de plus en plus de globules rouges, afin de transporter plus d'oxygène. On ne peut pas en *inventer*, alors notre corps se débrouille avec ce qu'il a. S'il veut en transporter plus, alors peut-être que *nous*, on devrait en transporter plus. Je veux dire, si c'est le manque d'oxygène qui nous rend patraque et qui nous ralentit, alors on devrait en profiter au maximum. Non ? »

Sandy désigna les bouteilles de gaz qui jonchaient le sol devant sa tente de travail. « La dernière fois, le plus gros problème était le poids de l'équipement. Il y avait aussi les fuites. Mais j'ai corrigé tout ça. Si le dispositif est assez léger, assez fiable, ça pourrait valoir la peine de le trimballer jusqu'en haut.

— Laisse-moi essayer », dit George.

Pendant que Sandy le harnachait à son attirail, George enfila le masque relié aux tuyaux, aspira l'air froid et sec contenu dans les cylindres.

La puanteur du masque ; la sécheresse, le souffle de l'air en boîte. Sa respiration s'accéléra, se raccourcit, se contraignit. C'en était trop. La claustrophobie l'enserra. Il était incapable de respirer. Ses poumons se figèrent. Il entendit les alertes au gaz, les voix affolées : *Du gaz ! Ils envoient du gaz !* Les balbutiements de prières. Les doigts qui glissent sur des fermoirs qui refusent de s'attacher. Prier pour que le masque ne fuie pas. Qu'il ne se bouche pas, ne se détraque pas. Prier pour que le manque d'air, pour que la peur ne vous suffoque pas, tapi dans une fosse boueuse, assailli par un gaz rampant. Jaune-vert. Il eut un haut-le-cœur. L'odeur de pourriture.

Il y avait un nuage de gaz au fond du cratère. Ses parois étaient presque impossibles à escalader. Elles s'effritaient, fondaient sous lui, trempées de sang, de pluie. Pourquoi est-ce que tout était toujours trempé ? Gaddes savait que les parois ne tiendraient pas, que son masque le lâchait. George le voyait dans les mouvements saccadés, le désespoir de Gaddes s'agrippant aux parois, enseveli sous la boue. Il ne pouvait échapper au gaz. Ne pouvait se hisser hors de sa portée. Ne pouvait grimper. Les parois s'effondraient sur Gaddes au creux de l'entonnoir, qui l'aspirait au fond. George tâtonnait frénétiquement le sol, cherchant un objet quelconque pour venir en aide à Gaddes. Mais il ne pouvait rien faire.

« Est-ce que ça va ? » demanda Sandy, les yeux rivés sur lui. Les yeux inquiets. Diable, qu'avaient-ils entrevu ?

Il fit tout son possible pour se concentrer sur Sandy – sur le poids du fardeau qu'il portait, sur les cimes qui l'entouraient, l'air d'un blanc aveuglant. Le masque lui pinçait les joues. Son pouls tambourinait sur ses tempes, à sa gorge, dans ses oreilles.

Il lui faudrait peut-être cet oxygène pour atteindre le sommet. Il ne pouvait se permettre de paniquer ainsi. Dans ses oreilles bourdonnantes, la voix de Sandy était comme un murmure étouffé. L'écartant d'un geste de la main, il leva les yeux vers le sommet, vers le ciel délavé. C'était ce qu'il lui fallait. Il prit une grande inspiration. Puis expira. Inspira, puis expira. Encore. L'air dilata ses poumons. Avec l'oxygène, ses idées s'éclaircirent quelque peu, son mal de tête incessant s'apaisa. Leur stratégie fonctionnerait. Il le fallait.

Ses mains tremblaient tandis qu'il retirait son masque. L'air de la montagne, dans ses poumons, sembla de nouveau ténu, anémique. Il avait le visage moite.

« C'est très bien, Sandy.

— C'est vrai ? » Le jeune homme semblait ravi.

Il lui rappelait certains garçons à qui il avait enseigné à Charterhouse. Ils étaient si désireux de l'impressionner. Avait-il lui-même été comme ça, il fut un temps ?

« Oui. C'est plus léger, et le gaz sort plus rapidement. Je l'ai senti.

— Et je peux le réparer, poursuivit Sandy. S'il se mettait à faire des siennes, là-haut. Je pourrais le réparer sur place.

— Et les autres ? Qu'est-ce qu'ils en pensent ?

— Somes s'y oppose encore. Odell semble ambivalent. Et même si Norton a l'air impressionné, il ne s'est pas prononcé.

— C'est bien Teddy, ça.

— Tu peux peut-être le convaincre », dit Sandy, regardant derrière l'épaule de George.

Teddy venait justement vers eux. « Je vais faire de mon mieux, dit George en se tournant vers le chef de l'expédition.

— L'avez-vous vu ? » demanda Teddy, à bout de souffle, avant même de les avoir rejoints.

« Vu qui ?

— Le garçon. Il manque à l'appel. »

Ils n'avaient pas remarqué les cris jusqu'à ce moment-là. Ce n'était pas inhabituel, ce babillage en tibétain, souvent bruyant ; mais ils sentaient cette fois que c'était différent, que les voix étaient plus pressantes. Il n'y avait pas de rires, pas de légèreté dans ces sons-là. L'un des hommes criait, hurlait, plus fort que tous les autres. Il se tenait au milieu des autres coolies, la tête rejetée en arrière. Quelques autres s'approchèrent pour le consoler, tandis qu'une femme s'effondrait à ses côtés.

Des gens se hâtaient dans toutes les directions : les coolies, Shebbeare, Hazard. Noel suivait l'un des coolies, armé de son appareil photo.

«Il a dû s'éloigner du campement, voilà tout, dit George. Nous sommes au milieu de nulle part. Il ne trouvera jamais moyen de sortir d'ici.» D'un geste du bras, il désigna le camp de base, niché au creux des montagnes, entouré de cimes et de parois escarpées à l'exception de la vallée glacière qui s'étendait sur plusieurs milles. «Il a dû monter. Il n'y a nulle part où aller sinon. Nous le trouverons.

— Il adore le Victrola, dit Sandy. Il est peut-être là-bas ?

— Peut-être.» George pivota lentement sur lui-même, fouillant le campement du regard, et songea à John.

John était tenace. Quand quelque chose le tracassait, il pouvait s'y consacrer des heures durant. «Assez étrange pour un garçon», disait Ruth, mais George n'en était pas convaincu. Confronté à un problème d'escalade, n'était-il pas lui-même incapable de lâcher prise avant de l'avoir résolu ? Il avait dû acquérir ce trait étant garçon. Et puis, d'où les femmes tenaient-elles toutes ces certitudes à propos des enfants ? John était au moins capable de s'occuper lui-même. Pas comme les filles, qui réclamaient toujours son attention, se jetaient sur lui, s'accrochaient à lui.

Voilà pourquoi il n'avait pas hésité à le laisser tout seul dans la cour arrière avec son ballon de foot. John ne demandait pas mieux que de jouer avec pendant une heure. Et plus encore. Jusqu'à épuisement complet.

«Je reviens tout de suite, John, avait-il dit. Reste là. Tu lui donnes des coups de pied, d'accord ?» Il avait botté le ballon sur le mur, et John s'était précipité vers le rebond pour le botter à nouveau. Le ballon s'était arrêté avant d'atteindre le mur, et John s'était tourné vers lui.

«Encore des coups de pied, John.» Et John s'exécuta. George était resté le temps de deux bottés, trois bottés, puis s'était éloigné. John n'avait même pas remarqué son absence. Il n'avait laissé son fils que pour quelques minutes. Il ne se rappelait même plus pourquoi. Que pouvait-il y avoir de si important ?

À son retour, John avait disparu. George avait senti un goût métallique dans sa bouche. Son cœur, au lieu d'accélérer, s'était ralenti, douloureusement, au moment même qu'il se disait que John devait sûrement être quelque part, non loin de là, qu'il se comportait de manière ridicule.

Et bien entendu, John n'était pas loin. Il le trouva près du petit ruisseau au fond du jardin, en train de jouer dans la boue à la recherche d'insectes ou de grenouilles. Son ballon, coincé derrière un rocher, tournoyait dans le fort courant.

Mon Dieu ! Son cœur s'était remis à battre, tambourinant dans ses oreilles, ses tempes. Jurant qu'il ne le lâcherait plus jamais des yeux, il avait serré John dans ses bras, son petit corps se tortillant contre sa poitrine – alors même qu'il songeait à reprendre le chemin de l'Everest. Ce souvenir éveilla en lui un sentiment de panique. Son cœur ralentit. Il craignait qu'il s'arrête complètement.

Non loin du campement, le glacier en train de fondre ressurgissait sous la moraine en un petit ruissellement d'eau. Il adorait cette source fraîche, si froide qu'elle en donnait mal aux gencives. L'endroit était si sec qu'ils étaient continuellement assoiffés.

L'eau attirait-elle tous les petits garçons ?

— Teddy, envoie donc quelques porteurs vers la cascade de glace, dit-il avant de s'éloigner. C'est là que j'irais en premier. »

* * *

SANDY ÉTAIT RESTÉ près de l'endroit où il se trouvait à présent, à quelques pas de la tente-cuisine. Il avait scruté les alentours, la confusion de l'éboulis, les centaines, les milliers d'endroits où se cacher. Une suite de syllabes se réverbérait autour de lui, infiniment répétée. Les sherpas criaient le nom du garçon, bien qu'il eût été incapable de les entendre.

«Et alors?» demanda Sandy en apercevant Hazard de l'autre côté de la tente-cuisine.

«Rien. Et toi?»

Sandy hocha négativement la tête.

Il y eut une accalmie dans les cris, un bref répit qui attira l'œil de Hazard derrière Sandy. Sandy se retourna pour suivre son regard. Sur la moraine, l'un des porteurs ramenait l'enfant au campement. Il paraissait minuscule dans ses bras, mais semblait aussi très lourd. L'homme trébuchait un peu, et un instant plus tard, Sandy accourait vers lui. Il le rejoignit juste au moment où Somervell essayait de lui prendre le garçon. Les traits du porteur étaient sombres et plissés, mais affichaient un calme désarmant. Ses yeux étaient rivés sur le campement et ne semblaient rien voir; ses bras serraient l'enfant contre sa poitrine. Les vêtements du garçon étaient trempés, dégoulinants. Ses cheveux lui collaient au front. Ses lèvres étaient d'un bleu livide dont son visage était également teinté.

Sandy voulait détourner le regard mais en était incapable. Il ne pouvait plus bouger. Il regardait fixement le garçon, l'homme qui le tenait dans ses bras, Somervell qui tentait de l'examiner. L'une des femmes pleurait. Chantait, plutôt, un chant funèbre. Un son qu'il n'avait jamais entendu auparavant. Il se déployait dans tout le registre, articulant sa douleur.

Norton les avait rejoints. Il tira Somervell à l'écart et s'adressa au porteur dans sa langue, d'une voix douce et apaisante. L'homme ne réagit pas, ne parla pas.

«Sandy, tu n'es pas obligé de voir ça, allons.» George posa la main sur son épaule, voulut le ramener vers la tente-cuisine. «Sandy?»

«Sandy? Tu nous entends?» La voix de Norton s'insinua dans ses pensées comme un couteau. «Sandy, j'ai besoin de toute ton attention. Il faut en finir.»

Sandy ferma les yeux, serra fort les paupières afin de chasser l'image de son esprit. Le garçon, mort. Quand il les rouvrit, son regard s'arrima sur les chargements alignés devant lui. Demain, le premier groupe d'alpinistes devait monter jusqu'au prochain campement. Il fallait qu'ils partent à l'heure. Ils ne pouvaient souffrir aucun retard. Ni pour le garçon noyé ni pour quoi que ce soit. «On dispose seulement d'un certain temps sur la montagne, avait dit Norton. Si on veut réussir, il ne faut pas se laisser détourner de notre objectif.» Sandy essayait de comprendre. Essayait de croire qu'ils ne pouvaient se permettre la simple décence d'attendre une journée.

«La liste pour les cinq autres campements», dit-il, remettant le manifeste à Norton. «Avec tout ce qui doit être acheminé vers chacun d'eux.

— Il n'y a pas beaucoup de marge de manœuvre, intervint Somervell.

— Il n'y en a jamais, dit Norton.

— Pourquoi vous les avez laissés l'emmener ici?» Sandy regretta aussitôt ces paroles. Sa voix était trop forte, trop incisive. On aurait dit une accusation. Norton et Somes se regardèrent. Somes leur tourna le dos et se retira.

«Ces chargements feront l'affaire», dit Norton sans se préoccuper de ce qu'il venait de dire. Puis: «Ce ne sont pas des enfants, Sandy. Ils sont maîtres de leurs décisions. Ce sont eux qui décident quels risques ils veulent prendre. On ne les oblige à rien. Ça arrive de prendre des mauvaises décisions. Ça nous arrive à tous. La seule chose qu'il nous reste à faire, c'est de ne pas répéter les mêmes et de ne pas empirer les choses.

— Oui. Ne pas empirer les choses.»

Norton lui serra amicalement le bras, puis lui remit un tas d'élastiques et de rubans entremêlés. «Mets-en un sur chaque chargement.

— Ceux-là sont pour les porteurs, dit Sandy.

— Ils verront demain quels sont les leurs et les prendront quand viendra le temps de partir. Pas de chamailleries, pas d'enfantillages. C'est plus juste pour tout le monde. George, Odell et toi, vous prendrez les moins lourds. Si on perd des coolies, c'est une chose. Mais nous ne sommes pas si nombreux à pouvoir grimper. Il faut que vous preniez soin de vous.

— Et l'oxygène? demanda Sandy.

— On s'en occupera bientôt. La nourriture et les tentes d'abord. Si on en manque, il y aura des morts, expliqua Norton. L'oxygène, on le montera après.»

Sandy hocha la tête.

«Tu vas bien t'en tirer, Sandy.» Norton le regarda fixement. «Fais ce qu'on te dit et tout ira bien.

— Et n'empire pas les choses, répéta Sandy.

— C'est ça. Il faut que j'aille trouver Noel pour voir où il en est.»

Noel avait un petit groupe à sa disposition. Il partirait une fois que le camp III serait établi, afin de dresser son propre campement en altitude, sur les flancs du Pumori de l'autre côté du col. De là, il aurait une vue dégagée de la crête qui menait au sommet. Il attendrait là-bas pour filmer leur ascension. Noel documentait tout ce qui se passait. Sandy s'étonnait qu'il n'ait pas pris de photos du corps du garçon. Ou des parents. Mais peut-être était-ce injuste de penser cela. Noel voulait simplement immortaliser l'expédition sur pellicule. Il en ferait un film et assurerait sa propre renommée. C'était pour ça qu'il était là.

Chacun des membres de l'équipe avait son rôle à jouer. Au fil du voyage, des rencontres exotiques, Sandy avait fini par oublier qu'il avait un boulot à faire. Il y avait tant de choses en jeu autres que leurs vies. Ils ne pouvaient se laisser freiner. Par quoi que ce soit. Il croyait l'avoir compris. Mais après avoir vu le corps du garçon ramené au campement, il n'en était plus certain. Norton avait cependant mis les points sur les *i* : quoi qu'il arrive, ils graviraient la montagne demain. Lui, Sandy, gravirait la montagne demain. C'était pour ça qu'il était venu.

PETIT DÉJEUNER

7 HEURES

Quand j'entre dans la *nursery*, les enfants sont encore emmitouflés dans leurs lits, dans l'air confiné de la mansarde restée fermée toute la nuit. J'ouvre la fenêtre qui donne sur la longue cour intérieure. Le saule prend des tons plus foncés, et je pense à George qui s'émerveille toujours du vert tendre des premières feuilles. Il n'a pas encore vu ce jardin au printemps, l'éclosion des jeunes pousses sur la terre noire.

Me glissant dans le lit de John, je tire son corps contre moi, sa moiteur ensommeillée. Il vagit comme un petit animal et se dégage de mon étreinte. Sur son épaule, je trace des paysages : le renflement des montagnes, le creux des océans. Ces images, mon toucher, l'apaisent.

Tous trois se réveillent à peine ; leur respiration change, presque imperceptiblement, alors qu'ils quittent les profondeurs du sommeil pour se hisser dans la lumière. J'aurais envie de les arracher à leurs rêves, tout de suite, pour entendre leurs cris et leurs gazouillis, pour qu'ils me distraient du vide. Ils veulent toujours quelque chose : leurs demandes insistantes donnent leur forme aux longues journées, procurent le confort de l'habitude. Répondre à leurs besoins accélère le cours des heures : les repas et les siestes, les leçons et les jeux.

John roule jusque dans mes bras et s'illumine d'un grand sourire lorsqu'il me voit. Joie absolue. Il pose sa petite main collante sur ma joue, la repousse. Puis il tend les bras par-dessus mon épaule, derrière moi, à Vi, lui adressant le même sourire. Vi est avec nous depuis la naissance de Clare, et elle leur est aussi familière que moi. Peut-être même plus que leur père. Je garde le dos tourné à la nurse, faisant face à mon fils. Notre fils.

Parfois, je me demande ce qu'il pense de George – s'il lui arrive de penser à lui. Il sait que son père est parti, ça ne fait aucun doute. *Quand je suis revenue à la maison après t'avoir accompagné jusqu'aux quais,* ai-je écrit à George, *John est allé de pièce en pièce, puis il s'est arrêté au bas des escaliers et a appelé à l'étage : Papa ? Papa ? Ça a suffi à me briser le cœur.* Mais il ne le fait plus depuis quelques semaines. Je crains qu'il soit plus habitué à l'absence de son père qu'à sa présence, quoique, si Berry ou Clare me demandent où est papa, John le demande à son tour.

Dès que j'ai l'impression que Vi regarde ailleurs, je me retourne et je l'observe caresser les épaules des filles et soulever John contre sa hanche. Elles descendent de leur lit en silence, et je suis à nouveau frappée par leur taille. Elles sont grandes et minces. Leurs chemises de nuit étaient neuves quand tu es parti, trop longues pour elles ; maintenant, l'ourlet frotte sur leurs tibias. Clare en aura besoin d'une nouvelle, Berry prendra celle de sa sœur. Encore une tâche à ajouter à la liste qui s'allonge dans ma tête.

Je me redresse, et le craquement du lit attire l'attention des filles, qui s'arrêtent pour me regarder. Berry sourit machinalement, comme le fait John. Mais pas Clare.

« Bonjour, Clare-Berr, dis-je, employant leur surnom collectif.

— Dites bonjour à votre mère, les filles, leur enjoint Vi.

— Bonjour, *maman*[1] », disent-elles en chœur.

---

1. En français dans le texte. Les cas suivants sont signalés par un astérisque (*NdT*).

Elles ont commencé à m'appeler ainsi depuis que Cottie leur donne des leçons de français, et j'adore ça. Ça me réchauffe le cœur, même quand on doit les y inciter, comme la nurse vient de le faire.

«Je pense, Vi, que je prendrai le petit déjeuner avec eux, ce matin. Préparez leurs affaires pour la leçon de français. Nous partirons à dix heures.»

Berry sourit. John a posé sa tête dans le cou de Vi. Clare me regarde fixement. Je n'attends pas la réponse de Vi. Elle me trouve fantasque, me dis-je en passant à côté d'elle et en redescendant l'escalier. Trouve que je supporte mal l'absence de George. Que je passe trop de temps à «errer comme un petit agneau perdu», dit-elle. Allant d'une pièce à l'autre, empilant et désempilant des livres, des papiers, du linge.

Il n'est pas difficile de comprendre pourquoi. Elle a perdu son mari à la guerre. Comme tant d'autres, bien sûr, Dieu ait leur âme. Mais son corps a péri et n'a jamais été retrouvé.

«Où était-il cantonné?» avait demandé George à son retour au pays. Je ne lui avais rien dit à l'hôpital, mais il s'était enquis de lui pendant son séjour à la maison, quelques semaines avant de reprendre du service. Pas en France comme il le souhaitait, mais à l'entraînement des recrues, non loin de chez nous. Il n'était pas heureux d'être rentré. Pendant des mois, j'avais prié pour une seule chose, qu'il rentre sain et sauf; et lui, il voulait être ailleurs.

Comment peut-il croire que sa place est loin de nous? avais-je écrit à Marby, oubliant qu'elle venait tout juste d'épouser un militaire de carrière. *C'est son devoir, Ruth,* avait-elle répondu. *Ce n'est pas un désir, c'est un devoir. Et tu as, toi aussi, un devoir. Celui de te comporter en adulte.*

«À Ypres, je pense», avais-je répondu à George. J'aurais dû m'en souvenir. N'était-il pas important de se souvenir?

George s'était assombri. «Je ne suis pas surpris qu'ils n'aient rien trouvé. Elle n'aurait pas voulu voir ce qu'ils auraient retrouvé.» Il avait oublié qu'il s'adressait à moi. Son calme à toute épreuve avait disparu. Devant ma réaction, cependant, il avait secoué la tête. «Je suis désolé. Je ne voulais pas…

— Ne parlons pas de ça.»

Mais l'image de ces corps défaits m'était restée. À plus forte raison quand nous avions appris la mort de Trafford, à peine quelques jours plus tard. Il n'y avait eu aucun corps à enterrer, seulement le cercueil vide devant l'autel du révérend Mallory. La mère et la sœur de George étaient restées silencieuses pendant des jours. Nous étions assises dans la cuisine surchauffée de Mme Mallory, pendant que dehors, le soleil brillait de tous ses feux. Elle avait tiré les rideaux. Dans la pièce voisine, George et son père se disputaient. «Vont-ils cesser! disait sa mère. Si Trafford était là, il leur dirait d'arrêter.»

«À quoi bon être à la maison, m'avait confié George, assis devant le presbytère, ses yeux rougis aveuglés par le soleil, si je ne peux même pas compter sur la compassion de mon père.»

J'étais blessée par son désir d'être ailleurs. «Il compatit. Bien sûr qu'il compatit. Mais il sait que ses autres fidèles ont besoin de lui. Il lui faut de la compassion pour tout le monde.» Quant à moi, j'étais heureuse que George soit rentré. Heureuse de le voir, de pouvoir le toucher. Heureuse de le savoir loin de ce qui avait tué Trafford et failli tuer Geoffrey.

Peut-être que Vi a raison. Je devrais être plus stoïque. Ce n'est pas comme si c'était la première fois que je le vis: il y a eu la guerre, et deux fois l'Everest, puis le long voyage en Amérique. Pour moi, les matins solitaires ne se comptent plus.

Durant la guerre, cependant, il y avait une sensibilité différente: nous étions tous dans le même bateau. Il y avait des cercles de tricotage à l'église, et Marby, quand elle habitait chez nous à Godalming, tenait mordicus à ses cours hebdomadaires de premiers soins, où elle nous montrait comment appliquer des bandages, comment panser des blessures. Nous, c'était Millie et moi, ainsi que Mme Graham et Mme Parker, notre voisine. Elle nous donnait chaque fois les mêmes conseils. « Qui ne s'occupe pas s'appesantit », disait-elle, avant de nous faire répéter les consignes qu'elle avait données une semaine auparavant pour traiter les brûlures ou les blessures à la tête.

« Je trouve que *ça*, c'est pesant », avais-je protesté au début, travaillant avec de longues bandes de tissus que je devais couper et rouler pour en faire des pansements convenables. Cela me faisait penser aux différentes manières de mutiler un corps, de le détruire, et à quel point nos pansements maison seraient impuissants à le guérir.

« Non, ce n'est pas vrai, avait insisté Marby. Ça te donne une emprise sur les choses. »

Nous ne parlions pas de la situation de nos maris, de ce qu'ils faisaient. Après la mort du mari de Mme Parker, elle continua de se présenter à nos exercices de premiers soins, mais son visage était toujours exsangue. Millie apportait un journal et s'assoyait près de la fenêtre pour nous réciter la liste des pertes, et nous tendions l'oreille avec appréhension. Je ne pouvais me résoudre à consulter moi-même ces listes. Il y avait tant de noms connus : le mari de Vi, le capitaine Parker, Trafford.

Le bruit des enfants dévalant les escaliers, leur petit cortège, leurs pas déphasés, me fait sursauter. Berry laisse échapper un torrent de questions, puis la porte de la cuisine qui s'ouvre, se referme.

Sur la table d'appoint près de la fenêtre, un exemplaire du *Times*. Je devrais simplement annuler l'abonnement. J'essaie de le lire, et en même temps de ne pas le lire. Avant, je parcourais le journal en déjeunant, à la recherche de nouvelles intéressantes que je pourrais rapporter à George, de choses qui me raccrocheraient au reste du monde. Mais maintenant, toute l'Angleterre semble aux prises avec la fièvre de l'Everest. Tout est devenu un sujet d'article : ce que les membres de l'expédition mangent, ce qu'ils portent, comment tous ces détails sont acheminés aux publications les plus réputées.

Je veux bien le savoir. Mais je ne veux que des bonnes nouvelles. Pendant un court instant, je me permets d'imaginer le succès de George. *Il a réussi,* me dis-je. *Il a réussi.* Et la certitude de son succès me transporte au bord des larmes, et je ne peux réprimer un sourire. C'est aussi vrai que tout le reste, aussi vrai que ce journal que je tiens dans ma main et que je refuse de lire. Quand il rentrera, il sera aux anges et me dira que tout est terminé, tous les départs, toutes les absences. Et nous célébrerons.

C'est peut-être déjà fait. Hinks est peut-être au courant de quelque chose.

Sans lire la une, je plie le journal en deux et le laisse tomber dans le coffre à bois. Si la soirée est fraîche, nous pourrons faire un feu après le dîner, et nous en servir pour l'allumer. Le sentiment de son succès m'apaise. J'essuie l'encre de journal resté sur mes doigts, replace la pendule sur la cheminée.

Malgré le fracas du petit déjeuner dans la cuisine, je tends l'oreille, guettant les pas sur le palier, le bruit du courrier glissant à travers l'ouverture de la porte. Je regarde la pendule. Presque neuf heures. Mais l'horloge ici avance toujours. Edith préfère cela. «Comme ça, j'arrive à servir les plats dans les temps, m'dème.» Elle dit *m'dème* au lieu de *m'dame*. Comme si j'étais une dame. Comme si elle servait dans une grande maison.

J'adore cette cuisine, avec sa vieille table en chêne qui appartenait jadis à ma mère. Elle est tout éraflée, criblée de trous et de brûlures à cause de tout ce qu'on a haché, renversé ou déposé dessus. Avec ses armoires chaulées, la pièce paraît lumineuse et accueillante, assez grande pour nous tous, mais assez petite pour être douillette. Il y a des toasts et de la confiture, des œufs à la coque, du lait et du thé, le tout servi dans la porcelaine que j'ai peinte quand George et moi étions jeunes mariés. Certaines pièces ont été perdues ou brisées depuis, aussi est-elle maintenant confinée à la cuisine, pour le petit déjeuner des enfants. John trempe sa tartine dans son jaune d'œuf, la porte un peu à côté de sa bouche en prenant une bouchée.

«Pourquoi il y a une fête sans papa?» demande Clare tandis que je me penche pour essuyer le visage de John. Il se rebiffe, alors j'abandonne et je redonne du lait à Berry.

«Pardon?

— Je pense, poursuit Clare, et Berry pense que papa sera très triste s'il manque la fête. Il pourrait être très fâché contre toi si tu organises une fête sans lui.»

Un sourire, pour la rassurer. *C'est le grand écart*, avais-je écrit à George la deuxième fois qu'il était parti pour l'Everest. *J'agis avec les enfants comme si tout était normal, comme si tu étais seulement parti pour la soirée, ou en expédition avec Will le temps d'un week-end. Mais ils savent aussi que ce n'est pas vrai. Ils savent que tu es parti pour longtemps, quelque part très loin, et même si on dit qu'il s'agit d'une aventure, ils sentent qu'il y a un risque. Il faut que je sois attentive à cela, que je respecte leur sentiment d'appréhension.*

«Je ne pense pas que ça le dérangera tellement, lui dis-je. Il veut qu'on passe du bon temps. Maman s'est dit que ce serait amusant.»

Clare hoche la tête. «Berry aimerait qu'on fasse une fête.

— Ah bon?»

Clare a commencé à se servir de Berry comme excuse pour demander quelque chose. Tout ce qu'elle veut, Berry le veut. Berry veut des biscuits. Berry veut une fête. Berry veut savoir quand papa revient.

Mais Berry n'écoute pas. John et elles se disputent, se chamaillent comme deux petits moineaux, s'agrippant les cheveux, se pinçant les bras. Je rabats les mains de Berry sur la table, et John fait entendre un cri perçant, mi-victorieux, mi-pleurnichard.

«Quel genre de fête tu voudrais, Berry?»

Son nez se plisse un instant tandis qu'elle réfléchit. «Un thé. Comme papa l'a promis.

— Ce serait amusant, n'est-ce pas? Peut-être cet après-midi. Dans le jardin.» Clare arbore un air triomphant, et pendant une seconde, je pense me rétracter, lui enlever ce plaisir pour qu'elle n'utilise plus sa sœur ou l'absence de son père pour obtenir ce qu'elle veut. «Après tes leçons, dis-je en m'adressant directement à elle. Le français, puis les mathématiques.» Faisant la moue, elle s'affale sur sa chaise. «Tiens-toi droit.»

Elle se redresse puis essaie de se racheter. «Berry aime ça, les leçons de français.

— C'est vrai, Berr?

— *Oui**.»* Sa voix est un petit piaulement.

«*Oui!*» fait John à son tour, criant à tue-tête et donnant un coup de pied sous la table. Son verre chancelle, puis se renverse, et le lait se répand sur la surface balafrée. Je saisis le torchon à vaisselle près de la cuisinière pendant que John trempe ses mains dans le lait. Il les met dans sa bouche, serrant les poings.

«John, non!» Je lui prends le bras, et il crie de nouveau.

Le lait se déverse sur le plancher tandis que je sonne la cloche pour appeler Vi.

«Oui, m'dame?

— Emmenez-les et lavez-les, je vous prie. Nous devons partir dans une demi-heure. Cet après-midi, s'ils sont sages, nous ferons un thé dans le jardin.»

Vi inspecte le gâchis, et je me hérisse. J'ai l'impression d'être réprimandée. Elle m'obéit seulement parce que c'est son travail. Je ne sens ici aucune affection. Pas pour moi. Peut-être pour George: il est à l'aise avec les domestiques. Je ne suis pas douée avec eux. Quand j'étais petite, je faisais tout mon possible pour nettoyer après Millie et Marby, pour ne pas avoir à parler aux domestiques de mon père. Je ne sais pas, mais, avec eux, je me sens comme une étrangère dans ma propre maison. Si je pouvais me joindre à Vi et Edith – pour une conversation, une tasse de thé –, je le ferais. Mais ça ne se fait pas, et elles ne le toléreraient pas. Quand je m'assois dans le petit salon pour essayer de lire un peu, je les entends bavarder ensemble, leurs petits éclats de rire. J'ai ce frisson de peur qui remonte le long de mon échine, comme si elles parlaient de moi. Riaient de moi.

D'habitude, c'est Vi qui reconduit les enfants à leur leçon, mais je suis agitée, j'ai les nerfs à vif à cause du manque de sommeil. Sortir et prendre l'air me ferait du bien. «Je vais reconduire les enfants chez Cottie – je veux dire, Mme O'Malley – ce matin. Vous aurez déjà beaucoup à faire pour le dîner. Demandez à Edith de me rejoindre ici, s'il vous plaît. Vous pourrez habiller les enfants après.»

Je commence à ramasser les assiettes, à les empiler, puis les soucoupes ; je jette le torchon mouillé dans l'évier.

« M'dème ? »

Edith vient de fournir quelque effort au garde-manger, elle est toute rouge. La sueur perle sur sa lèvre, et j'essuie mon propre visage. Elle ne remarque rien. Elle souffle comme un bœuf et fixe quelque chose, derrière mon épaule. Il n'y a rien, pourtant. Comme Vi, elle est trapue ; des jambes épaisses dans des bas trop grands. Comme des serre-livres un peu courtauds.

Vi et Edith sont tout ce que je ne suis pas. Solides et fiables. Elles ont une puissance physique que je n'arrive pas vraiment à m'imaginer. Elles seraient brutales sous la couette avec leurs maris et leurs amants. Je peux presque les voir, frissonnant contre leur partenaire.

Edith joint les mains sur son ventre. Elle tient le courrier de ce matin.

Je traverse la cuisine jusqu'à la fenêtre, pour m'éloigner du gâchis, des lettres que je souhaite arracher de ses mains poisseuses. Nous sommes mal à l'aise, toutes les deux ; elle n'est arrivée qu'un peu avant le départ de George. Je connais si peu de chose d'elle et j'ai l'impression qu'elle sait tout de moi.

«Il faut que nous… je veux dire, j'aimerais que nous parlions du menu de ce soir.»

Elle hoche la tête mais ne dit rien. Me regarde, baisse les yeux sur la flaque de lait au sol, les relève vers moi, puis dépose les lettres sur le buffet et se met à nettoyer.

«Je pense à de l'agneau», disent mes lèvres. Je tends le cou afin de discerner l'écriture sur l'enveloppe du dessus. «De l'agneau de printemps. Fraîchement abattu. Des patates. Un légume vert quelconque.» Comment ai-je pu ne pas entendre le courrier? Ces lettres sont-elles d'hier? Me les aurait-elle cachées? Non. Elles ont dû arriver pendant que John hurlait ou qu'il se disputait avec Berry. «Un dîner que George, que M. Mallory apprécierait s'il était à la maison. Occupez-vous des autres plats. Rien d'extravagant. Restons simples.»

L'enveloppe du dessus n'est pas de sa main, mais elle pourrait contenir de ses nouvelles.

«La belle porcelaine est encore dans les boîtes.» Une pause, puis: «M'dème.

— Oh. Bien sûr. Demandez à Vi qu'elle la déballe pendant que vous serez au marché. Elle aura le temps. Je reconduis les enfants à leur leçon.» Mon visage s'empourpre. *Ne te justifie pas,* siffle la voix de Marby.

Elle hoche la tête mais attend toujours.

«Qu'est-ce qu'il y a, Edith?

— La place des invités, m'dème? Et les bougies? Les fleurs?»

— Ça ira», dis-je. Ma main saisit les lettres. «Les places, nous en discuterons plus tard. J'achèterai les fleurs en chemin.»

Je me garde d'examiner les enveloppes avant d'avoir regagné le salon et refermé la porte. Dehors, les cloches sonnent dans l'un des collèges. Si George était ici, il dirait: «Ah, King's College.» Ou: «C'est l'alma mater.» Et je fredonnerais: *Oranges et citrons, disent les cloches*[1]…

---

1. Début d'une vieille comptine anglaise qui s'intitule *Oranges and Lemons* (*NdT*).

Il n'y a rien de George. Une facture pour ses bottes, toujours impayée. Une demande d'entrevue de l'*Evening Standard*; ils ont entendu dire que l'alimentation des alpinistes se compose de sucreries et veulent en savoir plus. Absurde. Et une lettre du révérend Mallory, que je ne veux pas lire. Pas maintenant. Je n'ai que faire de sa compassion égoïste, intéressée. Il se sert de l'absence de George – de ma *situation*, comme il dit – pour continuer à pontifier sur les défauts de son fils. Je suis devenue un bon instrument pour lui. Très commode. Je m'ennuie de l'époque où il me trouvait étrange et troublante.

«Ce n'est pas vrai, m'avait dit George après que j'eus rencontré ses parents pour la première fois.

— Oh, mais si. Je le vois bien. Il me regarde comme si j'étais une bête étrange et exotique. Moitié enchanté, moitié épouvanté. Il aime bien l'argent de mon père, mais il déteste ses opinions.

— Tu veux dire, ses habitudes.

— Très bien, alors, ses habitudes. À mon avis, ton père a la hantise de me trouver nue dans sa sacristie par un dimanche matin. Mais je ne ferais jamais ça. Il suffit d'avoir des parents naturistes pour vous décourager de suivre leur exemple.»

J'ai tout de même essayé de m'attirer sa sympathie. Je croyais que si le révérend et son fils parvenaient à se réconcilier, les choses n'en seraient que plus faciles pour moi. À présent, il s'accroche à moi pour orienter George vers un style de vie plus conventionnel. Savoir que le révérend s'y oppose est le seul petit plaisir que je puis retirer de l'absence de George.

Je laisse le courrier sur la table d'appoint et m'assois à la fenêtre. À moins d'un télégramme, il n'y aura pas d'autres nouvelles avant la fin de l'après-midi. Six longues heures.

En bas, le jardin est d'un vert luxuriant; il faudra bientôt tondre le gazon. D'ici, je ne distingue pas les brins, mais plutôt une tapisserie bigarrée aux tons changeants. Sous mes yeux, la pelouse s'assombrit, comme une prairie sous-marine, et l'air aussi. Ce n'est qu'un nuage qui s'installe, mais j'ai ce sentiment qui me chavire l'estomac, un éclair de déjà-vu.

C'était la semaine avant le départ de George, et j'attendais qu'il revienne de sa course.

Il y a ces jours où j'ai l'impression de ne rien faire d'autre. Attendre.

Ce jour-là, il faisait gris, et la pluie à la fenêtre embuait le monde au-dehors. George aurait dû être rentré depuis un moment. Il avait promis de m'accompagner à l'église. Debout à la fenêtre du salon, j'observais le ruissellement d'eau afin de ne pas voir sa présence partout. Ses affaires encombraient toute la maison – les miennes et celles des enfants encore empaquetées dans d'innombrables boîtes, mais les siennes étaient un peu partout. Des cartes, des livres et des bouts de corde qu'il faudrait mesurer avec une extrême précision.

Sur le sol, à mes pieds, se trouvait une enveloppe avec son gribouillage : *Chaussettes bleues, lettres, livre, flasque de métal, Burberry*. Je levai la tête pour qu'elle disparaisse de mon champ de vision.

La pluie léchait la vitre et entraînait mes paupières dans son mouvement. La nuit précédente, George n'avait pas dormi, et moi non plus, car j'étais constamment réveillée par ses allées et venues. Quand j'étais descendue pour le petit déjeuner, il était déjà parti.

À présent habillée, je l'attendais à la fenêtre. J'avais les mains froides. Puis il y eut un raclement sur la pierre, des petits coups à la fenêtre. Mon nom. « Ruth. »

Il était collé à la fenêtre, agrippant le rebord comme un chat en train de se noyer. Tout était trempé.

« Ne lâche pas prise », criai-je alors qu'il s'écartait pour me permettre d'ouvrir la fenêtre. Il se hissa à ma hauteur, toujours accroché au rebord.

« Allez, entre. Tu vas attraper la mort.

— Embrasse-moi d'abord.

— Ça fait longtemps que tu n'as pas fait ça.» Et, secouant la tête, je me réfugiai à l'intérieur mais ne pus réprimer un sourire.

«Embrasse-moi», insista-t-il. Son visage était trempé de pluie, de sueur. Il se hissa par la fenêtre et me saisit, l'eau dégouttant sur le tapis, sur ma robe.

«Il faudra que je me change.»

— Alors il faudra que tu te changes.» Nos corps se touchèrent, chauds et moites. Il m'attira au sol, sur ses genoux. «Tu te souviens, petite souris, c'est ce que je faisais tout le temps?

— Bien sûr, quand nous étions jeunes mariés. Tu escaladais le mur derrière la loggia à *Holt House* et tu sautais sur moi.» Je ne lui dis pas combien cela me manquait. «Quand tu reviendras, n'entre plus jamais par la porte.» Je l'embrassai et me levai. «À l'église, donc.»

Il eut un air penaud. «Je suis navré, ma petite souris. Tu devras y aller sans moi. J'ai tant de choses à faire.» D'un geste de la main, il me montra tout ce qui traînait dans la pièce. «Le camion sera là demain. Je te revaudrai ça. J'irai chaque dimanche quand je rentrerai.» Il m'embrassa de nouveau.

Aurait-il souhaité que je reste avec lui? Je voulus le lui demander, mais c'était comme s'il lisait dans mes pensées. «Allons. Tu vas être en retard.»

«Ils sont prêts, m'dame.» Vi, debout à la porte du salon avec les enfants.

Elle me surprend les yeux rivés sur mon livre – des mots qui flottent sur la page. Si on me le demandait, je serais incapable de dire ce que je viens de lire, même si je tourne les pages.

Je le dépose et je les regarde tous trois, alignés, prêts pour l'inspection. «Allez mettre vos chaussures, dis-je. Vos chapeaux.»

Je referme le livre sans mettre le signet. Ça n'a aucune importance, de toute façon. Il manque la dernière page.

Chaque fois que George s'en va, il déchire la dernière page du livre que je suis en train de lire. Depuis notre première séparation – quand il m'a quittée, à Venise, pour aller en expédition avec Will.

«Qu'est-ce que tu lis?» m'avait-il demandé, penché sur moi derrière le sofa. Il sentait le savon.

«Henry James. *Les Papiers d'Aspern*.

— C'est bien?

— Tu ne l'as jamais lu?» J'étais surprise.

Non, m'avait-il répondu d'un signe de tête, alors je lui avais tendu le livre pour qu'il l'examine. Il s'était redressé, laissant traîner l'odeur de savon derrière lui. «Je peux te le prêter quand j'aurai fini.» Il était immédiatement allé à la dernière page. «Non, avais-je crié. Ne fais pas ça!»

Je voulais dire qu'il allait gâcher la fin. Au lieu de cela, il avait délicatement replié la page sur elle-même et l'avait arrachée. Je n'avais rien dit, me contentant de le dévisager.

«Je vais la garder», avait-il dit, glissant la page dans sa poche. «Et tu ne sauras jamais comment ça finit, à moins que tu acceptes de me revoir. Je la garderai sur moi, et la prochaine fois que nous nous verrons, tu pourras la ravoir.

— C'est ridicule.

— Peut-être. Mais c'est comme ça, tu sais.»

Depuis, il me prend toujours une page chaque fois qu'il part. En France, dans les Alpes. Même sur l'Everest et à New York. Quel que soit le livre, peu importe le nombre de pages qu'il me reste à lire. Je les espace, tranquillement, pour que la fin coïncide avec le retour de George.

Cette fois, il a failli ne pas emporter sa page. Dans la chambre d'hôtel, tandis que je faisais mes bagages, je me suis rendu compte qu'elle était encore là.

«Tu as oublié ça», ai-je dit, la déchirant moi-même. Je n'étais pas aussi habile que lui pour le faire; il restait des mots accrochés dans la marge intérieure.

Il l'a prise, l'a glissée dans son journal, m'a embrassé le front.

Quand il reviendra, je la trouverai cachée, quelque part sur sa personne. Au fond d'une poche, sous la ceinture de son pantalon en le déshabillant.

« On est prêts, *maman**! » La voix de Berry, impatiente, depuis le vestibule.

« Chut », fait Vi d'un ton réprobateur.

Je les rejoins ; ils sont propres et bien mis, le gâchis du petit déjeuner, parti. Leurs visages sont moites à la naissance des cheveux, près des mâchoires.

« On s'en va, alors ? Une grosse journée nous attend.

— Chez tante Cottie ?

— Oui.

— *Oui, maman**. »

Clare s'apprête à sortir, Berry sur ses talons. John me tend les bras, et je soulève sa masse replète. « Mettez la table pendant notre absence, s'il vous plaît, Vi. Je ne serai pas de retour avant un certain temps.

— Oui, m'dame. »

À mon tour, je saisis mon chapeau et mes gants sur la table du hall et j'examine rapidement mes trois lutins. *Ils ont tellement grandi que tu n'en reviendrais pas,* vais-je lui écrire. Mon reflet dans le miroir est tout à fait présentable. J'entre avec les enfants dans la clarté du jour.

CASCADE DE GLACE

19 325 PIEDS

« Messieurs, s'il vous plaît ? »

Noel, debout devant la tente-cuisine, étreignait son appareil photo posé sur un trépied, un énorme bidule d'acajou et de laiton pesant plus de quinze livres. Sandy s'était entraîné à calculer le poids des objets d'un simple coup d'œil. « N'apporte rien là-haut qui ne soit pas indispensable, lui avait dit George. Chaque once va vouloir te ramener vers le bas. » Ce n'était que trop vrai. Et ils étaient encore loin du sommet.

« Je suis ici, messieurs, appela encore une fois le photographe. S'il vous plaît ? »

« As-tu remarqué que Noel s'exprime toujours sous la forme de questions ? » avait observé George pendant la randonnée.

Depuis, Sandy n'avait pu faire autrement que de le constater, et les questions persistantes de Noel lui tapaient sur les nerfs. Il avait hâte que Noel s'installe dans son propre campement. Ils n'auraient plus à se préoccuper d'être filmés, d'être photographiés, d'avoir à prendre la pose « une dernière fois ». Pour l'objectif.

Mais la photo officielle, ça ne le dérangeait pas, pas du tout, en fait. Elle se retrouverait dans les journaux. Dans les livres d'histoire. S'ils réussissaient. Sandy aurait voulu avoir envie de sourire.

Il ne pouvait s'empêcher de penser au garçon, mais il espérait qu'en progressant sur la montagne, il parviendrait à laisser le souvenir de sa mort derrière lui. Les autres semblaient déjà l'avoir fait. Personne n'avait parlé de la noyade de la veille, et maintenant, ils se taquinaient et plaisantaient entre eux comme si de rien n'était. Dans les ténèbres précédant l'aube, Somes s'était assis avec George et s'était enquis de son sommeil, du chemin qui les attendait. Entre eux, c'était comme si rien ne s'était produit. Les porteurs étaient plus silencieux qu'à l'habitude, mais ils se rassemblaient pour comparer les chargements qu'ils porteraient bientôt sur le glacier, battant la semelle pour se réchauffer. Ils étaient prêts, eux aussi. À présent, il ne restait plus qu'à prendre la photo de groupe, mais Noel avait insisté pour qu'ils attendent un peu, car la lumière était insuffisante. Sandy ne demandait qu'une chose : poursuivre l'ascension. En découdre avec cette fichue montagne.

Le soufflet de l'appareil craquait dans l'air sec, malgré les précautions de Noel, qui l'enduisait sans cesse de gelée de pétrole. Le froid aride n'épargnait rien ni personne. Sandy avait le visage desséché et croûté, et il lui causait une douleur constante, comme si on lui écorchait la peau sur le crâne. Noel enleva ses gants coupés à la première phalange, déplia et replia le soufflet pour le décrisper. Il souffla bruyamment, ostensiblement, et sa respiration embua la lentille.

Les autres grouillaient devant lui – Odell, Shebbeare, Hazard –, leurs silhouettes se détachant sur la grisaille du camp de base dans la lumière du petit matin. Tandis que Noel enlaçait de nouveau son appareil d'un geste quasi intime et regardait dans l'oculaire, les sujets se placèrent face à lui en une composition inspirée de leurs souvenirs d'écoliers : un ensemble de silhouettes élancées, les uns assis à l'avant, les autres debout derrière, tous en train de décider comment ils voulaient être vus, comment ils voulaient qu'on se souvienne d'eux. Des épaules se redressèrent, des mentons se soulevèrent.

« Allons », dit Norton, faisant signe à George. « Finissons-en. »

George soupira, laissa tomber la corde qu'il était en train de réenrouler et rejoignit les autres, Sandy sur ses talons.

Odell lui désigna une place à ses côtés, mais Sandy s'arrêta et se tint tout près de George, derrière Shebbeare. George se tourna vers lui pour replacer son foulard, le poussant sous son menton. Ça lui fit drôlement mal, la laine frôlant son visage, mais Sandy se força à sourire. George hocha la tête, lui jeta un regard du coin de l'œil, puis leva son pied droit et le posa sur l'épaule de Shebbeare.

« On sait tous que c'est le sommet que tu veux, George, dit Odell à l'autre bout, mais tu n'es pas obligé de marcher sur nos cadavres. » Personne ne rit.

Tout autour d'eux, il y avait des assiettes en fer-blanc avec de la nourriture partiellement grignotée, des tasses en équilibre précaire sur des rochers. Mais Noel trouverait le cadre parfait.

« Vraiment, Mallory ? demanda Noel. Comme ça ? »

George s'énervait à côté de lui, et il s'efforçait de ne pas rire. « Prends donc ta foutue photo, Noel. J'ai des choses à faire, moi.

— La photo d'abord. » La voix de Norton était calme à la gauche de George.

Celui-ci ne bougea pas. Ils faisaient une belle équipe, cependant. Forts. Soudés. Prêts à affronter la montagne.

« Bon », concéda Noel, se retirant derrière l'appareil. « Par ici, messieurs, je vous prie ? Et un, et deux ? » L'obturateur s'ouvrit ; il vit sa paupière battante, imagina la réaction du composé d'argent sur la pellicule. Ils attendirent de longues secondes, immobiles au soleil et au vent. Quand Noel baissa la main pour indiquer la fermeture de l'obturateur, Shebbeare chassa le pied de George d'un haussement d'épaules.

S'éloignant, George lança en se retournant : « Dix minutes et nous partons. » Puis, il se pencha pour ramasser le rouleau de corde et s'en fut, seul.

* * *

MALGRÉ LEUR DÉPART matinal, le soleil avait déjà franchi les cimes les plus proches lorsqu'ils atteignirent le glacier, inondant la vallée de rose et d'or. George avait adopté le rythme de l'ascension, sentait ses crampons mordre dans la glace. Le chemin se dessinait clairement dans son esprit et sur la glace devant lui, comme un trajet sur une carte, tandis qu'il laissait filer les cordes derrière lui.

Sandy venait en deuxième, puis les coolies et leur chargement, et enfin Odell, Shebbeare et Noel avec son maudit appareil. « Tu devras suivre, Noel, l'avait-il prévenu un peu plus tôt en vérifiant les cordes. Je ne t'attendrai pas.

— T'inquiète pas pour moi, Mallory.

— Ce n'est pas pour toi que je m'inquiète. » Le glacier présentait trop de risques pour qu'ils puissent s'arrêter ou ralentir pendant plus de quelques minutes. Malgré le froid, le soleil était sans pitié à cette hauteur, perçant l'atmosphère trop mince pour offrir quelque protection que ce soit. Il fallait que le glacier soit derrière eux avant que la chaleur du soleil ne devienne trop intense. Cette partie de la montagne était vivante : le glacier les attendait, tapi. Et même à cette altitude relativement basse, il y avait des risques.

« La première fois, on ne savait pas du tout à quoi s'attendre », avait-il dit à Sandy avant d'arriver au camp de base. Ils étaient assis au bord d'une rivière glaciaire, l'une de celles qui traversaient les contreforts, après y avoir nagé un peu. L'eau du torrent les avait saisis, et l'air était chaud. « On peinait sur la glace. On ne savait pas ce qu'on faisait, où tout ça allait nous mener. Et puis l'un des coolies s'est tout simplement arrêté et s'est mis à crier.

— L'un des porteurs ?

— Un jeune homme. Le neveu de Virgil, je pense. Tout le monde était stupéfait. On se dit que l'altitude n'a pas d'effet sur eux, mais c'est faux. Impossible de dire qui et quand elle va frapper. Quand j'ai réussi à le faire parler, le garçon m'a dit qu'il avait comme un pic à glace enfoncé dans le crâne. Nous avions tous des maux de tête. Seule chose sur laquelle on peut compter ici, les maux de tête. Comme une solide gueule de bois. J'ai pensé que peut-être il était seulement paresseux, qu'il ne voulait pas se donner la peine. Mais il ne pouvait plus monter. Chaque pas, disait-il, était un supplice.

— Mais il s'en est tiré ?

— Il a dû rentrer au camp de base, puis retourner chez lui. Longstaff nous a dit par la suite qu'il s'agissait d'une hémorragie. S'il avait continué, il serait mort. Il aurait même pu mourir s'il était resté à cette altitude. Et nous n'étions pas si haut que ça.»

La corde le tiraillait à la taille. La glace portait les sons à ses oreilles : les halètements derrière lui semblaient proches entre les étroits passages de glace.

Puis, un son plus rapide, des pas précipités faisant craquer la glace et se rapprochant de plus en plus. Il se retourna et vit Sandy se hâtant vers lui, plutôt une marche rapide qu'une course. Essoufflés comme ils l'étaient, impossible de courir. Que faisait donc Sandy ? S'était-il passé quelque chose ? Il se dépêcha de compter les coolies qui montaient péniblement, tête baissée.

Sandy se laissa choir sur la glace vive, glissant sur ses genoux jusqu'à George. Puis, il planta un orteil, pivota et s'arrêta, tout sourire. Sandy haletait, tout rouge. L'exubérance à l'état brut. «Tu es en train de succomber à la glace, mon vieux.» George se pencha et lui flanqua une petite tape derrière la tête. «Très bien», dit-il d'une voix forte, la glace portant sa voix. «Arrêtons-nous ici une minute.

— Comment diable as-tu pu te frayer un chemin à travers tout ça ?» demanda Sandy, ahuri, sa voix était un souffle rauque. Sandy se leva, et George sentit son souffle lui réchauffer le visage pendant un instant, ce qui exacerba la sensation de froid sur ses joues. Il posa son sac à dos et s'assit dessus dans l'ombre d'une saillie. C'était la vérité : il n'y avait aucun sentier clairement dessiné, aucune issue ; ils étaient cernés de toutes parts par des murs de glace.

« La glace te l'indique, si tu sais lire les signes. C'est comme suivre une rivière, une rivière qui coule lentement.

— Très lentement. » Sandy rit, s'accroupissant à ses côtés. Puis, il tira son chapeau sur son front et farfouilla dans son sac à la recherche de sa gourde.

Les coolies qui les suivaient semblaient solides pour la plupart, malgré leur lourd chargement. Aucun d'entre eux ne portait de crampons – il n'y en avait pas assez pour tout le monde et cela les ralentissait quelque peu –, mais dans l'ensemble, il était content. Une courte pause leur redonnerait des forces. Éviterait qu'ils se fâchent, qu'ils abandonnent leur chargement ou qu'ils refusent d'aller plus loin. Il était important qu'ils restent concentrés. Un seul faux pas et l'un d'entre eux pouvait se retrouver dans une crevasse, entraînant toute la cordée dans le même pétrin.

« Est-ce qu'on est dans les temps ? » demanda Sandy en prenant une lampée de sa gourde.

Quelque part, l'égouttement constant de la neige fondue égrenait les secondes.

« Plutôt, oui. » Il consulta sa montre – dix heures et demie –, même si l'heure importait moins que l'intensité du soleil, qui cognait dur dans l'atmosphère rare. « Mais il ne faut pas lâcher. L'air se réchauffe. Et quand ça arrive, la glace se met à fondre, à bouger. C'est là le vrai danger.

— Je ne pensais jamais que nous aurions à nous préoccuper de la chaleur sur l'Everest. »

Les coolies commençaient à les rejoindre à présent. Ils ne lui adressèrent pas la parole, murmurant entre eux tout en laissant tomber leurs chargements. Il aurait du mal à les convaincre de repartir.

Ils semblaient bien se porter, cependant, tous sans exception. Ils n'étaient pas fatigués, seulement lents. Il fallait toujours les pousser. Manque de motivation, pensa-t-il. Il n'y avait pas d'enjeu pour eux. Ils seraient payés s'ils complétaient l'expédition. S'ils abandonnaient en cours de route, une partie de leur salaire serait retranchée. L'une des femmes porteurs ouvrit son manteau rouge afin d'allaiter l'enfant qu'elle gardait blotti contre elle. Il se détourna pour ne pas voir cette chair bombée et pendante, cette aréole bleu sombre, si exotique, si flagrante.

Il sortit la toute dernière lettre de Ruth, reçue la veille. Il ne l'avait lue que par bouts, souhaitant la faire durer. *Ce que je veux que tu saches, chéri, plus que tout au monde, presque, c'est que je suis consternée, je me suis vraiment mal comportée dans les mois qui ont précédé ton départ. J'aimerais pouvoir revenir en arrière et tout reprendre pour ne t'offrir que du soutien. Mais c'est si difficile, malgré toutes mes bonnes intentions.*

Il interrompit sa lecture et se tourna vers sa propre lettre à demi rédigée. Avec un effort d'imagination, il pouvait presque se convaincre qu'il tenait une conversation avec elle, comme ils le faisaient chaque soir avant de dormir. *Non,* écrivit-il, *j'ai été terriblement égoïste, et tu avais tout à fait raison. J'étais profondément tiraillé, tu le sais. Mais dans moins d'un mois, avec un peu de chance, je serai en route pour te retrouver, et tu seras déjà en train de claironner mon succès. Ce jour est plus proche que tu ne le crois, mon amour.* Il s'arrêta, observant les coolies rassemblés, la cascade de glace en contrebas. « Où est Noel ? » demanda-t-il.

Pliant la lettre en deux, il la rangea et se leva. Quelle plaie, ce Noel. S'il était arrivé quelque chose, s'il fallait qu'il fasse demi-tour…

Odell se glissa dans l'ombre de la saillie, le souffle court. « Ça fait deux heures. Encore… quoi, une heure et demie et nous y sommes ?

— Pas besoin de me surveiller, Odell, j'ai la situation bien en main. C'est plutôt Noel qui me tracasse.

— Il est juste là. » Odell désigna la partie du glacier que Noel était en train de gravir avec lenteur. « C'est un bon trajet,

Mallory. Bien joué. Mais on ne devrait pas attendre Noel. Ça va trop nous retarder.

— C'est moi qui déciderai combien de temps nous attendrons », dit George, sortant une cigarette et l'allumant. Il inhala profondément avant de répondre. «Il reste environ une heure. Mais la prochaine étape sera délicate. Il faudra assurer certains chargements, ouvrir un nouveau chemin.

— On ferait mieux de se remettre en route, alors.» Odell se pencha pour ramasser son sac à dos, donna une tape sur l'épaule de Sandy, comme pour l'aiguillonner.

«Pas tout de suite», fit George, et il se leva pour regarder à l'autre bout du cortège. Noel avançait péniblement avec Shebbeare et deux coolies pourtant un appareil, un trépied. «Je vous dirai quand nous serons prêts à partir.» Il saisit la gourde d'Odell, but longuement et tira sur sa cigarette une dernière fois, puis se dirigea droit sur Noel. Odell n'aurait d'autre choix que de l'attendre.

Noel aurait dû se montrer plus raisonnable. George adorait cette partie de la montagne, mais elle était instable, dangereuse. La partie orientale du glacier de Rongbuk était en fait une rivière de glace qui dévalait le flanc de la montagne et qui, plus bas, fondait et se déversait dans le bassin himalayen. Elle n'était jamais pareille. Pas même d'un jour à l'autre, encore moins d'une année à l'autre. Ici, sur la glace, c'était de l'alpinisme de haute voltige. Technique, précis. Il ne pouvait laisser Noel se débrouiller tout seul.

* * *

LEURS CHAMAILLERIES le rendaient mal à l'aise. Ce n'était pas tout à fait des chamailleries, mais Sandy ne savait pas comment l'appeler autrement. Il s'agissait d'une sorte d'animosité personnelle qui lui rappelait un peu les remontrances voilées de sa mère quand son père rentrait le soir un peu soûl.

Il se tortillait nerveusement sur son sac tandis que George allait à la rencontre de Noel.

« Nom de Dieu », s'écria George, désignant Shebbeare et les deux porteurs du photographe. « Eux, au moins, ils devraient rester encordés. » Sandy détourna le regard, prit une gorgée d'eau. Noel n'avait cessé de s'arrêter en chemin. Il se désencordait, installait son appareil, puis il tentait de rejoindre les autres. C'était excessivement imprudent. George leur avait pourtant interdit de flâner sur la glace.

« Ça va, dit Shebbeare. Ça ne me dérange pas. »

George s'en prit à Shebbeare. « Tu crois peut-être faire œuvre utile, mais tu te trompes. C'est moi le responsable, ici. Et ce n'est pas par hasard.

— Il me fallait cette photo, George, dit Noel.

— Je m'en fous, de ta photo. Ce n'est pas pour ça que nous sommes ici.

— Tu auras changé d'avis quand le film sortira à New York et que tu seras de nouveau la tête d'affiche, rétorqua Noel. Tu t'es bien amusé à jouer la vedette l'an dernier, si mes souvenirs sont exacts.

— Tu ferais mieux d'en mettre, dit Odell à Sandy en lui tendant un tube de gelée de pétrole. Sur ton visage.

— Non, ça va », fit Sandy, mais il prit tout de même le tube et en retira le bouchon.

Odell hocha la tête et s'assit. « Tu te débrouilles bien. Pas que ça m'étonne le moins du monde. Mais ce n'est pas tout à fait le Spitzberg, hein ? »

Il jeta un regard à Odell. « Non, vraiment pas. » Au Spitzberg, c'étaient des plaines vallonnées, couvertes de neige et de glace. Ici, ça ressemblait plutôt à un vaste labyrinthe.

« À cause des températures extrêmes, dit Odell. Ça fond et ça gèle rapidement. Jour après jour, après jour. C'est ce qui sculpte la glace. Vraiment spectaculaire. Tu es sûr que ça va ? » Sandy se contenta de hocher la tête. « Bon. George va sans doute accélérer le rythme dans les prochaines minutes. Il s'imagine que tout le monde se débrouille comme lui. C'est bien de fournir un effort supplémentaire, Sandy, mais si tu dois ralentir, n'hésite pas. Parfois, George exagère ; il faut lui serrer la bride.

— Ça ira. Je peux suivre.

— Tu sais ce qui peut arriver sur les glaciers. Tu te souviens de ce qui s'est passé au Spitzberg. Simon nous a retardés pendant des heures parce qu'il s'est trop dépensé. L'important est de rester alerte.

— Je n'ai pas vraiment besoin d'un sermon.

— Sandy », commença Odell. Il s'interrompit, inspira profondément. « Ce n'est pas ce que je voulais dire. J'essaie seulement de veiller sur toi.

— Je sais. Merci. » Sandy se leva et hissa son sac sur ses épaules. Il semblait plus lourd que lorsqu'il l'avait déposé. Ses jambes aussi étaient lourdes. Dommage qu'ils n'aient pu se reposer encore un peu. Il faisait bon à l'abri du soleil, dans l'ombre fraîche de la glace. En pleine lumière, le soleil le dévorerait. « On dirait que George est prêt à partir », dit-il, s'éloignant d'Odell.

Il leur fallut beaucoup de temps pour se remettre en route, pour amener les porteurs à se lever. Sandy parcourut la file, vérifiant les cordes qu'ils avaient passées autour de leur taille, l'un après l'autre, en laissant filer une bonne longueur entre chacun d'eux. Les sherpas étaient si petits qu'il devait se pencher pour vérifier leurs nœuds entortillés. Il pouvait sentir leur odeur de suie et d'herbe, un peu étonnante dans ce paysage de neige et de glace.

« Odell, dit alors George, ferme la marche avec Noel, veux-tu ? De cette façon, tu pourras te reposer encore quelques minutes. Sandy, on y va. »

Sandy planta ses crampons dans la glace et suivit George entre les pics qui s'élevaient tout autour de lui. Après s'être faufilé à travers un étroit passage, si près de la glace qu'il pouvait en sentir le froid sur son visage endolori, il entra dans une salle de bal à ciel ouvert. La glace les cernait de toutes parts. De hauts séracs les dominaient de chaque côté, autour d'un étang de glace parfaitement lisse qui luisait au soleil.

Il eût été bien incapable de trouver une issue. Pas sans aide. Il y avait partout des murailles blanches, l'une derrière l'autre, et – comme au palais des glaces – d'innombrables miroirs qui reflétaient durement les rayons solaires, même à travers ses lunettes teintées. George aurait pu l'emmener n'importe où. Distrait par ce spectacle, il sentit que la corde se raidissait, l'attirait en avant. Mais l'endroit avait quelque chose de féerique. Il était beau, protéiforme. Presque assez pour lui redonner son souffle, pour alléger son chargement. Presque.

« Tu ne le croirais pas, raconterait-il à Marjory à son retour. C'est comme tes diamants, tout ce scintillement, ce feu prisonnier d'un corps solide. » Il le lui montrerait, le collier qu'elle avait dérobé à son ex-mari, prétextant l'avoir perdu parce que c'était l'un des rares objets qu'elle avait voulu garder. « Regarde-moi ça, Sandy », s'était-elle justifiée en faisant la moue. Elle l'avait tenu à la lumière pour le faire étinceler. « Tu ne l'aurais pas gardé, toi aussi ? »

Eh bien, non. Pas à ce moment-là. Mais à présent, il ne voyait rien de mieux pour lui faire comprendre un peu de la magie de cet endroit.

La corde se raidit encore une fois, alors il pressa le pas, sentant l'effort dans sa poitrine. Mais sentir son corps réagir avait un effet vivifiant. « C'est incroyable », dit-il en rejoignant George, d'une voix entrecoupée qu'il tentait de rendre normale. « Vraiment. Je n'ai jamais vu quelque chose de semblable.

— *Rien ne fut avant moi que des choses éternelles*, dit George en écartant les bras, *et moi-même à jamais je dois durer comme elles*. Dante.

— Je crois que j'étais censé l'étudier ce trimestre-ci, dit Sandy. Dante. » Il se sentait la langue épaisse, laineuse. « En

113

fait, le trimestre est déjà terminé. C'est pas étrange, ça ? Que les jours continuent de s'écouler en notre absence ? Il ne reste plus que les examens à passer, maintenant. Dick, tous les autres, ils auront leur diplôme. Moi, je vais devoir y retourner. »

« Il ne te reste qu'un trimestre, Sandy. »

Incommodé par le soleil, Sandy ferma les yeux. Quand il les rouvrit, il se trouvait à Oxford, dans sa chambre tachetée de lumière. Sa sœur Evie secouait la tête en signe de désapprobation. « Je le sais bien, Evie », dit-il, lui lançant une paire de chaussettes en laine. « Je pensais que tu étais venue m'aider à faire mes bagages. » Elle lui renvoya les chaussettes et se laissa tomber sur son lit impeccablement fait. Il tira sur le coin qui venait de se déborder.

« Mais encore un trimestre et tu auras terminé. Alors tu pourras partir et explorer tout ce que tu veux.

— Maman a déjà essayé cette tactique. D'ici le début de l'été, il y aura un endroit de moins à explorer. Allons, Evie, ne me dis pas que tu n'irais pas si tu le pouvais.

— Bien sûr que j'irais. Mais mes études ne vont pas très bien, de toute manière. Ce ne serait pas une grosse perte. »

Sans faire attention à elle, il ouvrit sa penderie et en sortit le nouvel ensemble coupe-vent qu'il avait fait faire en prévision du voyage. Il l'avait essayé sitôt après l'avoir reçu, s'admirant dans le miroir, prenant des poses d'alpiniste avec son piolet. Depuis, l'ensemble était resté soigneusement plié dans la boîte que lui avait remise le livreur.

« Et comment *mademoiselle* Marjory a-t-elle réagi en apprenant que tu serais encore parti pendant tout ce temps ? » demanda-t-elle, saisissant la photo encadrée qui trônait sur son bureau.

Il laissa tomber la boîte et saisit le cadre des mains d'Evie. « Justement, dit-il, *elle* trouve que c'est une merveilleuse idée.

— Soyons sérieux, Sandy. » Evie ramassa les pièces de son coupe-vent et se mit à les plier en petits paquets, l'étoffe émettant de légers froissements. «Ça ne peut pas continuer comme ça. Pour l'amour de Dieu, Sandy, le pauvre Dick est complètement détruit. Humilié. Tu sais qu'il fait comme si tout allait bien, parce que c'est ton ami. Mais imagine ce que ce doit être pour lui – son meilleur ami avec sa belle-mère. Comment as-tu pu lui faire ça ? C'est une femme mariée.

— Elle est divorcée.

— À peine. Et ça ne change rien à l'affaire.» Elle pliait et repliait le pantalon et le manteau. Sandy les lui arracha, les rangea dans sa cantine. «Es-tu amoureux d'elle ?

— Nom de Dieu, Evie.

— C'est une chose sur laquelle tu devrais probablement t'interroger», dit-elle.

«Tiens.»

Sandy plissa les yeux devant l'ombre noire que la forme de George dessinait sur le canevas de neige et de lumière, et chercha sa sœur du regard. Elle n'aurait pas dû se trouver ici. En fait, comprit-il lentement, elle n'y était pas.

«Il faut que je m'assoie une minute, dit-il en s'effondrant sur la glace. Rien qu'une minute.» George vacillait et chatoyait devant lui. Un petit instant et tout redeviendrait normal.

«Tu es déshydraté, Sandy. Bois un peu d'eau.» George lui tendait sa gourde.

«Je vais bien. Bois-la, toi.» Il repoussa la main de George, mais ce dernier insista.

Lorsque Sandy eut pris quelques gorgées, George reprit sa gourde et se pencha pour le soulever par les aisselles. «Il faut continuer.

— Non. Je vais rester ici, c'est tout.

— Ce n'est qu'un coup de fatigue. Tu ne peux pas rester ici. L'eau va t'aider. Ça va aller, tu vas voir.» George tira sur la corde. «Allons.»

Il chancela un peu, puis, mettant un pied devant l'autre, il avança en titubant, mesurant ses propres jambes à l'aune de celles de George. L'eau froide clapotait dans son estomac, mais son corps avait déjà commencé à l'absorber. Sa vision devint plus nette. Stupide. Une erreur de débutant. Il aurait dû reconnaître les symptômes de la déshydratation, de la fatigue glaciaire. Il pouvait les réciter par cœur : indolence, léthargie, pensées vagabondes, distraction. George n'aurait pas dû avoir à le lui dire.

Devant lui, George se mouvait comme un liquide, avec aisance et indifférence ; ses mouvements ne trahissaient aucune panique, même quand la glace semblait se dérober sous ses pieds. Les siens paraissaient saccadés, contraints. Ses genoux étaient trop raides, ses jambes mal assurées. Il aurait voulu qu'elles retrouvent la pierre dure.

Le glacier l'épuisait, le vidait. Du moins, il espérait que ce soit seulement le glacier. Ce ne pouvait pas être l'altitude. Pas encore. Ils étaient encore si loin du sommet. Mais il serait obligé d'en parler à Somervell. « Je dois tout savoir », avait insisté Somes, venu leur dire au revoir avec Teddy le matin même. « Comment tu te sens, si ça va ou pas, d'accord ? Note-le dans ton calepin quand tu arriveras au camp II. » Il ne voulait pas en parler au docteur.

La froideur de la glace remontait dans son corps par courants de convection. Un grand bruit retentit plus loin en avant, suivi du frémissement de la glace remuant sous lui. Un bloc de la taille d'une maison venait de se détacher.

George ralentit le pas et lui fit signe d'approcher. Avec son chapeau rabattu sur ses oreilles et ses lunettes sombres dissimulant la presque totalité de son visage, George avait un air inhumain. Ses lunettes renvoyaient à Sandy son propre reflet, tordu et gauchi. La chaleur et le soleil, répercutés au sol, éclairaient George par en dessous, de sorte qu'il semblait flotter.

« Comment te sens-tu, à présent ? » demanda George, puis il toussa.

«Je meurs de soif. J'entends de l'eau. On dirait qu'il y en a partout.

— C'est exact. La glace fond et s'écoule sous le glacier. Il y a une rivière sous nos pieds. De quoi vous rendre dingue.»

Sandy jongla avec l'idée de casser un morceau de glace pour le mettre dans sa bouche. Un liquide froid, coulant lentement dans sa gorge, adoucissant sa toux. Le bonheur. Son visage dut le trahir. «Tu ne peux pas en manger, Sandy. C'est tentant, je sais, crois-moi, mais ça prend trop d'énergie pour faire fondre la glace. Ça ne vaut pas la peine.»

Je le sais bien, pensa-t-il sans le dire tout haut. Il déglutit, la gorge desséchée. «On y est presque, hein?

— C'est loin d'être fini. Après, il faut monter le campement, sinon nous dormirons dans la neige. Il faut décharger les coolies et les raccompagner en bas, au moins jusqu'au camp I.» George lui montra l'endroit de sa main gantée. La file s'étirait loin derrière eux, à présent. Il ne s'était pas rendu compte de toute l'altitude qu'ils avaient prise. Les porteurs étaient minuscules, se faufilant entre des tours blanches sur une chaussée de glace, gravissant les pentes pour rejoindre l'endroit où il se tenait avec George.

«Ça me rappelle Oxford, dit Sandy. Toute cette glace. La forme des édifices.

— Ça me rappelle Manhattan. J'ai escaladé Manhattan une fois. Y es-tu déjà allé?»

Il fit non de la tête, mais George ne le regardait pas. Peut-être que, si tout se passait bien, s'il y avait un autre film, il pourrait visiter New York, lui aussi. Il rêvait d'aller en Amérique.

* * *

GEORGE ENTREVOYAIT des formes dans la glace. Des contours, des souvenirs.

Les séracs l'écrasaient comme les tours géantes de Manhattan – de grandes façades en saillie, de glace et de pierre ; des canyons, semés autour de lui. Il crevait de chaleur et d'épuisement. Ils y étaient presque. George avait l'impression de tirer tout le cortège derrière lui, au flanc de la montagne, sur la paroi d'un gratte-ciel.

Escalader un immeuble avait été moins éreintant.

Au terme de la dernière expédition, on l'avait envoyé à New York pour qu'il raconte son histoire. Dans la lueur bleutée du projecteur de cinéma, il avait commenté les photographies de Noel, relatant sur Broadway les événements de la deuxième expédition dans le but d'en financer une troisième. Évoquant les caractéristiques des paysages filmés, il avait même précisé à son auditoire la couleur des rubans que la femme du *dzongpen* portait à sa chevelure – rouges, si sa mémoire ne le trompait pas. Mais sur le moment, la vérité n'importait guère. N'importait plus. *Rappelez-vous, monsieur Mallory, vous êtes là pour faire plaisir aux spectateurs. Pour leur raconter une bonne histoire.* La lettre de Hinks à ce sujet ne pouvait être plus claire.

Il leur avait dit les mots qu'ils voulaient entendre : ascension et angles, altitude, pierrier, degrés sous le point de congélation, tentatives. Il avait fait de son mieux pour évoquer le froid, le sentiment de désespoir – tout ce que l'affiche ridicule qui tapissait la devanture du théâtre leur avait promis. La première fois qu'il l'avait vue, elle l'avait fait renâcler. Plus tard, en la décrivant à Ruth, il avait essayé de rire de la posture mélodramatique de ces deux hommes sous un ciel bleu vif. « L'un d'entre eux – moi, je suppose –, lui avait-il raconté, tentait de sauver l'autre d'une chute mortelle en l'agrippant simplement par la main. Ridicule ! »

Chaque fois qu'il trébuchait sur un mot, il avait le sentiment de décevoir son auditoire, et la satisfaction qu'il éprouvait de se savoir au centre de l'attention le désertait. Mais le petit groupe de spectateurs l'avait chaudement applaudi et ovationné, se gonflant comme la marée. Après, il s'était retiré dans les coulisses, s'était faufilé dans l'obscurité à travers les poulies et les décors du spectacle qu'on répétait alors : une scène de plage, un canal bordé de maisons à l'italienne.

En Angleterre, ses conférences sur l'Everest avaient connu un vif succès. Elles faisaient toujours salle comble et s'accompagnaient de dîners et de cocktails donnés en son honneur. Il savourait cette soudaine renommée, tandis que Ruth, elle, l'évitait, refusait de l'accompagner. « C'est au-dessus de mes forces, George, lui avait-elle répondu quand il lui avait demandé de le suivre en Amérique. Tu ne remarqueras même pas mon absence tellement tu seras occupé. » George Finch, qui avait parcouru l'Angleterre en tournée avec lui, s'était plaint haut et fort de toute l'attention dont George faisait l'objet et avait été exclu de toute apparition publique par la suite. Aucun des autres n'était intéressé à y participer. Noel ne demandait pas mieux que de laisser son film parler pour lui. Teddy et Somes ne voulaient rien savoir du feu des projecteurs. George, lui, s'en délectait.

Il n'avait pu en dire autant de son séjour dans le Nouveau Monde.

George s'était affalé dans le fauteuil de sa loge, à New York. Son nom n'était pas sur la porte. Il venait tout juste de remarquer les fleurs près du miroir illuminé, légèrement flétries. La chaleur, se dit-il en regardant la carte. Elles n'étaient pas pour lui. Quelqu'un les avait laissées là. Son visage dans la glace paraissait usé.

« Allez, mon vieux. »

Il s'efforçait de sourire au représentant de la National Geographic Society, mais ne pouvait se rappeler son nom. Neil ? Son accent emprunté lui tapait sur les nerfs plus qu'il n'aurait dû.

« Il est temps de célébrer. » Neil se tapa énergiquement les mains.

«Oui, bien sûr.»

À la réception, une sculpture de glace décorait la table. En forme de montagne, elle ne ressemblait pas du tout à l'Everest. De la glace américaine, moulée et sculptée. Difforme. On aurait dit le logo de ce fameux studio de cinéma plutôt qu'une véritable montagne. Personne ici ne tenait à l'exactitude. La pièce était trop chaude, l'éclairage trop voilé. Tandis que Neil le présentait aux invités, quelqu'un lui tendit une coupe remplie de glace pilée, recouverte de sirop de framboises rouges. Comme du sang sur la neige.

«Directement du sommet.» Une voix de femme près de son oreille.

— Le sommet de quoi? demanda-t-il.

— La montagne, là-bas.»

Elle avait une pointe d'accent, dissimulé avec soin. Elle hocha la tête en direction de la montagne sculptée, du serveur qui se tenait derrière celle-ci dans un élégant smoking, et qui pilait la glace dans des verres. La montagne fondait à la chaleur de la pièce; ses arêtes s'adoucissaient pendant qu'une mare se formait au fond de l'assiette. De la fumée de cigarette auréolait ses flancs.

«Ah.» Quand ils le saisirent un peu plus tard pour la séance de photos, il ne connaissait toujours pas le nom de cette femme.

«Messieurs, je vous prie?»

Et il revit Noel avec son appareil, en d'autres endroits identiques à celui-ci. On n'échappait jamais aux photographies officielles. Il remit son verre de glace rouge à un garçon de table et s'installa dans sa routine habituelle, serrant des mains, prenant la pose avec des couples âgés, souriant ou sérieux – incarnant tout ce qu'ils voulaient qu'il soit, tout ce qu'ils pouvaient rechercher. Il avait cruellement besoin d'un verre. Comment ces Américains arrivaient-ils à quoi que ce soit de bon sans jamais boire une seule goutte? L'inévitable barrage de questions approchait. Les *où*, les *comment*.

Les *pourquoi*.

Entre le crépitement des ampoules de flash, il l'avait cherchée, la femme qui lui avait parlé du sommet, tendant le cou pour apercevoir sa belle petite tête blonde dans la pièce enténébrée, les lampes électriques ayant été tamisées pour s'assortir aux bougies. Il pouvait entendre son accent quelque part, mi-britannique, mi-américain, comme un pont entre deux mondes. Elle avait l'odeur de la ville, un peu âcre, piquante, mais il avait aussi senti un parfum évanescent de verdure. Il pouvait venir d'une serre, New York étant beaucoup trop froid pour y faire pousser quelque chose en plein mois de février.

Quelqu'un lui tendit une tasse de thé; celui-ci semblait faible, déjà en train de refroidir, mais il prit tout de même une gorgée. Puis, elle fut de nouveau à ses côtés.

« Prenez le mien, dit-elle.

— Je n'oserais pas. Merci.

— J'insiste. Vous en aurez besoin. Pour les reporters. Ouuuuh. » Elle frémit de manière exagérée, et l'épaule de sa robe glissa, révélant un os anguleux, la fine bretelle d'une nuisette en soie. Elle la rajusta et échangea sa tasse contre la sienne. Plus chaude, elle sentait le whisky et le rouge à lèvres.

Il essaya de se rappeler le goût du whisky sur les lèvres de Ruth, celui de l'alcool qui émanait de sa peau le matin. Quel serait le goût de cette femme ?

Il se tourna vers les journalistes.

Pourquoi. Voilà ce que tout le monde voulait savoir. Ou du moins, ceux qui n'étaient jamais allés en montagne. Il n'était jamais parvenu à l'expliquer convenablement. Qu'y avait-il à expliquer ? C'était l'esthétique de la montée, le pouvoir d'attraction de ce qui se trouve là, si proche, au-delà de notre horizon. C'était le simple plaisir de franchir un tournant, un mur, de sentir son corps faire exactement ce qu'il faut, quand il le faut. Mais c'était plus que ça, aussi. Il y avait ce sentiment de suprématie qui se manifestait quand il se trouvait au sommet. Cet ascendant.

Ses membres étaient fatigués, tendus. Il était inactif depuis trop longtemps. Il voulait escalader quelque chose. N'importe quoi. Ou aller courir au parc, qui n'était qu'à quelques rues au nord. Peut-être qu'on ne le réclamerait pas. Il était épuisé. Il voulait flirter avec la blonde. Il voulait dormir.

Mais *pourquoi*? Il l'avait vu venir toute la soirée. L'avait redouté.

«Pourquoi, monsieur Mallory? commença l'un deux. À quoi ça sert de gravir cette montagne, exactement?

— C'est un sacré gros risque, vous ne pensez pas? Est-ce que ça vaut la peine de risquer sa vie pour ça?

— Ou la vie des autres, ajouta un autre.

— Monsieur Mallory, qu'est-ce que vous essayez de prouver, au juste?»

Les voix et les questions se mêlaient les unes aux autres. Elles commençaient à ressembler à des accusations. Il but un bon coup, se demanda si les journalistes avaient droit au même «thé» que lui.

Il aurait voulu que Ruth soit avec lui.

Le poids de l'ascension alourdissait ses jambes, mais George n'avait pas d'autre choix que de continuer à ouvrir la voie. Personne ne pouvait le remplacer. Sandy, tout juste derrière lui, manquait d'expérience, de solidité. De toute manière, ils avaient presque franchi le glacier, et le plaisir et l'inquiétude d'une nouvelle étape faisait monter l'adrénaline en lui, rongeait sa fatigue. Son corps décidait à sa place, l'amenait à contourner les points faibles de la glace, les crevasses cachées sous un pont de neige. George appuya son front contre la glace qu'il escaladait, si fraîche comparée au soleil cuisant qui se reflétait partout. Elle fondit sur sa peau, l'eau ruisselant sur son visage. Il se lécha les lèvres.

Il aurait voulu des rochers sous ses doigts nus, au lieu de cette glace sous ses gants. Il fit passer tout son poids sur sa jambe gauche, et le bout de ses crampons se ficha dans la glace. Il sentit une pression sur sa cheville, une douleur familière, alors qu'il extirpait son piolet de la paroi et le replantait quelques pieds plus haut. Des éclats de glace neigèrent sur lui et fondirent sur ses joues et ses lèvres. Il se hissa à l'aide du piolet et colla de nouveau son front sur la glace. Rien qu'un instant, avant le prochain ancrage.

Il pouvait voir à travers la paroi, à seulement quelques pouces de son visage. Il y avait un rocher sous la glace devant lui, pétrifié, congelé sur place depuis un millénaire. Peut-être davantage. Glissant lentement au flanc de la montagne, dans le torrent de glace.

Ses poignets, ses coudes, ses épaules souffraient de l'impact répété de son piolet dans la couche de glace. Combien de fois s'en était-il servi aujourd'hui ? Dans sa vie ? Ses doigts étaient raides et enflés en raison du manque d'eau. Il avait beau en boire des quantités, l'air sec absorbait toute humidité dans son souffle, dans son corps. Il sentait un excès de tension dans toutes ses articulations. Il expira et grimpa de nouveau, se hissa tant bien que mal au sommet de la paroi.

Son corps avait oublié la grâce.

Du haut du mur, il pouvait voir le reste du trajet, aussi net qu'une ligne tracée dans la blancheur de la cascade de glace, menant au-delà du glacier, sur les flancs de la montagne. Les mots de Ruth tournaient dans sa tête – *je me suis vraiment mal comportée*. George planta ses crampons au sommet de la paroi et attendit que la corde se raidisse, à sa taille et entre ses doigts crispés, tandis que Sandy entreprenait l'ascension du mur.

« Pourquoi escalader le mont Everest ? »

Il voulait être spirituel – comme James ou Vanessa –, rapide de la gâchette, toujours la bonne réplique. Mais il ne trouva rien. Épuisé, résigné, il soupira.

Les journalistes grattaient fiévreusement leurs calepins, et George savait qu'ils avaient apprécié ce qu'il venait de dire, même si quelques-uns paraissaient déroutés. Neil eut un hochement de tête entendu, comme si George venait de leur offrir une perle de sagesse, mais il avait déjà oublié ce que c'était. Qu'est-ce qui leur faisait tant plaisir ? Il ne s'en souviendrait pas plus le lendemain, en lisant ses propres mots dans le *New York Times* : *Parce qu'il est là.* Avait-il vraiment dit cela ?

Il était un brin ivre. Plus qu'un brin, à vrai dire. Tout au long de la soirée, la blonde avait continué de se manifester et de verser du whisky dans son thé. Ses idées étaient embrumées, comme elles l'étaient en altitude. Comme elles le seraient au sommet. Son corps restait en équilibre sans qu'il eût à intervenir. Il sortit sur le balcon d'hiver. Le vent fouettait la ville vers le nord, le long des gratte-ciel, vers le rectangle noir de Central Park. C'est là qu'il aurait voulu être. Il jeta un coup d'œil à sa montre. Il était encore temps. Il se faufila à l'intérieur pour aller trouver son hôte et présenter ses excuses. Très tôt demain, une autre conférence à préparer.

« Vous partez ? » Elle était de retour à ses côtés.

Il eut un sourire involontaire et couvrit sa tasse d'une main. « Assez », dit-il d'un ton suppliant. Puis : « Oui. Il faut que je rentre. Mais merci. Pour tout. Mademoiselle… ? » Il laissa la question en suspens et attendit qu'elle y réponde.

Elle attendit à son tour, l'observant du coin de l'œil. Il surmonta l'attente.

« Stella. » Son nom n'était qu'un souffle. Elle lui tendit la main, ses courts cheveux blonds s'agitant près de sa mâchoire. Américaine jusqu'au bout des doigts. « Stella Jones ».

« Une fille du pays de Galles ? Je le savais. » Il n'aurait pas dû flirter. Il aurait dû retourner à sa chambre d'hôtel et écrire à Ruth. Elle aurait dû l'accompagner à New York.

« Quelque chose comme ça », dit-elle.

Il la suivit jusqu'à la porte.

Dehors sur le trottoir, elle se tourna vers lui. «Je veux vous voir grimper. Tout le monde dit que c'est la seule manière de vraiment faire connaissance avec le séduisant George Mallory.» Elle frissonna, encore une fois avec exagération, et se blottit contre lui.

Rougissant dans les ténèbres de la ville, il se demanda qui pouvait être ce «tout le monde». «Il n'y a nulle part où grimper, ici.»

Elle l'emmena dans un bar clandestin où se produisait, dans un coin sombre et enfumé, un orchestre de jazz. Elle dansa et lui offrit un disque enveloppé de papier brun qu'elle avait acheté au saxophoniste – le présenta comme un héros, un grand explorateur. Il se retira de la conversation avec son 78 tours sous le bras.

En sortant du club de jazz, il songea à Ruth et voulut la chasser de son esprit. Il songea aux règles et aux rôles, et se demanda pourquoi il se donnait cette peine. Il songea à la personne qu'ils croyaient tous qu'il devait être et se pencha pour embrasser Stella.

Elle secoua la tête, ses lèvres effleurant les siennes. « Non. »

Cela le surprit; il pensait que c'était là son jeu. Il fit un pas en arrière mais ne dit rien, se demandant comment il avait pu se méprendre à ce point sur les intentions de la jeune femme.

Elle parla en premier, s'avançant jusqu'à lui, son corps si près du sien qu'il pouvait en sentir la chaleur. Ses cheveux traînaient le lourd parfum de la fumée du bar. « À quoi ressemblent les murs du Waldorf? »

« C'est un défi? »

Il avait quelque peu dessoûlé, s'était frotté les mains avec du talc. Elles étaient lisses et sèches dans l'air glacial. Stella avait enfilé son pardessus et se tenait sur son balcon au Waldorf Astoria. Elle sirotait un verre de rhum, dont le bord était taché de son rouge à lèvres écarlate. Tout New York s'étalait à ses pieds. Il savait que c'était une illusion, mais les murs de l'édifice qui s'élevaient à pic au bord de l'avenue tout en bas lui donnaient l'impression de se trouver plus haut qu'il ne l'avait jamais été sur aucune montagne.

«Oui!» s'écria-t-elle, tenant son verre dans le creux de son bras tout en frappant des mains. Le son claqua dans l'air mordant. Son accent devenait plus fort à mesure que la soirée avançait, que l'alcool la mettait à l'aise. «Un défi!»

Il monta sur la balustrade à l'endroit où elle rejoignait le mur, et le monde plongea vertigineusement à sa gauche. Ses doigts trouvèrent les prises dans la maçonnerie comme ils le faisaient toujours. Il se hissa, se faufila par-dessus le chambranle de la porte et sur toute la largeur du balcon. Il oublia son auditoire, la femme qui le regardait, et se sentit plus à l'aise qu'il ne l'avait jamais été depuis son arrivée à New York.

La pierre semblait solide sous ses doigts. Ses chaussures vernies en grattaient la surface, laissant des traces noires sur le gris de l'édifice. Sur le rocher.

Il redescendit vers la balustrade de l'autre côté du balcon et songea un instant au vide sombre qui se trouvait sous lui. Et s'il décidait tout simplement de lâcher prise? Pourquoi se retenait-il?

Quand il posa les pieds sur la balustrade, les bras de Stella l'enlacèrent immédiatement. Pendant la soirée, elle lui avait dit qu'elle le connaissait. Elle était l'amie d'un ami, avait connu la fille d'une de ses tantes maternelles à l'école. Elle jurait qu'ils s'étaient rencontrés au temps de leur jeunesse, mais il ne se souvenait pas d'elle. Il aurait aimé s'en souvenir. Il descendit et l'embrassa.

Elle goûtait le thé et le whisky. L'Amérique, le jazz.

«Y a-t-il un Victrola?» demanda-t-il. Il voulait danser avec elle.

Il se faufila à travers l'étoffe ondulée des rideaux jusque dans la chambre. Elle était somptueuse: le tapis bleu, riche et moelleux sous ses pieds, les profondeurs douillettes des fauteuils à oreilles, l'étendue soyeuse de l'énorme lit. Il lui faudrait partir le lendemain. L'expédition n'avait pas les moyens de lui payer cette chambre une autre nuit. Ils pouvaient à peine lui en offrir une seule, mais il fallait sauver les apparences. À compter de demain, il logerait au centre-ville, avant de quitter la ville deux jours plus tard à Penn Station.

Il y avait bien un Victrola. Il fit jouer son nouveau disque, laissant flotter ses bras dans l'air au son de la musique.

Sella rit. « Vous n'avez rien d'un George Mallory.

— Si, si, je vous assure. »

Il se dirigea vers elle.

« Dans ce cas, je l'aime bien, je crois. »

C'était une femme anguleuse, taillée comme les crêtes des montagnes. L'étroitesse de ses hanches, la déclivité de ses épaules, si différentes des rondeurs tendres de Ruth.

Ils dansaient au rythme de la musique jazz. Il aurait voulu plus d'alcool.

Le lendemain matin, il verrait son nom dans le journal et demanderait qu'on lui apporte le petit déjeuner. Cette nuit-là, il fit monter Stella dans son lit. Elle était longiligne comme les filles qu'il avait lorgnées au bar clandestin.

Quand il l'embrassa de nouveau, il songea à d'autres baisers, à Ruth et aux longues absences qu'il lui imposait, songea qu'elle pourrait sans doute comprendre. Il n'y avait aucune culpabilité à avoir. Voilà ce qu'il se disait.

Il avait la quasi-certitude que Ruth ne savait rien de Stella. Il ne lui avait écrit qu'une seule fois, au Club alpin. Il n'avait toujours pas ouvert ses lettres.

En début d'après-midi, ils parvinrent enfin à leur futur campement.

« Le camp II. Exactement comme on l'a laissé. »

Mais pas tout à fait. Les vestiges du campement – l'armature métallique de la tente, sa toile déchiquetée par le vent, la glace et les rochers jetés dans sa direction au cours des deux dernières années – gisaient au milieu d'une congère. Il n'y avait pas grand-chose de récupérable, hormis une boîte de haricots oubliée là et quelques vieux poteaux de tente. Le site était complètement détruit. Ils établiraient un nouveau campement à sa place, se penchant de temps à autre pour retirer de vieux morceaux d'équipement, des détritus gelés.

Il leur fallut des heures pour monter les tentes. Plus tard, ils érigeraient de petites murailles à l'aide de pierres qu'il ferait transporter par les coolies à partir du sommet de la cascade de glace. Ils les recouvriraient ensuite de toile afin qu'elles puissent les protéger un peu de la montagne. Mais pour l'instant, ils se débrouilleraient. Odell demanda aux coolies de préparer du thé, une tâche interminable qu'il voulait à tout prix éviter. Tous se déplaçaient au ralenti, malgré leurs efforts. Dans l'air raréfié, ils étaient tous à moitié ivres.

« Il fait assez frais, maintenant », dit-il, quelques heures plus tard, en donnant des instructions à Shebbeare pour faire redescendre les coolies. « La glace sera stable. Si vous suivez les cordes, vous n'aurez aucun mal à retrouver le chemin. Ce devrait être beaucoup moins long pour redescendre. » Shebbeare hocha la tête, avec un peu de nervosité. « Dites à Norton et à Somervell de commencer à monter l'oxygène demain. Et donnez ça à Somes. » Il lui remit les notes qu'il avait prises au sujet des performances de chacun sur la cascade de glace.

« Oui, m'sieur. »

George revint au campement. Les autres resteraient avec lui – Sandy, Odell, Noel, une poignée de coolies. Ils installeraient le camp II et finaliseraient les plans pour le prochain campement. Au retour de Shebbeare le lendemain, avec Teddy et Somes, il serait déjà en route pour le camp III. Quatre autres camps à monter, puis le sommet. Ils disposaient de trois semaines, peut-être un peu moins, avant que la mousson n'atteigne le sous-continent.

George était assis sur une petite caisse de provisions et regardait Odell s'affairer autour des coolies, lesquels s'occupaient de faire fondre de la neige pour le thé et de préparer de la nourriture. Odell s'emparerait de la première tasse, bien entendu. Il n'y manquait jamais.

«Odell, appela-t-il. Peux-tu vérifier ces sacs-là? Pour voir si tout a survécu à l'ascension.» Odell acquiesça d'un signe de tête et George se détourna. «Il faut que chacun fournisse sa part», ajouta-t-il pour lui-même.

Sandy arpentait le terrain près d'une des tentes, vidant des caisses, empilant des paquets et des boîtes, les enfouissant dans la neige pour qu'ils ne glissent pas. De gros morceaux de glace volaient sous la pointe de son piolet. Sandy débordait d'énergie. George baissa la tête pour ne plus le voir; autant d'activité lui donnait le tournis. Il avait besoin de rassembler ses idées. Ils se mettraient en route demain pour le camp III, après-demain au plus tard. Il devait décider quoi emporter, et qui l'emporterait.

Un instant plus tard, Sandy se tenait debout devant lui.

«Quoi? Tu devrais t'asseoir, Sandy. Le thé sera bientôt prêt. Ne te laisse pas berner par cette montée d'énergie. Elle disparaîtra bien assez vite.

— Allons», dit Sandy. Dans une main, Sandy tenait une petite pierre de la taille de sa paume, qu'il avait ramassée au bord du glacier et que la glace avait usée et rendue lisse. Dans l'autre, son piolet. Tout en les brandissant, il désigna la cascade de glace d'un signe de tête.

George secoua la tête. «Ne sois pas ridicule.

— Allons, George. Tu disais que l'exercice faisait du bien aux poumons, à la tête, tu te rappelles? Et puis, on va s'amuser. Odell, appela-t-il d'une voix forte, apporte ton piolet.»

Sandy les emmena sur le glacier, jusqu'à un étang plat et lisse de plus de mille pieds de longueur. Sous le soleil de l'après-midi, l'endroit ressemblait à une fournaise. À présent, une fraîcheur bleutée en émanait. La perfection.

Sandy laissa tomber son galet sur la glace et saisit son piolet par le manche. Il frappa la pierre à l'aide du fer, la faisant glisser vers George, qui l'arrêta avec son pied et sourit. Avec son propre piolet, George fit glisser la pierre en avant tout en traînant les pieds sur la glace, comme sur des patins.

« C'est un de mes potes au collège, cria Sandy, qui est allé à Toronto avec son père, un hiver. Il a vu des mecs qui jouaient à ce jeu-là dans le port, et il a trouvé ça bien rigolo. Alors il a voulu nous le montrer. On a essayé de geler la cour de l'école avec des seaux d'eau. Ça n'a pas marché. Alors, je me suis dit que c'était l'endroit parfait pour réessayer. »

George y était allé une fois. Après New York. Une ville insupportablement froide. Ruth s'était moquée de lui. « Froide ? Après l'Everest ? » Oui, avait-il répondu. Froide. Même après l'Everest. Et grise, et sombre. Le froid, là-bas, vous clouait sur place. Il n'avait jamais eu envie d'y retourner, mais si l'occasion se présentait, il pourrait en profiter pour se familiariser avec le jeu de Sandy.

Virgil s'était muni du second piolet de George, et un autre des coolies tenait un morceau de bois cassé que Sandy avait pris sur une caisse. La glace se réchauffait et craquait sous leurs pieds tandis qu'ils jouaient. Ici, le ciel demeurait clair longtemps après que le soleil eut disparu derrière les montagnes. George se rua vers le but d'Odell mais fut bloqué par Noel, qui le plaqua durement sur la gauche. Il leva le coude afin d'amortir le coup. Le son de son piolet sur la pierre et la glace, les petits éclats de rire de Sandy, se répercutaient sur les parois de glace. Virgil gardait solidement son but avec d'incessants déplacements entre les deux rochers qu'ils avaient placés en guise de poteaux. George, circulant derrière lui, resserra un peu les limites du but d'un coup de semelle. Il se sentait en pleine forme. Odell frappa un tir dans sa direction. Il le bloqua, sentit la douleur de l'impact sur sa jambe paralysée par le froid, puis joua du coude pour mettre Noel en échec, le sourire aux lèvres.

Ce n'était qu'un jeu. Noel lui retourna son sourire. Ils s'amusaient. Il ne se rappelait pas s'être amusé en 22.

George compta mentalement les points jusqu'à ce que, à bout de souffle et en nage, ils fussent trop épuisés pour continuer à jouer. C'est lui qui l'emportait. Il ne le leur dirait pas, mais il le savait. La partie n'avait sans doute duré que quelques minutes, mais on aurait dit qu'ils jouaient depuis des heures. L'air était trop rare pour satisfaire l'enthousiasme de Sandy.

« Allons ! s'écria Sandy. Encore un point ? Le gagnant rafle tout ?

— Quel est l'enjeu ?

— Le perdant fait fondre la neige demain matin. Prépare le thé. »

Ils semblèrent y réfléchir un moment, étendus sur la glace bras et jambes écartés. Leurs poitrines se soulevaient.

« Peut-être un match revanche, dit George. En redescendant. »

Sa tête lui élançait, à présent. Stupide, cette dépense d'énergie. L'eau qu'il leur faudrait ingurgiter pour contrer la déshydratation ! Mais tout le monde souriait. Même les coolies.

Peut-être cela avait-il valu la peine.

« Justement, puisqu'on parle de thé, on ferait mieux d'y aller », dit Odell. Il tourna les talons, prenant la tête pour les ramener au campement.

« Allons. » Sandy passa son bras par-dessus les épaules de George. Un geste réconfortant, bienvenu. « Ce n'était pas une si mauvaise idée, hein ?

— Non, dit George. C'est vrai. Tu pourras en amener d'autres. »

Sandy était tout rouge. Il sourit, et sa lèvre desséchée par le soleil se fendit. George essuya la petite tache de sang.

MAGDALENE

11 HEURES

Cottie apparaît derrière la porte et nous accueille à bras ouverts, prête à enlacer Clare et Berry, avant de se rendre compte que je suis là aujourd'hui à la place de Vi. Elle penche la tête de côté en me regardant, puis s'exclame avec entrain : « *Bonjour, mes petites*!* »

Le hall d'entrée est d'un jaune ensoleillé. Chez Cottie, tout est vivant et de couleur voyante : des tableaux et des photographies sur chaque pan de mur, des fleurs qui pourrissent dans des vases, desquelles émane une écœurante odeur de fruits trop mûrs. Au milieu de ce décor, elle fait figure de faucon empaillé, toujours en pantalons beiges, vêtue d'une chemise d'homme, blanche. « *Entrez*!* » Elle s'empresse de nous laisser passer et me prend John des bras. Tout dans sa manière est accueillant. « Je ne m'attendais pas à te voir avant ce soir », dit-elle en balançant John d'un côté et de l'autre, John qui glousse de plaisir. « Puis-je faire quelque chose pour toi ?

— Pourrais-tu me le garder pendant quelques heures ? » Je lève la tête en direction de John qu'elle tient dans ses bras. « Si ça ne te dérange pas.

— Bien sûr. Un peu de temps pour toi. C'est bien compréhensible. » Elle dit cela d'un air conspirateur et se tourne vers Clare et Berry. « Qu'en dites-vous, les filles ? On va apprendre à John les couleurs *en français*.* » Quelques heures toute seule – loin de la maison, de Vi et Edith. De tout. Je prends conscience de l'occasion en or qui s'offre à moi.

Les petites font oui de la tête. «Alors il nous faudra de la peinture et du papier.» Les bras de Cottie s'animent d'un geste extravagant, les bracelets de bois décorant ses poignets s'entre-choquent. «Vous savez où ils sont. Allez les chercher.» Elles filent, gambadant vers la cuisine. John les suit à pas hésitants. Des portes claquent.

Nous tendons l'oreille un long moment, dans l'attente d'un fracas, d'une plainte. Comme il n'y a aucun signe d'urgence, je poursuis en m'excusant. «Non, ce n'est pas ça. C'est juste qu'Edith et Vi ont beaucoup à faire pour la réception, et il y a des choses à préparer avant l'arrivée des invités. C'est plus facile sans...»

Cottie m'interrompt. «Ruth, il n'y a rien de mal à prendre quelques heures – ou deux mois! – pour toi toute seule. Mais tu prendras le thé avant? Rien qu'une minute.»

Je me dirige vers la cheminée. La pendule affiche près de onze heures.

«Non, je t'en prie, ne te donne pas cette peine. Je ne reste-rai pas longtemps.» Cottie porte la main à ses cheveux courts et crépus, tentant de les débroussailler. Si le révérend Mallory me trouve étrange, je me demande ce qu'il peut bien penser de Cottie, dont le mari et les enfants sont installés à Londres pour qu'elle puisse vivre ici sa «vie de célibataire», comme elle dit, et écrire, et réfléchir.

«Mais je ne t'ai pas vue depuis un siècle. Tu as l'air bien.

— Merci, mais j'ai des courses à faire et j'ai l'impression de ne pas être sortie depuis des lustres. Je reste toujours près de la maison. C'est plus simple.» Les mots coulent de ma bouche comme d'une source. «C'est juste que, s'il y a des nouvelles, je veux être là pour les recevoir. Et tout le monde s'enquiert à son sujet. Mais aujourd'hui, je ne peux pas supporter de rester assise à attendre le courrier.» Je m'effondre sur le sofa avec un petit rire. «Ce que je dis a l'air ridicule.

— Bien sûr que non. Tu dois avoir l'impression que le monde est pendu à tes lèvres. Aux siennes. Impossible de discuter normalement.

— Exactement! Tu vois, nous voilà encore à parler de George et de son absence. Parfois, j'ai juste envie de ne plus entendre prononcer son nom.» Une longue pause s'ensuit pendant que nous cherchons quelque chose d'autre à nous dire. «J'ai su que j'étais amoureuse de George quand j'ai commencé à toujours vouloir dire son nom. Je ressentais un frisson rien qu'à l'entendre, à le goûter.

— Je me rappelle ce sentiment-là. Même si c'est un nom comme George – ce qui n'est pas très joli, il faut le dire.»

Je souris malgré moi. «Non. Mais je me trouvais des excuses pour le dire.» Je ris, embarrassée par ce souvenir. «*By George,* papa! que je disais. Comme c'était bête.

— Non. Pas du tout. Et ce n'est pas bête non plus de vouloir changer d'air.

— Merci, Cottie.»

À l'arrière de la maison, les enfants font du bruit, ouvrent des placards. La voix de Clare s'impose, impérieuse.

«J'ai reçu une lettre, dit Cottie. Naturellement, ce n'est sans doute rien à côté des tiennes. Mais voudrais-tu la lire?

— Ça ne t'embête pas?

— Bien sûr que non! Laisse-moi seulement…» Elle s'est déjà levée et franchit la porte de son bureau. À travers l'embrasure, des piles de livres, des bouts de papier partout. Cottie les feuillette rapidement.

Je revois mes lettres, rassemblées sous l'oreiller de George, légèrement surélevé.

«Ah!» Elle tire sur des feuilles avec un cri triomphal, les autres volant sur le plancher. Je suis une corneille, ramassant des bribes de nouvelles là où je peux, toutes périmées, dénuées de toute pertinence. Rien de tout cela ne me dit comment il va maintenant, seulement comment il allait il y a trois semaines, un mois. Je compte les semaines, les jours, les heures. Je suis devenue une experte du temps. Le temps écoulé depuis son départ, pour commencer ; ensuite, le temps qu'il reste avant son retour. Mais ces calculs ne tranchent rien. À cet instant précis, tous les dénouements sont encore possibles. Il a conquis le sommet. Il rentre à la maison, victorieux.

Cottie replie la lettre sans aucun soin, l'insère dans l'enveloppe et me la remet. La voilà – son écriture. Les armoiries de l'Everest Committee au verso, une petite montagne esquissée à l'encre bleue.

« Puis-je ? » Je lui montre mon sac à main. « Je te la remettrai ce soir ?

— Certainement. Emporte-la. Prends ton temps. »

Je me lève, et elle me serre un instant dans ses bras.

« Merci, dis-je sans trop savoir si elle m'a entendue. Vi viendra chercher les enfants. À l'heure habituelle. Merci », dis-je à nouveau, plus fort cette fois.

« Mais je n'ai rien fait. On se voit ce soir. »

Dehors, je sors la lettre de mon sac et la porte à mes narines dans l'espoir d'y trouver quelque trace de lui, mais il n'y a rien. On dirait même qu'elle a pris l'odeur de chez Cottie, celle de cendriers trop pleins, de l'encre, peut-être. Malgré tout, je la cache dans mon chemisier, sous ma nuisette, les coins de l'enveloppe s'enfonçant dans ma peau.

En ce début de juin, la lumière est encore teintée d'humidité, mais les pelouses et le feuillage verdissent à vue d'œil. Même les façades grises de Cambridge se couvrent de mousse verte sur leur côté ombreux, ce qui leur donne un aspect verdoyant et doux. Marchant vers le centre-ville, j'ai un sentiment de tranquillité. Les enfants sont bien surveillés, j'ai des courses à faire pour m'occuper – une chemise de nuit pour Clare, des fleurs pour la table. Une lettre à lire. Choisir la solitude est souvent un gage de paix.

Dans les rues étroites, des universitaires filent sur leurs bicyclettes, et je m'imagine George parmi eux, flottant dans sa toge noire, ses longs cheveux au vent. Est-ce là la vie qu'il souhaitait ? Suis-je celle qu'il désirait ?

Je songe à Cottie, avec ses cheveux courts et son pantalon. Même sa façon de fumer a quelque chose de sophistiqué. Le choix qu'elle fait de rester si longtemps loin de ses enfants, de son mari... pour écrire. Je me demande si j'arriverais à vivre comme cela – dominée par mes propres désirs et intérêts, comme George avec ses montagnes, au point de garder mes enfants, mon mari, à distance. Un tel engagement a de quoi susciter l'admiration, je trouve.

Comme toutes mes amies, Cottie a d'abord été l'amie de George. Au début, j'étais intimidée par elle, et même jalouse, bien que j'aie du mal à l'admettre, encore aujourd'hui, même en mon for intérieur. Mais elle pratiquait l'alpinisme avec George depuis des années et, plus que moi, elle semblait la fille qu'il lui fallait, aventureuse et intrépide. Incroyable de penser que j'aie pu avoir un jour ce sentiment-là.

Ce n'est qu'après notre mariage que j'ai rencontré Cottie. À un dîner. Chez les Woolf.

« Ils vont t'adorer, m'avait-il dit pour me calmer les nerfs. Ils vont t'adorer parce que je t'adore. »

Il m'avait pressée contre la porte d'entrée des Woolf, m'avait embrassée langoureusement, sa main sous mon manteau, sur mes seins, jusqu'à ce que la servante vienne nous ouvrir.

J'espérais qu'il ne se trompait pas – mais quelle table ! Virginia et Leonard, Maynard Keynes, Cottie et Owen, son mari diplomate, James Strachey, Lytton Strachey et son amant du moment. Hormis les dîners de famille, c'était notre première invitation en tant que couple marié. Nous avions eu un mariage intime, sans faste : notre famille et quelques amis proches.

Je m'étais changée trois fois avant que George me recommande une robe que sa sœur Avie m'avait donnée, et dont les contours amples laissaient pourtant entrevoir mes formes. «Je peux t'imaginer nue quand tu portes cette robe», avait-il dit.

Cottie s'était montrée, dès le début, la plus gentille à mon égard. Penchée sur la table animée, la manche de son chemisier traînant dans son assiette, elle m'avait dit : «Nous étions vraiment désolés quand nous avons su pour votre lune de miel.

— Oui, quel dommage de voir une si belle histoire d'amour contrecarrée par la guerre.» James semblait s'ennuyer à mourir.

«Ce devait être horrible, vraiment. Porlock, disiez-vous ?» Virginia m'avait regardée. Ce n'était pas la lune de miel que nous avions espérée. Nous parlions d'aller dans les Alpes, mais au même moment, la guerre éclatait. C'était néanmoins une semaine rien que pour nous deux et c'était suffisant pour me contenter. Nous avions campé dans une tente de toile, sur la plage, avec le soupir des vagues assaillant la rive, murmurant parmi les galets gros comme ma main. Nous avions des tas de couvertures qui nous servaient de matelas. Nous passions nos journées dans la tente. À manger, à parler, à lire, à faire l'amour. Nous ne sortions que pour nous baigner, sous la pluie, trempés avant même d'avoir touché l'eau. Nous étions toujours mouillés, mais ça n'avait aucune importance. Tout ce qui comptait, c'était qu'il soit là pour me tendre les bras, pour que je lui tende les miens.

«Oui, répondit George. Porlock. Mais non, pas du tout.»

Une chaleur parcourut mon corps, et je songeai à tous les endroits où il m'avait touchée. Nous nous étions allongés l'un près de l'autre, sa tête à mes pieds, appuyés sur un coude ou encore l'un sur l'autre. Je l'examinais, je rampais sur lui, parcourant du doigt l'ombre de ses os, ses cicatrices, ses ecchymoses.

«Ce n'est pas la lune de miel que j'avais envisagée», s'était-il excusé. Me lovant jusqu'à son visage, je l'avais embrassé.

«On ne s'est pas ennuyés du tout, expliqua-t-il aux autres convives. Ce fut bien trop d'émotions fortes, à vrai dire. On nous a arrêtés pour espionnage.»

Il ne me regardait pas, mais sa main sous la table remonta l'intérieur de ma robe jusqu'à la peau nue au-dessus de mes bas. J'étais incapable de le regarder.

«Pas possible», dit Lytton, incrédule. Ils l'étaient tous. Mais on parlait beaucoup d'espionnage, à cette époque. Toutes les plaques de rue avaient été retirées, depuis la côte jusqu'à Londres, afin de déjouer les agents étrangers. Il n'était pas impossible que des campeurs installés sur la plage aient attiré l'attention des forces de l'ordre.

«Nous étions en train de lire dans la tente. Il pleuvait à verse. Non seulement nous n'avons pas eu droit à une lune de miel sur le continent, mais le ciel s'est acharné sur nous pendant une semaine. Nous étions en train de lire au chaud, et il y a eu un grattement sur le rabat de toile. Ruth m'a regardé. Nous n'avions entendu personne appeler. Nous n'avions pas vu âme qui vive depuis des jours. Je me suis penché pour dénouer le rabat, et il y avait un soldat accroupi devant notre tente – trempé des pieds à la tête. Il sentait la laine mouillée. J'ai pensé que, peut-être, il voulait entrer pour se mettre à l'abri de la pluie, et je m'étais déjà écarté pour lui faire de la place. Puis, j'ai remarqué son fusil, pointé sur nous, mais très subtilement. «Vos papiers, a-t-il dit en crachotant. Montrez-moi vos papiers.»

Dans l'histoire de George, nous étions stupéfaits, et nous riions de l'absurdité de la situation. À table, Maynard remplissait ma coupe de vin dont je m'empressai de prendre une gorgée. Remuant sur ma chaise, je trouvai la main de George sous la table. Je serrai ses doigts aussi fort que j'en étais capable. Il ne broncha même pas. Ne cilla pas. Continua simplement son histoire. «Nous lui avons donné nos pièces d'identité. Notre nouveau certificat de mariage, que Ruth avait placé dans le livre qu'elle était en train de lire. C'était quoi, chérie ? Le livre ? »

Il serra ma main à son tour.

J'étais censée conspirer avec lui. Mentir. J'étais flattée et prise de court. Les titres des livres que j'avais apportés m'échappaient complètement. J'avais peur de ne pas choisir le bon. Tout le monde rirait de moi. Promenant le regard autour de la table, cependant, je m'aperçus qu'ils y croyaient tous. Ils n'avaient aucune raison de se méfier.

« Tu sais, celui de Whymper », finis-je par répondre. Je pris une gorgée de vin. « Au sujet des catastrophes en Suisse. Tu me l'avais conseillé. Quel était donc le titre ? Je le vois mentalement. Un petit livre avec des eaux-fortes. Des hommes qui tombent. Oh ! » Je l'avais sur le bout de la langue. « *Escalades dans les Alpes.*

— Bien sûr. » Son sourire était éblouissant. « Ça t'a presque donné des cauchemars. Tu as voulu me convaincre de ne plus faire d'alpinisme. » Il plissa le nez comme il l'avait fait quand nous nous étions rencontrés, dans le salon donnant sur le canal, à Venise. Nous deux contre le monde. Ç'avait quelque chose d'électrisant.

« Je ne t'interdirais jamais de faire de l'alpinisme, précisai-je. Je sais combien c'est important pour toi. »

Cottie hocha la tête en signe d'approbation, James et Lytton eurent un sourire narquois.

George poursuivit son histoire. Le soldat nous ordonna de l'accompagner, sous la pluie, et nous emmena dans un petit édifice en pierre donnant sur la mer. Les vagues s'écrasaient en bas, et nous étions sûrs que la falaise tout entière allait s'effondrer. Quand ils nous demandèrent si nous étions des espions, George répondit bien sûr que non. Malgré tout, nous y avons passé la nuit, mais au moins, nous étions au sec. « Le lendemain matin, ils nous dirent de rentrer à la maison. D'aller passer notre lune de miel ailleurs », acheva-t-il. Il y eut un rire admiratif tout autour de la table. Sa ruse fit naître en moi une sorte d'excitation nerveuse, en même temps qu'une profonde gêne qui me valut des excuses.

Regardant à travers la vitrine d'un magasin, j'entrevois mon reflet et me demande, pour la énième fois, si George aurait préféré épouser la fille de l'histoire. Et si c'était le cas ? Même ici, il y a un autre moi, un reflet sombre et vacillant.

Derrière moi dans la vitre, j'aperçois un homme vêtu d'un costume de flanelle grise qui passe, son feutre mou rabattu sur ses yeux, et mon cœur s'arrête pendant une seconde. Je jette un regard furtif par-dessus mon épaule, mais il a poursuivi son chemin sans même me regarder. Je me réfugie tout de même dans le magasin, afin d'être sûre.

J'ai cru qu'il s'agissait peut-être d'un reporter, peut-être pas du *Times,* mais à tout le moins du *Standard* ou du *Post.* Ils envoient des billets. Il y en avait un ce matin, posant des questions, réclamant des informations. Je n'y réponds pas, et ils ne viennent jamais en personne, mais je suis devenue méfiante après ce qui s'est passé à la gare de St. Pancras, quand la presse s'est ruée sur nous au terme de la dernière expédition.

Je tripote les rouleaux d'étoffe sur la grande table de bois, tente de trouver quelque chose de convenable et d'abordable pour la chemise de nuit de Clare. Mon cœur bat encore la chamade, mais il ralentit à présent, dans la fraîcheur du magasin. Ça aussi, je m'en passerais : l'attention constante, les demandes inquisitrices.

« Puis-je vous aider, madame Mallory ?

— Celui-ci, je crois, s'il vous plaît. » Je montre le rouleau de coton à la dame, et elle hoche la tête et me le prend.

« Voulez-vous que nous le fassions pour vous ? Ou bien vous le coudrez vous-même ? »

Les vitrines laissent passer l'éclat du jour, scindant la pièce en deux, de sorte que la partie arrière du magasin reste sombre et fraîche, alors qu'à l'avant, on étouffe. Je m'avance dans l'ombre pour ne pas avoir à plisser les yeux en regardant la vendeuse. C'est une vieille femme. Et une bien meilleure couturière que moi. Je m'apprête à lui demander de me confectionner une chemise de nuit toute simple, mais je me rends compte que je n'ai pas mesuré Clare, qui a manifestement grandi. C'est bête. Eh bien, soit. Clare aura la chemise de nuit que je lui aurai faite, avec ses ourlets inégaux et tout. Au moins, ce sera plus économique.

« Je vais le prendre tel quel, merci. »

Il faudrait que Clare réessaye ses nouvelles robes. Je lui en ai fait faire deux dans ce même magasin pour son anniversaire, et il se peut bien qu'elles soient déjà bientôt trop petites pour elle, au rythme où elle grandit. Si c'est le cas, je devrai vite faire prendre une photo pour que George sache ce que papa lui a offert pour son anniversaire le mois dernier.

J'avais voulu que ce jour-là soit quelque chose de spécial pour elle.

« Qu'est-ce que tu aimerais faire aujourd'hui, pour célébrer ? » lui avais-je demandé une fois son petit déjeuner terminé. « Après l'école, bien entendu.

— Il faut vraiment que j'y aille ?

— Bien sûr que si.

— Mais pas Berry. John non plus.

— Berry et John ne sont pas grands comme toi.

— Est-ce que papa va venir me voir pour mon anniversaire ?

— Non, mon ange, tu le sais bien. » J'avais reçu la lettre qu'il lui destinait. Je voulais attendre la fin de la journée. « Mais il t'a envoyé un mot. » Son visage s'épanouit, elle devint une autre enfant. « Mais tu devras le lire ici. Tu ne peux pas l'apporter à l'école. »

Elle s'approcha de la fenêtre et ouvrit l'enveloppe avec précaution, tentant de soulever le rabat sans le déchirer. Sur son visage, un sourire intrépide. « Qu'est-ce qu'il dit ? demandai-je.

— Que le vent a essayé d'emporter ses baisers et ses étreintes et que la lettre a fini dans un ruisseau. » Puis, quand ce fut l'heure de partir à l'école, elle me la remit. « Garde-la pour moi, quelque part en sécurité. »

Plus tard, Will arriva avec les robes que j'avais fait faire. « Elles viennent directement de l'Everest, chuchota-t-il à Clare.

— C'est écrit *Modistes de Cambridge* dessus.

— Oui, eh bien, c'est la seule boîte que ton père a pu trouver, j'imagine ? »

Elle semblait incrédule. Elle est beaucoup trop vieille pour ce genre de ruse, mais ce n'est pas le cas de Berry et John, et ils voulaient voir ce que papa avait envoyé de l'Everest.

« Est-ce que les filles coolies nous ressemblent, alors ? demanda Berry en voyant les robes très ordinaires de Clare.

— Tu parles d'une question bizarre, répondit Will. Qui veut du pudding ? »

Heureusement que Will est là.

La vendeuse emballe le coton. J'aurais peut-être dû lui acheter quelque chose de mieux. De plus joli. Mais c'est seulement une chemise de nuit. Et si tout va bien, nous aurons peut-être les moyens d'en faire confectionner deux autres pour les filles, et Berry n'aura pas à se contenter des vieux vêtements de Clare.

« Pouvez-vous le faire livrer chez moi ? C'est juste que j'ai d'autres courses à faire.

— Bien sûr, madame Mallory. »

Dehors, les trottoirs se réchauffent sous le soleil de midi, et les cloches des collèges se mettent toutes à sonner. L'avenue étroite résonne avec elles.

Ce fut Will, bien sûr, qui suggéra l'idée d'une réception il y a quelques semaines. Il était passé tout de suite après l'arrivée du courrier. Il croit que je ne me rends compte de rien, mais il se trompe. Il veut être présent au cas où de mauvaises nouvelles me parviendraient, mais il veut aussi des nouvelles de George. De toute manière, ça ne me dérange pas. Comme je n'avais reçu aucune lettre, nous nous étions promenés dans le jardin. Je me penchais de temps à autre pour retirer des mauvaises herbes ou pour inspecter une nouvelle pousse de petits pois, et il me suivait. Le jardin fut une surprise, le fait de voir fleurir ce qu'on y avait planté avant que nous emménagions.

«Les Woods m'ont invité à dîner jeudi. Pourquoi tu ne viendrais pas avec moi? demanda-t-il.

— Je n'ai jamais été présentée aux Woods. Ce ne serait pas convenable.

— N'importe quoi. Ils seraient ravis de te recevoir.

— Tu veux dire qu'ils seraient ravis de me questionner au sujet de George.» Je me penchai sur les tulipes à peine écloses, leurs têtes d'un rouge éclatant parmi toute cette verdure.

«Non. Je ne…» Will tira sur les feuilles d'un des rosiers. Je lui flanquai une tape sur la main.

«Ne t'inquiète pas, Will. Je sais que ce n'est pas ce que tu voulais dire. Mais eux… – d'un geste du bras, je désignai la cour des voisins, Cambridge, l'Angleterre au complet – c'est ça qu'ils veulent.

— Tout de même, ça te ferait du bien de sortir.

— Je vais bien.» Je m'éloignai de lui, marchant vers le fond du jardin. «Nous allons bien.

— Et si nous donnions une réception ici?»

Je songeai au désordre de la maison – les boîtes encore empilées dans les coins, les rideaux dépareillés attendant que je décide d'une couleur. Je secouai la tête. «C'est un foutoir, ici.

— Ce sera une bonne occasion pour tout mettre en ordre. Le reste, on le mettra dans le bureau de George. Personne n'a besoin d'y entrer. Et tu n'as qu'à inviter les gens qui te plaisent. Tes sœurs. Moi?» Il pencha la tête d'un air interrogateur.

«Bien sûr.» Je m'efforçai de ne pas sourire.

«Geoffrey et Eleanor.

— Oui. D'accord.

— Et Arthur Hinks.

— Non. » Je secouai la tête. « Non, Will.

— Écoute-moi.

— Non.

— Si tu invites Hinks, nous pourrons nous arranger avec lui et ses questions, le confronter directement. » Il voyait que j'étais attentive. « Et, à part ça, il pourrait être au courant de choses que nous ignorons. Que tu ignores. L'heure approche. »

Will avait raison. L'heure approchait. La mousson, si imprévisible soit-elle, était arrivée en Inde. Elle balaierait la neige jusque dans les montagnes et leur barrerait complètement la route. Des nouvelles ne manqueraient pas d'arriver bientôt. « Soit. » Écartant les mains, je fis semblant de m'incliner. « Une réception. Mais rien de trop sophistiqué. Et tu devras arriver tôt.

— Bien sûr. »

Devant moi, l'avenue piétonnière s'élargit pour devenir Bridge Street. Plus loin se trouve Magdalene College, l'alma mater de George. Je vais le traverser, suivre ses pas. Ça me fera quelque chose à lui raconter – je lui dirai quelles roses sont en fleurs, ce qui alimente les conversations des universitaires. De petits détails que j'amasse pour remplir les lettres, les heures. Il me reste encore du temps avant de devoir rentrer, et à présent, les rues étroites me paraissent plus chaleureuses que les pièces vides de notre maison.

J'ai presque oublié l'homme au feutre mou, dans son costume gris. Je secoue la tête en songeant à ces idées folles qui m'habitent. Will a raison, j'ai besoin de me distraire, de voir des gens. Mais depuis quand Will n'a-t-il pas raison ? Je le connais depuis presque aussi longtemps que George. Il me l'a présenté quelques jours avant notre mariage, à leur retour du pays de Galles – « mon enterrement de vie de garçon ! » s'était exclamé George, et je l'avais envoyé paître. Comme il était facile de dire au revoir dans ce temps-là, alors que nos vies semblaient à peine commencer. Il était revenu avec Will, qui serait son témoin au mariage. «Et témoignerait pour lui n'importe où ailleurs», m'avait assuré George.

Will m'avait trouvée seule au petit déjeuner – le dernier, espérais-je, à la table de mon père. George et moi avions déjà acheté notre maison: *Holt House*, de l'autre côté de la vallée, visible depuis la véranda de mon père. J'étais en train de la regarder quand Will vint s'asseoir face à moi.

«Puis-je te montrer quelque chose, Ruth?» demanda-t-il, acceptant une tasse de thé. Deux lève-tôt, lui et moi.

«Bien sûr.

— George est très heureux. Vous semblez l'être tous les deux.

— Oui. Beaucoup. Merci.

— J'ai su qu'il était amoureux de toi dès votre première rencontre. Ce que je veux dire...» Will bégayait un peu, rouge jusqu'aux oreilles. «George n'est pas... le plus mesuré des hommes.

— C'est en partie ce que j'aime le plus chez lui.

— Moi aussi. Quand je l'ai rencontré dans les Alpes au printemps, après son séjour à Venise avec toi, il disait déjà qu'il voulait t'épouser. Je ne l'avais jamais vu aussi exalté.» Will eut un petit rire. «À vrai dire, je craignais qu'il ne soit pas trop concentré sur l'ascension. Il a écrit ceci et me l'a confié pour que je le garde. Jusqu'à ce que tu l'épouses.»

Will me tendit un bout de papier plié.

Maintenant j'écoute et j'attends
Que le même oiseau dont j'ai été la proie
Éveille le même frisson d'extase en toi.

«Il m'a dit que si tu avais déjà accepté de l'épouser, sa poésie ne te ferait sans doute pas fuir.»

Je m'arrête sur le pont juste avant Magdalene. Cambridge est en train de devenir ma ville. Je commence à aimer sa silhouette, ses sons. Les cours silencieuses de ses collèges et l'austérité de ses édifices, serrés contre les trottoirs. La rivière qui serpente paresseusement dans la ville.

En bas, les barques sont sorties ; les professeurs ressemblent à de gros oiseaux, les pans de leur toge noire dessinant des ailes. Comme c'est dimanche, on compte bon nombre d'embarcations faisant des allers-retours sur la rivière. Les cris de leurs occupants résonnent sur l'eau, sous le pont.

«Je veux te montrer quelque chose », s'était exclamé George quand nous avions emménagé ici. Nous étions venus main dans la main jusqu'à ce pont, et je sentais son enthousiasme, son désir de partager. Tandis que nous traversions les collèges, leurs flèches gothiques rejoignant le ciel, il me montra des angles et des parois, du mortier en décrépitude et de profondes fissures dans la pierre.

«Geoffrey m'a enseigné à les escalader. Regarde.» Il désigna les aiguilles du Trinity College. «C'est le plus dangereux. Nous y allions à la faveur de la nuit, en essayant de ne pas nous faire prendre. Il y a même un livre. Tout le monde sait que c'est Geoffrey qui l'a écrit du temps où il y donnait des cours, mais il refuse de l'admettre. N'empêche. *Trinity: le guide du grimpeur nocturne.* Je voulais tous les escalader. Et je l'ai fait.»

J'observai les tours et les flèches et les toits en pente, me demandant ce que ce serait de les escalader. L'impression de liberté. La terreur.

D'une main, George me montrait les meilleures approches, les pires – tandis que de l'autre, il me tenait par la taille, me serrait contre lui. «Mais ça, dit-il en me conduisant dans un sentier près de Magdalene, c'était l'un de mes endroits préférés.»

Le jardin qui se trouve devant moi à présent est identique, sinon que le printemps l'a rendu plus luxuriant. Le saule est penché sur la berge, inondant les amoureux qui y sont assis, l'un contre l'autre, d'un vert sous-marin. La nature ici fait silence ; loin de l'agitation de Bridge Street, on dirait presque un lieu sacré.

«Oh, c'est charmant», avais-je dit. Et nous nous étions allongés sur l'herbe, ma tête reposant sur sa poitrine.

Je regarde le couple assis sur la berge et je pense à nous. Ils sont si jeunes. *Oh, George, depuis quand sommes-nous si vieux ?* Je ne me sens pas vieille, à trente-deux ans. *Trente-deux ans !*

Soudain, je suis épuisée. L'insomnie m'a asséché les yeux et la tête m'élance un peu. Je m'assois sur un banc, m'adosse contre la rude écorce de l'arbre. J'aimerais que quelqu'un soit là pour m'étreindre, me caresser les cheveux et le dos, afin que je m'endorme. Au lieu de cela, je sors la lettre de Cottie de sous mon chemisier. Je la renifle un peu par habitude avant de la lire, mais ne distingue que mon propre parfum.

Chère Cottie – Les montagnes ici sont sans commune mesure avec tout ce que nous avons pu voir jusqu'à présent, et il n'y a que toi qui puisses qualifier cette couleur, ce bleu que prennent la neige et la glace quand le soleil disparaît.

J'essaie de me le représenter. Je songe aux pigments qui sont alignés devant mon chevalet à la maison, me demande si j'arriverais à le reproduire pour lui. Mais je ne ferais que deviner.

Ce n'est pas vraiment de l'escalade que d'escalader ici. C'est bien différent de ce que nous avons fait ensemble.

«Quand est-ce que tu as commencé à faire de l'escalade ?» C'est notre lune de miel, et nous sommes nus, enlacés sous les couvertures.

«L'une des fois que mon père m'a confiné à ma chambre.

— Tu m'as dit qu'il te faisait écrire ses sermons en guise de punition.

— Oui ! Mais ça, c'est plus tard. Probablement que l'escalade a contribué au changement de punition. Il ne pouvait visiblement pas me laisser tout seul. Du reste, je ne pense vraiment pas que je méritais d'être puni.

« Avie m'a mis au défi de rester étendu entre les rails de chemin de fer pendant qu'un train passait. Je lui ai dit que j'en étais parfaitement capable et j'ai voulu le lui montrer, et comme je refusais de me relever, elle a couru jusque chez nous pour me dénoncer. Ils m'ont enfermé pour avoir fait peur à ma sœur. Mais tandis que je boudais à ma fenêtre, je me suis rendu compte qu'en passant par là, je pouvais probablement me rendre sur le toit du presbytère.

— Tu n'as pas fait ça !

— Et comment que je l'ai fait. J'avais ouvert la fenêtre à guillotine et je m'apprêtais à sortir. À cet instant précis, bien sûr, Avie est entrée et s'est mise à crier. Elle m'a agrippé par la cheville et m'a supplié de revenir à l'intérieur. C'est bien le seul moment où j'ai pu être en danger dans toute cette histoire – elle s'était accrochée à moi et tirait sur ma jambe.

« Alors je lui ai donné un coup de pied. Pas fort. Juste assez pour la faire lâcher prise. Je me suis débarrassé d'elle et je me suis faufilé comme un diable jusqu'à la toiture. Ce n'était même pas pour le sport ; je voulais seulement leur dire qu'ils ne pouvaient pas me punir pour quelque chose qui n'était pas ma faute. Je suis resté là-haut jusqu'à ce qu'ils me fassent des excuses. Puis, je suis descendu en m'agrippant aux murs du clocher. Je devais avoir sept ou huit ans. C'est comme ça que tout a commencé. Par une évasion, on pourrait dire.

— Et ce l'est encore aujourd'hui ? Une évasion ? »

George Mallory. Je sursaute en entendant prononcer son nom. L'Everest.

Je devais être en train de somnoler. Je jette un bref coup d'œil alentour pour me repérer. La lumière sous l'arbre, dansant sur la rivière, est plus vive. Les deux amoureux sont un peu moins serrés, et je remarque à présent qu'il porte un uniforme.

Peut-être n'ai-je pas entendu prononcer ces mots, son nom. Me frottant les yeux, je reporte mon attention sur la lettre de Cottie.

Et voilà qu'il me parvient encore. Plus clairement. «Tu imagines comment c'est, sur l'Everest?» La femme, assise sur le mur de la berge. Ses cheveux blonds sont ramassés en un chignon sur sa nuque. Son profil est élégant, mais sa mâchoire est trop forte. «Tellement froid. Tellement loin de la civilisation. Tout joue contre eux. Oh! Quel courage!» Elle lève les yeux vers son compagnon avec ravissement. Lui, par contre, il est dévasté. Il n'y a pas d'autre mot pour le dire.

Il n'est pas aussi jeune que je l'avais cru: ses cheveux grisonnent, il a des rides sur le contour de la bouche. Je suppose qu'il a fait la guerre. Celle qui l'accompagne ne remarque pas son air dévasté, ne se rend pas compte qu'elle l'a blessé avec le mot *courage.* Une fille cruelle, innocente.

«Tu ne m'as pas dit que tu le connaissais?» demande-t-elle à présent.

Sa réponse est étouffée, emportée par la rivière.

«George Mallory, soupire-t-elle en posant la tête contre lui. Imagine ce que ce serait d'être mariée à un homme comme lui. Je parie qu'elle est ravissante. Très séduisante. C'est tellement romantique.» Sa voix est un soupir, et je sens mon cœur se soulever.

Pas une fille innocente, une sotte, tout simplement. Une colère bouillante me traverse. C'est une émotion puissante. Je me trouve alors debout, serrant la lettre de Cottie entre mes doigts, et me dirige vers eux.

«Quel coup d'éclat s'ils réussissaient. Songe à ce que ça signifierait.

— Qu'est-ce que ça signifierait?» Je me tiens tout près d'eux, à présent. L'ai-je dit tout haut? Je surveille leur réaction pour m'en assurer. On dirait bien que oui. Ils me dévisagent. L'homme déglutit et me tourne le dos, cherche à se lever. La fille, hautaine, relève le menton.

«Qu'est-ce que ça pourrait donc signifier?» dis-je plus clairement, parce que je tiens vraiment à le savoir. J'y tiens. Qu'est-ce que ça pourrait signifier? Pour cette femme. Pour quiconque. Qu'un homme qu'ils n'ont jamais vu escalade une fichue montagne. Elle a un mouvement de recul, comme si je lui avais craché dessus. Ma voix devient tendue. Je ne suis plus moi-même, mais je ne peux m'arrêter. «Vous ne savez rien. Certainement pas ce que ça signifie d'être courageux. Ce qui compte dans la vie.»

Je sens un bourdonnement, un déferlement dans mes oreilles, comme si j'étais revenue au bord de la mer. Le goût de l'adrénaline, comme du girofle sur ma langue, du métal au fond de ma gorge. Le goût de la traîtrise.

Son gentil soldat s'affole. Il l'éloigne de la berge et la conduit sur la promenade, le claquement de ses talons comme le tic-tac d'une horloge qui s'accélère, puis ralentit, ralentit et s'estompe.

Je ne veux pas pleurer, mais cela vient par sanglots, par frissons qui se brisent sur tout mon corps. Je n'ai pas pleuré ainsi depuis les jours qui ont précédé le départ de George.

J'étais dans notre chambre. J'étais allée me préparer pour le dîner et j'avais senti comme une vague soudaine déferler sur moi. J'avais voulu l'appeler. J'avais besoin d'être réconfortée, mais je ne pouvais accepter qu'il me voie dans cet état. J'avais essuyé mes larmes en l'entendant s'approcher.

«Ruth, tout se passera bien. Juré. Je serai de retour en moins de temps qu'il n'en faut pour le dire.

— Ça, tu n'en sais rien.

— Mais si. Il le faut.»

Il s'était assis à mes côtés devant ma coiffeuse, m'avait serrée contre lui, posant ma tête dans le creux de son épaule et son menton sur ma joue. Nous étions restés ainsi et il m'avait laissé pleurer. M'avait laissé trembler contre son corps, inébranlable, m'enserrant.

Je donnerais n'importe quoi pour l'avoir en ce moment à mes côtés. À tel point que je n'oserais nommer les choses dont je serais prête à me départir. Mon égoïsme me consterne. Tout mon corps me fait mal à force de pleurer. Me brûle. Je n'essaie même pas de me ressaisir. Cela ne changerait absolument rien. Le jardin est vide ; je suis entièrement seule.

CAMP DE BASE AVANCÉ

21 200 PIEDS

Il commençait enfin à s'y habituer.

Sandy était penché sur le réchaud, laissant tomber des morceaux de neige dans la marmite en fer-blanc. Après une semaine d'allées et venues entre le camp de base avancé et les autres campements pour y chercher des provisions et de l'équipement, afin de tout mettre en place pour l'assaut du sommet qui, si tout allait bien, aurait lieu dans les prochains jours, il s'était enfin habitué à prendre une heure de son temps pour préparer une fichue tasse de thé tiède. S'il devait faire du thé rapidement ou pour plus d'une personne, cela voulait dire au moins un réchaud de plus à mitonner.

Il n'y avait personne d'autre pour le faire, car les derniers porteurs avaient été renvoyés en bas. S'il ne pouvait aller plus haut, au moins il avait le campement à lui tout seul. Le pauvre Hazard ne pouvait en dire autant, lui qui devait rester au camp de base pour coordonner les chargements et superviser les porteurs. George et Somervell avaient quitté le haut campement la veille – de même que Noel et sa propre mini-équipe, partis établir leur Nid d'Aigle. Tous, sauf Noel et sa bande, devaient rentrer au CBA incessamment.

« En haut, tu grimpes ; en bas, tu dors. » Voilà la stratégie que George lui avait enseignée.

Sandy se le répétait mentalement, un mantra pour rythmer ses pas quand il se sentait faible. *En haut, tu grimpes ; en bas, tu dors.* C'était le secret de l'acclimatation : grimper le plus haut possible et redescendre. Il s'ajustait bien, se disait-il, et Somervell semblait du même avis. «Tout porte à croire que Hinks avait raison, avait-il confié à Sandy en lui tapotant le bras après son dernier examen. Ce que nous avons de plus près du surhomme.» Il était prêt pour la prochaine étape. Et comment. Peut-être demain. Ou après-demain, si on ne l'envoyait pas chercher d'autres articles comme Shebbeare et Hazard. Ces deux-là n'étaient en fait que de vulgaires porteurs. Des bêtes de somme. Bien sûr, ils s'affairaient encore à récupérer les chargements que les porteurs avaient laissés un peu avant le camp de base avancé, incapables de les transporter plus haut. Sandy n'avait pas encore réalisé l'ampleur de la tâche, à quel point il était laborieux de veiller à ce que les campements en altitude soient tous convenablement approvisionnés. Mais si l'équipement et les provisions ne se trouvaient pas au bon endroit ou en quantité suffisante, leur tentative avorterait. Ou pire. Il n'osait pas imaginer ce que ce serait s'ils étaient surpris par la neige au-dessus du col sans avoir suffisamment de combustible ou de nourriture. Sandy piocha dans la neige fondante avec une cuillère.

Le col l'avait renversé quand George avait décidé d'aller le lui montrer, le lendemain de leur arrivée au CBA. Au bas du col qui relie l'Everest à la montagne voisine, le Changtse, il avait levé les yeux : treize cents pieds de hauteur, presque à la verticale. Tout de glace et de neige. Au-dessus du col, il n'y avait aucune protection. Au-dessus, le vent hurlait d'une manière terrible qu'il ne parvenait pas vraiment à s'imaginer. C'est là qu'ils avaient dû faire demi-tour en 21. Que l'avalanche s'était produite en 22. George pointa son index : «Dans la partie inférieure, nous creuserons des marches qui nous permettront de grimper. Mais pour les vingt derniers pieds...» George attira son attention sur la cheminée qu'ils emprunteraient, le trajet qu'ils tenteraient de suivre. «Ça peut tout aussi bien être de la roche.»

Même alors, Sandy était certain de pouvoir trouver quelque chose qui faciliterait leur ascension du col. Une idée avait déjà fait son chemin dans son esprit. La veille, il avait démonté quelques-unes de leurs caisses vides et s'était servi de rouleaux de corde lisse pour fabriquer une échelle portative qu'il montrerait à George quand il reviendrait, et qui leur permettrait d'acheminer des paquets plus facilement au haut du col. Son échelle de corde était plutôt réussie. Peut-être un peu plus lourde qu'il ne l'avait espéré, mais cette charge supplémentaire vaudrait la peine si elle pouvait les aider à franchir la dernière partie. Il leur faudrait un homme de plus pour la porter, ou se priver d'un chargement pour que l'un d'entre eux s'occupe de transporter l'échelle ; et puis, qu'est-ce que ça pouvait faire s'ils laissaient un paquet derrière pour un jour ou deux ?

Ce soir-là, le camp de base avancé serait entièrement occupé. George et Somes étaient censés redescendre, Odell et Norton devaient monter jusque-là, et les deux groupes étaient accompagnés de porteurs. Il avait bien apprécié la nuit qu'il y avait passée tout seul : la lampe avait brûlé plus longtemps qu'elle ne l'aurait dû. Il avait lu un peu, avait écrit à Evie et à Marjory, sans avoir le sentiment que quelqu'un regardait par-dessus son épaule – un luxe qui lui était rarement accordé. Il aurait sans doute dû profiter de cette occasion pour écrire à Dick.

Cela faisait des semaines qu'il tentait de terminer sa lettre, mais rien de ce qu'il écrivait ne semblait faire l'affaire. Si seulement ils avaient pu résoudre ce gros gâchis avant son départ ; mais Dick était demeuré récalcitrant, et Sandy n'avait pu trouver aucun moyen de le faire changer d'avis.

« Je pourrais mourir là-bas, nom de Dieu, l'avait-il imploré la dernière fois qu'ils s'étaient vus. Et tu laisserais cette histoire nous séparer ?

— C'est toi qui nous as séparés. Tu as humilié mon père. Mon père. Qui t'a tout donné. Qui te considère comme son propre fils. Et tu as couché, tu couches encore avec cette femme. » Pour Dick, Marjory était devenue « cette femme » depuis qu'il avait découvert leur liaison, près d'un an auparavant.

« Y mettre fin ne changera rien, Dick. Ça n'effacera pas ce qui s'est passé. » Dick n'avait pas répondu. « Pourquoi tu ne souhaites pas simplement mon bien ?

— Évidemment, je veux ton bien, Sands, mais…

— Mais rien. » Sandy avait ouvert les bras, en guise d'invitation. « Il faut que tu laisses tout ça derrière toi. »

Mais Dick lui avait tendu la main. « Bonne chance. Et je veux de tes nouvelles. Tu seras dans mes prières. Mais quand tu reviendras, tu devras faire un choix. »

Pour l'instant, il n'avait d'autre choix que d'essayer de combler le fossé qui les séparait en lui décrivant les aléas quotidiens de l'expédition – ce qui était ridicule. Mais il faudrait des jours avant que l'occasion de lui écrire se présente à nouveau. Le fait de retrouver les autres serait une agréable diversion, en quelque sorte.

Et quelqu'un d'autre pourrait s'occuper du campement, pour changer. Il fallait bien que quelqu'un reste sur place pour préparer de la nourriture et des secours, au cas où un grimpeur en détresse déciderait de venir s'y réfugier ; mais il n'était pas chaud à l'idée d'être laissé en arrière. Même si ça montrait qu'il était capable de gérer leur campement tout seul. Il voulait en faire plus. Comme escalader cette maudite montagne pour de vrai. Pourvu que George et Norton ne s'imaginent pas qu'il n'était bon qu'à faire bouillir de l'eau !

Car George annoncerait bientôt quelles équipes prendraient le sommet d'assaut. Sandy espérait ardemment pouvoir annoncer cette nouvelle à ses proches. Au moins il saurait quoi écrire à Dick. Qu'il ait une chance d'atteindre le sommet, cela lui ouvrirait toutes les portes : des offres d'emploi, d'autres expéditions, des tournées de conférences comme celles que George avait faites.

Levant les yeux, il vit qu'Odell approchait du campement, suivi de près par une demi-douzaine de porteurs chargés comme des mulets, Norton fermant la marche avec un porteur en difficulté. Sandy laissa son réchaud se charger de faire fondre la neige et partit à leur rencontre. Ici, au moins, il ne risquait pas de démarrer un incendie.

«Comment ça s'est passé? demanda-t-il en rejoignant Odell.

— Comme d'habitude.» Odell respirait la confiance. Sandy voulut lui prendre son chargement, mais il refusa d'un geste de la main. «Non. Peux-tu aider Teddy avec Tsering?» Odell lui montra le porteur qui trébuchait devant Norton au bout de la corde. «Il est lent. Il doit avoir un problème. D'habitude, il n'est pas comme ça.»

L'homme boitait, le visage tordu de douleur. Le voyant s'approcher, Sandy désigna les sangles de son chargement, mais le sherpa fit non de la tête. Sandy acquiesça énergiquement, conscient de son propre silence. Il était mal à l'aise avec les porteurs, tout en gesticulations et en demi-phrases. «Ça va?» demanda-t-il d'une voix forte. Le porteur fit encore non, mais cette fois, il accepta que Sandy lui prenne son chargement, puis se tourna vers le campement en boitant. C'est alors que Norton le rejoignit.

«Merci, Sandy.» Norton passa à ses côtés tête baissée, avançant d'un pas lourd. «Il a traîné toute la journée.»

Sandy le suivit, déposa son chargement, puis fit asseoir le porteur sur la chaise pliante qu'il venait de quitter. Sous ses coups de soleil, Tsering était blême. Sandy se pencha sur lui. «Non, ça ne va pas», dit-il trop fort, secouant la tête.

Le porteur acquiesça, lui montra son pied gauche. Sandy s'agenouilla et prit la botte cramponnée dans sa main. Si on pouvait parler d'une botte. Les chaussures du sherpa n'étaient certainement pas faites pour l'escalade, ni pour les longues randonnées: leurs semelles de cuir étaient minces, et l'empeigne, déjà fendue. Tsering gémit quand Sandy toucha son pied. Sandy présenta ses mains, paumes vers l'avant, pour le calmer. Puis il examina son pied. Les crampons étaient très serrés. Peut-être trop. Il les détacha et Tsering grimaça de nouveau. Son pied était enflé, Sandy le constatait même à travers le cuir de la chaussure. Il était difforme, comme un fruit pourri.

Il tira sur la botte, et Tsering se mit à hurler.

« Merde, jura-t-il.

— Qu'est-ce que c'est ? » Odell, debout derrière son dos, retira ses gants.

« Des engelures ? hasarda Sandy.

— Mince. » Odell s'accroupit. « Il va falloir lui enlever la botte. C'est pour ça qu'on ne les laisse pas mettre des crampons. Ils ne savent pas comment s'en servir. Nous voilà avec un porteur en moins et une paire de bottes de perdue.

— Pourquoi est-ce que personne ne l'a examiné ?

— On ne peut pas toujours être aux petits soins avec eux. Va chercher quelque chose pour l'aider. »

Lorsqu'il revint avec des ciseaux récupérés dans ses bagages, Sandy constata qu'Odell avait recruté un autre porteur, qui s'était accroupi à côté de Tsering et s'adressait à lui en tibétain.

« Je peux me charger de ça jusqu'à ce que Somes revienne », dit Sandy. Il n'y avait guère autre chose à faire que de lui ôter sa botte et réchauffer lentement son pied. Après, il ne resterait plus qu'à attendre.

« Occupe-toi de le tenir », dit Odell en s'emparant des ciseaux. Sandy saisit la jambe du porteur juste au-dessus de la cheville et la stabilisa pendant qu'Odell glissait l'une des lames derrière le cuir mou de la chaussure. Tsering gémit et se mordit la lèvre tandis qu'Odell se mettait à couper. Sandy se trouva mal. La douleur qui se lisait sur le visage de l'homme lui donnait la nausée.

« S'il souffre autant, ça ne peut pas être si grave, disait Odell. Si son membre était complètement gelé, il ne sentirait rien du tout. »

Sandy essaya de se représenter ce que ce serait d'avoir les pieds complètement gelés, ou les mains ; imagina le son qu'ils produiraient si on les cognait ensemble. Un coup sourd. Amorti, un peu tendre.

La chaussette en laine de Tsering lui collait à la peau tandis qu'Odell la retirait de sa chair enflée et couverte de cloques. Son pied nu était livide, comme le ventre d'un poisson. « Il va falloir le réchauffer. Doucement.

— Je sais.

— Puis il va falloir le ramener en bas dès que possible. Quelqu'un devra l'aider à traverser la cascade de glace. » Odell leva les yeux : le soleil avait déjà amorcé sa descente. Tsering respirait bruyamment entre ses dents serrées. « Demain, peut-être. Si le beau temps persiste. »

Le ciel était dégagé ; la neige balayée du sommet, un drapeau blanc. Aussi loin que portait son regard, il n'y avait aucun signe de tempête.

« Tu crois que ça ne durera pas ?

— Je ne sais pas. C'est bien difficile à dire, par ici, mais le temps est drôlement calme. Il faut toujours se méfier de ça. » Il rendit les ciseaux à Sandy. « Retourne faire ton thé. Prépare un bouillon de viande pour Tsering. Je vais l'installer confortablement. Avec un peu de chance, un des coolies pourra le réchauffer. George et Somes devraient bientôt rentrer, non ? »

Sandy pointa l'index. Au cours de la dernière heure, il avait surveillé les deux taches sombres en train de traverser la grande cuvette de neige du *cwm*. George et Somes semblaient bien avancer. S'ils parvenaient à garder le rythme, ils seraient de retour dans une heure environ. Juste à temps pour le coucher du soleil. Il n'aurait jamais le temps de préparer assez de thé pour tout le monde.

* * *

158

«ON S'EST BEL et bien rendus, disait George. Les chargements sont montés. Deux tentes, mais ça nous a pris plus de temps que je l'aurais voulu. Il y a encore trop de travail à faire.

— Et nom de Dieu, ajouta Somes, le vent là-haut est insupportable. C'est effrayant comment il souffle du haut de la crête. Vous voilà un moment caché derrière, bien à l'abri. Un instant plus tard, il vous scie en deux.»

Ils étaient réunis dans la plus grande des tentes, assez spacieuse pour les accueillir tous les cinq, serrés mais pas empilés les uns sur les autres. Pour manger, ils s'étaient emmitouflés dans leur sac de couchage, chapeaux tirés sur les oreilles, les mains au chaud dans leurs gants coupés.

Somervell les avait rejoints après avoir examiné Tsering. «Vous vous en êtes bien occupé; son pied n'a pas été blessé du tout quand vous lui avez retiré sa botte, dit-il à Sandy et Odell. Il pourrait perdre un orteil, mais s'il garde son pied au chaud, il devrait pouvoir conserver le reste.

— Ses crampons étaient trop serrés, dit Sandy. Sa circulation était coupée.

— Combien de fois va-t-il falloir le leur dire? interrompit Teddy. Nous voilà encore avec un homme en moins. Nous avons deux jours de retard à cause de la cache laissée au camp II. George, tu dois monter le camp V demain. Il n'y a pas d'autre choix.

— Je sais», répondit George, mort de fatigue après la mauvaise nuit qu'il venait de passer sur le col.

«Justement, commença Sandy, j'ai quelque chose qui pourrait aider. J'ai fait une échelle, pour le sommet du col.

— Une échelle? fit Teddy, incrédule.

— Oui. Une échelle de corde. Quelqu'un peut grimper avec, l'installer, puis les autres peuvent s'en servir pour monter.»

George hocha la tête. «Ce n'est pas bête, ça, Teddy. Il faut économiser tout le temps qu'on peut, là-haut.

— Mais ça nous fera encore un chargement en moins, dit Odell. Et il nous manque déjà un porteur.

« — George a raison, dit Teddy. Il faudra être extrêmement vigilants. Veiller à acheminer les prochains chargements aussi vite que possible. Mais on va essayer l'échelle. Il faut établir le campement. C'est la priorité absolue. »

George se réveilla, les pieds paralysés par un petit amoncellement de neige qui s'était formé près d'eux sous la tente. Le rabat s'était défait pendant la nuit, et la toile grondait et claquait, manquant de se déchirer sous l'assaut du vent. Son hurlement était assourdissant, mais ils n'étaient pas ensevelis sous la neige. Pas encore. La tente remuait trop pour ça. Une solide bourrasque souleva toute la structure de terre et la rejeta violemment sur l'éboulis. À ses côtés, Odell émit un grognement. Il espérait que les cordes tiendraient.

George se redressa sur son séant, le dos voûté sous la toile en pente. Une pluie de givre tombait sur lui, du fait de sa respiration qui se condensait dans l'air. « Odell ? » Sa gorge lui faisait mal, et il ne distinguait pas sa propre voix à cause du bruit du vent, du claquement de la toile, de la pression dans ses oreilles. « Odell ? » Il donna un coup de pied à la forme endormie dans le sac de couchage. Elle grogna de nouveau, gémit.

Il enfila un pull sur ses épaules, ramena son chapeau de cuir sur ses oreilles et se recroquevilla un peu plus dans son sac de couchage. Le vent sifflait. Il resserra son écharpe et souffla dedans ; à nouveau, sa respiration se condensa et gela en un éclair. Ils seraient cloués sur place pour la journée. C'était bien plus qu'un de ces vilains tours que la montagne leur jouait presque quotidiennement. C'était de l'acharnement. Cela voulait dire un jour de repos, mais aussi un autre jour d'arrêt. Et ils étaient déjà en retard. Les chargements n'étaient pas encore parvenus assez haut. Il fallait qu'ils établissent les derniers campements. Il ne leur restait plus beaucoup de temps avant que la mousson ne prenne le continent d'assaut. Deux semaines tout au plus, puis le temps dégagé qui précédait toujours les grosses chutes de neige. S'ils étaient chanceux.

Mais l'idée de rester blotti dans son sac de couchage, de ne pas bouger, était tentante. Tout son corps lui faisait mal. Chacun pouvait se débrouiller tout seul. S'ils restaient tous dans leurs tentes, rien ne pourrait leur arriver. Les coolies s'arrangeraient. Ils n'arrêtaient pas de leur voler des denrées de toute manière, même s'ils croyaient que les Anglais ne s'en rendaient pas compte. Du reste, ils étaient habitués. À ces températures, sinon à l'altitude. Il songea au porteur blessé, mais même s'il finissait par se décider à affronter la neige pour aller le trouver, il faudrait quand même que Somervell l'examine. Cette responsabilité *lui* incombait. C'était lui, le médecin.

Ce serait si facile. De simplement se laisser aller à la torpeur. De simplement rester ici et se laisser bercer par la tente qui claquait, qui tanguait. Mais le retard aggraverait ses maux de tête et sa toux. Chaque jour gaspillé l'éloignait un peu plus du sommet. Merde. Il n'avait pas le temps pour ça.

Il se secoua, et l'effort le fit tousser encore, projetant des mucosités sur son écharpe. Les muscles entourant ses côtes le tiraillaient douloureusement. Il enfila ses bottes comme il le put, soufflant comme un bœuf à cause de l'effort, du froid. Il ne se donna pas la peine de les attacher, ses doigts transis trop malhabiles dans ses gants dépareillés. Avant de sortir, il asséna un autre coup de pied à Odell. Plus fort, peut-être, qu'il n'était nécessaire.

« Ça fait combien de mains que tu perds, George ? » Teddy fit semblant de compter, léchant la mine d'un crayon imaginaire. « Tu me dois probablement ton premier-né, à l'heure qu'il est.

— Si tu arrêtais de regarder par-dessus mon épaule pour voir mon jeu, aussi. » George essaya de se redresser le dos.

À présent réunis tous les cinq dans la plus grande tente, ils parvenaient à contrer le froid, s'assoyant chacun à leur tour près du rabat à peine fermé. Ils étaient relativement au chaud, à l'aise, allongés les uns près des autres, accoudés au sol.

« Jouons à autre chose. » George rabattit ses cartes et s'alluma une cigarette avant de tendre son briquet à Somervell.

« On a déjà joué au whist, au rami. Qu'est-ce qu'on peut faire d'autre ? » Odell était enroué. Ils l'étaient tous. Il leur était plus facile de se parler entre eux maintenant que le vent avait diminué, après de longues heures passées sous la tente. Toutes les heures, George s'extirpait de la tente et affrontait le vent et la neige pour aller voir comment les coolies se débrouillaient. Pour s'échapper.

Somervell s'occupait du petit réchaud dans un coin. Il l'avait couvé toute la journée, faisant méthodiquement fondre de la neige pour le thé, de l'eau pour faire leur maigre déjeuner de corned-beef et de baies en conserve. Et il y avait aussi le chocolat, que Sandy avait dissimulé dans son sac.

« Fais attention de ne pas brûler tout le combustible, prévint Teddy.

— Il y en a amplement.

— On ne sait pas combien de temps on va être ici. »

Somes baissa quelque peu la flamme.

Ils ne parlaient pas directement de la montagne, du retard.

« Ça ne sert à rien, à vrai dire, dit Teddy. Pas tant que nous ne savons pas combien de temps nous serons coincés ici. Nous pouvons tenir le coup encore un bon moment. Au moins quelques jours. Nous déciderons de la suite quand nous serons en mesure de décider. »

George prenait part aux conversations par intermittence, en proie à un demi-sommeil.

Somervell parlait de sa famille, du mariage imminent de sa fille, de son nouveau poste à l'hôpital de Londres. Teddy prévoyait de retourner à l'École militaire de Quetta pour accueillir le nouveau contingent de recrues. « Faudrait pas qu'ils ramollissent trop avant que je puisse les mettre au pas », dit-il en riant.

«Je ne suis pas inquiet pour le pied de Tsering, expliqua Somes lorsqu'il revint parmi eux après l'avoir examiné, mais j'aimerais vraiment qu'on puisse le faire redescendre demain au plus tard.»

George passa la fin de l'après-midi à se prélasser, mort d'épuisement et d'ennui. Ses yeux sans vie fixaient le vide à travers un morne silence. Odell tenait dans ses mains un calepin. On y voyait l'esquisse d'une plante qu'il avait observée plusieurs semaines auparavant et qu'il s'était employé à dessiner. Il parlait de rochers et d'animaux, de l'énorme diversité du continent. Il ânonnait à propos d'insectes et de fleurs, évoquait un livre récemment traduit qu'il venait de lire, un ouvrage d'Alfred Wegener qui avançait l'idée d'une «dérive des continents» pouvant expliquer pourquoi la fameuse «bande jaune» de l'Everest ressemblait en tout point aux dépôts des fonds marins. Odell pouvait tout aussi bien se parler à lui-même.

Sandy demeurait silencieux. Comme un acolyte. Immobile, muet. George n'avait pas l'habitude de le voir ainsi. Le jeune homme lui faisait penser aux lamas qui méditaient au monastère de Rongbuk, loin en bas, ceux qui apportaient de la nourriture au vieux moine dans sa caverne de pierre. L'anachorète qui n'avait pas quitté sa sombre cellule depuis qu'il s'y était enfermé, vingt-trois ans auparavant. Il vivait là depuis la naissance de Sandy, et même avant. Incroyable. Le lama était entré dans cette caverne dans sa jeunesse et avait renoncé à tout. Il avait commencé à méditer, pendant que d'autres refermaient l'ouverture de la grotte en ne laissant qu'une toute petite ouverture, juste assez grande pour y glisser une portion quotidienne de riz et d'eau, pour que l'anachorète puisse remettre ses seaux d'excréments. George ne pouvait imaginer un monde aussi étroit. Rien d'autre que ses pensées à lui. Personne à qui parler. Ou à caresser. Vingt-trois ans de silence.

Il s'allongea sur le dos et ferma les yeux. L'Everest imposait cela – cet isolement et cette promiscuité, les deux à la fois. Ils étaient réunis ici, séparés du reste du monde. Ils étaient tous entassés dans cette tente, mais le vent déchaîné, l'air raréfié les réduisaient au silence pour de longues périodes. Léthargique, il se hissa dans la caverne de son esprit et demeura assis en silence, s'appuya contre Sandy et Teddy pour se réchauffer.

Il enviait l'anachorète, son choix de rester immobile. Son choix de demeurer là. Il aurait aimé pouvoir faire ce choix-là.

Il aurait voulu prendre ce genre d'engagement.

Son père avait toujours su que forcer George à rester en place était la pire punition qu'il pouvait lui infliger.

« Recopie-les. Soigneusement. » Son père croyait aux châtiments médiévaux. Il remettait à George le brouillon de son sermon du dimanche, qu'il fallait recopier : huit pages, toutes tapissées de la fine écriture de son père. « Et ne te contente pas de transcrire. Assure-toi de comprendre ce dont il est question. Nous en discuterons avant le souper.

— Oui, père. »

Trafford avait rarement droit à ces sanctions, mais le fait est que Trafford ne faisait rien pour les mériter. S'il lui arrivait de faire quelque chose de répréhensible, on l'envoyait dehors pour entretenir le terrain, pour ramasser des feuilles. Trafford n'était jamais forcé de rester assis entre quatre murs pendant que le monde continuait de tourner sans lui. Sans doute parce que, contrairement à lui, son frère aimait bien s'asseoir dans le bureau avec son père. Rester assis, c'était bon pour les vieillards, se disait George. Il aurait amplement le temps de faire ça plus tard.

Il se penchait sur le bureau de son père et recopiait les mots. Ses jambes remuaient, ses pieds se balançaient. Son écriture finissait toujours par se couvrir de taches et de bavures. Son travail pouvait difficilement faire l'affaire. S'il le montrait à son père, celui-ci lui aurait fait tout recommencer depuis le début. Non seulement cela, mais il lui aurait probablement donné du travail supplémentaire, pendant qu'il y était.

Il détestait cela d'autant plus que Trafford ne prenait jamais sa défense. George avait beau être le grand frère, le premier-né, il était toujours dans l'ombre de Trafford.

«Il ne te fait jamais ça, grommelait-il auprès de son frère.

— J'ai eu ma part, George.

— Jamais de la vie.

— Tu es impétueux. Il veut te calmer.

— Tu ne sais même pas ce que ça veut dire. Et le calme, c'est pour les filles. C'est pour les vieux. Et les enfants de chœur.

— Ce n'est pas juste, George. Il veut seulement que tu l'écoutes. Fais juste te calmer et l'écouter. Si tu l'écoutais, peut-être qu'il ne serait pas aussi dur avec toi.

— Mais je l'écoute. Seulement, je n'aime pas ce qu'il a à dire.

— Tu ne peux pas toujours en faire à ta tête. Parfois, ce sont les autres qui ont raison.»

Il chiffonnait les pages et recommençait. Son père ne demandait rien de moins que la perfection. Il s'efforçait de ne plus gigoter et recopiait.

Le bureau de son père était plongé dans l'ombre. Le révérend Mallory ne goûtait pas les distractions du monde extérieur, aussi les volets des fenêtres étaient-ils fermés sur le cimetière, sur les fleurs qui s'épanouissaient au bord des fenêtres. «On garde ainsi les idées claires», disait son père.

Cette manie le faisait enrager. Il haïssait cette pièce sombre, sachant qu'il y avait dehors un monde auquel on lui interdisait de participer. Comment son père pouvait-il ne pas l'aimer, vouloir l'exclure de sa vie? C'était insensé à ses yeux.

Il se dirigeait vers la fenêtre, l'ouvrait et se tenait là, aveuglé par la lumière. Jusqu'à ce que son père vînt lui flanquer une taloche derrière la tête, il avait au moins l'impression d'être dehors dans le monde.

À présent, il remuait dans l'espace restreint de la tente : trop longtemps assis en tailleur, recroquevillé sur la bâche froide, il sentait une douleur dans sa hanche.

«Qu'est-ce que tu voudrais le plus au monde? demanda Odell. En ce moment.»

Ils jouaient souvent à ce jeu, une façon d'évoquer les conforts du foyer.

«Un bain chaud.

— Parfait, oui.

— Ma femme pour me le faire couler, ajouta George.»

Il y eut des rires, par rafales, comme le vent.

«Du thé chaud.

— Mmm.

— De la soupe chaude.

— Tout ce qu'il y a de chaud.» La voix de Sandy était lourde de sous-entendus. Ils restèrent muets, et un silence flotta dans l'air, ballotté par le vent. Il s'étonna de cette blague, remarqua avec plaisir le sang qui montait aux joues de Sandy. Il s'imaginait très bien quelle chaleur il y avait là. L'instant prit fin et les rires éclatèrent de nouveau.

— Une toilette avec chasse d'eau.

— Des vêtements propres.»

Leurs voix se précipitaient.

Somes dit: «Un lit moelleux pour dormir.

— Un lit tout court.

— De nouveaux livres à lire, fit Teddy.

— Des aliments frais.

— Mon Dieu, oui, acquiesça Somes. Verts et croquants.

— Le sommet», dit-il.

Cela freina leur enthousiasme. Sans doute aurait-il mieux fait de s'abstenir. Sans doute avaient-ils besoin de se changer les idées. Mais le sommet était là, derrière chaque mot et chaque pensée, même s'ils se gardaient d'en parler.

«Le sommet», répéta doucement Teddy. Il était peut-être le seul à l'avoir entendu.

«Je ferais mieux d'aller voir Tsering.» En sortant, Somervell posa sa main sur l'épaule de George, la serra un peu.

Il s'allongea de nouveau, regarda fixement le toit de la tente et se représenta la silhouette de la montagne penchée sur lui. C'était ce qu'ils désiraient tous.

On passe la plus grande partie de notre temps à rester assis et à attendre. C'était ce qu'il avait dit à Ruth.

«Tu disais la même chose à propos des tranchées durant la guerre», avait-elle répondu en roulant légèrement les yeux. Mais c'était un air d'indulgence, un air qu'elle se donnait quand il lui racontait une histoire qu'elle avait déjà entendue, ou qu'il lui répétait quelque chose qu'elle lui avait dit en premier, comme s'il venait de l'inventer. Sentant comme une boule dans sa gorge, il avait dégluti pour la faire passer. «Tu me dis ça pour que je ne m'inquiète pas.»

Elle avait raison. C'était en effet pour qu'elle ne s'inquiète pas, mais c'était aussi la stricte vérité. L'attente était interminable. Il en venait à espérer que quelque chose se produise et, par la suite, à regretter cet espoir. Mais même dans l'attente, le danger guettait. Pendant la guerre. Sur l'Everest. À tout moment, le monde pouvait s'écrouler sur lui. Les débris des tranchées sous les bombes. Le déferlement de neige lors d'une avalanche.

«Est-ce que ça marche?»

Il venait tout juste de rentrer de son deuxième voyage vers l'Everest, en 22. Moins d'un an après le premier. Comment faisait-elle pour endurer cela? Pour se faire constamment laisser, puis reprendre? Au cours des dernières années, il avait passé plus de temps avec l'Everest – à y aller et à en revenir, à planifier les choses et à y réfléchir – qu'avec sa propre femme. Quel genre de mari était-il donc?

Ils se trouvaient à Paris. Ils avaient décidé de se rencontrer là-bas, et non à Londres ou à la maison. *Je te veux rien que pour moi*, lui avait-elle écrit dans une lettre. C'était ce qu'il souhaitait, lui aussi. Elle, rien que pour lui. Être seuls ensemble, voilà ce qu'il leur fallait. Ce qu'il lui fallait. Avant qu'il ne reparte pour donner des conférences, pour New York.

Ils s'étaient rencontrés dans un hôtel au bord de la Seine, somptueux et riche après les longues nuits sous la tente, après les rigueurs de l'expédition. Il avait fait monter ses valises et, debout dans l'embrasure de la porte du salon, il l'observait. Elle était parfaite, assise à l'attendre. Cela faisait des mois qu'il l'imaginait ainsi. Elle prit l'une des minuscules pâtisseries fines qui lui avaient été servies et en croqua la moitié, prenant tout son temps pour la savourer. Elle feuilletait un livre, mais il savait qu'elle ne lisait pas ; elle essayait seulement de faire croire qu'elle n'était pas en train d'attendre.

Il l'imagina dans leur chambre, ses formes galbées sur le lit encore fait. Il voulait la déshabiller, lui retirer le manteau ample qu'elle portait, ses gants de dentelle, la découvrir en dessous, l'odeur de sa peau – un faible parfum de cynorhodons, de papier. Son propre corps s'enfla à son tour. De la sueur perlait sur ses lèvres.

Il s'avança jusqu'à la table et se tint devant elle. Elle leva les yeux, et à peine avait-elle esquissé un sourire qu'il se penchait pour l'embrasser. Il sentit ses dents à elle frottant contre ses lèvres à lui.

Lorsqu'il se redressa, elle rougit ; son sourire s'élargit, et elle parcourut la pièce du regard, à la fois embarrassée et soucieuse d'être vue de tout le monde.

Il prit place dans le fauteuil devant elle. Lorsqu'il saisit sa main sur la table, elle était froide ; mais elle se réchauffa rapidement dans la sienne. Il engloutit la dernière bouchée de son dessert, prit une gorgée dans sa tasse de thé.

«Montons à l'étage», dit-elle.

Après, elle s'enveloppa dans le couvre-lit de peluche et passa ses doigts sur lui, parcourant les muscles de ses bras et de ses jambes amaigris, le creux qui se dessinait sous ses pommettes, naviguant autour de ses ecchymoses et de ses éraflures.

«Tu es toujours si différent au retour», dit-elle. Les bleus et les bosses allaient de pair avec toute expédition en montagne, et elle s'amusait toujours à les recenser quand il revenait, pour s'en faire raconter l'histoire – *Qu'est-ce qui s'est passé avec celui-ci ? Ça t'a fait mal ?* La plupart du temps, il était incapable de s'en souvenir. Elle comptait ses doigts et ses orteils, pour rire. Sur son corps, ses mains étaient tièdes et soyeuses. Il aurait pu rester près d'elle indéfiniment.

Chacune des transformations de son corps, chaque bleu qui s'estompait, chaque égratignure, elle les marquait d'un baiser. «Tu devrais faire attention, dit-il en la serrant très fort. Je pourrais faire exprès pour me faire mal, la prochaine fois.

— Allons nous promener, dit-elle. Il y a si longtemps que j'ai mis les pieds ici, et c'est la première fois que nous venons ensemble.» Elle se leva, rejetant la couverture sur lui, et sauta dans la robe qui traînait par terre, avant de se pencher pour ramasser la page qu'il avait déchirée dans son livre. Il l'avait pliée et cachée derrière sa ceinture, et elle l'avait trouvée en le déshabillant, esquissant un sourire avant de la laisser tomber pour continuer à l'embrasser. George se rhabilla tranquillement, puis la suivit alors qu'elle sortait de l'hôtel.

Dehors, les rues grouillaient de monde, et il lui offrit sa main. Elle la saisit fermement, mais à présent, dans la lumière du jour, elle semblait plus distante, comme si elle ne savait trop quoi dire ni où regarder. Quand il croisait son regard, elle souriait timidement et détournait les yeux. Ils traversèrent le jardin du Luxembourg, et elle lui parla des enfants. «Tu leur manques tellement. Mais bon, c'est bien évident. Plutôt bête de le mentionner.»

Mais après qu'ils eurent dîné, pris quelques cocktails sur des terrasses et marché jusqu'à l'hôtel, elle devint plus hardie et plus décontractée. Dans l'obscurité de leur chambre, son corps moite et sa poitrine haletante tout près de lui, elle dit : «Oscar Wilde a déjà vécu ici. Je pense même qu'il y est mort.» Elle s'interrompit un instant – «J'oubliais. Les enfants t'envoient cela» – et s'agenouilla pour l'enlacer, d'abord aux cuisses, puis à la taille. La grandeur de ses deux filles.

Il l'attira de nouveau à sa hauteur, embrassa chacune de ses joues, son front, et ils s'endormirent en s'étreignant l'un l'autre.

Après deux jours, tout semblait revenu à la normale. Elle avait cessé de lui dire combien il avait changé, et elle allait spontanément vers lui tandis qu'ils visitaient la ville, se collait contre lui lorsqu'ils s'arrêtaient sur des ponts.

Ils étaient assis sur le pont Neuf. Le soleil se levait et il faisait déjà chaud. Ils prendraient le train vers la côte dans la matinée et seraient chez eux en soirée. Il avait envie de revoir ses enfants.

«Rappelle-moi ces mots», demanda-t-elle. Il sentait sa voix vibrant à travers son dos, jusque dans sa propre poitrine où elle s'était blottie. Son petit fredonnement. Pouvait sentir ses inspirations et expirations. Il ne voulait pas bouger, ne voulait pas qu'elle bouge. Il se rappela cet instant, combien elle était détendue, tout contre lui. «Répète-moi tous ces mots étrangers.»

Il les glissait dans sa conversation depuis des jours – *mousson, coolie, yeti, bandobast, metchkangmi* – des mots népalais, tibétains, sherpas.

«Tu n'as pas idée, Ruth. Aucune, mais vraiment aucune idée. Moi et six autres hommes puants.» Il fourra le nez derrière son oreille pour la sentir, pour effacer le souvenir du campement. «Tu n'arriverais pas à me supporter.

— Qu'est-ce qui te fait croire que j'arrive à te supporter, là, maintenant?» dit-elle d'un ton moqueur, l'embrassant doucement. C'était comme s'il ne l'avait jamais quittée.

Elle se défit de son étreinte pour regarder quelque chose sur le fleuve. Il l'observa un instant, la cambrure de son échine rappelant celle du pont. S'agenouillant sur le banc, elle se pencha sur le parapet pour observer les visages sculptés le long de la structure. «Savais-tu que tous ces gens sont les invités d'un banquet? dit-elle. Un banquet du roi, peut-être Henri, je ne sais pas. N'était-ce pas toujours des Henri? On dirait en tout cas qu'il a voulu les immortaliser dans leur beuverie.»

Il s'approcha du banc et la ramena contre lui. Il avait presque réussi à se convaincre de ce qu'il lui avait raconté au sujet des longues journées de lecture de farniente passées au campement, arrivait presque à croire l'ennui et la routine mortelle qu'il avait évoqués.

«Tu m'as manqué», dit-il, et elle eut comme un petit miaulement. «Je ne veux plus jamais partir. Restons ici pour de bon.»

Il y croyait presque lui-même.

Et pourtant, moins d'un an plus tard, il avait renié sa parole.

«Tu y penses, s'était écriée Ruth. Ne me mens pas. S'il te plaît. Après tout ce qui s'est passé, je sais que tu y penses.

— Oui. D'accord. J'y pense. Ce serait stupide de ne pas considérer une telle offre.

— Stupide? S'il y a quelqu'un de stupide ici, c'est moi, pour t'avoir cru ne serait-ce qu'une seule seconde.

— Ce n'est pas juste. J'étais sincère. Mais je ne pense pas être capable de laisser quelqu'un d'autre la conquérir. C'est moi qui ai commencé tout ça, Ruth. J'ai la responsabilité d'y retourner. D'en finir. Pour eux. Pour nous. Tu dois le comprendre.

— Je me contrefous de ta maudite montagne.

— Ruth, s'il te plaît…

— Tu dis que tu nous aimes, George. Les enfants et moi. Et je te crois. Mais chaque fois qu'on te demande de choisir, tu choisis la montagne. Sais-tu ce que ça me fait, à moi? Et si tu repars, jusqu'à quand ça va continuer?» Elle désigna le salon d'un geste du bras. Le livre de Ruth était grand ouvert sur le sofa où elle l'avait laissé, la couverture chiffonnée de John tout à côté. Les photos des enfants illuminées par l'éclat de lumière à travers la fenêtre. «Pourquoi n'est-ce pas suffisant pour toi?» George n'ayant aucune réponse, elle se détourna et quitta la pièce. Il n'avait pas cherché à la rejoindre.

Il sortit une boîte de lait condensé d'un petit paquet de denrées. La tente était pleine à craquer, un foutoir de boîtes de conserve vides, de tasses sales, de cartes à jouer toutes plissées. Quelque chose sous son sac de couchage lui entamait la cuisse. Sans doute le crayon qu'il avait perdu un peu plus tôt, après avoir dessiné, au profit de Sandy, le chemin qu'il comptait emprunter à travers la bande jaune.

« Il devrait y avoir des fossiles là-haut », dit Odell, s'immisçant dans la conversation. « Dans la bande jaune. Toutes ces couches de calcaire, accumulées sur des millénaires. Soulevées. Imaginez ce qui se trouve là-dedans.

— On ne flâne pas dans la bande jaune », répondit-il à Odell. Puis, se tournant de nouveau vers Sandy : « C'est comme un toit de tuiles croulantes. Un endroit dangereux. On va prendre en diagonale jusqu'à la crête, je pense. Droit vers elle, puis nous la suivrons. »

Sandy avait esquissé le trajet dans son propre calepin : des lignes claires, plus précises que celles qu'il avait dessinées.

Faisant fi de l'objet qui cherchait à se planter dans sa cuisse, il perça deux trous dans la boîte de lait à l'aide des crampons d'Odell. Ses mains étaient malhabiles, froides et raides dans ses gants. Lorsqu'il les retira, sa chair semblait presque morte. Si blanche. Il versa le lait avec précaution dans un petit pot de confiture de fraises, le remua avec une petite cuillère. La crème et le rouge des fruits se mélangèrent pour donner une mixture rose, grumeleuse et charnue – presque vivante. Plus qu'aucun d'entre eux, en tout cas. Elle tranchait sur leur teint bleu-gris, leurs traits tirés et anguleux. Toute la chair tendre qui arrondissait leur visage il y a peu s'était déjà évaporée.

Somes discourait encore sur la foi. Ils n'avaient plus de conversations légères depuis des semaines. C'était ce qu'il aimait de l'alpinisme. La promiscuité, les longues heures passées ensemble devenaient l'occasion de parler de grandes choses, de choses importantes. Le fait d'être en montagne semblait les obliger à rendre des comptes. Chacun était forcé de se demander où il en était, où en étaient les autres. Ce n'était pas la première fois que Somes et lui avaient cette discussion. Ce ne serait pas la dernière.

La foi de Somervell l'avait surpris. Il était médecin, après tout. «Je croyais que tu étais un homme de science», lui avait-il lancé, un jour comme celui-là où le mauvais temps les avait bloqués.

«L'un n'exclut pas l'autre, George. Qui sait, peut-être la science prouvera-t-elle un jour l'existence de Dieu?»

Il en doutait fortement et ne le lui avait pas caché. Et à présent, voilà que Somervell revenait à la charge.

Ses dents lui faisaient mal. Un élancement persistant, dans une molaire droite; sa mâchoire crispée par l'angoisse et le froid. Il servit le dessert aux autres. L'altitude jouait des tours à leurs papilles, exacerbant le goût de sucré ou faisant disparaître toute saveur. Manger n'était qu'une question de survie. Ils n'en retiraient aucun plaisir. Les réceptions lui manquaient – les plats chauds et froids qui se suivaient, une variété de saveurs, des légumes, de la nourriture fraîche.

«C'est grâce à Dieu, non à l'oxygène, que nous réussirons.» Le ton était catégorique, déclamatoire.

«Somes, le seul moyen de dompter cette chose, cette…» Il voulait dire *salope*. Il voulait maudire la montagne, mais se retint. «La seule chose qui compte ici, c'est nous.

— Précisément, George. Nous! Nous sommes l'instrument conçu pour l'escalade. Tu prétends être un sceptique, mais tu as la foi. Tu te crois destiné à cela, à la conquête du sommet. Ne dis pas le contraire. C'est ça, la foi, George. C'est un dessein.» Somervell se tourna vers Sandy. «Et toi? Tu partages son scepticisme? Son humanisme?»

Le regard de Sandy allait et venait entre lui et Somes. Ses yeux s'arrêtèrent sur George.

«Je ne sais pas.» Sandy parlait lentement, d'un ton mesuré, ou peut-être était-ce l'altitude. George se pencha vers lui, et la voix de Sandy se raffermit. «Toute cette religion m'a l'air d'une excuse. Je vais garder Dieu pour moi, je pense. Je veux gravir l'Everest pour l'accomplissement que cela représente, pas parce que c'est conforme ou contraire à une certaine idée de Dieu.»

George se redressa. Somervell s'apprêtait à riposter quand Teddy intervint, levant les yeux d'une lettre qu'il était en train d'écrire. «On dirait que c'est toi qui parles, George.

— Penses-tu! s'écria Odell. C'est bien trop modéré comme point de vue.

— Tu as raison, acquiesça George. Et *Dieu sait* que la modération ne nous rapprochera pas du sommet.» Il leva la main au ciel. «Il faudra bien plus que la foi pour nous amener jusque-là. La modération ne mène jamais à la grandeur. Robert Scott n'était certainement pas du genre modéré. Il n'aurait jamais pu atteindre le pôle Sud s'il l'avait été. Non, vivement quelqu'un d'extravagant et le sommet.

— Pas besoin d'en faire un mélodrame.» Somes secoua la tête. «Et du reste, Scott est mort là-bas.»

Tous furent plongés dans le silence. Le malaise était palpable.

Un mélodrame. Ce n'était pas la première fois qu'on l'accusait de cela.

«Ta réaction ne serait pas un tantinet exagérée?» Il était dans sa chambre, à Magdalene, et Will lui tendait une généreuse quantité de whisky servie dans l'une des vieilles tasses de George. «Tu devais te douter de la façon dont tout cela finirait.»

George avait arraché la photo de James épinglée au-dessus de son bureau. L'avait déchirée en morceaux et jetée à la corbeille, avait traversé sa chambre jusqu'à la fenêtre bordée de lierre qui surplombait la cour. Son front était collé aux carreaux. «Il a dit que j'étais assommant. Devant tout le monde.

— T'es pas assommant. James Strachey est une brute. Il ne changera jamais.» Will se tut tandis que George avalait son whisky et lui rendait la tasse pour en ravoir un autre. «Je pense que tu y gagnes au change en ne fréquentant plus ces zouaves-là. Bande d'arrogants.» La voix de Will trahissait une évidente satisfaction. Il n'avait jamais apprécié James et son École cambridgienne de l'amitié. «L'École cambridgienne des snobs, plutôt. Seuls les narcissiques et les poseurs seront admis.»

Mais Will n'avait jamais compris le charme, le prestige des Strachey, de Maynard Keynes, de Rupert Brooke, tandis que George avait plongé tête baissée dans leur groupe et adopté leurs idéaux – chaque émotion, chaque motivation étant scrutée à la loupe au cours de soirées festives dans l'appartement de James. «Bienvenue dans notre petit salon», lui avait-il dit en s'inclinant quand George s'était joint à eux sur l'invitation de Rupert. James avait concentré sur lui toute son attention. Et George était bien décidé à les impressionner. À tenter toutes leurs expériences. Pour James, chaque respiration, chaque inter-action demandait à être étudiée, savourée et chérie précieuse-ment. Comme si chaque décision pouvait vous aiguiller sur des voies radicalement différentes. Il n'y avait aucun jugement moral qui pût tenir. Du moins, il n'était pas censé y en avoir. Le plaisir et l'expérience étaient une fin en soi. La doctrine liber-taire dans ce qu'elle avait de mieux. Jusqu'à ce que tout s'écroule.

«Tu ne comprends pas, Will. Tu ne peux pas comprendre.»

Will resta interloqué, blessé par ses paroles. «Tant pis, alors, dit-il. Je te laisse ici à ton désespoir.» Il vida son verre et se dirigea vers la porte. «J'avais oublié, George, à quel point ta capacité de ressentir est supérieure à la mienne.

— Non, Will. Je t'en prie. Je suis désolé. Ce n'est pas ce que je voulais dire.» Pourquoi fallait-il que Will soit toujours infiniment plus mesuré que lui? «Laisse-moi t'expliquer?»

La main de Will était restée sur la poignée de porte. «Pour quoi faire?

— Mais bon Dieu, parce qu'on est amis depuis toujours. Parce que j'ai besoin que tu restes ici à boire avec moi.

— D'accord.» Will se rassit, et George se jeta sur son lit. «Mais seulement si tu arrêtes ton foutu mélodrame.

— Mais justement. Avec James, chaque chose comptait. Ce que je disais, ce que James disait de moi. Chaque mot, chaque geste pouvait changer les choses – même l'avenir. Tout était possible.» Et c'était la vérité. Il était à vif, suprêmement conscient de chaque mot, de ses innombrables subtilités, de chaque minuscule sous-entendu. «C'est un peu comme faire de l'escalade. Tu connais ce sentiment-là – quand tu donnes tout ce que t'as et que tout à coup, tu sautes pour agripper cette saillie dont tu es sûr qu'elle est hors de portée. Tu sais que tu vas tomber. Et puis, tu ne tombes pas. Et à cet instant-là, le monde se précise. Devient plus clair.» Il avala d'un grand trait et lança sa tasse à Will. «Chaque moment était comme ça avec James. Je ne l'échangerais pour rien au monde.

— Tu ne te rends pas compte à quel point c'est ridicule?

— Mais ce ne l'est pas. Pas du tout. C'est en partie pour ça qu'on y va, n'est-ce pas? La peur, la possibilité que tout prenne fin? La sensation d'être réellement en vie. Et quand tu redescends, le monde est différent. Pendant une heure, une journée, c'est si frappant que c'en est douloureux.

— N'empêche, on ne peut pas vivre de cette façon.»

Mais il l'avait vécu. Au cours des quelques mois où James l'avait courtisé, séduit, emmené dans de somptueuses réceptions. Peut-être que Will avait raison. Peut-être qu'une relation comme celle-là ne pouvait se terminer autrement que par un rejet et une peine d'amour. Il aurait pu le supporter, s'il ne s'était agi que de cela. Mais le plus douloureux était l'humiliation. Il avait vu les lettres échangées par Lytton et James Strachey, avait compris qu'ils ne faisaient que jouer avec ses sentiments. Mais si c'était à refaire, il recommencerait. Il s'y abandonnerait corps et âme et esprit, la prochaine fois. «À quoi bon faire les choses à moitié ? Pourquoi s'en donner la peine, si c'est pour les faire à moitié ? » Comment pouvait-il l'expliquer à Will ? Will était trop prudent pour se frotter à l'amour, prudent même en montagne. « Tu sais, Will, tu ferais sans doute un meilleur alpiniste si tu prenais un peu plus de risques.

— Nom de Dieu, et tu ferais sans doute un meilleur ami si tu te modérais un peu. Je t'ai vu plonger dans cette histoire. Et c'est comme si elle t'avait complètement submergé. Si tu veux cultiver ce genre d'obsessions, tu ferais mieux d'en rester aux montagnes. Pas aux êtres humains. Ce ne sont pas des problèmes qu'on peut régler comme on escalade une paroi.

— Je devrais peut-être te ressembler un peu plus, mais je ne sais pas si j'en suis capable. Je ne veux étouffer aucun instinct. Jamais.

— Parfait, George. » Will leva sa tasse. « À ceux qui préfèrent vivre à fond.

— À fond. » Il cogna sa tasse contre celle de Will et savoura l'âcreté du whisky dans sa gorge. Will l'imita, grimaçant plutôt.

À présent, il se disait que Will avait eu raison. Avec Ruth, il n'avait rien étouffé. Dès les premiers instants, dès qu'elle avait hanté ses pensées, il le lui avait déclaré. Il avait voulu la ravir, la transporter. Il le voulait encore. L'Everest avait peut-être trop retenu son attention, trop longtemps. Mais quand il reviendrait, tout serait différent. Lui-même serait différent. Plus aucune montagne ne viendrait se dresser entre eux. Il n'y aurait plus qu'elle.

Dans les ténèbres grandissantes, il regarda tout autour de la tente. Il restait peut-être une heure avant la nuit.

Odell recommençait, se servant une deuxième portion, consommant plus que sa part. Il fallait que quelqu'un le surveille. Les vivres ne dureraient que quelque temps. En manquer ferait avorter toute tentative. Odell essuya la confiture de fraises sur sa bouche.

«Tu t'es bien régalé?»

Odell leva le regard vers lui, plissant les yeux. «Oui, George. Merci.» Odell sortit planter la vaisselle dans la neige, maintenant qu'il n'y avait plus rien à manger.

Ne pas pouvoir bouger le rendait fou. Cela faisait neuf heures qu'il était assis là. Pendant neuf heures, la tempête avait assailli le campement, la montagne. Leur conversation s'était transformée en silence. Le vent s'était enfin calmé. Soudain, tout était calme. Il n'y avait plus qu'un son, celui d'un souffle rauque. Qui inspirait, expirait. Inspirait, expirait. Long et douloureux. Un métronome à l'agonie.

George s'allongea sur le dos et regarda fixement la toile au-dessus de lui. Elle se soulevait et retombait en suivant sa respiration, comme s'il se trouvait à l'intérieur d'un grand poumon vivant. Elle le suffoquait, collait à son visage, obstruait son nez et sa bouche.

Il ne pouvait plus respirer.

Il hurla dans le silence presque complet et la tente se retira. Il hurla encore pour qu'elle disparaisse.

Les autres sursautèrent et se raidirent, affolés. Il pressa ses poings contre ses tempes, serra fort ses paupières.

«Je déteste cette foutue montagne!» cria-t-il. Puis: «Bordel de merde!» Remplissant ses poumons, il hurla de nouveau dans l'air, son cri se transformant en rire. Somervell lui donna un coup de poing sur l'épaule, et les autres se mirent à rire avec lui. Soulagés. Il n'était pas en train de mourir. Son cerveau n'avait pas subi d'hémorragie. Il pouvait sentir leur soulagement.

«Nom de Dieu, George, dit Somes. Va faire un tour dehors pour te délier les jambes.

— Mais n'oublie pas tes crampons, ajouta Teddy.

— Oui, tu pourrais tomber en bas du glacier.

— Te casser la figure et rendre ton dernier souffle.

— Quelle délivrance pour nous.»

Tous riaient à présent, se balançant d'avant en arrière, comme rendus fous par leur isolement prolongé. Odell plissait les yeux pour en chasser les larmes. Les épaules de Sandy sautillaient, et un son semblable à un toussotement finit par sortir de sa gorge. George lui lança un pull bleu qui traînait au sol. Sandy le reçut en plein visage.

«Allez vous faire foutre», lança George, tout sourire, en sortant de la tente.

Dehors, le campement luisait dans un éclairage de fin d'après-midi. Le soleil avait plongé derrière l'arête des montagnes à l'ouest des tentes, et le ciel avait pris une teinte bleu foncé, transpercé çà et là de quelques étoiles qui décoraient de points la silhouette déchiquetée d'une des cimes du Lhotse non loin. Tout était bleu : le blanc crépusculaire des champs de neige, l'ombre indigo des meurtrissures de la roche. Même les éboulis de la bande jaune avaient un aspect bleuté.

Il frissonna, ce qui le surprit ; il croyait en avoir terminé avec les frissons. Tout de même, quel soulagement de se trouver hors de la tente, seul pendant quelques instants.

La tempête avait transformé le campement, les paysages alentour. Des congères étaient apparues près des tentes, des ravines et des canaux nouvellement creusés. La neige tourbillonnait encore à certains endroits, se soulevait librement sous ses bottes. Il donna un coup de pied dans une congère et fit le tour du campement, ses clous égratignant la couche de glace cachée sous le nouveau tapis de neige.

Il s'étirait tout en marchant, portant les mains au-dessus de sa tête, courbant et fléchissant les longs muscles de son dos. Son corps grinçait. Il était en guerre contre lui, encore vivant, mais près de mourir. Somervell croyait qu'à partir d'une certaine hauteur l'acclimatation cesserait et qu'ils commenceraient à succomber au manque d'oxygène. Il espérait que Somes se trompait, mais c'était peu probable. L'oxygène les aiderait peut-être un peu. Suffirait peut-être à faire la différence.

Le vent avait balayé une partie de l'ancien campement qu'ils avaient trouvé enseveli à leur arrivée. Des vestiges de l'expédition précédente étaient désormais visibles : les restes parfaitement conservés de bouteilles d'oxygène à moitié vides, la dépouille de tentes abandonnées, une cache de corned-beef en boîte, complètement gelé, la longue traînée de pisse et de merde qui bordait l'extrémité ouest de l'ancien campement.

Deux ans auparavant, il s'était défoulé sur ce poteau de tente, et la toile s'était affaissée sur la neige. Il serait resté s'il l'avait pu. Même après l'avalanche. Tous les autres en avaient assez – Teddy, Somes. Mais la montagne s'était moquée de lui. Il n'avait pas voulu partir.

Il s'était tenu ici, juste ici, après l'avalanche. Il l'entendait encore, ce grondement grouillant. Il s'en souvenait très nettement et pouvait, même à présent, sentir le sol trembler un peu sous ses pieds. Ils avançaient bien – lui-même, Somervell, Virgil, et la file de coolies à leur suite –, pas très loin au-dessus du campement, quand la neige au-dessus de leurs têtes se mit à glisser, emportant avec elle tout le flanc de la montagne tandis qu'elle prenait de la vitesse. Puis, un rugissement sourd, plus fort que le vent incessant, que le bruit d'un train à vapeur. Et elle fut sur lui. Il sentit un choc violent à sa taille et perdit pied, bousculé par la muraille de neige. Il nagea, rama et se démena, comme emporté par un contre-courant. Il se noyait.

En contrebas se trouvait le précipice du col. Une chute brutale de près de trois cents pieds.

Le froid, la neige l'ensevelissait, remplissant sa bouche, ses oreilles. Il ne parvenait plus à entendre le vrombissement de la neige, même s'il la sentait dans sa poitrine, dans ses organes. La neige s'était insinuée partout, à travers les fermetures éclair et les coutures : comme un étau serrant sa poitrine, elle chassait le peu d'air qu'il restait dans ses poumons. Pendant un instant, il se revit en France, la terre s'éboulant autour de lui, s'affaissant, plongeant le monde dans de noires ténèbres. Mais il goûtait la montagne sur sa langue, car la neige cherchait à pénétrer en lui par tous les moyens.

Il nageait contre la neige, se tournait, en traversait le courant. Son corps luttait pour gagner la surface. La neige qui l'entourait s'immobilisa ; son corps était coincé, mais pas excessivement. Il ne pouvait respirer. Ne pouvait ouvrir les yeux.

Il tenta d'agiter les bras dans la neige, qui céda un peu. Il suffoquait, faisait tout son possible pour ne pas respirer la neige. Cherchait de l'air.

Il secoua la tête d'avant en arrière, se creusant un petit espace pour respirer, pour ouvrir les yeux. Il prit une grande inspiration, comme sur le point d'émerger. Même l'air raréfié de la montagne le soulageait. Il ne faisait pas aussi noir qu'on aurait pu le croire ; il y avait une lueur, d'un bleu aqueux, plus claire au-dessus qu'en dessous. Il se trouvait près de la surface.

Il combattait une sensation de froid humide, là où la chaleur évanescente de son corps avait fait fondre la neige. Sa peau, ses doigts s'engourdissaient déjà. Il s'appuya sur ses avant-bras et s'arqua en avant. Sa tête d'abord, puis son torse percèrent la surface tandis que sa bouche crachait de l'eau et de la neige tout en avalant l'air. Il pouvait sentir le poids de la neige sur lui, maintenant qu'il en était presque libéré ; elle collait à lui, s'abreuvait de lui.

Une fois libéré, il resta étendu là, brûlé par le froid et les rayons du soleil. Sa main transie et nue, reposant sur la neige, paraissait morte. Il avait perdu ses lunettes, son chapeau. La lumière l'aveuglait. Puis, un tiraillement à sa taille. D'autres hommes étaient attachés à sa corde. Elle disparaissait dans la neige. Il acheva de se libérer à coups de pieds et se mit à creuser.

Il suivit la corde jusqu'à ce que Somervell apparaisse, un pied sous la neige. Il respirait encore, mais à peine. Ses lèvres, déjà livides. Mais il était indemne. L'autre alpiniste aussi. Ils étaient à quelques dizaines de pieds du précipice. Et pendant un instant, ils furent soulagés. Contents d'être en vie.

Le désastre évité, il sentit ses membres réchauffés par un influx d'adrénaline.

La montagne était étrangement tranquille à ce moment. Le grondement de l'avalanche s'était éteint. Il n'y avait aucun son. Seulement leur respiration ardue. Même le vent s'était tu.

Alors ils entendirent des voix – des cris étouffés, comme quand ses enfants jouaient au jardin, Clare et Berry qui l'appelaient. Il se tourna vers eux.

Et les sons se précisèrent. Des hurlements affolés, durs à ses oreilles. D'autres grimpeurs, sur une autre corde, avaient été chargés de transporter des provisions. Il se leva, chancelant.

Au bord de l'escarpement, il y avait deux taches floues, paniquées, en mouvement, qui se détachaient sur l'horizon de neige. Leurs mains pointaient vers le bas, par-delà le précipice, au pied de l'escarpement.

Il se hâta vers eux sur la neige fraîchement retournée. Sans croûte dure pour le soutenir, il pataugeait et trébuchait.

Les hommes de l'autre cordée étaient tombés. Il le savait avant d'atteindre le bord du précipice. Il se fraya un chemin jusqu'à Virgil. Somervell suivait lentement ses traces.

Machinalement, il éloigna Virgil et l'autre coolie, Tranang, du bord. Le danger était encore bien réel, et George ne voulait pas qu'ils tombent eux aussi. Il s'avança prudemment jusqu'au bord, s'assurant que la neige ne céderait pas, et regarda en bas.

Au pied de l'escarpement, il n'y avait que des blocs de neige et de glace empilés pêle-mêle. Un tableau mouvementé mais silencieux. Sept corps reposaient là, et pas un seul Anglais ne s'y trouvait. « L'un d'entre nous aurait dû tomber, avait-il dit à Somervell.

— C'était une erreur de venir », avait répondu Somes, secouant la tête.

Même alors, on essayait de le rendre responsable de ce qui s'était produit. Somervell était déjà en train de fabriquer son innocence.

Puis, Teddy avait tout arrêté. « Nous rentrons. Maintenant.

— On ne peut pas. Pas tout de suite. J'ai besoin d'essayer une dernière fois, Teddy. S'il te plaît. Une dernière fois. On doit essayer. Je dois essayer.

— La mousson est arrivée. » Teddy était navré, mais intraitable. « Elle amène la neige et les tempêtes. Nous avons manqué notre chance. Sept hommes sont morts, George. Je n'aurais jamais dû te laisser partir aujourd'hui. Je ne te laisserai certainement pas partir demain. »

Au moins, Teddy avait cherché à endosser une part de responsabilité.

Le temps, ici, ne signifiait rien. Les jours se fondaient les uns dans les autres, ne se distinguaient que par le temps qu'il faisait – par une conversation particulière, un accident ou une mort. Il ne parvenait pas à reconstituer l'ordre des jours ou des événements. L'altitude, la routine, la lutte constante pour sa seule survie émoussait sa mémoire, lui donnait l'aspect d'un miroir vierge. Il ne jouissait d'aucune perspective. D'aucun étalon, d'aucun tic-tac d'horloge.

Il essayait de consigner certains détails dans son journal – des notes précises relatant les heures, les événements, les repas qu'ils prenaient. Le tout en une sténo indéchiffrable, une cartographie des faits qu'il devrait un jour mettre en ordre, pour constituer un récit dont la conclusion serait acceptable.

Non loin se trouvait un autre camp. Un autre corps. Il le retrouverait, le montrerait peut-être à Sandy. Cette mort-là n'était pas sa faute.

Il promena le regard sur les alentours. Demain matin, il enverrait quelqu'un fouiller les restes du campement pour voir s'il ne s'y trouvait pas quelque chose de récupérable. Il savait qu'il oublierait de le faire s'il ne l'enregistrait pas mentalement.

Il espérait s'en souvenir le lendemain. C'était tout ce qu'il lui était permis d'espérer.

* * *

«JE VOIS CE QUE tu veux dire. Moi aussi, j'ai toujours eu de la difficulté à tenir en place.» Sandy haletait dans l'obscurité. Sa gorge lui faisait mal. George et lui discutaient, de courtes phrases entrecoupées de longues pauses, comme un code morse. «Ma mère m'a déjà ligoté à ma chaise pendant le souper. Elle avait toujours menacé de le faire.» Il s'interrompit plus longtemps qu'il ne le voulait. C'était difficile de penser à sa mère. Il n'avait reçu aucune lettre d'elle depuis son départ. «Si tu y vas, lui avait-elle dit, je ne te le pardonnerai pas. Mais je prierai pour toi.» Il ne l'avait pas vraiment crue. «Je le méritais», dit-il à George.

Il prit un ton plus léger. Odell, étendu à côté, ne dormait peut-être pas encore. Il avait rencontré sa mère, avait essayé de la convaincre que c'était une bonne idée d'envoyer son fils sur l'Everest. Sandy ne voulait pas qu'il pense que ses efforts avaient été vains. «Je me levais toujours en courant pour faire quelque chose, pour finir un truc. Moi et mes brillantes idées. Je voulais toujours montrer un truc à p'pa. Jamais à elle. Puis, un soir, elle l'a fait. Elle m'a ligoté à ma chaise. Avec de la ficelle de jardinage. Ça n'aurait pas tenu.» Il sourit en pensant à elle, arracha les croûtes sur ses lèvres. Et il les lécha, ce qui ne fit qu'exacerber la sensation de brûlure.

«Allez-vous rester en bons termes?» La voix d'Odell entama l'obscurité de la tente.

Somervell et Norton s'étaient couchés plusieurs heures plus tôt. Seuls George et lui étaient encore éveillés, étendus l'un près de l'autre, à bavarder dans le noir. Ils s'interrompirent, et le silence remplit les ténèbres de la tente. Au bout d'un moment, George parla. «Odell, pourquoi tu ne prends pas la tente de Sandy? Je n'arrive pas à dormir de toute façon. C'est le manque d'activité. L'enfermement. Sandy va veiller ici avec moi, alors pourquoi te priver de sommeil?»

Odell fit entendre un long râle. Dans le calme après la tempête, son agressivité était palpable. Son sac de couchage bruissa, craqua dans le froid. Il tâtonna dans le noir, cherchant ses bottes.

«Si je tombe dans une crevasse, George, tu crèves avec moi.»

«Maurice Wilson, dit George. Il est venu ici avant nous. J'ai trouvé son corps en 22.» George était étendu près de lui, sa tête aux pieds de Sandy. Son corps émettait un brin de chaleur.

«Qui était-ce? demanda Sandy. Un alpiniste?»

D'une voix faible, qui semblait très lointaine, George lui expliqua que Wilson avait été soldat, blessé lors de la bataille de la Somme. «Je n'ai jamais été blessé. Jamais, poursuivit George. Pourquoi pas? Tous les autres. Tous, sauf moi. Décimés.»

Wilson avait été rapatrié du front dans un hôpital de Londres, où il contracta la tuberculose. George parlait d'une voix grave et rauque. Elle s'étirait entre eux telle une corde ténue qui les reliait. Sandy se sentait arrimé, comme s'il flottait juste au-dessus de la montagne.

«Tu imagines, survivre à cette bataille, à cette guerre, puis frôler la mort à cause d'une foutue maladie. Il refusait d'être traité. Disait qu'il avait trouvé Dieu dans les tranchées. Je ne sais pas comment; la plupart d'entre nous l'avons perdu là-bas. Mais il se disait que si Dieu voulait l'emporter, alors il partirait. Sinon, il survivrait.

«Il priait. Méditait. Son état s'est amélioré. Pour lui, c'était à cause des prières. De la méditation. Possible. Ou bien il a guéri, tout simplement.»

Sandy ferma les yeux. Le poids du sommeil l'entraînait avec lui. Il dégringolait. Tombait du haut de la montagne. Il se réveilla en sursaut. George parlait encore à ses côtés. Avait-il raté quelque chose? Depuis combien de temps dormait-il?

«Wilson se croyait investi d'une mission: amener les gens à prier, à croire. Les docteurs mettaient ça sur le compte d'une psychose traumatique.

— Il voulait absolument que les gens y croient, dit Sandy. En Dieu.

— Exactement.» Il sentit George acquiescer d'un signe de tête dans le noir. «Et il s'est mis à penser à l'Everest. Le point le plus rapproché du paradis. S'est décidé à conquérir le sommet.

— Mais tu disais qu'il n'était pas alpiniste.

— Non, en effet.» Les mots de George, ses pensées, étaient espacés de longs silences. Sandy se répétait mentalement les mots, les décodait. «Il y arriverait par la foi. Le jeûne. La méditation. S'il parvenait au sommet, alors ils seraient obligés de le croire. Intervention divine. Il accomplissait la volonté de Dieu. Ce sont ses propres mots. "C'est la mission que j'ai reçue." Il n'avait rien de ce que nous avons. Aucune permission. Aucun guide.»

Sandy s'imagina venir ici tout seul. Sans George, Odell, Somervell. Cela paraissait impossible. Il se demanda si George était en train d'inventer cette histoire, s'il s'amusait à le faire marcher. Peut-être qu'il souffrait lui aussi de l'altitude.

«Comment s'est-il rendu jusqu'ici ? demanda Sandy.

— Il s'est acheté un Gipsy Moth, répondit George. Il l'a appelé l'*Ever Wrest*[1].

— Pas fou.»

Le gouvernement avait essayé de l'en empêcher, mais Wilson s'était rendu à Darjeeling et avait recruté deux sherpas comme guides. Puis, déguisé en moine, il avait atteint la montagne à pied, avec seulement une tente et ce qu'ils avaient pu trouver ou mendier. «Il s'est rendu au moins jusqu'au col nord, dit George, une fois au moins.»

Sandy émit un faible sifflement. Il avait fallu une armée pour les amener jusqu'au col.

«Son dernier campement n'était pas loin d'ici. C'est là qu'il priait. Jeûnait.»

---

1. Calembour qui peut se traduire par «toujours à l'arraché» (*NdT*).

Sandy sentit un mouvement à ses côtés tandis que George levait le bras et pointait l'index dans les ténèbres. Il vit son ombre floue se détacher sur la toile, faiblement illuminée de l'extérieur. George glissa de nouveau son bras dans son sac de couchage. Sandy attendit. Un bruit rauque parvenait à ses oreilles, le souffle de George dans sa gorge sèche et éraflée.

« Il est resté assis là, poursuivit George. Les jambes croisées. À prier et à méditer, jusqu'à ce que la mort vienne le chercher. À moins d'une centaine de pieds de son équipement, de ses vivres. De sa tente.

« Il est encore là. Complètement gelé. Ses vêtements ont disparu. Déchiquetés par le vent. Arrachés. Un de ces maudits charognards lui a creusé la joue. Il est comme une statue de marbre. Un bouddha. »

À présent, George se taisait.

Sandy se représenta le corps, dur, rigide, la tête penchée en manière de supplication. « Voilà pour l'intervention divine de Somervell, je suppose », dit-il. Il s'imagina rester seul dehors, dans le froid. Seul avec Dieu. « J'aimerais le voir.

— Hmmm. » George flottait dans un demi-sommeil. « Peut-être demain. »

Le lendemain matin, Sandy s'enfonçait dans les pas de George, peinant dans la neige fraîche, poudreuse, comme du sucre glace. Il soufflait déjà beaucoup ; son cœur s'emballait, tambourinait dans sa gorge étouffée par son cache-col. Désormais, il n'avait plus à s'arrêter à tout bout de champ pour reprendre son souffle, ce qui était source de réconfort, de fierté ; mais George avançait toujours plus vite que lui. Il pressa le pas pour le rattraper. Retrouva le rythme dans sa tête. En haut, tu grimpes ; en bas, tu dors. En haut, tu grimpes. En bas, tu dors. En haut. Tu grimpes. En bas. Tu dors. Chaque mot, un pas, une respiration.

George l'avait réveillé de bonne heure, l'avait tiré hors de la tente avant que les autres ne se lèvent. Ils disposaient de très peu de temps. Sandy devrait bientôt faire redescendre Tsering, pendant que George entamerait la remontée du col.

Au lendemain de la tempête, le soleil était haut et brillait de tous ses feux, même à travers leurs lunettes. Ses rayons seraient redoutables, aujourd'hui. Il n'était pas apparu depuis assez longtemps pour que la cuvette de neige du *cwm* se soit transformée en fournaise, mais elle le serait cet après-midi, et la peau de son visage était déjà calcinée et fendue. Après de longues heures passées dans la tente, toutefois, il goûtait l'air frais et piquant du matin.

Il sentait ses membres se dégourdir, se réchauffer. Il trouvait cette marche agréable – le panorama des montagnes autour d'eux, le brillant du ciel. Le silence total après le vent d'hier. Il n'y avait que le bruit de sa respiration. Le bruissement de ses bottes dans la neige fraîche, le crissement de la glace en dessous. Il crut enfin pouvoir comprendre ce que George aimait tellement des montagnes. Il en explorerait d'autres, décidat-il. Tout semblait incroyablement parfait et éloigné. Il y avait seulement lui. Et George. Et la montagne. Il éprouvait la confiance du petit matin. Ils étaient en mesure de conquérir ce sommet. Ils le conquerraient.

Il s'arrêta derrière George, qui semblait chercher quelque chose. L'Everest changeait toujours, se transformait continuellement; ses pierres et ses congères bougeaient, tourbillonnaient. Sandy était en train d'apprendre à calculer sa position d'après le contour des crêtes éloignées, comme la silhouette inaltérable du Pumori, devant eux. George lui fit signe d'approcher et s'aventura sur la pente descendante.

Il vit une tache de couleur, délavée, rouge et bleu, se détachant sur la grisaille neigeuse de la montagne.

Wilson était assis exactement comme George le lui avait décrit, les jambes croisées et en attente, face au sommet. Son corps et son visage détendus, gelés sur place. Sa peau d'une blancheur d'albâtre, décolorée et polie – comme une fine porcelaine – par le soleil, le vent, le climat aride et désertique de la montagne. Une momie. Son ventre avait été dévoré par les goraks, ces énormes corbeaux qui planaient au-dessus des campements d'en bas; ses vêtements en lambeaux claquaient par à-coups sous les soubresauts du vent. Ses mains posées sur son giron cachaient son entrejambe, mais Sandy pouvait se représenter le petit organe ratatiné qui se trouvait gelé à cet endroit.

Tandis que George observait la scène, debout à ses côtés, Sandy s'agenouilla, haletant, face à face avec la figure frigorifiée de Wilson. Les yeux du mort étaient ouverts, laiteux, couverts de glace.

Le garçon. Wilson. Sandy ne s'était pas attendu à être confronté aussi souvent à la mort. Au Spitzberg, il n'y avait pas eu de morts.

Il tendit la main pour toucher le visage placide de Wilson, lentement, précautionneusement. Il s'arrêta, se contenta de palper l'air qui l'entourait. Il ne voulait pas le réveiller. Jamais il ne s'était imaginé quelque chose d'aussi cru, ce genre d'abandon, de capitulation face à la mort.

Il leva les yeux vers George, qui regardait ailleurs, observait le ruban de neige flottant au sommet. Un coup de pinceau blanc sur le ciel d'azur.

« Il semble tellement... calme. »

George hocha la tête, leva l'index. « Sa tente se trouvait juste là. »

Il y avait un morceau de tissu, un carré de toile verte à environ une centaine de pieds de l'endroit où ils se trouvaient. La tempête devait l'avoir exhumée. « Il avait de la nourriture, dit George. De l'eau. Un abri.

— Et il s'est assis là et s'est laissé mourir ?

— Il a écrit dans son journal : *Ce sera mon ultime effort, et je me sens près de réussir. Je pars. Une magnifique journée.*

— Pourquoi ?

— Là est la question, n'est-ce pas ? »

Il pensa au jour où George avait trouvé Wilson ici, avait trouvé son journal. L'avait lu. Pensa au fait d'être réduit à cela. Un cadavre. Quelques mots.

WILL

13 HEURES

Après avoir emprunté les vieilles rues, les petits chemins de charrette qui sillonnent la ville depuis des siècles, cherchant à oublier les mots, les traits de cette femme assise sur la berge, je me retrouve devant la porte de Will. L'air est frais ici – le soleil pénètre à peine dans ces étroites ruelles – et calme, comme si ces édifices et leurs occupants avaient l'habitude de rester discrets.

Bien sûr, je me réfugie chez Will. Je tremble et j'ai seulement besoin de voir quelqu'un. Quelqu'un qui n'attend rien, ne veut rien de moi. Je cogne à la porte en suivant les battements de mon cœur qui bat la chamade, le lourd panneau de bois résonnant sous mes jointures et sous mes paumes cuisantes.

La porte s'ouvre, et je m'effondre dans le hall d'entrée, sous l'impulsion de mes propres coups désespérés. Je frappe Will à la poitrine et il m'attrape, me serre un moment, puis me fait reculer. Il y a cette étincelle de panique – la crainte d'apprendre la mort de George visible sur ses traits –, et je me confonds déjà en excuses ; je me ressaisis, je porte les mains à mes cheveux qui, je crois, se sont défaits. Je suis bête et égoïste de me présenter ici comme ça, encore étouffée par les sanglots. Il me tend les bras.

« Qu'est-ce qu'il y a ? Pas… » Il ne dit pas ton nom, et c'est un soulagement. Je ne veux pas l'entendre en ce moment, ton nom. Il ne fait que me rappeler toutes mes incertitudes.

«Non, non, non», dis-je, mais j'ai encore ce ton affolé.

Je secoue la tête, je lève les mains comme pour m'excuser. «Je suis désolée, Will…» Une valise se trouve juste derrière la porte. Son revêtement de toile, couvert de vieilles étiquettes de voyage, s'effiloche. Taché et bruni, comme s'il avait pris la pluie. «Tu pars?» Je désigne sa valise d'un doigt quasi accusateur. Tout le monde s'en va, on dirait.

«Quoi? Non. Non! C'est pour un ami, il me l'emprunte.»

Ses bras m'enlacent de nouveau, et il est difficile de vouloir m'en défaire. Je me sens différente, dans ses bras. Will est solide, plus costaud que George. C'est réconfortant d'être dans les bras de quelqu'un, d'être touchée. Cela fait si longtemps que quelqu'un m'a touchée, sauf les enfants, avec leurs petites mains intransigeantes. Puis, je prends conscience de mon corps, je le sens frissonner contre le sien, ma douceur contre sa solidité, et il se dérobe, ou bien c'est moi qui recule. Peut-être le faisons-nous tous les deux.

«Monte.»

Il s'adosse à la lourde porte et son bras m'invite à entrer, me conduit dans l'escalier. Tout en haut, il y a un miroir dans le couloir et, créature vaniteuse que je suis, je me regarde, étonnée par mon reflet. J'ai les yeux rougis, le visage blême, les cheveux ébouriffés comme je le pensais. Mais il n'est pas sans charme, ce visage affolé, effarouché. J'essaie néanmoins de tout ravaler – cette panique, cet abandon.

Will ne me voit pas en train de le regarder dans le miroir. Il est moins découpé que George, ses traits sont plus doux. Agréables. Si ceux de George sont fins et tranchants, saisissent immédiatement votre regard, ceux de Will sont moins agressifs. Plus indulgents. Il tient un livre, son doigt coincé entre les pages en guise de signet. Sa cravate est défaite, et cette intimité me fait rougir davantage que s'il n'en portait pas. Ses yeux s'arrêtent sur le miroir et croisent mon regard. «Du thé, dit-il. Je vais faire du thé.»

Joignant nerveusement les mains, je me dirige vers le salon bien rangé où il m'invite à entrer. «Je suis contente de te trouver à la maison.» Je tente une plaisanterie. «Tes voisins auraient pu appeler la police, croyant qu'une folle était dans les parages.» Ma voix est trop forte. Arpentant la pièce, je tripote les affaires de Will – des livres, des piles de paperasse, les lunettes qu'il ne porte que depuis quelques années. Je trouve aussi des photos. Lui et ses frères et sœurs. Son père. Ils sont bien chics dans leurs tenues du dimanche. Sans doute une occasion quelconque. J'admire son sens de l'ordre. J'effleure d'un doigt le dos de ses livres, dont la dernière page est intacte.

Je songe au fouillis qui règne dans ma chambre – les choses que je laisse s'empiler, tant et aussi longtemps que je demeure seule. Les bouts de papier, les livres et les lettres qui envahissent ma chambre à coucher. Une façon de me l'approprier. Je demande à Vi de ne pas y toucher. Quand George sera sur le point de rentrer, je vais tout ranger. Chaque chose à sa place. Une place pour chaque chose. C'est devenu mon mantra.

«Oui.» Depuis la cuisine, Will me parle, ce qui me ramène aussitôt à son salon. «Ç'aurait pu faire tout un scandale.»

Il apporte le thé, et nous nous asseyons l'un à côté de l'autre, sur le sofa. Il jette deux morceaux de sucre dans ma tasse et les laisse se dissoudre avant de mélanger. George n'est pas aussi patient; il les écrase plutôt sur le côté de la tasse avec le dos de sa cuillère. Une habitude qui m'agace. Au sujet de laquelle j'aurais bien aimé rouspéter, ce matin. «George, s'il te plaît. Ça me fait grincer des dents. Remue donc comme quelqu'un de sensé.» Et il les aurait écrasés d'autant plus vigoureusement, et aurait saisi ma tasse pour lui faire subir le même traitement.

«Tu n'as même pas besoin de sucre, aurait-il dit. C'est déjà trop sucré.»

La cuillère tinte doucement sur la porcelaine, et quand je prends la tasse que m'offre Will, sa chaleur me remplit tout entière, comme si je n'avais pas eu conscience d'avoir froid. Son thé est amer et pas tout à fait chaud. Je reconnais la porcelaine. Levant ma tasse vers Will comme pour porter un toast, je lui demande : « Est-ce parce que je suis là ? Tu n'utilises pas ces tasses pour la visite, n'est-ce pas ?

— Bien sûr. Je bois toujours dedans. »

Ce service à thé était destiné à George. Un cadeau pour son retour de l'Everest, la première fois. Je l'avais peint en son absence, afin de m'occuper pendant tous ces mois. J'avais commencé tout de suite après son départ et m'étais rongé les sangs au sujet de ces tasses, visant la perfection en tous points. Sur chacune d'entre elles, une faible ligne verte sur un fond gris-bleu dessine le contour d'une montagne. Mais après les avoir fait cuire, pour une raison ou pour une autre, elles m'avaient semblé trop délicates pour George. Pour lui, le monde est fait de paysages majestueux, de grands panoramas. D'archétypes très marqués où tout se dessine nettement. Le bien et le mal. Le devoir et la désobéissance. Pas pour moi. J'attache toujours trop d'importance aux détails – la chaleur de la main de Will dans mon dos, tandis qu'il m'accompagnait dans les escaliers. La saveur d'un nom sur mes lèvres.

Le motif de la tasse, tout en retenue, m'avait fait penser à Will – l'uniformité du trait de mon pinceau, si souvent répété. Il traduit une certaine appréhension, se lit comme une pause, un pied qui s'apprête à marcher dans le vide, au-dessus d'une eau froide.

« Et George ? » Will me tire de ma rêverie. « Il va bien, alors ?

— Je le suppose. » Je ris, un rire aigu et nerveux. « C'est si stupide, Will. Je suis toujours à espérer, à me tourmenter. *Aujourd'hui. Peut-être aujourd'hui.* C'est comme si les mots défilaient dans ma tête sur un téléscripteur.

— Je sais. » Il laisse cette pause s'étirer entre nous. J'entends un cliquetis, comme une tempête qui cogne à la fenêtre, et Will saisit la tasse et la soucoupe qui tremblent dans mes mains. « Veux-tu me raconter ce qui s'est passé ?

— Non. Pas tout de suite. C'est vraiment trop gênant.» La femme, assise sur la berge, montrant les dents. Son rire. À ses côtés, le soldat et son teint jaunâtre, sa peau parcheminée, desséchée. La façon dont il nous regardait toutes les deux, comme si nous étions des créatures exotiques venant d'une lointaine contrée. Mais au contraire, c'était lui qui venait d'un autre monde, un monde complètement différent. Je voyais l'aliénation dans ses yeux. Sentais qu'il n'en était jamais vraiment revenu. La femme qui l'accompagnait ne percevait rien de tout cela. «Que fais-tu ces temps-ci? demandé-je à Will d'un ton insistant.

— Oh, pas grand-chose. Une lettre à mon père, ou plutôt, un rapport. Et je passe mon temps à étudier ce tableau que je suis en train de peindre.

— Et ça avance?» Je ne demande pas à le voir. Will ne montre ses tableaux que lorsqu'il est prêt à les dévoiler, ce qui donne lieu à une petite cérémonie: une sorte de vin espagnol qu'il aime bien, un linge sombre, toujours le même, placé sur la toile. D'abord, nous prenons un verre, puis il nous la montre. C'est toujours nous trois. Parfois, il y a une ou deux autres personnes, mais George et moi sommes toujours invités.

«Ça avance. Mais lentement.» Il ne veut pas en parler, alors je n'insiste pas. «Et toi? Tu n'avais même pas déballé tes tubes de couleur la dernière fois qu'on en a parlé. Dis-moi que c'est fait, maintenant.»

Je hausse les épaules en manière d'excuse, d'explication. «Je les sortirai à mon retour.

— Tu devrais. Ça pourrait te faire du bien avant la réception.» Les yeux noirs de Will sont moites d'inquiétude. Ses cheveux sont ras. Bien coiffés. Chaque chose à sa place.

«Allons-nous décider d'une stratégie?

— Pour Hinks?» Son nom est un sifflement, évoque quelqu'un de fluet, des doigts fuselés et fouisseurs. Le contraire exact de ce qu'il est en réalité.

Depuis que j'ai entendu parler de l'Everest, Hinks est comme un caillou dans ma chaussure. Une source d'irritation constante. Tout en accusations et en exigences – m'accusant de lui *cacher des informations* et exigeant une copie des lettres de George au cas où elles renfermeraient quelque chose d'important. *Comprenez, madame Mallory, que votre mari est en mission officielle pour la Couronne. Nous avons le droit de demander à voir tout ce qu'il écrit.* Même s'il ne se sent aucune obligation de partager quoi que ce soit avec moi. Selon toute probabilité, le *Times* recevra des nouvelles avant moi.

Will me parle et remplit l'espace entre nous – il me parle de Hinks, me dit comment il compte l'approcher ce soir. Je me lève pour arpenter la pièce. Comme je m'attarde devant un livre d'ornithologie, il m'explique qu'il s'agit du guide qu'il emportera avec lui la prochaine fois qu'il ira en France. Pour faire de l'escalade. «Ne t'inquiète pas, me dit-il. Je ne partirai pas avant que George soit revenu.»

Le nom de George reste suspendu entre nous.

«Penses-tu que j'ai été une bonne épouse, Will?»

C'est comme si quelqu'un d'autre m'incitait à poser la question, comme si je me regardais de loin.

«Bien sûr, commence-t-il machinalement.

— C'est juste que je n'ai jamais été bonne à rien.» Je tourne vers la fenêtre, j'observe la devanture des magasins alignés sur la rue, à l'endroit où elle s'élargit. Des femmes en sortent par dizaines, toutes pressés, je suppose, de rentrer s'occuper de leur famille, de leur mari à la maison. Je me demande si Edith a terminé ses courses pour le dîner. Ce qu'elle a acheté. Combien cela va me coûter. Elle connaît tous les commerçants, se fait un point d'honneur de marchander et d'obtenir le meilleur prix. Derrière moi, Will commence à protester, à faire la liste de mes qualités: gentillesse, honnêteté, et ainsi de suite.

«J'étais terrible à l'école. Mes feuilles se promenaient partout. Géographie et poésie se mêlaient aux conjugaisons latines.» Je jette un œil vers la paperasse qui se trouve sur le bureau de Will, espérant une lettre. Je ne vois rien, et je sais que s'il y en avait une, il me l'aurait montrée. Dans le couloir, l'horloge sonne. «Une fois, la maîtresse m'a réprimandé pour mon devoir de français. Au milieu, j'avais glissé quelques phrases confuses en italien. En italien! Même pas la bonne langue. Je ne pouvais rien faire de bon.

«Ç'aurait dû être à moi de rester à la maison après la mort de maman. Au lieu de Marby. J'aurais adoré m'occuper de papa et ne plus avoir à m'inquiéter au sujet de l'école. Pour m'occuper des gens, j'étais bonne. Je me disais donc que je ferais une bonne épouse. Je me disais que je serais bonne pour m'occuper de George.

— Tu l'es. Tu t'occupes bien de lui, proteste-t-il.

— J'ai été si maladroite, avant son départ. C'était tellement difficile.» Ma gorge me fait mal, et la pièce se déforme derrière un rideau de larmes.

«Non, Ruth.» Will se lève, vient vers moi, mais je recule. Il se tient au milieu de la pièce, un instant désemparé, puis se rassoit sur le sofa.

«J'ai dit des choses horribles. Qu'il était égoïste. Cruel. J'ai dit tant de choses sur lesquelles j'aimerais revenir. Pire, il y a tant de choses que j'aurais dû dire, ou faire.»

Je me colle à la fenêtre; la fraîcheur de la vitre, sur mon front, m'apaise. Je veux que cette journée finisse. Toutes ces journées, jusqu'à ce qu'il rentre à la maison.

«T'ai-je dit qu'il m'avait demandé de l'accompagner en Amérique? Il voulait tellement que j'y aille. Il ne cesse de répéter dans ses lettres à quel point il aimerait partager tout ce qu'il voit avec moi; c'est là son regret. "Accompagne-moi à New York, disait-il. Ce sera notre aventure."

— Pourquoi tu n'es pas allée?»

J'aimerais lui dire que j'aurais dû, car c'est la vérité. J'avais le goût d'y aller, j'aurais dû y aller, mais je ne pouvais m'y résoudre.

Je voulais punir George, parce qu'il s'absentait encore. Je ne pouvais pas simplement l'accompagner, être avec lui quand il voulait que j'y sois, et disparaître quand il ne voulait pas.

« Pour mille raisons, et aucune valable. Les enfants avaient vécu si souvent l'absence d'un parent, il semblait injuste de les priver des deux. Et parce que je ne me sentais pas à ma place. Tous ces gens massés autour de lui pour lui arracher quelques secondes de son attention. Je ne voulais pas devoir rivaliser avec ça. Ça n'avait d'ailleurs rien d'attirant, toutes ces réceptions où je jouerais les figurantes, ces dîners où l'on se pâmerait en disant combien je devais être fière de lui. Et, pour être franche, parce que je voulais être avec George à mes conditions. Les miennes, pas celles d'un autre.

— C'est très bien, Ruth. George comprend cela, moi aussi. On comprend tous. Du reste, vous aurez amplement le temps de vous reprendre.

— Mais dans le cas contraire ? » Will ne comprend pas. Il aurait été si facile pour moi d'accompagner George, pourtant j'ai choisi de rester ici, sans lui. « Et s'il ne sait pas à quel point je l'aime ? J'aurais dû lui dire combien j'étais désolée de toutes ces disputes. De mon manque de soutien. Il y a tant de choses que j'aimerais lui dire.

« J'en ai marre d'attendre de partager des choses avec lui. Des choses insignifiantes, comme la souris que j'ai trouvée dans la penderie, ou Berry qui a montré à John comment faire le poirier. Des choses trop insignifiantes et trop stupides pour être racontées dans des lettres, qui ne devraient contenir que des choses importantes. Mais une vie à deux se construit en partageant de petites choses, ces choses qu'on ne raconte à personne d'autre. George et moi, nous n'avons plus ces échanges-là. Ça ne se fait pas par lettre, à des semaines et des mois d'intervalle. C'est tout simplement impossible. »

C'est Will qui, désormais, profite de ces choses. C'est à lui que je les raconte. C'était peut-être ce que George voulait – une façon de se déculpabiliser, de se déresponsabiliser. Alors il m'a donné Will. Ou c'est peut-être une autre de mes idées folles.

«Il va revenir, Ruth.»

Je me retourne contre lui. «Et s'il revient, Will? Et s'il n'en a toujours pas terminé?» Ma voix est un hideux sarcasme. Chaque mot, chaque son est une trahison. «Que se passera-t-il alors? Ça va continuer à le miner et il en perdra la raison. C'est ce qui est arrivé la dernière fois. C'est humiliant d'être plaquée pour une montagne. Je ne mérite pas ce genre de loyauté, peut-être?»

Je m'effondre à nouveau sur le sofa et je sens l'étreinte des bras de Will.

«George t'aime. Plus que tout. Tu le sais bien. C'est pour ça que tu l'attends. Que tu attends de partager ces choses avec lui.

— Je sais qu'il y a cette partie de lui qui appartient à la montagne, comme cette autre qui appartient à Geoffrey ou à toi. Avant, je pouvais me contenter de savoir qu'il y avait cette partie de lui qui m'appartenait rien qu'à moi. Mais ce n'est pas suffisant. Ce ne l'est plus.»

Ce que je veux, c'est dire à Will que je ne l'attendrai pas. Que j'ai attendu assez longtemps. Que c'est trop, de se faire ravir sa vie, de voir ses décisions prises par quelqu'un d'autre. Cela a assez duré. J'aimerais le prendre au dépourvu, le choquer pour qu'il cesse de me dire qui je suis censée être. Je veux qu'il me voie. Qu'il voie qui je suis réellement. Peut-être pas une artiste comme lui ou Cottie, mais une femme avec ses propres besoins, ses désirs. Autrefois, je croyais que je vivrais peut-être mes propres aventures. Autrefois, j'ai cru que j'irais peut-être, seule, visiter l'Amérique. Mais j'étais jeune, à cette époque-là, et encore plus sotte.

Blottie contre Will, c'est comme si je tombais, comme si on m'avait poussée du haut d'une corniche. Je flotte. J'attends. Tout contre ma joue, je sens sa clavicule. Ses mains serrent les miennes. Sous son menton, un rond de poils qu'il a oublié de raser. Une trace de barbe duveteuse près de son pouls.

« Je suis une horrible épouse. Une personne ignoble.

— Non. » Ses lèvres remuent près de ma tempe et la chaleur rayonne sur ma peau.

« George t'a-t-il déjà raconté l'histoire de notre lune de miel ? Celle où nous nous faisons arrêter ? » Je m'éloigne légèrement de Will, sentant une fraîcheur sur ma tempe là où son souffle m'a réchauffée. « Ce n'est pas vrai. Ça n'est jamais arrivé. Rien de tout cela. Il a fabriqué cette autre version de moi. Je me suis toujours demandé s'il me la préférait. Elle semblait plus brave que moi, plus hardie.

— C'est son truc, Ruth. On le sait tous. George nous raconte des histoires. Et nous sommes tous meilleurs dans ses histoires.

— Mais je ne suis que moi-même.

— Je sais. Et il le sait. Et nous t'adorons telle que tu es. »

Je sens son souffle sur ma peau, ses lèvres. Je veux les sentir sur ma joue. Sur mes paupières closes. Pendant un instant, je m'imagine rester ici avec Will. Une vie avec Will. L'accompagner à la recherche de ses oiseaux.

Je me lève. « Il faut que j'y aille. Il me reste encore à choisir des fleurs. Et les enfants seront bientôt de retour. Mais tu arriveras tôt, ce soir, hein ? Tu me l'as promis.

— Je n'y manquerai pas. » Il se lève aussi, plus lentement que moi, comme s'il espérait que je change d'idée.

Je cueille mon sac à main et Will me suit dans l'escalier. Près de la porte, il me bloque le passage, s'approche de moi. Il sent le thé. Le temps d'un éclair, j'imagine ce que je ressentirais s'il se penchait pour m'embrasser. Ce que goûteraient ses lèvres. Que ferais-je alors ? Qu'est-ce que cela changerait ? Peut-être tout. Peut-être rien. Les choses auraient pu tourner si différemment, à l'époque. J'essaie d'imaginer une autre vie, un autre moi. Ce que j'aurais fait. Will a des ambitions plus modestes.

Il rentrerait chaque soir avec son odeur de papier et d'encre, et me parlerait du rapport qu'il aurait rédigé pour son politicien de père. Et je lui dirais, chaque jour, toutes les petites choses ordinaires qui m'ont fait sourire ou froncer les sourcils, et qu'on ne raconte pas dans une lettre.

Je me dresse sur la pointe des pieds, envahie par un vif soulagement en recevant son baiser sur la joue. Mais ce n'est qu'une autre façon de me rappeler que George n'est pas là pour m'embrasser. Il faudra encore des semaines avant qu'il me prenne dans ses bras, avant que je me dresse pour aller à la rencontre de *ses* lèvres. Cette idée est une douleur cuisante derrière mes côtes.

Quand j'étais petite, je pensais que l'amour était sans danger, sans aspérités ni bords tranchants, tout en courbes et en volutes – celles du bonheur et de l'idylle. Mais ce n'est pas le cas. Pas maintenant, du moins. L'amour a ses tranchants et peut blesser.

LE COL NORD

23 200 PIEDS

Sandy rampa hors de la tente du camp de base avancé. Son déplacement était gauche, précipité, et il eut soudain l'impression que sa tête allait exploser. Depuis quelques jours, il avait cet élancement qui s'accélérait chaque fois qu'il bougeait, que son pouls augmentait. La douleur s'intensifiait au moindre effort, comme le simple fait de sortir de sa tente. Il se tint aussi immobile qu'il le put afin d'exorciser son mal de tête, et sentit enfin la douleur s'élever en crête, puis déferler et s'apaiser. Même si son inconfort diminuait, le monde continuait à tourner autour de lui. La neige tombait à gros flocons, presque à l'horizontale. Tout le paysage se trouvait adouci – rien à voir avec la tempête qui les avait cloués au camp de base avancé, près de deux semaines auparavant. Reste que ce n'était pas une bonne journée pour faire de l'escalade. Il faisait rudement froid. Déjà, le bout de son nez lui brûlait. Il le frotta, puis enfonça son chapeau sur sa tête, qui se mit à l'élancer de plus belle, déclenchant aussitôt un élan de nausée. Ravalant son malaise, il se tourna en direction du col nord, ou ce qu'il croyait être le col nord. Par temps clair, il pouvait voir jusqu'à la plus haute crête, observer les grimpeurs, comme des taches microscopiques, en train de monter ou descendre, pendant des heures. Aujourd'hui, hormis la tente érigée derrière lui, il ne discernait aucun point de repère à travers l'épais rideau de neige.

En l'absence de la tente, il lui eût été impossible de savoir où il se trouvait, où se diriger pour se mettre à l'abri. Peut-être Wilson n'avait-il pas choisi de se laisser mourir, après tout. Peut-être n'avait-il pu trouver sa tente, pourtant à quelques dizaines de pieds, à travers la neige et son propre mal de tête aveuglant. Sandy plissa les yeux dans la direction qu'il croyait que George et ses compagnons avaient empruntée la veille. La neige avait depuis longtemps effacé leurs traces.

George n'avait même pas eu la décence de l'en informer lui-même, une fois la décision prise. Ce fut Somervell qui se présenta à sa tente, laissant pénétrer une vague d'air froid derrière lui. Sandy, qui ne se sentait pas bien, était parti se coucher tout de suite après le dîner, ne voulant plus bouger ou même penser. Somes avait sorti son stéthoscope et lui avait demandé de s'asseoir. La bile lui montait à la gorge. Ça devait être ça ; sans appétit, il n'avait presque rien mangé au dîner.

« Oh, mon Dieu. Pas maintenant. De grâce, Somes.

— Ça ne donne rien si je vous examine seulement quand vous vous sentez bien. Mais là, Sandy, tu sembles mal fichu. »

Le stéthoscope était froid, et son cœur sursauta quand il sentit sa morsure.

Il tenta de ralentir sa respiration. Son cœur. Il avait le souffle court. Consultant sa montre, Somes murmura quelque chose que Sandy ne put distinguer.

« Qu'est-ce qu'il y a ? Je ne suis pas malade ?

— Non, Sandy, tu vas bien. Nous nous sentons tous assez moches. » La voix de Somervell l'illustrait bien : elle était rauque, à vif, difficile à entendre sous le gémissement constant de la montagne. « Peux-tu me résoudre ça ? » Somes lui tendit une feuille de problèmes mathématiques. Il les connaissait. Où les avait-il vus ? Dans un climat chaud, mais il avait été essoufflé cette fois-là aussi. Essoufflé, mais en forme, les idées claires.

Bien sûr. À Bombay, à Darjeeling, et aussi lors de la marche ; il les avait trouvés faciles, à ce moment-là, mais ici au CBA, les chiffres flottaient sur la page. Il plissa les yeux pour se concentrer, pour qu'ils cessent de bouger, et résolut lentement les problèmes. Il savait bien que c'étaient les mêmes qu'auparavant, mais il ne pouvait se souvenir des réponses qu'il avait trouvées si facilement la fois précédente. Quand il eut terminé, il remit la feuille à Somervell, qui y inscrivit le nom de Sandy et le numéro du camp, puis la rangea sans la regarder. Enfin, il se tourna vers Sandy.

« Nous partons demain », dit Somes.

Un flot d'adrénaline traversa sa tête lancinante, le tirant de sa léthargie, et papillonna dans son estomac. « Quand ? Qui ça ?

— Deux équipes. Teddy et George, dit Somes. Puis Odell et moi. »

Il attendit que Somervell prononce son nom, lui dise avec qui il monterait. Il mit du temps à comprendre que Somes avait dit tout ce qu'il avait à dire. « C'est à cause de mes tests ? Ai-je fait une bêtise ?

— Nous avons besoin de toi pour coordonner le soutien », répondit Somervell, esquivant la question. « Tu monteras une journée ou deux après nous. Assure-toi que le camp IV, sur le col, sera prêt quand nous redescendrons. Ou que tu seras prêt à monter s'il arrive quelque chose. Si ça devient risqué. » Somes se tut un instant, puis ajouta en guise de consolation : « C'est un rôle important, Sandy. » Somes toussa dans sa main, grimaça, puis regarda ce qu'il y avait dans sa paume avant de l'essuyer sur son pantalon.

Il ne voulait pas être consolé. À quoi tout cela rimait-il s'il n'était même pas fichu de pouvoir tenter sa chance au sommet ? Maintenant, il ne lui resterait plus que la pénible monotonie de la montagne. Faire fondre de la neige. Infuser du thé. Remplir des gourdes. Combattre les accès de nausée et patauger dans la neige pour se soulager et pour veiller à ce que les autres aillent bien. Rien de tout cela n'avait d'importance. Ils partaient sans lui. « Je devrais être des vôtres. Je suis aussi fort que vous tous.

— Nous emmènerons Virgil et Lopsang. Tu monteras ensuite avec qui voudra bien te suivre. Il devrait y avoir au moins deux porteurs encore capables d'aller plus haut. Je les examinerai ce soir. Je te dirai sur qui tu peux compter. Tu ferais mieux d'oublier ce Lapkha, il flanchait la dernière fois qu'on est montés. Lui et tous les autres devraient retourner au camp de base avec Shebbeare. Hazard leur dira quoi faire à partir de là. Mais il faut faire redescendre notre monde aussitôt que possible. Nous sommes ici depuis trop longtemps. Cette tempête ne nous a pas aidés. Si ça ne marche pas cette fois-ci… »

Somervell toussa et grimaça de nouveau, prit une longue et lente gorgée à sa gourde, puis se blottit dans son sac de couchage, s'allongeant sur le côté pour apaiser sa toux. « Si cette tentative ne marche pas, on devra redescendre. Tous, sans exception On ne pourra pas rester beaucoup plus longtemps à cette altitude. On est devenus des loques. »

Cela se passait il y a deux jours. À présent, il ne restait plus que lui, Shebbeare et une demi-douzaine de porteurs. Il aurait du mal à convaincre les porteurs de se remettre en route, avec toute cette neige qui leur tombait dessus. S'il avait pu retourner dans son sac de couchage et rester étendu là, il l'aurait fait. Mais il devait monter. Et Shebbeare devait descendre. Il ne restait plus suffisamment de provisions au camp III pour qu'ils y demeurent tous. Et la majeure partie de ce qui restait devait être acheminée au camp IV en prévision du retour des grimpeurs. Il ne disposait d'aucune marge de manœuvre. Il fallait que tout le monde s'en aille.

Quand Sandy se glissa dans la tente, Shebbeare regardait fixement le porteur. Comment s'appelait-il ? Somervell aurait dû mettre ça dans ses foutues évaluations : donnez le nom des porteurs à tant de pieds d'altitude. C'était le plus petit de l'équipe, mais l'un des plus forts. Il était monté jusqu'aux derniers campements aussi souvent que les autres. Plus souvent que Sandy.

Lapkha. Lapkha Sherpa. Ça lui revenait, à présent.

« Je ne sais pas quoi faire. » Shebbeare parlait d'une voix faible, lointaine. Sandy se concentra sur chacun de ses mots et se pencha vers lui pour saisir ce qu'il disait. « Je ne sais pas », répéta Shebbeare, poussant l'air sec à travers des cordes vocales encore plus desséchées. « Je ne sais pas ce qu'il a. » Shebbeare ne quittait pas le porteur des yeux, et pour la première fois, Sandy se tourna vers Lapkha à son tour. Ses lèvres étaient pâteuses ; de la salive blanche s'accumulait dans les fissures. Sa langue épaisse et molle sortait paresseusement pour les lécher. Mais le pire, c'étaient ses yeux.

Gonflés comme des ballons, ils sortaient de ses arcades sourcilières, forçant ses paupières à rester ouvertes. Quand il essayait de cligner des yeux, celles-ci ne se fermaient que partiellement. Il semblait possédé.

« Nom de Dieu. » Sandy eut un mouvement de recul, fermant ses propres yeux et les rouvrant. Ceux de Lapkha continuaient de le fixer comme deux globes enflés. « Qu'allons-nous faire ? » Il faisait tout pour avoir l'air calme. S'efforçait de l'être, malgré son estomac barbouillé.

Lapkha murmura quelque chose, comme un profond glouglouttement dans sa gorge. Sandy s'avança et caressa la main de Lapkha, tentant de l'apaiser comme on le ferait pour un animal pris au piège. Lapkha regardait au loin, serrait les paupières de toutes ses forces, comme pour faire rentrer ses yeux dans leurs orbites.

Shebbeare ne disait rien, et Sandy aurait voulu le secouer. Pourquoi restait-il là à ne rien faire ? Tandis qu'il réfléchissait aux possibilités qui s'offraient à eux, il ressentit une violente douleur à la tête, comme un pic à glace transperçant son crâne. Grimaçant de douleur, il se rappela l'histoire de George au sujet du jeune porteur. Le neveu de Virgil, si sa mémoire ne le trompait pas. Hémorragie du cerveau, son crâne s'était rempli de sang. « C'est peut-être la pression atmosphérique », dit

Sandy. Le cerveau de Lapkha était probablement enflé, exerçant une pression sur sa boîte crânienne, à cause du manque d'air. «Je ne sais pas. Je ne fais que deviner.» Ils avaient pu le sauver en le ramenant en bas, avait raconté George. «Shebbeare, il va falloir que vous le reconduisiez au camp de base.

— Moi?

— Il faut que tout le monde redescende. Ce sont les ordres que j'ai reçus.»

Lapkha s'agita violemment à leurs côtés: ses mains gesticulaient autour de sa tête, luttant contre un adversaire invisible. Shebbeare recula.

Mais comment faire redescendre Lapkha? Il ne pouvait pas marcher, encore moins grimper. «Je vais trouver quelque chose pour le traîner.» Il empoigna Shebbeare, lui secoua le bras. «Restez ici.

— Non. Vous, plutôt», commença Shebbeare, mais Sandy était déjà hors de la tente, traversant un flou blanc. Il regarda autour de lui, fronçant les sourcils à travers les rafales de neige. Elle se calmait. Peut-être. Il cherchait quelque chose pour faire redescendre Lapkha. Pas question de le laisser mourir ici.

«Reste calme.» La voix de son père revenait à ses oreilles. «En cas d'accident, toujours rester calme.» Son père lui montrait ses outils, son atelier. Sandy tenait le rabot dans sa main. L'outil ne semblait pas dangereux, mais son père lui montra la grosse lame de métal. «Ton doigt peut partir d'un coup, disait son père. Et si ça arrive, reste calme. Reste calme et réfléchis. T'es un garçon intelligent. Arrête le sang. Lève ta main. Ce n'est que de la science. Tu te débrouilleras.»

Il ne s'était pas coupé la main sur le rabot de son père, n'avait perdu aucun doigt. Mais il y avait eu d'autres accidents. Comme la fois où il avait essayé d'escalader la clôture de fils de fer, près de l'école. Il voulait rattraper Dick, bien sûr. Le treillis s'était rompu au haut de la clôture, et sa main s'était empalée dessus, le fil de fer pénétrant la partie inférieure de sa main et ressortant juste au-dessous de son index. Il était resté accroché, le bout de ses chaussures planté dans la clôture, n'exerçant aucun poids sur sa main, et avait regardé le sang sourdre et dégouliner. Il n'avait ressenti aucun affolement, seulement un léger bourdonnement dans ses oreilles, dans son ventre. Son cœur avait ralenti et il était resté calme. Il n'avait qu'à trouver le moyen de se sortir de là. S'il appuyait le moindrement sur sa main, elle se déchirerait. La seule solution était de soulever sa paume vers le haut, lentement, pour permettre au fil de sortir. Une fois libéré, il avait sauté du haut de la clôture et retiré son pull pour en faire un garrot sur son avant-bras, de manière à stopper l'hémorragie, avant de rentrer chez lui. Sa mère était furieuse. «Ça, c'est bien mon fils, avait tranché son père. Une tête bien vissée vaut mieux qu'un pull défraîchi.»

À présent, il devrait faire preuve de la même débrouillardise. Il ne pouvait attendre que Somervell revienne pour examiner le porteur. La seule chose qui pouvait marcher était de le faire redescendre. À l'évidence, ils étaient tous victimes de l'altitude. «Reste calme», se disait-il tout haut. Murmurant, il continua de se le répéter, puis : *de la toile*. Ils pouvaient se servir d'une des tentes pour déplacer le porteur mal en point. S'ils l'enveloppaient de toile et de corde, ils seraient en mesure de le ramener jusqu'en bas. C'était la chose à faire.

Il dénicha une tente inoccupée, à demi ensevelie sous la neige, et alla chercher les bouts de corde qui lui étaient restés après avoir confectionné son échelle. Il savait qu'il devait faire vite ; mais il lui arrivait de se trouver assis, immobile, et de se demander combien de temps il était resté dans cette torpeur. Impossible de savoir quelle heure il était sans voir le soleil. Il ne lui vint jamais l'idée de consulter sa montre.

Avant d'aller retrouver Shebbeare, Sandy s'arrêta aux autres tentes. Il ne parvenait pas à se rappeler le mot tibétain pour dire *vite*. Comment cela se faisait-il ? Il les interpella d'une voix forte.

«Vite. Vous redescendez. Maintenant. Vite.»

Ils lui lancèrent des regards hostiles, écrasés au fond de leur tente. Comparativement à Lapkha, ils semblaient reposés et en bonne forme. Parfait. Ils pourraient aider Shebbeare à transporter Lapkha. «Descendez», dit-il, pointant son index vers le bas. Ils hochèrent la tête mais ne bougèrent pas. Il faudrait que Shebbeare s'en mêle.

«J'aimerais que vous demandiez aux autres porteurs de partir», lui dit Sandy, laissant son rouleau de toile à l'extérieur et se faufilant dans la tente. Lapkha semblait s'être calmé. Il était étendu sur le dos. Tant mieux. Ce serait plus facile pour le déplacer.

«Trop tard, dit Shebbeare.

— Non. Il n'y a qu'à le sortir de la tente. On va l'envelopper dans un morceau de toile, et vous pourrez le tirer ou le faire descendre. Tout ce qu'il faudra. Allons.» Sa voix demeurait calme, mais le sentiment l'avait déserté.

«Il est trop tard», répéta Shebbeare. Quand Sandy se tourna vers Lapkha, les yeux exorbités de ce dernier étaient encore ouverts. Gorgés de sang.

La toile et la corde s'avérèrent tout de même utiles. Quand Shebbeare et les autres porteurs eurent amorcé leur descente, les deux qui restaient, Tsutrum et Nawang, le regardèrent envelopper Lapkha dans la toile. Ils refusèrent d'abord de toucher au corps, mais sitôt qu'il fut recouvert, ils aidèrent Sandy à le faire descendre au fond d'une crevasse située non loin.

Le poids de la dépouille gelée l'avait surpris. De même que la difficulté qu'ils avaient eue à la déplacer. À peine quelques jours auparavant, Lapkha transportait des chargements et les ralentissait. Aujourd'hui, il n'était plus là.

Sandy aurait voulu que Tsutrum et Nawang puissent redescendre avec Shebbeare, se mettant ainsi hors de danger. Ils étaient très silencieux depuis qu'ils avaient déplacé le cadavre de Lapkha, murmurant entre eux en lui jetant des regards obliques. Somes aurait dû se rendre compte que le pauvre type était malade. Faire quelque chose avant de remonter. Et si l'un d'entre eux succombait au même mal ? Si Somes avait été là, Lapkha serait peut-être encore en vie.

Ils avaient peut-être raison de lui en vouloir.

Il prépara de la soupe et du thé clairs pour les porteurs, les versa dans des bols en émail et leur fit signe de manger. Après, ils devraient entreprendre l'ascension du col. S'il avait pu monter tout seul, il l'aurait fait. Mais il avait reçu ses consignes. Il prendrait bien soin d'eux, veillerait à leur bien-être. Il porta de nouveau la main à sa bouche en remettant son bol à Tsutrum. Celui-ci hocha la tête mais se détourna pour manger.

* * *

IL RESTAIT UN SOUPÇON de lumière quand ils arrivèrent tous les quatre au site du futur camp VI, à seulement quatorze cents pieds de dénivelé du camp V. George s'effondra dans la neige, tourna le dos au vent et enfouit sa tête entre ses jambes et sa poitrine, cherchant un coin tranquille pour respirer. Ses membres épuisés le lancinaient.

Ils établiraient ici leur dernier campement, et demain, Teddy et lui prendraient le sommet d'assaut. George chercha des yeux l'impérieuse cime, mais ne put la trouver en raison de la neige soufflée du haut de la crête, comme un voile tourbillonnant, le vent dans un tissu de soie, la robe de mariée de Ruth. Ses yeux fixaient le ciel, espérant entrapercevoir quelque chose, quand Teddy lui donna un coup au bras, lui tendit son piolet et désigna de ses mains gantées le sol neigeux.

Il leur restait à monter la tente. Et vite. Aussi haut, la température chutait vertigineusement avec le soleil. L'altitude, le manque d'oxygène amplifiaient le froid.

Il se pencha sur la neige tassée, croûtée, y planta son piolet. Un coup à chaque respiration. La neige se défaisait en gros blocs qu'ils faisaient débouler le long de la pente en s'aidant des pieds et des mains. En tombant, ils se fracassaient en mille morceaux que le vent ramassait et emportait jusqu'au rideau de neige qui tombait au-dessus d'eux.

Ils creusèrent une étroite plate-forme juste assez grande pour accueillir leur tente. Lorsqu'il demanda à Virgil d'y entrer pour s'assurer que la toile battante restait bien au sol, le ciel s'était déjà empourpré. Seule la lumière réfléchie par la neige les éclairait. Le vent ne lâchait pas, un sifflement constant, plus présent dans sa tête que dans la réalité. Il crut être en train de devenir fou. «Couche-toi!» cria-t-il, surmontant la douleur dans sa gorge, et Virgil se glissa dans la tente en effervescence, y appliqua tout son poids. Comme en guise de riposte, le vent souleva la tente tout entière, y compris le coolie, avant de la faire retomber avec force au flanc de la montagne. Virgil eut un cri qui déchira le vent sifflant à ses oreilles. Un cri de frayeur et non de douleur, espérait-il.

George, Teddy et Lopsang se hâtèrent de tirer sur les câbles, qu'ils enroulèrent et fixèrent à de gros rochers. Les cordages, recouverts de glace, battaient l'air avec violence. Quand l'un d'entre eux fouetta sa main gelée, George lâcha un juron. Sa main semblait près de se fracasser. Dans l'obscurité grandissante, ils assujettirent la première tente. Ils auraient dû en ériger une deuxième, mais il faisait trop sombre, et ils étaient fourbus. Il se pencha sur la toile tombante, laquelle se débattait encore dans l'air et ne semblait pas loin d'être emportée.

«Vas-y, Virgil.»

Virgil installa un premier poteau, donnant forme à la structure, puis un deuxième. George fit signe à Teddy et à Lopsang d'entrer, leur remit leurs sacs enneigés, puis entra à son tour. La tente se stabilisa quelque peu sous leur poids. Bien que les murs aient continué de battre et de se froisser, la tente semblait bien arrimée, mis à part de légères secousses qui lui faisaient penser au roulis d'un navire.

«L'autre? demanda Virgil après un long silence.

— Non.» George avait peine à émettre un son tellement sa gorge était éraflée, et quand il toussait ou respirait profondément, ses muscles se contractaient autour de sa cage thoracique et se crispaient de douleur. Il se tint les côtes, toussa de nouveau dans son autre main. Aucune trace de sang. C'était au moins cela.

«Tout le monde dedans?» demanda Virgil en montrant le sol de la tente. George hocha la tête. Ils dormiraient tous ici. Ils se débrouilleraient. D'ailleurs, cela aiderait peut-être à les maintenir au chaud. Virgil fit la moue, traduisit pour Lopsang.

George imagina le bruit de leur respiration, le hurlement du vent, le claquement de la tente. La nuit serait ardue. Ils s'assirent sous le faîte de la tente, le dos voûté, chacun étreignant son sac comme s'il s'agissait d'un gilet de sauvetage, d'une bouée qui les maintenait à flot. Il ferait mieux de sortir une torche électrique, un fanal, un réchaud. Ils avaient besoin de manger et de boire. Et il faudrait plus d'une heure pour faire fondre assez de neige pour tous. Sa gourde était vide depuis longtemps. On aurait dit une éternité.

Il ne pouvait se résoudre à bouger. Il n'en avait pas la volonté. Mais Teddy n'y semblait pas plus décidé que lui.

Sous le hurlement du vent, désormais plus calme, il y eut un sourd gémissement. C'était Virgil.

Sans sa torche électrique, il ne pouvait voir ce qui incommodait le porteur et n'avait aucune envie de le lui demander. Peut-être était-ce une hallucination. Il prêta l'oreille au son plaintif et se demanda si Teddy pouvait l'entendre. S'il s'en souciait.

Il devait agir. Faire fondre de la neige, sortir les sacs de couchage. Le mince abri de la tente ne suffirait pas à les maintenir en vie jusqu'au lendemain. Pas ici.

Il fouilla dans son sac en quête du réchaud.

Il ne trouvait pas le sommeil. Même pas un soupçon d'assoupissement en marge de sa conscience. Rien que la montagne, tout autour de lui, le poids du sommet qui l'écrasait, la rugosité du sol, de glace et de neige inégale, qui lui entamait les reins.

Il essayait de ne pas bouger. Sa peau était douloureuse, ses articulations. Même sa moelle épinière lui faisait mal. À ses côtés, Teddy toussait et s'agitait, tout aussi incapable de dormir. Le vent déferlait sur lui comme la marée, et il s'imagina au bord de la mer avec Ruth. Leur lune de miel. Son corps près du sien. Il posa la main au creux de sa taille, puis le long de sa hanche, effleurant sa peau, chacun de ses poils dressés, une chaleur moite émanant de son corps.

«C'était tout à fait innocent, lui dit-il. Cette histoire que j'ai racontée au dîner. Ce n'était qu'une blague.»

Elle secoua la tête. «Ce n'est pas grave.

— Si, de toute évidence.» Elle avait raison, cependant, il n'aurait jamais dû raconter cela. Il avait adoré leur lune de miel, en fait. Il avait adoré être avec elle pendant sept jours, sans autre compagnie. Seuls, tous les deux, sous une tente. S'ils étaient allés dans les Alpes, ou retournés à Venise, il leur eût été impossible de passer leurs journées au lit, à discuter bêtement de prénoms d'enfants et de la couleur de leur literie. Mais il n'avait pas voulu dire cela devant Virginia et James. Ils l'auraient trouvé mou, ou pire, sentimental. James aurait certainement rétorqué qu'il n'y avait rien de plus ennuyeux au monde que de se pelotonner dans une tente pour faire un peu de lecture. Ils n'auraient pas compris ce que Ruth avait de si merveilleux, n'auraient pas vu sa gentillesse. Il voulait seulement qu'ils puissent l'admirer autant qu'il l'admirait.

«Ce n'est rien», dit-elle, serrant les lèvres et se forçant à sourire, comme si rien ne s'était passé. Elle n'en parut que plus triste. Elle lui tourna le dos et il se blottit contre elle.

Elle était froide. Pourquoi faisait-il si froid sur cette plage ?

« T'as froid ? » demanda-t-il en se pressant encore davantage.

Ce fut la voix de Teddy qui lui répondit.

Il relâcha son étreinte, rentra son bras dans son sac de couchage, comprit qu'il se trouvait sur la montagne. Ils atteindraient le sommet demain. Il essaya de se rappeler à quel point il y tenait.

Beaucoup plus tard, il alluma sa torche électrique pour regarder sa montre. Six heures du matin. « Teddy, il faut y aller. » Il serra la mâchoire pour ne plus claquer des dents. Une fois en route, il se sentirait mieux.

Il se redressa avec lenteur, le monde se brouillant légèrement aux limites de son champ de vision ; puis, il fouilla dans son sac de couchage, tâtant à ses pieds afin de mettre la main sur sa gourde. La veille, ils avaient passé des heures à faire fondre de la neige en prévision de leur ascension. L'eau servirait peut-être à dissiper certains maux de tête, certaines divagations, mais le véritable danger restait l'altitude. Il prit quelques petites gorgées d'eau, se gardant d'en consommer trop. Ils n'avaient pas le temps d'en faire fondre encore.

« Teddy ? » Il se pencha pour le secouer.

Ils prendraient un petit déjeuner froid, du charqui et un peu de crème anglaise en boîte, et seraient hors de la tente avant que le soleil ait franchi les cimes environnantes. Leurs déplacements se devaient d'être rapides s'ils voulaient atteindre le sommet et être de retour avant la tombée de la nuit. À cette altitude, s'ils se faisaient prendre sur la montagne après le coucher du soleil, ils risquaient la mort. L'air était trop rare pour leur permettre de survivre longtemps. Et s'ils demeuraient immobiles, le froid nocturne les congèlerait en l'espace d'une heure. Il leur fallait regagner le frêle abri de la tente, sinon le camp V, avant que la nuit tombe. Autrement dit, le temps lui glissait déjà entre les doigts, et par le fait même, le sommet.

Teddy remua à ses côtés et le heurta accidentellement, lui causant une vive douleur aux reins et à la vessie. Il avait très envie de pisser. Dehors, il aurait à braver les ténèbres glaciales et à se battre avec son pantalon. Il voulut différer, penser à autre chose. Zut.

Il déposa sa gourde et se hissa hors de la tente. Se protégeant de son mieux contre le vent incessant, il se retourna pour uriner. Le vent était quelque peu tombé depuis leur arrivée au campement, mais arrivait encore par bouffées. Le ciel s'éclaircissait peu à peu, la neige soufflée depuis la crête auréolait la montagne. Quelques heures de répit, de grâce.

Lorsqu'il regagna la tente, Teddy se répandait en jurons.

« Qu'est-ce qu'il y a ? » demanda-t-il avant même d'être entré. Virgil s'était-il blessé plus sérieusement qu'il ne le pensait ? Avaient-ils oublié quelque chose ? Un rien pouvait faire avorter leur tentative. Ils étaient en équilibre précaire.

« L'eau. Putain. De. Bordel. De. Merde. » Teddy crachait chaque mot en cherchant son souffle.

Le sac de couchage de Teddy était complètement trempé. Ses bandes molletières. George restait là, impuissant, tandis que le cerne se répandait. « Qu'est-ce qui s'est passé ?

— Tu l'as laissée ouverte. La putain de gourde.

— Quoi ?

— Elle était ouverte. L'eau s'est répandue partout.

— Tu auras besoin de sécher. » Sa voix était mécanique, très différente de la sienne. « Il faudra en faire fondre encore. On peut toujours essayer quand même. »

Teddy ne le regardait pas. « On ne partira jamais à temps. » Virgil se pencha sur le réchaud, le ramenant à la vie. Lopsang laçait ses bottes.

« On peut tout de même y aller. Avec ce qu'on a. Virgil pourrait te prêter ses…

— On termine ce qu'on a commencé et on redescend », dit Teddy. Cela ressemblait à un ordre. « C'est au tour de Somes et

Odell, maintenant.» Il y eut un long silence. La déception de Teddy était palpable. «Tu n'aurais pas dû la laisser ouverte, George.

— Tu n'aurais pas dû la renverser!»

La lumière croissait tout autour de la tente. Le soleil, déjà trop haut, interdisait toute tentative sérieuse. Ils ne pourraient jamais revenir avant la nuit. Teddy avait raison.

C'était fini. Avant même d'avoir commencé.

«Au moins, le campement est sur pied, dit Teddy. Les autres auront la tâche plus facile. C'est sans doute mieux ainsi.

— Comment est-ce que ça pourrait être mieux?

— On va redescendre. Si Somes et Odell ne réussissent pas, on sera reposés et on pourra se reprendre. Ce n'est pas fini, George.»

Il hocha la tête. Somes et Odell pourraient tenter leur chance. Sa chance. Ils réussiraient peut-être, mais George en doutait fortement. Odell n'avait pas la motivation requise. Il ne se donnerait pas complètement, et Somes jouerait de prudence : c'est là le danger, quand on connaît trop les risques. Mais George refusait de s'avouer vaincu. Il était encore tôt. Il restait encore les quelques jours de beau temps avant l'assaut de la mousson d'ici une semaine, peut-être davantage. Ils avaient encore du temps avant que la tempête s'installe et vienne couper leur retraite. Il redescendrait. Attendrait. Se ressaisirait. Sa chance viendrait plus tard.

Ils se rencontrèrent sur la crête. Somervell et Odell étaient beaucoup moins avancés qu'ils n'auraient dû l'être. Ils furent tout de même étonnés de voir George et Teddy redescendre avec leurs coolies, alors qu'ils auraient dû foncer vers le sommet. Le soleil s'était levé, clair et brûlant, et Teddy suggéra de marquer une pause. Il avançait lentement. Ni lui ni George n'avaient évoqué les engelures, mais George se posait désormais la question. Teddy avait fait sécher ses bandes molletières, mais l'humidité restante avait gelé autour de ses jambes. En dessous, son pantalon devait avoir subi le même sort. Le froid avait peut-être déjà pénétré sa peau. Ils s'assirent tous les six, pendant une longue heure, cherchant leur souffle sur le versant de la crête qui se trouvait à l'abri du vent, tournant le dos à la montagne qui plongeait vertigineusement sous leurs pieds. George saisit un tapon de neige glacée et le jeta dans l'abîme.

Il se demanda ce qui se passerait s'il tombait. Il en avait vu d'autres tomber, mais il n'était jamais tombé lui-même. Enfin, presque jamais. Il n'était tombé qu'une seule fois. Avec Geoffrey.

Combien de fois Geoffrey lui avait-il répété : repose-toi quand tu le peux, pas quand tu es fatigué. «Tu ne peux pas te reposer sur une saillie, même si tu es épuisé, lui avait-il enseigné avant d'entreprendre une ascension facile. Tes jambes te supporteront toute la journée. Tes bras, eux, te trahiront. Tu dois grimper avec tes jambes.»

Et George l'avait oublié. Non, pas oublié. Il avait hésité à faire une manœuvre sur l'une des cimes du Nesthorn, et il était resté trop longtemps accroché à une saillie. Sous lui, la paroi rocheuse descendait à pic, jusqu'à Geoffrey vingt pieds plus bas, puis encore une centaine de pieds jusqu'à leur campement de la veille.

Ses bras étaient incroyablement lourds ; le sang s'en vidait, passait dans ses épaules, laissant ses mains engourdies et glacées.

Il savait ce qu'il avait à faire. Il devait ramener sa jambe contre sa poitrine, ficher son pied dans la paroi et bondir jusqu'à l'autre saillie, trois ou quatre pieds au-dessus. Il connaissait bien cette manœuvre pour l'avoir faite des dizaines de fois. Des centaines de fois. Mais il ne connaissait pas cette paroi. Cette saillie.

Attaché au relais sous lui, Geoffrey lâcha un cri : «Vas-y, George, ou laisse-toi descendre et repose-toi. Tu ne peux pas rester là.» Il n'y avait que la corde et l'assurage de Geoffrey pour le sauver s'il tombait.

Accroché depuis trop longtemps, il se décida enfin à sauter pour rejoindre la mince corniche, tout juste hors de portée. Ses bras éteints tentèrent d'atteindre la saillie, ses doigts agrippant la pierre, les gravillons, le vide : il tombait.

Il ne cria pas, ne hurla pas, mais dégringola simplement le long de la paroi, passant devant Geoffrey à toute vitesse. Le roc paraissait lisse, une étoffe soyeuse. Peut-être toucherait-il terre sans se faire mal. Puis, une douleur tandis que la corde se serrait autour de lui. L'étranglement de ses côtes, la sensation de brûlure au moment où la corde se tendait, entamant sa chair. Le bruit sec, comme un sac de papier qui éclate, tandis que ses poumons se vidaient. Mais la corde tint bon. Il resta suspendu, son corps arqué dans le vide, en un mouvement de balancier qui voyait la paroi s'approcher, puis s'éloigner de lui.

Il se contorsionna sur sa corde. Il fallait qu'il agrippe le mur pour libérer Geoffrey de son poids, Geoffrey qui avait peut-être du mal à les garder tous deux accrochés à la montagne.

Il tendit la main vers une excroissance rocheuse de la taille de son poing. Ses bras semblaient revenus à la vie. Il aurait dû sauter pour atteindre cette corniche. C'était la voie à suivre. N'aurait pas dû attendre. Il se hissa contre le mur, se colla à la pierre. Ses côtes soulagées se soulevèrent au rythme de sa respiration. Après quelques minutes, il remonta jusqu'à Geoffrey.

C'était la seule fois qu'il était tombé. Tout ça parce qu'il avait douté de lui-même. Il ne pouvait le concevoir aujourd'hui.

«George et moi, nous allons redescendre jusqu'au col.» Teddy s'adressait à Somes. «Nous vous attendrons là-bas.

— Laissez vos aides au camp V, dit Somervell en montrant Virgil et Lopsang. Juste au cas où.»

Teddy acquiesça d'un signe de tête.

George eut un regard vers Virgil avant d'ajouter : «Je vais rester avec eux.» *Les coolies sont des enfants en ce qui a trait aux dangers de la montagne,* avait-il écrit à Ruth après l'avalanche. *Et ils nous aident tellement.* Il ne voulait pas les laisser seuls sur la montagne.

«Non, répondit Somes. Pas assez de combustible. Il ne nous en resterait plus pour redescendre.»

George hocha la tête. Somes avait raison. Ils n'avaient pas le choix. Tous se levèrent, battant la semelle pour désengourdir leurs orteils frigorifiés. «Bonne chance.» Ils se serrèrent la main, et George les regarda s'éloigner, complètement absorbé. Puis, il sentit une main se poser sur son bras.

«Allons, dit Teddy. Il leur appartient, pour le moment.»

Ils avançaient avec vigueur. Peut-être parviendraient-ils au sommet. Mentalement, il leur souhaita bonne chance et se détourna.

Après avoir laissé Virgil et Lopsang retranchés au camp V, ils passèrent la journée du lendemain à attendre au camp IV, au sommet du col, scrutant le haut de la montagne jusqu'à l'arrivée du mauvais temps. George espérait que la neige ne monterait pas davantage, que le temps ne se gâterait pas sur les hauteurs. Ils essayèrent de jouer aux cartes. De lire. Il songea aux lettres qu'il aurait dû écrire – à Ruth, à Geoffrey – mais n'avait rien de rassurant à leur dire. George se représenta l'ascension de Somes et d'Odell – leur difficulté à monter – le long de la crête, ou leur descente dans le couloir, ce haut défilé qui marquait le flanc de la montagne. Ils avaient peut-être déjà atteint leur but.

Sandy restait silencieux, se faisait discret. Il semblait hagard : ses joues à vif, brûlées par le froid, juraient avec la pâleur de ses traits. La nuit précédente, Sandy lui avait raconté la mort de Lapkha.

«C'était terrible. Je suis content de ne pas l'avoir vu mourir. Shebbeare dit qu'il suffoquait et qu'il avalait l'air comme s'il ne pouvait plus remplir ses poumons, mais il continuait d'essayer et d'essayer. » Sandy parlait d'une voix distante, comme s'il réfléchissait tout haut, tentait de pénétrer un mystère. « Puis, il s'est arrêté. Et c'est tout.

— Je suis désolé, Sandy.

— Si j'avais été plus rapide, peut-être que j'aurais pu essayer autre chose.

— Il n'y avait rien à faire. Tu n'es pas médecin. Je n'aurais pas su quoi faire non plus. Ce n'est pas ta faute. » Il savait qu'il débitait des banalités et il s'en voulait. S'en voulait de n'avoir rien de mieux à offrir.

Ruth aurait su quoi lui répondre. Elle trouvait toujours ce qu'il fallait dire. À la mort de Trafford, elle l'avait serré contre elle pendant qu'il sanglotait. « Tu ne peux pas chercher justice, George, lui avait-elle dit. Pas pour ça, pas dans cette guerre. Les règles habituelles ne s'appliquent pas. La mort de Trafford ne sera jamais juste. »

« C'est un monde différent, ici, avait-il expliqué à Sandy. Les règles habituelles ne s'appliquent pas. Nous devons tous prendre soin de nous-même. Personne ne peut nous venir en aide, pas ici. Nous survivons à peine. C'est ce que personne ne semble en mesure de comprendre, chez nous. »

George espérait que Virgil et Lopsang se débrouillaient bien au camp V. Il aurait dû les faire redescendre et y rester lui-même, au cas où Odell et Somes auraient besoin d'aide. Mais ce n'était pas son rôle. Il fallait qu'il se repose, qu'il se ressaisisse au cas où ils ne réussiraient pas, au cas où il y aurait encore une chance d'atteindre le sommet. Virgil s'en tirerait. Il connaissait bien la montagne.

« Mais ça ne peut pas se passer comme ça, dit Sandy. Nous devons prendre soin les uns des autres. J'aurais dû faire quelque chose. Je ne savais tout simplement pas quoi faire.

— Justement. Il n'y avait rien à faire. Lapkha aurait dû en parler à quelqu'un ou redescendre.

— Ou peut-être qu'on aurait dû se rendre compte qu'il n'était pas en mesure de rester. »

À présent, tout en distribuant les cartes, il cherchait à croiser le regard de Sandy, en quête d'une parole rassurante. Le vent hurlait du haut de la crête, la tente claquait. « Entendez-vous ? demanda George.

— Qu'y a-t-il à entendre ? répondit Teddy.

Ils retournèrent à leur jeu de cartes, misant des cigarettes qu'ils se partageraient de toute façon.

« Non. Écoutez. »

Un cri porté par le vent. Comme le *yeti* qui, selon les Tibétains, vivait sur la montagne, se dissimulait dans les éléments pour les pourchasser, cherchait à les dévorer vifs.

Il enfila ses bottes et sortit affronter le vent et la neige. On eût dit que la montagne voulait les punir, cette année. Ça ne s'était pas passé ainsi les autres fois, tempête après tempête. Caché derrière la tente, à l'abri du vent, il s'accroupit et mit sa main gantée en cornet près de son oreille. Le vent rugissait tel un monstre venu l'assaillir. Ce n'était sans doute rien. Somervell et Odell devaient être en train de grimper bien au-dessus de la tempête.

Mais le gémissement était revenu. Il se dirigea vers celui-ci, se frayant un chemin à travers le vent et la neige qui soufflaient de côté, le faisant dévier de sa trajectoire.

Pour ne pas se perdre, et pour éviter de tourner en rond ou de se retrouver dans une crevasse, il repéra les tentes qui se trouvaient derrière lui. Si Odell et Somervell redescendaient, c'est qu'il y avait eu un problème. Et s'il n'y avait que l'un d'entre eux ? Les autres, perdus dans le blizzard, ou simplement disparus dans la montagne ?

C'est alors qu'il les vit – leurs formes sombres et floues, de simples taches sur la neige. « Somes ? » Sa voix se brisait dans sa gorge. Un cri faible lui répondit. Plissant les yeux, George

distingua deux silhouettes : Odell et Somervell. Virgil et Lopsang ne devaient pas être loin.

Rejoignant les deux alpinistes, il leur saisit chacun un bras
et les prit sur ses épaules, un homme de chaque côté, tentant de
les soutenir. Le temps de faire demi-tour et ses propres empreintes s'étaient presque évanouies, mais il pouvait encore en
discerner la trace.

« Où sont les coolies ? » demanda Teddy sous la tente avant
que George n'ait eu la chance de les interroger.

« Je vais les chercher », dit George, retirant ses moufles et
soufflant dans ses mains. « Donne-moi une minute.

— Prends quelque chose pour te réchauffer avant de res-
sortir, dit Teddy.

— Ils en ont plus besoin que moi. » D'un geste de la main,
il désigna Somes et Odell, secoués de frissons incontrôlables,
leurs barbes et leurs sourcils croûtés de neige.

« Qu'est-ce qui s'est passé ? demanda Teddy en leur tendant deux tasses.

— On n'a pas pu monter, dit Somes en serrant les dents.
On n'était pas encore au camp VI quand j'ai décidé de faire
demi-tour. Je ne sentais plus mes orteils, j'étais incapable de
penser. Après qu'on s'est quittés, le vent nous est tombé dessus
comme une hache. On a passé la nuit au camp V, et c'est tout
juste si on a pu sortir ce matin. »

George partit alors à la recherche de Virgil et de Lopsang,
agitant les bras à travers l'épais rideau de neige. Aucun son.
Rien. C'était comme si des heures entières s'écoulaient.

« Peut-être qu'ils ont rebroussé chemin », dit Odell lorsqu'il
regagna la tente. Ce dernier semblait désormais plus à l'aise.
Au chaud. Le thé lui avait redonné des couleurs, mais il se
frottait encore les pieds.

« Rebroussé chemin ? répéta Teddy. Jusqu'au camp V ?

— Mais il n'y a pas assez de combustible au camp V. »
La voix de Sandy trahissait sa crainte, l'appréhension d'une

nouvelle mort. «Ils ne pourront pas faire fondre la neige. Manger quelque chose de chaud. Ils vont mourir gelés s'ils n'ont pas de combustible.»

Odell et Somervell restèrent silencieux.

Mais pas George. «Tu étais censé les ramener en bas, Somes.» La colère gonflait en lui, bouillonnante. «On ne descend jamais en avant des coolies. C'est nous qui en sommes responsables. Comment sais-tu qu'ils ont rebroussé chemin? Ils ont pu tomber. Ils ont pu se blesser. Qu'est-ce qui t'a pris de les abandonner là-haut?

— Tu n'as pas idée de ce que c'est dehors en ce moment, dit Somervell. On a été rudement chanceux rien que de s'en être sortis vivants.

— Et puis, tu peux bien parler, George, murmura Odell. Après ce qui est arrivé la dernière fois.

— Mais c'était un accident…, commença Sandy.

— Ça suffit, dit Teddy d'un ton égal. On sait tous ce que c'est, là-haut. Et ce n'est pas le moment de faire des reproches. Il y aura amplement le temps quand nous les aurons fait redescendre.

— Maintenant? demanda Sandy. J'y vais.

— Non, dit Teddy avec fermeté. On n'y arrivera jamais par un temps pareil. On n'y verrait rien du tout. Et comme Somes vient de nous le dire, ils sont chanceux de ne pas y avoir laissé leur vie. Il faut envisager le meilleur scénario, à présent. Ils sont au camp V. Ils vont prendre le peu de provisions qui s'y trouvent et ils vont s'en sortir. George, on ira les chercher, toi et moi, demain à la première heure. Puis, tout le monde va redescendre. On ne peut pas continuer à se dépenser de cette façon.»

Le lendemain matin, Sandy continuait d'insister auprès de Teddy. «Je ne me suis pas encore dépensé. Contrairement à vous tous.»

Teddy s'affairait à vider son sac, réfléchissant à ce qu'il allait emporter. Un bout de corde. De maigres provisions. Rien d'autre. Chaque once pouvait être déterminante. George faisait de même.

« Non, répondit Teddy. Tu n'as pas l'expérience nécessaire. Si tu te retrouves dans le pétrin, ça nous fera un homme de plus à sauver. George et moi, on sait à quoi s'attendre.

— Alors laissez-moi vous accompagner. Pourquoi pas nous trois ?

— Sandy, c'est moi qui y vais, dit George. Avec Teddy. Un point c'est tout.

— Mais s'ils sont blessés, s'ils ne peuvent pas marcher, vous aurez besoin d'un coup de main. »

Teddy leva la voix : « Je ne mettrai *personne d'autre* en danger.

— Et s'il leur est arrivé quelque chose ? demanda Sandy d'un ton moins insistant. Est-ce qu'on va devoir rentrer ?

— Non, dit Teddy. On n'en a pas encore terminé. On pourra encore essayer. »

George aurait voulu être d'accord, mais le sommet n'avait jamais semblé aussi hors de portée.

« Il faudra réapprovisionner les campements », dit Sandy.

Somervell s'interposa. « Nous verrons cela plus tard. Hazard et Shebbeare auront déjà préparé des chargements en bas. »

George glissa sa gourde sous son pull, contre sa poitrine, pour la garder au chaud. Sur la crête, ce serait vingt degrés centigrades sous zéro.

« Il faut avancer, dit-il à Teddy juste avant de partir. On ne ralentit pas. Pour aucune raison. Si on tient le rythme, on n'aura pas trop froid. » Teddy le savait. Ils le savaient tous les deux, mais il fallait qu'il le dise. « Restons à l'abri sous la crête, mais pas trop bas. » En bas, la neige fraîche pouvait céder sous leur poids, les faire dégringoler au flanc de la montagne. « Légers et vifs », dit-il.

Ils grimpèrent contre le vent, prenant la tête chacun à leur tour et s'arrêtant seulement pour scruter le haut de la crête, dans l'espoir d'y apercevoir les coolies. Ils ne s'attendaient toutefois pas à les voir. Pas par ce froid glacial. Ils devaient être pratiquement gelés, privés de combustible et de nourriture depuis neuf heures.

«C'est de la souffrance, se rappelait-il avoir confié à Ruth dans un moment de faiblesse. Ce n'est que cela, l'alpinisme. De la souffrance. Il suffit de pouvoir l'endurer mieux que les autres.

— Tu devrais surpasser tout le monde, maintenant», dit-elle. Elle plaisantait peut-être. Il avait choisi de le voir ainsi.

«C'est un fait.» Il l'avait serrée contre lui. «Je souffre chaque jour pour toi.» Il songea aux mains de Ruth le caressant. Elles étaient toujours froides. À présent, il avait revêtu son coupe-vent, mais le vent s'en moquait.

Le jour où il avait appris que son nouvel équipement était arrivé de Londres, il avait été impatient de rentrer chez lui pour ouvrir les paquets. C'était comme un matin de Noël. L'ensemble coupe-vent, les bandes molletières de soie, les nouvelles bottes : il voulait tous les déballer, les manipuler, même s'il savait qu'ils devraient être rempaquetés et envoyés au port. Lorsqu'il s'était trouvé devant les boîtes vides, en entrant, il était furieux. Il savait que c'était puéril, mais c'étaient ses boîtes. À lui de les déballer. Il s'apprêtait à quitter la maison quand Ruth l'appela du haut de l'escalier.

«George, chéri ?» Il adorait ce ton taquin, mais n'était pas d'humeur. Il se tint au pied des escaliers comme un enfant qui boude.

«Qu'est-ce qu'il y a ?» Il y eut un vacarme à l'étage, comme un bruit de pas lourds.

«Veux-tu monter, s'il te plaît, chéri ?»

Il n'avait pas d'autre choix que de lui faire plaisir, il le lui devait. Mais il ne voulait pas. Il ne voulait pas grimper l'escalier.

Il ne voulait pas grimper.

Il s'arrêta sur la crête. Devant lui, Teddy tirait sur la corde. Il lui emboîta le pas.

«Tu viens?» Encore la voix de Ruth. Une question, dubitative. Il monta les marches. Elle se tenait là, derrière la porte de leur chambre, passant la tête à travers l'ouverture. «Viens ici.» Elle disparut avec bruit. Sa démarche semblait lourde, maladroite.

Il entra dans la chambre, grise et terne dans la moiteur de l'automne. Elle avait revêtu tout son attirail d'alpiniste. Ses doigts effilés nageant à l'intérieur des gants, ses yeux cachés par les lunettes de protection, sous le chapeau de cuir. Les pantalons bouffaient au-dessus des bottes trop grosses pour elle.

«Qu'en penses-tu?» demanda-t-elle d'une voix assourdie par la laine de son écharpe. Elle se retourna, éclatant de rire, ses pieds bruissant sur le plancher. La colère de George, sa mauvaise humeur se dissipèrent. Elle était parfaite, à faire la bouffonne dans ses vêtements.

«Je vais te mettre dans ma malle, dit-il. Tu pourrais presque passer pour un sherpa.

— Je pensais les garder. Les mettre pour aller au marché. Il peut faire assez froid, ici.

— J'en ai besoin.

— Alors tu dois venir les chercher.»

Ils se hissèrent au-dessus de la tempête, George en tête, la neige s'agitant en contrebas comme une mer écumante. Ils ne pouvaient pas être loin de l'endroit où cela s'était produit. L'avalanche. George s'arrêta d'instinct, frappa du pied dans la neige fraîche. Il ne se laisserait pas prendre deux fois. Il regarda Teddy émerger de la tempête derrière lui, puis se retourna pour apercevoir le campement, non loin au-dessus d'eux. Il semblait désert.

Il se jeta dans la neige, s'adossa contre la montagne. S'il fallait qu'ils soient morts… Non, ils ne pouvaient l'être. S'ils étaient morts, tout était terminé. Et cette fois, les journaux auraient raison d'accoler son nom à ceux des disparus. Ce serait impardonnable.

« On y est presque, Teddy.

— Je suis sûr qu'ils vont bien, George. » Teddy s'arrêta un instant près de lui. « Ils sont assis là et nous attendent. On va les faire redescendre, puis on verra, pour la montagne. Nous avons encore le temps de devenir de foutus héros. »

Teddy lui tapota l'épaule d'un geste brusque, puis continua péniblement vers la tente. Il se releva lentement et le suivit.

Ils les trouvèrent recroquevillés au fond de la tente. Au moment où George entrait, Virgil se redressa. « Sahib Mallory.

— Virgil », dit-il, sortant le thé froid de sous son pull avant même de retirer ses gants. « Comment vas-tu ? » Secoué d'une toux, il s'effondra à l'intérieur de la tente. Dieu, qu'il était épuisé. Si seulement ils avaient pu rester ici, rien qu'une nuit. Mais le campement n'était pas approvisionné. Et Somes avait raison : ils nichaient trop haut depuis trop longtemps.

« Moi, bien. Lopsang, pas bien. Lui pas pu descendre hier. » Sa voix grinçait dans sa gorge desséchée.

« Toi non plus.

— J'ai revenu ici avec Lopsang.

— Il faut redescendre. Tout de suite. Vous êtes tous deux déshydratés. Quand avez-vous mangé pour la dernière fois ? Bu ? » Il lui montra la gourde d'un geste de la main.

« Hier. Peut-être avant. »

Teddy examinait Lopsang. « Il faut le faire redescendre. » Le coolie marmonnait, incapable de tenir la tête droite alors que Teddy tentait de l'asseoir. Lorsqu'il le lâcha, Lopsang retomba sur son sac de couchage. Ils n'auraient pas d'autre choix que de le traîner.

« Il faut le réhydrater.

— Lopsang, dit Virgil tout en mordant dans un morceau de pemmican, pas pouvoir descendre. Vous devoir faire descendre. »

Il aurait aimé que ce soit si facile. C'était bien une opération de secours, mais les sherpas devaient quand même être en mesure de redescendre eux-mêmes. Teddy et lui n'étaient là que pour les soutenir moralement. Leur donner des coups de pied au cul.

«Il va falloir l'encorder solidement», dit Teddy, forçant Lopsang à boire.

Hors de la tente, Lopsang parvint à se tenir debout, mais ses jambes chancelaient. En bas, le temps s'était éclairci, la route s'étalait devant eux, impeccable. George s'encorda avec Lopsang, et Lopsang avec Teddy. Seulement une dizaine de pieds les séparaient sur la corde.

«Je prends la tête», dit-il, et il se mit en route, sentant de la résistance, puis un mouvement réticent. Derrière lui, Teddy demeura immobile jusqu'à ce que la corde qui le reliait à Lopsang fût complètement tendue, puis il emboîta le pas, soutenant le coolie.

Ils se frayèrent un chemin de cette manière, petit à petit, jusqu'au camp IV, en traînant le porteur. Leur descente fut laborieuse. Lopsang trébuchait, tombait dans la neige, et George devait tirer sur la corde comme une bête de somme pendant qu'à l'arrière Teddy essayait d'amortir sa chute. George gardait un œil sur Virgil qui, devant lui, avançait d'un pas mécanique. Au moins, ils feraient redescendre les coolies. Il voulut savourer cette victoire.

* * *

«EST-CE QU'ON ne devrait pas aller voir?» demanda-t-il à Somervell. Sandy avait passé la majeure partie de la journée à observer la crête, clignant des yeux pour faire disparaître les taches noires qui nageaient sur sa rétine et qu'il prenait pour des formes humaines.

Le crépuscule gagnait lentement la montagne. Ils ne voyaient pas la moindre lampe, pas la moindre lueur en provenance du camp V. Au moins, le ciel et la montagne baignaient dans le clair de lune. Toutefois, la température avait déjà chuté, et il faisait désormais trop froid pour guetter leur arrivée sans bouger. Mais contrairement à lui, ils se déplaçaient. Forcément, se disait Sandy. Cela suffirait peut-être à les garder au chaud.

«Non, répondit Somes. Il y a déjà trop de vies en péril. Rappelle-toi ce que Teddy nous a dit. Il ne veut mettre personne d'autre en danger. Et nous ne savons même pas s'ils sont en train de redescendre. Non. Nous ne bougerons pas d'ici. Au moins jusqu'à demain matin. S'ils ne sont pas rentrés, nous irons à leur recherche.»

Sandy ne voulait pas attendre. Et s'ils étaient blessés, ou souffraient du mal des montagnes? Les yeux exorbités de Lapkha surgirent à nouveau dans son esprit, de même qu'un élan de colère. «Vous auriez peut-être dû les accompagner, dit-il à Somes.

— C'est Teddy qui décide.

— Mais c'est vous, le médecin. C'est vous qui êtes censé vous assurer que tout le monde va bien. Si vous aviez été ici, Lapkha aurait peut-être survécu.»

Somervell prit une grande inspiration. «Je ne peux pas être partout, Sandy.» Sa voix était calme. «Je ne peux pas grimper tout en restant derrière. Pour le moment, il n'y a qu'à attendre. Espérer que tout se passe au mieux. Prier, peut-être.»

Sandy n'était pas du genre à prier. Quand il était gosse et que ses parents sortaient au pub, il restait allongé dans son lit à attendre qu'ils reviennent, convaincu qu'il leur était arrivé quelque chose d'*ignoble*. C'était le mot juste, se disait-il. Il l'avait lu quelque part. Dans un *Boy's Own* ou une autre revue pour garçons. Il ne savait pas exactement ce que ça signifiait, à l'époque, mais c'était quelque chose de vilain. Ça voulait dire que quelqu'un avait tenté de leur faire du mal. Il se promettait mentalement d'essayer de les protéger. S'il parvenait à garder les yeux fermés tout en comptant jusqu'à cent, cinq cent ou mille, ils seraient rentrés avant qu'il eût terminé. La plupart du temps, il s'endormait avant la fin, mais s'ils n'étaient toujours pas rentrés, il choisissait un nombre plus grand et recommençait.

À présent, il murmurait à voix basse, les yeux fermés. Il savait que c'était ridicule. Néanmoins, il continuait mentalement à compter.

«Ohé!» L'appel d'un homme, loin en haut. Il attendit que le cri lui parvienne une deuxième fois. Somervell l'entendit aussi. «Allons!» s'écria le docteur qui, sortant de la tente, lui tendit une gourde. «Allons!»

L'obscurité les enserrait de plus en plus, et Sandy alluma une lampe, une tache de lumière que George et Norton pourraient repérer et suivre.

Dehors, l'air était cassant. Fragile et tranchant comme le cristal. À la première bouffée, le froid entama ses narines, ses poumons. Le clair de lune luisait froidement sur la montagne d'un bleu glacé. Sandy se lança sur les traces de Somervell, la neige pénétrant ses bottes mal lacées, fondant sur sa peau et refroidissant rapidement. Ses pieds allaient geler dans ses bottes. Le froid tourmentait son cerveau. Il pressa le pas.

C'est alors qu'il les vit. «Là», dit-il, plissant les yeux, et pointant l'index devant Somervell. Les marcheurs cheminaient lentement vers eux en un petit groupe compact.

Le visage de George était exsangue, les engelures commençant à le gagner. Sandy se frotta lui-même les joues. Sa peau croûtée lui faisait mal. La douleur le rassura. Derrière George, entre lui et Norton, était suspendu Lopsang, que seule la tension de la corde empêchait de tomber.

«Qu'est-ce qui s'est passé?» demanda Somes.

George ne répondit rien, se contentant de désigner Lopsang d'un geste de la main. Il voulut défaire la corde qui l'enserrait à la taille, mais Sandy l'arrêta dans son mouvement, lui tendit la gourde et se pencha pour le détacher. Une fois libre, George se laissa choir sur la neige.

Après avoir coupé la corde entre Norton et Lopsang, Somervell vint au secours du porteur en lui offrant son épaule. Sandy évita de regarder Lopsang de trop près tandis que Somervell passait près de lui en soutenant le porteur. Il ne pouvait être aussi mal en point que Lapkha, il était encore capable de marcher.

« Sandy, conduis-les à la tente », dit Somes.

Il acquiesça d'un signe de tête et vint aussitôt en aide à Norton avant qu'il ne s'effondre. S'ils se jetaient tous les deux par terre, il ne réussirait jamais à les convaincre de se relever. Norton s'appuya sur lui, et Sandy manqua de tomber lorsqu'il se pencha pour tirer sur le manteau de George. « Allez, George. Tu y es presque. »

Virgil passa devant eux d'un pas lourd, sans faire attention à lui ou à George, qui ne s'était toujours pas relevé. En l'apercevant, George se hissa sur ses jambes et se lança à sa suite, devant Sandy, qui dut lui-même traîner Norton.

Ils étaient revenus. Sains et saufs. Mais il s'en était fallu de peu. Il se demandait si l'expédition était terminée, si Teddy les renverrait tous chez eux. Ils en apprendraient davantage une fois redescendus, après avoir eu le temps de se ressaisir. Pour la première fois, Sandy évalua ses chances de rentrer chez lui sain et sauf.

AU MARCHÉ

14 HEURES

Ces ruelles médiévales vont en serpentant de tous côtés, et je suis celle qui passe devant Trinity College et son rectangle de verdure ensoleillée, et qui croise All Saints Passage et son petit square ombragé, fait de jardins et de chemins poussiéreux contournant les arbres trapus. À ma droite se trouvent des vitrines de magasins, des gens qui vont et viennent derrière les étalages de chemises Oxford, de livres ou de friandises. Sur ma gauche, les murs fortifiés de Trinity et de St. John's, chacune avec sa propre chapelle, ses vitraux remplis de lumière. Le marché est derrière moi, mais j'ai besoin de quelques minutes. Je veux m'asseoir, seule, tranquille. J'ai pensé, en sortant de chez Will, me rendre à St. Mary's, mais je risque là-bas de tomber sur des gens que je connais – à commencer par le révérend Winterson, qui se mettrait en quatre pour me réconforter. Au lieu de cela, mes pas me ramènent vers Bridge Street, jusqu'à Round Church.

Je suis tombée en admiration devant cette église depuis que George et moi l'avons découverte en nous promenant dans la ville. De forme ramassée, elle est assise au coin de cette rue depuis huit cents ans. Huit siècles. Une bien longue période pour un édifice qui ne donne aucun signe de fatigue. La pierre, grisbrun comme les plumes d'un moineau cendré, décrit une courbe parfaite pour l'embrassade.

À l'intérieur, la rotonde est sombre et fraîche, et les arcs s'élèvent en un mouvement si grandiose que l'espace qu'elles recouvrent semble plus grand que la circonférence des murs ne le laisse présager. Les quatre colonnes qui supportent la voûte pourraient soutenir le monde entier. Les visages sculptés qui jettent des regards sévères du haut des colonnes sont comme des démons, froids et inquisiteurs. Je trouve un endroit où m'asseoir qui m'épargne cette vue. Où je puis admirer la lumière tachetée des vitraux.

Et si Will m'avait embrassée ? J'aurais pu vouloir qu'il le fasse. Vouloir m'abandonner à lui comme j'ai été abandonnée. Il serait facile d'aimer Will. D'aimer quelqu'un qui a toujours été là pour moi, quelqu'un qui ne me ferait pas attendre. Mais les commencements sont sans doute toujours plus faciles, me dis-je.

Il fut un temps, je pense, où le monde devait être plat. Ce sont nos esprits qui l'ont arrondi, notre désir d'en faire le tour. Notre désir de partir, certes, mais aussi notre désir de rentrer. Sauf qu'en l'arrondissant, nous l'avons abîmé. En certains endroits, nous l'avons fendu ; ailleurs, nous l'avons écrasé, propulsé dans l'atmosphère. Les déserts, la toundra, les plaines, nous en avons fait des montagnes, ces cimes si chères à George qui trônent au-delà du reste du monde.

Je préfère les fissures et les crevasses, les brèches et les trous, les profondeurs insondables des océans et des vallées, où l'on peut voir ce qui se trouve en dessous. Ou les creux qui me tiennent à l'abri et en sécurité. Je préfère ce qui est caché.

Tout est sur le point de changer. Change déjà. Le désir couve, tel un volcan, et transforme nos paysages. Peut-être les océans continueront-ils à plonger, et l'Everest à grandir jusqu'au firmament. Même si George en atteint le sommet, l'Everest continuera à pousser. Quelqu'un d'autre montera jusque-là. *Ce ne sera pas toi.*

Autour de moi, le murmure des suppliants enfermés dans la prière, l'odeur des cierges qu'on allume et qu'on souffle, celles de la cire et de l'encens. Je songe à allumer un lampion pour George, mais je ne veux pas tenter le diable. J'en ai déjà fait brûler pour lui. En signe d'espérance, de désespoir. En toute bonne foi. D'abord à Venise, pour ne pas qu'il lui arrive malheur, dès lors que je savais qu'il existait, au flanc des montagnes. Puis, à chacun de ses départs. Le dernier que j'ai allumé, à St. Mary's, doit avoir fini de brûler depuis des semaines. Demain lors de la messe, j'en allumerai un autre.

Dans le silence caverneux de l'église, je recense tous les départs de George. Tant de souvenirs d'adieux et de séparations. Je récite le nom de chaque gare et celui de nombreux navires, assez pour constituer une flottille. C'est mon chapelet à moi; chaque nom est une prière.

Je me console dans les rituels, dans l'ordonnance des petites choses, dans la routine. Le thé, toujours servi à la même heure, avec un biscuit, posé dans la soucoupe. Les prières que je récite avec les enfants avant de les border, dans l'ordre, en leur baisant le front – un, deux, trois. Les lettres que je ramasse par terre et que je classe en différentes piles, dont je m'occuperai en temps voulu. Chaque fois que je reçois une lettre de George, il y a des étapes à observer. D'abord, je m'assois, tranquillement, à la fenêtre de notre chambre, en veillant à bien fermer la porte pour ne pas être dérangée. Puis, je prends la lettre et je la respire, pour m'imprégner des odeurs du pays d'où elle vient. Une grande inspiration pour me calmer les nerfs, pour faire table rase de mes espoirs et de mes craintes, et lire ce qui s'y trouve, non ce que j'aimerais qu'il s'y trouve. Une phrase à la fois. Un paragraphe. Que je relis. Puis, je passe au suivant. Je prends mon temps, sachant que j'attendrai longtemps avant de recevoir la prochaine.

Une fois ma lecture terminée, je replace la lettre dans son enveloppe, la glisse dans ma poche; mais je ne la rouvrirai pas avant de me mettre au lit. J'essaie toute la journée de m'en souvenir, de voir si je suis capable de me rappeler ce qu'il a écrit, comment il l'a écrit.

Autrefois, je gardais toutes ses lettres en ordre, bien rangées au fond d'une boîte, mais c'était un passe-temps de jeunesse. Je ne m'y tiens plus, aujourd'hui. J'en ai tant reçu. Je reçois des lettres de George depuis le premier jour.

Le lendemain de son arrivée à Venise, j'ai trouvé un mot glissé sous ma porte : *Me feriez-vous l'honneur de venir avec moi en promenade, demain à Asolo ? J'ai entendu dire que les collines qui surplombent la villa de Browning sont à couper le souffle. Rien que nous deux. N'en parlez pas à vos sœurs.* Son écriture était très peu soignée. Une tache d'encre oblitérait son nom.

C'était un début. Une ouverture.

Les dalles, à mes pieds, s'irisent comme le cristal, éclairées par de hauts vitraux. Je me demande si j'arriverais à reproduire cette danse de couleurs sur ma toile – ces contours aiguisés, ce scintillement, qui renvoient à la fois la couleur du verre et l'aspect sombre de la pierre. Ces changements qui s'opèrent avec le mouvement du soleil, le passage des nuages. Je pourrais en faire une série, travailler chaque moment, rien que dans ce carreau de lumière. Rien que ça.

George se demanderait ce que je suis devenue si je lui écrivais : *Je peins des planchers… Non ! Pas comme un peintre en bâtiment, comme un vrai peintre. Comme Will ou ton ami Duncan Grant. J'essaie de reproduire la lumière.* Il y a des choses qui ne s'écrivent pas, tout simplement.

Comme une demande en mariage, par exemple. *Je me demande si nous ne devrions pas nous marier.*

La lettre arrivait des Alpes, trois mois après notre première rencontre. Nous nous connaissions à peine, et j'étais à la fois ravie et déçue.

Je savais sans l'ombre d'un doute que j'étais prête à passer ma vie avec lui. J'avais reçu d'autres propositions ; il y a quantité d'autres vies que j'aurais pu vivre. Mais je ne pensais qu'à une chose : m'offrir le luxe de pouvoir le toucher chaque fois que j'en avais envie, de m'approprier une petite partie de son être. De me retourner dans un lit qui n'avait jamais paru vide auparavant, pour caresser sa peau.

Oui, avais-je commencé à écrire. Sans attendre.

Mais c'était déjà un peu la fin, en quelque sorte. S'il s'agissait d'une demande en mariage, il n'y aurait aucun grand témoignage d'amour. Aucun genou posé à terre. Je ne savais pas si j'étais prête à devenir une épouse, alors que j'étais à peine une petite amie.

La lettre continuait : *Pardonnez-moi. Mais c'est plus facile pour moi par écrit. Je vous le demanderai de vive voix, si vous pensez consentir, mais mon cœur s'arrête à l'idée que vous puissiez refuser.*

Je n'aurais pas pu. Mais je me gardai de le dire. Je lui répondis d'un ton léger : *Je me demande bien des choses, moi aussi, et j'aimerais que nous en discutions de vive voix. C'est plus difficile pour moi par écrit. Je fais des fautes, comme vous me l'avez souvent fait remarquer. Et je raconte des banalités. Gardons les choses importantes pour ces moments où nous sommes ensemble.*

George revint du continent, bronzé et en parfaite santé, et mon père et moi le reçûmes à déjeuner. Quand mon père se retira pour faire la sieste après le repas, nous nous assîmes dans l'intimité du jardin entouré de murs. Les lilas commençaient déjà à se gâter, l'air était piquant.

« Qu'en pensez-vous ? demanda George.

— De quoi voulez-vous parler ?

— De ce que je vous ai écrit. »

Je savais très bien de quoi il était question. Au déjeuner, il pouvait à peine me regarder et il rougissait chaque fois qu'il le faisait. Ses mains s'agitaient sur la table, prenant des couverts, les déposant, retournant un verre d'eau pour examiner la signature du souffleur.

« Vous devrez me rafraîchir la mémoire.

— J'ai déjà parlé à votre père.

— Oui, je sais. Vous avez longuement discuté de cordages. J'étais présente.

— Vous allez m'obliger à vous le demander en bonne et due forme, je suppose ?

— Je vais vous obliger à me demander quelque chose.

— Ruth Turner. Voulez-vous m'épouser ? »

Il m'offrit un petit anneau tout simple – rien à voir avec celui que Marby avait reçu. Je caressai les cheveux qui tombaient encore sur son col.

« Vous vous couperez les cheveux avant ?

— S'il le faut.

— Alors oui. Je le veux. »

Devant moi, près de l'autel, se trouve un petit monument aux paroissiens morts à la guerre, une couronne, décorée de mauve et de noir. Les fleurs se fanent, ont besoin d'être remplacées. Le nombre de fleurs que l'Angleterre consacre à tous ses fils doit être ahurissant. Des jardins entiers. Il y a des fleurs pour Trafford, j'en suis certaine, à Mobberley. Je suis contente qu'il n'y en ait pas pour George.

« On doit tous fournir notre part d'effort. » C'est ce qu'il m'avait dit avant de partir pour la France. Mais il n'y était pas obligé. Il s'était engagé comme volontaire, les avait suppliés de le prendre, même après qu'ils l'eurent refusé trois fois. *Vous êtes enseignant*, lui avait-on dit. *Vous jouez un rôle-clé dans l'effort de guerre.* Mais il ne pouvait l'accepter.

« Je ne peux pas rester ici à ne rien faire. Tout le monde est là-bas. Geoffrey, Trafford. Robert. Bon Dieu, Ruth, même les garçons à qui j'ai enseigné sont là-bas à se battre. Je dois y aller moi aussi. » C'était comme s'il s'agissait d'une sorte d'aventure qu'il ne voulait pas rater. « Je ne peux pas me contenter de rester ici. En sécurité. Avec toi. »

Ce *avec toi* ressemblait à une accusation. Quand il finit par être accepté, George rapporta une bouteille de champagne pour boire à l'avenir. À la victoire. Je sirotai le mien en espérant que la guerre se termine avant qu'il soit appelé en France. Trop de fois, j'ai dû boire du champagne lors de ses départs. Je déteste le goût du champagne.

Cette fois-là, il avait dit : « Je ne peux imaginer revenir dans la défaite. » J'avais essayé de ne pas m'attarder à cette phrase, aux différentes interprétations qu'on pouvait en faire.

La tranquillité de l'église m'apaise. Ses murs étouffent la rumeur de l'extérieur, qui semble lointaine. Je ne peux demander mieux que cette minuscule forteresse. Un havre de foi, de consolation. Combien de gens ont prié ici depuis huit cents ans ? Et ils sont presque tous morts, maintenant. Oubliés. George pense que s'il réussit, il ne sera pas oublié. C'est une façon de déjouer la mort, d'acquérir une part d'immortalité. Il croit que c'est une façon d'arranger les choses – pour Trafford et Geoffrey. Pour son père. Une façon de conquérir une nouvelle vie pour nous tous. Il n'a peut-être pas tort, mais à mon sens, tous ces sacrifices ne font pas une vie.

Dans la ruelle près de l'église, il y a une pancarte : *Les occupants prendront des mesures contre toute personne commettant des méfaits dans cette allée.*

J'ai ri en la voyant pour la première fois. Nous venions d'emménager à Cambridge, et George me faisait visiter la ville. Le temps était froid et humide, nous nous serrions l'un contre l'autre. Nous irions au pub, pour nous réchauffer. Mais pas tout de suite.

« Quel genre de méfaits devrions-nous commettre ? lui demandai-je.

— On pourrait boire et dire des obscénités.

— Non. Trop facile. Ce sont des coups d'étudiants. »

Je m'adossai contre le mur, sous la pancarte. Je voulais qu'il se colle contre moi. Il était tout près. Tout le reste paraissait lointain. Les cris de l'autre côté de la rivière Cam, la pluie qui tombait à grosses gouttes. Je baissai mon chapeau, lui jetai un regard par-dessous le rebord tandis qu'il s'appuyait contre le mur d'en face. Nos pieds se croisaient et nos corps formaient un V.

« Nous pourrions faire un somme. Ils seraient obligés de nous enjamber. » Il pointa son index vers la chaussée.

« Je crois qu'on peut faire mieux.

— Qu'est-ce que tu as en tête ? »

D'une poussée, je me dégageai du mur et me jetai dans ses bras. Je lui donnai un long baiser.

« C'est loin d'être un méfait, dit-il quand je retirai enfin mes lèvres.

— Pour eux, c'en est peut-être un.

— Alors faisons les malfaiteurs partout en ville, veux-tu ? »

Je hochai la tête, l'embrassai une deuxième fois. Nous en fîmes un jeu sur le chemin du retour, nous arrêtant sous les portiques et dans les recoins d'étroites ruelles. Nous nous embrassions n'importe où, devenant de plus en plus folâtres.

« Comme les Esquimaux, cette fois », dis-je. Et il frotta son nez froid contre le mien.

« Comme les Français », dis-je encore. Et il m'embrassa longuement, profondément, intensément.

Quand nous fûmes à la porte de notre nouvelle maison, je lui dis : « Comme si c'était la première et la dernière fois. »

Le marché du samedi est une confusion de bruits, et je plonge la tête la première dans le brouhaha, me noyant dans cette foule grouillante : des étudiants, des femmes, des filles de cuisine et des cuisinières. Elles m'emportent comme la marée, effleurant mes bras, mes jambes, mon dos. Ce contact anonyme a quelque chose de réconfortant, comme si je faisais partie d'un tout, d'une vie bouillonnante qui se perpétue indépendamment des guerres, des catastrophes et des morts. Rien ne l'arrête. On me pousse, on me bouscule, je me cogne à quelqu'un et je ne m'excuse pas. Au King's College, la cloche sonne les deux heures. Les enfants sont sur le point de rentrer et j'ai promis à Clare que nous ferions un thé. Je ferais mieux de me hâter.

Pendant un instant, la foule se divise devant moi, et j'aperçois l'homme de ce matin avec son feutre mou, son costume de flanelle gris. Cette fois, il me regarde, puis la foule se resserre. Assurément, c'est un journaliste. Je disparais entre deux étals, me fraye un chemin vers le coin nord-est du marché où, je m'en souviens, se trouve un marchand de fleurs.

L'homme me fait penser aux reporters qui nous ont assaillis quand George et moi sommes descendu du train à la gare de St. Pancras. Leurs corps massés contre nous, l'odeur d'alcool bon marché m'avaient dégoûtée. Puis, ces accusations qu'ils avaient lancées à George. Je regarde à nouveau par-dessus mon épaule, mais je ne le vois pas. Je suis peut-être encore en train de me comporter comme une folle. Je vais acheter ces fleurs et rentrer à la maison.

Bien sûr, il n'y a pas que les journalistes qui doivent éveiller ma méfiance.

« Madame Mallory. » La dame m'avait approchée sur le parvis de St. Mary's. Je sortais de la messe, entourée des enfants. « Je suis Dorothy MacEwan. Vous ne me connaissez pas », dit-elle, balayant ma réticence d'un geste de la main. La longue plume qui ornait son chapeau sautillait tandis qu'elle parlait, jetant une ombre fugitive sur son visage. C'était une femme forte, large d'épaules, enfermée dans un corset et une robe à col haut. Sévère. Je me sentais toute petite face à elle. Mais je me ressaisis et levai la tête. Je ne jugerais personne. Je venais d'arriver à Cambridge, et tisser de nouveaux liens ne me ferait pas de tort.

« Ravie de vous rencontrer.

— Pouvons-nous échanger quelques mots ? » Elle baissa les yeux vers les enfants réunis autour de moi.

« Clare. » Je dénichai une pièce. « Emmène ton frère et ta sœur. Partagez-vous un petit gâteau sucré. Un, j'ai dit. » Je levai un doigt. Clare hocha la tête avec sérieux et emmena son frère et sa sœur avec elle.

Mme MacEwan me prit par le bras, se mit à me promener devant l'église. J'avais l'impression d'être exhibée. « Je me demandais si vous n'accepteriez pas de venir nous entretenir au petit salon de femmes dont je suis l'hôtesse ? » dit-elle.

Je voulus lui assurer que je n'avais rien à dire, mais elle m'interrompit.

« Vous voyez, ces femmes, toutes ces femmes, ont perdu leur mari durant la guerre. Elles sont environ huit, et nous nous réunissons pour discuter, et j'essaie de leur montrer comment être fortes, comment faire leur deuil. » Elle n'attendit pas que je réponde, et je m'imaginai huit autres femmes tout aussi sévères que Mme MacEwan. « J'ai pensé que vous, plus que toute autre femme, seriez en mesure de leur donner des conseils. Votre mari est parti tellement loin, parfois vous devez avoir l'impression qu'il est mort. Et pourtant, vous continuez de vous battre, et c'est un bel exemple de courage pour vos enfants. Ce pourrait en être un pour nos femmes aussi.

— Madame MacEwan, mon mari n'est pas mort.

— Oh non, je sais. Mais parfois, vous devez avoir cette impression-là. Et vous êtes si courageuse. Vous pourriez leur dire comment faire. »

Avec un mouvement de recul, je retirai ma main. Je ne pensais qu'à une chose, la mort de George ; et c'est une pensée que je m'efforçais de toujours réprimer, bien qu'avec difficulté. Je secouai la tête. « Je ne pourrais pas. Jamais. » Ce fut tout ce que je pus répondre. On ne me prendra plus par surprise.

Le kiosque du fleuriste se trouve devant moi – une soudaine éclosion de couleurs, de parfums. Sous le soleil de l'après-midi, les pivoines et les glaïeuls dodelinent de la tête, sobres et funèbres.

À présent, cette pensée revient me hanter. *Et s'il ne revenait pas ?* Elle est aussi claire et nette que si quelqu'un l'avait prononcée, et je regarde autour de moi pour en trouver la source. Personne. Personne ne fait même attention à moi.

Et s'il ne revenait pas ? Et s'il était déjà… ?

Je suis même incapable capable d'y penser, et pourtant, je me vois déjà dans l'allée centrale de l'église du révérend Mallory. Celle que j'ai remontée quand nous nous sommes mariés ; mais à présent, je suis vêtue de taffetas noir, recevant des condoléances au lieu des compliments, des félicitations. Des fleurs sombres se dressent, tête baissée, sur l'autel, dans les allées. Les enfants sont là. Will et Geoffrey. Mes sœurs et les siennes. Ses parents, si tristes que j'ai peine à les regarder, le visage du révérend marqué d'un effroyable rictus. J'aimerais aller le consoler, mais je ne bouge pas. Je ne peux pas. Mes membres sont lourds comme dans un rêve. Je ne veux pas pleurer. Je ne pleure pas.

J'ai eu l'idée d'un éloge funèbre. *Il n'était pas seulement mien, mais il était mien.*

Et si les gens savaient que j'imagine parfois ce qui arriverait si tu mourais ?

« Je peux vous aider ? »

Je chasse cette idée de mon esprit. Il n'y aura pas de fleurs à ses funérailles – plutôt, quelque chose qui plairait à George. Quelque chose de délicat, qui me le rappellerait. Comme les os de ses doigts, de ses poignets.

« Vous avez quelque chose de plus léger ? Quelque chose de moins grave. Pour un centre de table. Comme des flocons de neige ? »

La dame lève les yeux vers moi, à présent, et son regard s'allume : elle me reconnaît. Elle est grande et se penche en avant pour me parler, pour regarder sous mon chapeau. Je baisse les yeux et je remarque qu'elle porte des bottes d'homme ; sa jupe est assez courte pour qu'on les voie. Peut-être est-ce plus confortable que des chaussures de femme, quand on doit rester debout toute la journée. Même si je doute qu'elles aient été conçues pour être confortables.

«Bien sûr, madame Mallory. Pour une réception. Des lilas, peut-être ? Fraîchement cueillis de ce matin. » Visiblement, elle ne reçoit jamais à dîner. Le parfum de ces fleurs noierait celui de la nourriture. Trop dense, trop piquant. Je secoue la tête pendant qu'elle continue à jacasser. « Et comment va M. Mallory ? Avez-vous des nouvelles de lui ? »

J'essaie de garder un sourire indulgent, mais je m'abstiens de lui répondre. Je ne connais pas son nom. Je ne l'ai vue qu'une fois ou deux, pas plus. Je ne vois pas ce que je pourrais lui dire. Je n'ai pas de réponses.

« Non, je ne pense pas. C'est trop fort. »

Elle ne tient pas vraiment à le savoir, de toute manière. Comme cette femme horrible près de la rivière, comme Mme MacEwan. Même si je leur expliquais dans le détail comment je me sens, elles ne comprendraient toujours pas. Elles ne peuvent pas comprendre. Et quelle différence ça peut bien leur faire, de toute façon ? Mais tout en traînant les pieds parmi les seaux de fleurs, cette femme m'observe, à l'affût du moindre potin. Comme un chien qui attend les restes de table.

« J'en ai. Mais elles me parviennent très en retard. Ils progressent bien. »

Je ne lui dis pas qu'il y a peut-être un télégramme qui m'attend à la maison et que je dois me hâter. Que Hinks attend peut-être ce soir pour me donner des nouvelles en personne. Non, ma réponse est automatique : je lui dis la seule chose que les gens veulent réellement entendre, qu'il va bien. Je le crois presque moi-même.

Je ne veux pas lui donner de quoi alimenter les commérages. Je ne céderai pas, je ne me confierai pas. C'est ainsi que les étrangers me connaissent, désormais. Froide et sévère. Efficace.

« C'est fantastique. » Sa tête sautille à travers les fleurs, ses cheveux blonds tombant sur ses épaules en de longs fils. « On pense tous à lui. Mon plus jeune, Jack, est tout simplement emballé par ce que fait votre mari. Il tient un album. Découpe tout ce qui parle de George Mallory dans les journaux. Celles-ci ?»

Elle me montre un bouquet – de toutes petites fleurs, tachetées de noir au milieu, de pourpre peut-être, c'est difficile à dire. Leur parfum est léger, et je dois vraiment rentrer. «Ce sera parfait.»

Je tends la main pour les saisir, mais elle commence à me les emballer, tout en me parlant de son fils qui rêve de faire de l'alpinisme, qui a entendu dire que certains universitaires escaladent les édifices la nuit, et que ça semble bien dangereux tout ça, ma chère dame. Elle semble s'imaginer que nous sommes amies. «Peut-être que M. Mallory pourrait venir lui parler quand il reviendra.»

Elle dit *quand*, et je me dis *si*. J'ai envie de le lui cracher au visage. *Si*. S'il revient.

«On prie pour lui, vous savez», dit-elle en me remettant les fleurs.

Hochant la tête, je lui tends les pièces de monnaie. Ma colère est mal dirigée, c'est évident. Ce n'est pas sa faute. Elle croit sans doute que j'apprécie ses vœux, ses bonnes pensées. Tout cela est supposé être une grande aventure.

Tandis que je m'éloigne, elle glisse mon nom à l'une de ses collègues, comme si je lui appartenais.

«Mme George Mallory», dit-elle avec fierté et sincérité.

Ton nom me hante.

MONASTÈRE DE RONGBUK

16 340 PIEDS

L e monastère consistait en un ensemble de constructions basses et courtaudes, bâties en terrasses derrière le grand chorten, une tour bulbeuse de couleur rouge vif. L'endroit semblait à George, après un séjour de près de deux mois dans le désert de l'Everest, resplendissant d'activité et de couleurs, ses murs chaulés tranchant sur les collines brun foncé. Il prit conscience qu'il marchait au rythme des chants qui s'élevaient de l'enceinte, presque dignes des grands opéras après le souffle monotone du vent sur la montagne. Des yacks mugissaient non loin, et sa bouche salivait à les entendre. Il aurait droit à du lait cru pour son thé. À une table. Sous un toit. Comparativement au froid glacial qui sévissait sur les hauteurs, l'air ici était chaud et apaisant; George s'imaginait faire une sieste sous le soleil du matin.

Derrière lui, au fond de la vallée, l'Everest se découpait nettement sur le fond bleu du ciel. Comme il semblait inoffensif, vu d'ici. Une cime parmi d'autres dans une forêt de montagnes. Le courant-jet frappait le sommet de plein fouet, dessinant ce qui ressemblait au drapeau blanc de la reddition. Il ne se faisait pas d'illusions, cependant.

Leur situation s'était prodigieusement détériorée. L'avant-veille, il était resté dans sa tente après avoir secouru Virgil et Lopsang; une douleur lancinante traversait tout son corps, le sang circulait à peine dans ses veines, épaissi par le manque d'eau et de nourriture. Quand s'était-il nourri pour la dernière fois ? C'était sans importance. La seule idée de manger lui contractait la gorge, lui retournait l'estomac. Il avait bu de petites gorgées d'eau, mais son mal de dents, causé par le froid, le faisait souffrir. Sa langue explorait une molaire enflée, irritée, au fond de sa bouche.

Teddy s'était glissé dans la tente. « George ? » Un faible croassement. « J'ai parlé à Somes. Il faut nous replier.

— On ne peut pas. Pas tout de suite. » Il aurait voulu parler avec plus de force, plus de conviction. « On peut encore y arriver.

— Non, on ne peut pas. Pas dans cet état. Somes dit qu'on ne peut pas rester ici plus longtemps. » Il y eut un long silence. « Il faut redescendre. »

George avait cru que Teddy voulait dire jusqu'au camp de base, mais en fait, il songeait à les faire redescendre encore plus bas.

« Ça nous fera du bien », dit Teddy lorsqu'ils s'arrêtèrent momentanément au camp de base pour rassembler toute l'équipe – Shebbeare, Hazard, Noel. « Il faut nous ressaisir. »

Nous ressaisir. Terry le disait-il sérieusement, ou était-ce une ruse pour les faire redescendre dans un confort douillet, prêts à jeter l'éponge ?

« Cet endroit – la voix d'Odell s'insinuait dans ses réflexions – a plus de deux mille ans. Tu imagines, Sandy ? Ils prient ici depuis bien avant la naissance du Christ. »

Odell et son obsession des dates, des pierres, des composantes microscopiques de la montagne – et celles, infinitésimales, du temps –, tout cela lui tapait sur les nerfs. George aurait bien aimé lui mettre son poing sur la figure. Au moins, cela lui fermerait le clapet pour un certain temps. Il fourra ses mains dans ses poches, inspira profondément. Ici, l'air était dense, humide. Il inondait ses poumons.

Sandy ne répondit pas à Odell. Passant devant lui, devant Somervell, Sandy pressa le pas jusqu'au monastère. « Comment va-t-il, Somes ? demanda George.

— Sandy ? La mort de ce porteur l'a vraiment secoué, je pense. L'altitude aussi, probablement. Tout ça est nouveau pour lui. Toi et moi, on sait à quoi s'attendre, on peut voir les choses venir. L'inconnu peut être très troublant, parfois. Mais toi, comment te portes-tu ?

— Je me sens mieux, maintenant. Mieux que je ne me suis senti depuis des semaines, pour tout dire.

— C'est ce que je pensais. Je te l'ai dit, l'altitude nous tuait. Ce n'était pas une métaphore, George. Redescendre soulage la plupart des symptômes du mal des montagnes, on dirait ; et si je ne me trompe pas, nous serons meilleurs à la prochaine tentative. »

Au moins, Somes était convaincu qu'une nouvelle tentative était à venir. Mais Teddy était du genre prudent. Il pouvait avoir décidé de mettre un terme à l'expédition. Et ensuite ? Il préférait ne pas y penser. Il sentait dans ses jambes une légèreté, une souplesse qu'il n'avait pas connues depuis longtemps tout en se dirigeant vers le monastère d'un pas vif. Il aurait pu sprinter jusque-là s'il en avait eu envie, et une partie de lui-même le voulait. Il n'avait pas été à l'intérieur depuis près de huit semaines ; cela faisait presque aussi longtemps qu'il n'avait pas pris un bain digne de ce nom. Il devait empester – sept semaines de sueur, une bonne couche de crasse. Il était impatient de se laver, de sentir l'eau ruisseler sur sa peau.

Au moment où ils entraient dans l'enceinte du monastère, des moines sortirent de l'ombre et vinrent à leur rencontre, certains revêtus d'écharpes dorées, d'autres portant des coiffes élaborées. Il grimaça devant cet assortiment de couleurs éclatantes, presque criardes à côté de son propre costume de tweed et de coton, dont le brun terne s'était encore affadi avec la saleté. Ils s'inclinèrent les uns devant les autres, les moines dans leurs robes écarlates et safran, les Anglais dans leurs pantalons et leurs chapeaux mous, leurs mains jointes à la hauteur du front.

Avec Shebbeare pour interprète, Teddy s'entretint avec l'un des moines, et George se retira dans l'ombre d'un balcon. Il avait envie d'une cigarette, et ce, pour la première fois depuis des semaines. S'adossant contre le mur blanc, il laissa la fumée remplir ses poumons.

Sous le regard de George, les moines convergèrent sur Virgil et le reste des coolies. Deux d'entre eux s'affairèrent à transporter Lopsang, dont les doigts enflés et noircis montraient des signes d'engelures. Comment Teddy ne s'était-il pas rendu compte que Lopsang avait perdu un gant lors de la descente ? Les coolies demanderaient une *puja*. Ils croyaient qu'une bénédiction les nettoierait, les purifierait après les morts survenues en montagne. Si seulement il suffisait d'allumer des chandelles et de réciter des prières pour obtenir l'absolution.

Dans la cour, Noel avait installé son trépied, documentant chaque événement, même les échecs.

Teddy se tourna vers lui. «Trois heures. Puis, nous nous rencontrerons dans la grande salle. Je vais faire préparer à manger.» Il reporta alors son attention sur l'un des moines aux costumes plus élaborés.

C'était Teddy tout craché. Leur donner un peu temps en paix, de l'espace pour réfléchir. Une main vint se poser sur l'épaule de George. Il suivit le moine jusque dans les profondeurs du monastère.

C'était la première fois qu'il se trouvait tout seul depuis des mois.

Nu, George pouvait voir la démarcation de ses vêtements sur son corps, les lignes de pression et de saleté. Il s'aspergea d'eau, la recueillit dans ses mains, s'éclaboussa le visage. Il vit l'eau se noircir de crasse au fond du bol.

Couché sur sa paillasse, il se sentit réconforté par la pénombre de sa cellule. Même la puanteur des vieux cierges de beurre chauffé, l'odeur âcre et piquante des feux de bouse lui plaisaient, ne serait-ce que parce qu'elles sentaient autre chose que la pierre et la neige. Son corps semblait en suspension sur la paillasse de peau de yack.

Il n'y avait que deux possibilités. Chacune d'entre elles inéluctable.

Si Teddy décidait de mettre fin à cette foutue histoire, ils pourraient tous rentrer chez eux. Il irait retrouver Ruth, à des centaines et des centaines de milles. Trop loin. Il voulait la voir à ses côtés. Se réveiller en pleine nuit et la sentir nue, collée contre lui, ses seins contre son dos, la douce certitude de son corps. Rien d'autre. Rien que la simplicité d'un lit partagé avec elle, la litanie de son quotidien, l'expression de ses désirs. Elle lui consentirait encore cela, même s'il rentrait bredouille ? Peut-être qu'elle s'en fichait, après tout. Peut-être voulait-elle seulement le voir revenir. N'était-ce pas ce qu'elle lui avait dit, au moment de leur séparation ?

Il revit la dernière image qu'il avait eue d'elle – son visage blême dans la froidure de l'hiver. Elle lui avait donné un baiser d'adieu sur le pont du *California,* et il l'avait regardée descendre la passerelle. Mais alors, elle s'était arrêtée, s'était retournée et avait remonté vers lui. De ses doigts gantés, elle avait caressé son visage, le tenant délicatement entre ses mains. Il y avait son parfum – une fleur de printemps –, et l'odeur de la mer qui s'accrochait déjà à elle. Elle avait levé vers lui des yeux ardents et sincères, comme elle le faisait lorsqu'elle tenait à ce qu'il la croie. «Je veux seulement que tu réussisses, lui avait-elle dit en pesant chaque mot, parce que tu le souhaites. Si tu le souhaites, alors je le souhaite. Ton cœur m'appartient. Le mien t'appartient. Mais ça n'importe pas vraiment pour moi, tu sais. Il n'y a que toi qui importes.»

Il avait voulu la croire. Même alors, sur la passerelle. Mais elle ne pouvait le penser réellement. Pas après tout ce qu'il leur avait fait endurer, à elle et aux enfants. «J'ai l'impression que nous avons été séparés la majeure partie du temps, George, s'était-elle plainte quand il lui eut annoncé qu'il retournerait sur l'Everest. Ce n'est pas un mariage, ça. Je veux être avec toi. Ce n'est pas ce que tu disais souhaiter?» S'il rentrait bredouille, tous ces sacrifices n'auraient servi à rien.

«C'est pour une cause plus grande, Ruth. Je te le promets. Si je réussis, alors je ne devrai plus jamais partir. Nous pourrons vivre notre vie pleinement, ensemble. Nous n'aurons pas à nous inquiéter.» Il avait saisi ses mains; il fallait absolument qu'elle comprenne. «Je veux que tu sois fière de moi. Je veux que les enfants soient fiers.

— Mais nous le sommes déjà», avait-elle répondu, comme si elle ne pouvait concevoir qu'il ne le sache pas.

S'il partait maintenant, s'ils abandonnaient le sommet, qu'arriverait-il alors? Il se remettrait à enseigner. À longueur de journée. Depuis cinq ans, Ruth vivait dans l'espoir qu'il puisse revendiquer le sommet et que leur vie soit transformée. La décevoir lui briserait le cœur. Et l'Everest se dresserait toujours entre eux. Son imposante silhouette et toutes ces années gaspillées. Seule la conquête du sommet pouvait corriger cela.

Il se tourna, et le matelas bruissa sous lui. Il ne décevrait pas seulement Ruth.

Il entendait déjà les remontrances de son père: «Il est temps de renoncer à ces gamineries, le sermonnerait-il. Plus que temps; cela aurait dû être fait il y a belle lurette.» Il se représenta la tête broussailleuse de son père, son hochement désapprobateur. «Tu recommenceras à enseigner. Un travail honorable. Trafford, tous ces garçons, ils n'ont pas donné leur vie pour que tu te balades à travers le monde. Nous avons tous des sacrifices à faire. Celui-là sera le tien. Montre à ton fils comment être un homme.»

Son père ajouterait cela à sa liste de déceptions: son retrait du front, pendant que Trafford était tué, son parcours professionnel hésitant, sa démission de Charterhouse, son départ avant même d'avoir donné un seul cours à Cambridge. Tous les *peut-être*. Les *un jour*. Les *quand* et les *si*.

«Il veut seulement que tu te trouves une belle situation, répétait sans cesse sa mère. Il ne cherche pas à être désobligeant. Passe un peu de temps avec lui et tu t'en rendras compte.

— Ce qu'il veut, c'est que je sois comme Will, avait-il répliqué la dernière fois. Et il a probablement raison.» Will, qui répondait toujours présent, avec son boulot stable et son alpinisme du dimanche. C'était à Will que John s'était accroché la dernière fois qu'il était rentré à la maison. Ils se taquinaient à ce sujet. «Quelque part entre toi et moi, George, il y a le mari parfait.»

Le fait d'abandonner l'Everest le suivrait partout. Il serait cloué au pilori, affublé du bonnet d'âne, son nom associé à l'échec. Le *Times* s'en régalerait. Il s'imaginait déjà les grands titres. *Le sommet de l'Everest échappe encore à Mallory : deux morts.* Et ça, c'était s'ils y renonçaient maintenant. S'ils persévéraient, il y avait toujours la possibilité de nouvelles blessures, de nouveaux morts. Et puis quoi encore ?

Il connaissait le refrain. Quand Ruth et lui étaient arrivés de Paris, une armée de reporters les attendait sur le quai de la gare, à St. Pancras. Il avait craint d'être écrasé par cette foule en costume de flanelle. Puis, Ruth s'était accrochée à lui, et il avait senti un élan de désir et d'excitation – qu'elle puisse le voir ainsi, sollicité, convoité. Il n'y avait pas eu autant de reporters la première fois ; Hinks les avait découragés. Mais alors, les questions avaient commencé, inoffensives et assez polies au début.

«Comment vous sentez-vous, monsieur Mallory ?

— Épuisé, mais content d'être de retour.» Il passa son bras autour des épaules de Ruth. Elle souriait encore.

«Et vous êtes satisfait du résultat ?

— Je l'aurais été davantage si nous avions réussi.

« — Et l'avalanche ? Pouvez-vous nous dire ce qui s'est passé exactement ?

— C'était un accident.

— Mais vous étiez premier de cordée. Les conditions étaient propices, n'est-ce pas ? Vous n'auriez pas dû réagir ? »

Il voulut savoir d'où provenait la question, mais ne voyait qu'une marée d'hommes qui se pressaient tout autour avec crayons et calepins. Il attira Ruth plus près de lui.

« Vous ne pouvez pas savoir ce que c'est, là-haut. Nous avons fait tout ce que nous avons pu.

— Pensez-vous que ça en valait la peine, monsieur Mallory ? L'Everest en vaut-il la peine ? »

Puis, son nom dans les journaux. *Irresponsable. Les porteurs en danger. L'Everest, à quel prix ?*

Il avait annulé tous ses abonnements, refusé d'en discuter plus longtemps avec Ruth.

Geoffrey s'était assis sur son sofa gris, dans son costume taillé sur mesure, la jambe cousue à la hauteur du genou, et avait tenté de le consoler. « J'aurais fait la même chose, George. Tu le sais bien. » Mais la voix de Geoffrey respirait la pitié. Il aurait pu faire la même chose, mais il n'avait pas eu à le faire. George, lui, ne pouvait plus se le permettre. Le prix à payer avait été trop grand, la récompense, dérisoire.

Il lui fallait le sommet. Après tout ce qui s'était passé, ce *besoin* le hantait toujours. Il picotait sur sa peau, se faufila dans son entrejambe. Son corps se couvrit de sueur dans l'air frais de la pièce.

Il fallait que Teddy accepte. Bien sûr, Teddy voulait le sommet tout autant que lui, mais seulement jusqu'à un certain point.

« Jusqu'où seriez-vous prêt à aller ? » avait-il demandé à Teddy, plusieurs années plus tôt. C'était après la reconnaissance, et on évoquait le nom de Teddy pour l'expédition de 22. Ils s'étaient rencontrés au Club alpin de Savile Row, et un excès de boisson avait un peu trop délié les langues.

«Pour le sommet?

— Jusqu'où seriez-vous prêt à aller? avait-il répété en se penchant et en dirigeant son index sur lui.

— Ce serait un remarquable accomplissement, avait répondu Teddy. Mais…

— Mais quoi? l'avait-il interrompu. Mais rien. Je n'ai pas besoin d'en entendre davantage. Je ne pense pas qu'il y a de *mais* dans mon cas.

— C'est pour ça que vous avez besoin de moi.»

Rien ne pouvait être plus vrai. Si Teddy les laissait essayer une dernière fois, George ne savait pas s'il serait capable de faire demi-tour. *À quel moment vais-je renoncer?* avait-il écrit à Geoffrey. *Ce sera une décision terriblement difficile… J'espère presque m'effondrer avant.*

Il voulait dormir, mais ses pensées continuaient de s'entrechoquer. Tant pis, alors. George se leva de sa paillasse et enfila de nouveau ses vêtements sales. Pieds nus, il regagna la cour, s'allongea contre le mur sous le soleil de midi et alluma une autre cigarette. Ici, la fatigue le rattrapa bien vite. Il se mit à dodeliner de la tête.

«Sahib?»

Ouvrant les yeux, il aperçut Virgil, puis tâtonna le sol près de lui.

«Vous encore aller?

— Je ne sais pas.

— Vous voulez aller.» Virgil paraissait déçu.

Il n'avait aucune envie de s'expliquer au porteur. Pas maintenant. «C'est pour ça que nous sommes ici», dit-il. Virgil s'accroupit à ses côtés, adossé contre le mur, sans s'asseoir. Il sentait légèrement l'encens, l'alcool de riz. La *puja* était donc déjà faite. George s'était peut-être un peu assoupi, après tout.

«Non. Mieux si vous allez maison.» Virgil pinça du sable entre ses doigts, le lança trois fois dans l'air, comme George l'avait déjà vu faire avec de la farine de riz. Une offrande.

«Tu ne penses pas que j'y arriverais?

— Peut-être non. Peut-être que Chomolungma dit non.

— Je ne crois pas à ces choses-là, Virgil.

— Ça pas la déranger si vous croyez ou non.»

Dans le silence qui s'allongeait, George tira sur sa cigarette et expulsa lentement la fumée de ses narines. «C'est sans importance», dit-il enfin.

Virgil hocha la tête. Après une longue pause, il dit: «Vous donnez de l'argent pour famille de Lapkha.»

Après l'avalanche, il avait donné à Virgil l'argent qu'il lui restait dans les poches pour qu'il le remette aux familles des coolies disparus. Il s'était senti obligé de faire quelque chose. Son geste était vide de sens, mais c'était la seule idée qui lui était venue. Ça n'avait rien changé, et ça ne changerait rien non plus cette fois. Pas pour lui; mais pour la famille de Lapkha, cela pouvait compter.

«Je verrai ce que je peux faire. Plus tard. D'accord?

— Mais si vous pas revenir, sa famille meurt de faim. Eux de l'autre côté du Khumbu. Pas de moisson pour eux.

— Putain, Virgil. Je vais revenir», lâcha-t-il d'un ton plus sec qu'il ne l'aurait voulu. Virgil ne le regarda pas, mais lança une autre pincée de sable dans les airs. «Je vais en parler à Teddy, d'accord?

— George?» Odell se tenait dans l'entrée ombreuse du monastère. «Viens voir ça.» Une échappatoire.

«Je verrai ce que je peux faire», assura-t-il au porteur, et il se leva. Il en avait long à dire à Teddy.

«Regarde», dit Odell, le conduisant à l'intérieur.

Ce qu'Odell essayait de lui montrer était difficile à distinguer dans la pénombre du monastère. George plissa les yeux pour se concentrer. Il s'agissait d'un tableau, accroché au mur du fond, loin du peu de lumière qui pénétrait dans la pièce. Odell saisit une lanterne et la tint à bonne hauteur.

La peinture réfléchissait la lumière comme si elle était encore fraîche. *Dégoulinante* – tel eût été le mot de Duncan Grant pour la décrire, comme s'il s'agissait d'un jargon technique. Ces lignes étaient plus sauvages, plus primitives que les vagues impressions de contours et de couleurs que Duncan avait peintes sous ses yeux à Cambridge – les aquarelles indécises de tant de peintres anglais –, et lui semblaient d'autant plus fortes pour cette raison.

En d'audacieux blocs de couleur, le tableau dépeignait un Anglais, étendu au pied d'un haut escarpement, tombé, jeté bas, arraché du sommet. Un démon était penché sur lui, enfonçant sa lance dans la poitrine béante et ensanglantée de sa victime. Un autre s'apprêtait à le dévorer ou à le traîner dans les entrailles gelées de la montagne.

« Est-ce supposé être l'un des nôtres ? demanda-t-il.

— L'un des jeunes moines a dit qu'il datait de plusieurs dizaines d'années. Euh, de saisons, en fait. C'est ainsi qu'on compte le temps dans ce pays. En saisons. Alors ça ne peut pas être nous. » Odell lui lança un regard de côté. « Pas vrai ?

— Bien sûr que non. » Mais la blancheur du teint, l'habillement du supplicié ne laissaient planer aucun doute. Il tendit le bras, effleura de sa main la blessure ouverte sur la poitrine de l'homme, puis regarda ses doigts, pensant y trouver une tache de couleur. Rien. La peinture était sèche. « Mieux vaut n'en parler à personne d'autre. Si on commence à chercher des présages, on risque d'en voir partout. Et si les coolies voient ça…

— C'est juste, aucun d'entre eux ne voudra plus monter. » Odell pencha la tête d'un côté et examina de nouveau la toile. « N'empêche. Ça fait réfléchir.

— Justement, n'y pense pas. Il y déjà assez de monstres là-haut. »

À ses côtés, Odell gigotait un peu ; George se sentait observé, mais Odell reporta bientôt son regard sur le tableau. « Tu crois que Teddy va nous laisser remonter ?

— Tu veux encore essayer ? Ça m'étonne. Je pensais que tu en aurais eu assez, après avoir rebroussé chemin la dernière fois.

— C'est Somervell qui nous a fait rentrer. On n'était pas encore au camp VI quand il a choisi de faire demi-tour. J'aurais pu continuer. Moi, j'aurais foncé. Somes disait que le temps avait mauvaise mine. » Odell s'éloigna du tableau, se dirigea dans la longue salle de prière. Il passa sa main le long du mur où s'alignaient les moulins à prières. Le monde continuait à tourner grâce à eux, pensait-on. Odell en fit tournoyer un.

Tout au fond de la pièce, il y avait une lueur dorée, le ventre et l'imposante carrure d'un bouddha qui se dressait là dans l'ombre. Il était entouré de milliers de chandelles de beurre aux flammes dansantes ; des volutes de fumée et d'encens flottaient dans l'air, faisant trembloter la statue. À ses pieds, un moine était assis les jambes croisées, sa robe ramenée sur ses épaules. Il semblait n'avoir pas bougé depuis très longtemps. Une assiette de farine de riz était posée à ses côtés, de même qu'un récipient d'eau. De temps à autre, il mettait les doigts dans l'un ou dans l'autre pour en prendre une pincée, qu'il lançait dans les airs comme Virgil l'avait fait dehors avec le sable.

Si seulement il pouvait découvrir ce que ce moine avait découvert. Ou son père. Ou même Somervell. Les rituels étaient consolateurs, il le voyait, il pouvait même le sentir à ce moment-là ; mais pour une raison quelconque, ils lui étaient interdits. « Tes attentes sont trop élevées », lui avait dit Ruth après l'avoir convaincu d'aller à la messe avec elle. « La foi n'arrive pas comme ça, en tombant du ciel. C'est une ouverture. Il suffit de t'y ouvrir. » Mais il en était incapable. S'il avait eu foi en quelque chose, peut-être serait-il ailleurs en ce moment. Peut-être était-ce la chose qui lui manquait.

Mais Somes, lui, avait la foi, et il avait fait demi-tour. Et si Odell disait la vérité ? Il s'en était bien tiré pour redescendre

256

jusqu'au monastère. Il avait gardé la même allure que lui tout au long du parcours. Quant à Somes, il n'en était pas à sa première hésitation. La dernière fois, il avait fracassé le record d'altitude, mais avait renoncé alors qu'il lui restait encore plusieurs heures de clarté. Il s'était justifié en disant qu'il n'en voyait pas le bout. Peut-être Somes n'avait-il pas foi en ce qu'il fallait.

«Je suppose qu'on sera bientôt fixés», dit Odell en se dirigeant vers la grande salle. «Mais ce serait rudement bien de pouvoir lui régler son compte.»

«À quoi tu penses, Teddy? De quel côté penches-tu?

— C'est peut-être infaisable, George.

— Allons, Teddy, c'est moi le cynique, d'habitude.

— Non. Toi, t'es le héros. Et c'est moi qui serai montré du doigt.

— Tu exagères. La dernière fois, c'est moi qui y ai goûté. Ce sera encore moi cette fois-ci.

— Ce n'est pas parce que ton nom est sur toutes les lèvres que je ne paie pas le prix de ce qui se passe ici. Je suis chef de l'expédition, George. C'est moi qui suis responsable.» Teddy prit un télégramme qui se trouvait sur la table devant lui, le déposa de nouveau, tripota ses papiers. «Tout ce que tu as à faire, c'est de gravir la montagne. C'est tout ce qu'on te demande.

— C'est tout ce qu'ils nous demandent à tous.

— Non, ils me demandent de ramener tout le monde à la maison. Sain et sauf. Avec dix doigts et dix orteils. Ils veulent de meilleures cartes et de nouvelles espèces de plantes. Ils veulent les plus récentes découvertes de Somervell quant aux effets de l'altitude sur la physiologie humaine. Ils veulent les maudits fossiles d'Odell. Ils ne veulent pas entendre parler de gamins noyés et de porteurs moribonds.

— Ils veulent que tout ça vaille la peine.

— Quoi, ça ?

— Leur putain de guerre. Ils veulent une dernière conquête pour couronner le tout. N'est-ce pas la raison de tout ce cirque ? Un vaste empire où le soleil ne se couche jamais ?

— Je ne sais pas, George. Mais on en a peut-être fait assez.

— Alors tu nous fais rebrousser chemin ?

— Virgil est venu me voir. Il demande de l'argent pour la famille du porteur mort. Tu lui as dit que c'était une bonne idée ? » Teddy déposa la tasse de thé qu'il était en train de cajoler, le lait de yack caillé sur le rebord. Son odeur était un peu forte. « Est-ce qu'on va payer pour échapper à nos responsabilités ?

— Ce n'est pas ça du tout. » Pas vrai ? Il avait dit à Virgil qu'il s'en chargerait. Virgil n'aurait pas dû aller voir Teddy.

« Tu penses vraiment qu'on y arrivera, George ?

— Je ne pense pas qu'on ait d'autre choix. »

* * *

SEIGNEUR ! SANDY VOULAIT simplement qu'on le laisse tranquille. Rien qu'un instant. Naturellement, l'endroit idéal pour avoir la paix eût été sa cellule, mais l'air confiné qui régnait dans cette pièce obscure paraissait dense et lourd après les nuits passées en haute altitude, où les champs de neige illuminaient toute la montagne. Tout au long du trajet depuis le camp de base, il avait rêvé de dormir, avait craint de manquer de temps pour pouvoir roupiller tout son soûl. Mais lorsqu'il s'était enfin allongé seul, il n'avait pu trouver le sommeil. Ses yeux semblaient enfler sous ses paupières et vouloir sortir ; il dut les rouvrir et attendre dans la pénombre.

Ici, dans la cour, le soleil était doux, apaisant. Plus bienfaisant qu'il ne l'avait paru là-haut, où ses cuisants rayons cognaient dur sur eux. Il voulait s'allonger sous lui, ramener son chapeau sur ses yeux, et faire un somme.

«Incapable de fermer l'œil, hein ? » Somervell se tenait près de lui, bloquant le soleil. Se protégeant les yeux d'une main, il leva le regard vers le docteur, une ombre noire découpée sur un ciel blanc.

Il ne voulait parler à personne, surtout pas à Somervell, qui entreprit de s'asseoir à ses côtés. Sandy fut de nouveau inondé de soleil.

«Je pense que Teddy et George se sont enfermés pour décider de notre sort», dit Somes. Sandy ne répondit rien. Il y eut un long silence. «Tu t'es bien débrouillé, Sandy, il faut que tu le saches.» De quoi parlait-il ? Pourvu qu'il ne s'agisse pas de Lapkha. Il n'avait vraiment pas envie d'en discuter. Somervell poursuivit: «Je ne pense pas que quelqu'un d'autre se serait mieux débrouillé.

— Vous n'étiez pas là.

— Non. Mais je sais ce que c'est.

— Ah bon? Vous ne pouvez pas savoir ce que c'est pour quelqu'un comme moi. Vous êtes médecin. Vous savez comment affronter ces choses-là.» Il était trop tard pour s'arrêter. «Vous m'aviez dit que vous alliez examiner les porteurs avant de partir. Vous auriez dû voir qu'il était malade. Vous auriez dû le faire redescendre bien avant. Il serait encore en vie si vous l'aviez fait. Je n'aurais pas eu à le voir comme ça.»

Il voulait que Somervell réplique. Il cherchait la bagarre. Rien de tout cela n'était correct. Rien. Ils l'avaient laissé derrière pour s'occuper du campement et pour voir Lapkha mourir. Les choses n'étaient pas censées se dérouler ainsi.

Somervell resta silencieux pendant de longues minutes. «Croyais-tu vraiment que ce serait facile?»

Bien sûr, il n'avait jamais cru cela, mais il ne s'était pas figuré les choses de cette manière. Au début, cela ressemblait à une grande aventure. Y avait-il seulement deux mois qu'ils s'étaient réunis dans le jardin de Richards à Darjeeling, pour boire du champagne ? On eût dit une immense farce, à l'époque.

Au moins, à ce moment-là, il avait encore le sentiment qu'ils étaient tous dans le même bateau.

« Non, bien sûr que non », répondit-il enfin. Il se sentait minable, de mauvais poil.

« Si c'était facile, dit Somes, tout le monde le ferait. Mon père me disait toujours cela quand j'étais jeune. Quand je disais que l'école était trop difficile. Quand je perdais une course. J'étais furieux lorsqu'il me disait cela. »

Il ne voulait rien savoir de ces platitudes, ne laisserait pas Somervell s'en tirer ainsi. « Si vous aviez été au camp, Lapkha serait peut-être encore en vie.

— Peut-être bien. Ou peut-être pas. » Somes appuya sa tête contre le mur, ferma les yeux, se pinça l'arête du nez. Puis, il se tourna vers Sandy et le regarda dans le blanc des yeux. « Il y a un prix à payer, Sandy, pour un pari comme ça. Un prix raisonnable. Tout le monde connaît les risques. Tout le monde se partage les profits. Tu comprendrais sans doute mieux si tu étais un peu plus vieux.

— C'est là que vous voulez en venir ? Je ne suis pas un gamin, merde !

— Non. » Somes s'adossa de nouveau contre le mur, secouant la tête, stupéfait. « Non, tu n'es pas un gamin. Ce n'est pas ce que je voulais dire. Seulement, on a dû trouver nous-mêmes les réponses, là-bas. Pendant la guerre. » Somervell laissa ces mots macérer un moment. Comme s'il voulait ajouter quelque chose, mais hésitait. « On ne gagnait pas un pouce de terrain – pas un pouce – sans en payer le prix. On a tous vu des hommes mourir. Brutalement. Injustement.

— C'était la guerre. On n'est pas en guerre, ici.

— Tu as raison. C'était la guerre. Et je suis navré, Sandy. Je suis navré que tu aies dû affronter ça tout seul. Mais tu t'en bien sorti. Tu devrais être fier de ce que tu as fait. Mais tu dois décider toi-même quel prix tu es prêt à payer. Je ne peux pas décider pour toi. Teddy non plus. George non plus. Beaucoup de gens pensent que la guerre nous a coûté un trop lourd tribut, qu'il en sera de même de cette expédition.»

Sandy songea à ce que sa mère avait dit : *Il y a déjà eu trop de morts.* «Et vous, qu'en pensez-vous ?

— Je pense que nous faisons ce qu'il nous incombe de faire. Hier comme aujourd'hui.»

Somes s'appuya sur l'épaule de Sandy et se releva avec un grognement. «C'est toi qui dois décider. Mais tu devras faire vite, dit-il en se dirigeant vers le monastère. Teddy veut nous voir dans la grande salle d'ici une demi-heure.»

«Dans ce cas, c'est ce que nous allons faire», disait Norton au moment où Sandy entrait dans la pièce oblongue, une demi-heure plus tard, sans avoir encore pu fermer l'œil. Norton était assis directement sur le sol à une longue table basse. George, assis à ses côtés, hocha la tête, prit une bouchée de son ragoût.

Noel entra à l'autre bout de la pièce, par la porte en contre-jour – une ombre éclairée de derrière, rapetissant et se solidifiant à mesure qu'il avançait. «Ah, le conseil de guerre, hein ? Eh bien, mettons ça sur pellicule, voulez-vous ?»

Mais Noel arrivait trop tard. Somes ne s'était pas trompé : la décision semblait déjà prise. Sandy sentit un bref élan d'excitation monter en lui, un éclair d'espoir qui s'estompa au moment où il s'affala sur un coussin près de la table basse, face à George. Éclairés de côté, les yeux de George luisaient comme deux orbes enflammés. Aidé par un porteur, Noel fit installer sa lourde caméra à l'une des extrémités de la table et se pencha dessus, essuyant la lentille, soufflant de manière à embuer le verre, puis l'essuyant à nouveau.

Sandy avait presque oublié l'existence de cette caméra. Qu'avait-elle aperçu du haut de son Nid d'Aigle ? Noel l'avait-il vu tournailler au CBA pour tenter de sauver Lapkha ? Et s'il avait eu l'air de ne rien faire du tout ? Il se souvenait des nombreuses fois où il s'était retrouvé assis dans la neige pendant de longues minutes, incapable de se rappeler ce qu'il était censé faire ou pourquoi il devait se relever. Mais il avait fini par se relever. Et si Noel l'avait seulement filmé assis par terre, égaré, inutile ?

Avant d'être invité à se joindre à l'expédition, avant même d'être allé au Spitzberg, Sandy était sorti avec Dick pour voir le film de Noel racontant l'expédition de 1922. Dick lui avait offert d'acheter des billets pour l'une des représentations commentées, afin qu'il ait la chance d'entendre George en conférence. « Écoute, lui avait-il dit, je sais que le Spitzberg, ce n'est pas l'Everest, mais il risque d'y avoir au moins quelques similitudes. Partir vers l'inconnu, dans de folles aventures, tout le bazar.

— Ce serait fantastique, Dick. Mais tu n'es pas obligé de m'offrir ça. On peut seulement aller voir le film.

— Depuis quand tu refuses mes cadeaux ? » Dick lui avait frappé le bras ; et il avait senti le sang lui monter aux joues, la sueur sur sa lèvre. Dick était toujours prêt à lui offrir quelque chose. Ce qui était à Dick était à Sandy. C'était comme ça depuis l'école. Mais il ne se sentait plus à l'aise d'accepter. Il se disait toujours : mon Dieu, comment Dick va réagir quand il saura pour Marjory ?

« Eh bien, on ne peut pas continuer comme ça indéfiniment, tu ne penses pas ? En fait, pourquoi tu ne me laisserais pas te les offrir, ces billets ? » avait-il répondu, même si, à vrai dire, il n'en avait pas les moyens.

Assis dans la salle obscure, il avait tenté de s'imaginer un froid pareil. Il croyait tout ce qu'il voyait sur l'écran. Toute cette camaraderie, le visage souriant des porteurs. L'espoir de réussir la prochaine fois. À présent, il se demandait si Noel n'avait pas tout inventé. Si ces visages souriants ne dataient pas d'avant la catastrophe. Si l'espoir n'était pas mort le jour de l'avalanche.

Les autres arrivèrent au compte-gouttes : Odell, Somervell, Hazard, Shebbeare. Odell vint s'asseoir à ses côtés, posant sa main sur l'épaule de Sandy au moment de s'asseoir à table. « Tout va bien ? demanda-t-il.

— Très bien, merci. Et toi ? »

Odell acquiesça d'un signe de tête et esquissa un sourire satisfait. Il avait eu vent de quelque chose. Il savait ce qui allait se passer. Norton leur avait-il déjà dit qui ils avaient choisi pour remonter ?

Norton balaya la table du regard et s'arrêta sur Noel, dont la caméra ronronnante s'était mise en branle. Face à lui, George plaça ses mains à plat sur la table et inspira profondément comme pour mieux se concentrer. Comme pour se préparer à l'affrontement. « C'est arrivé la semaine dernière. » Norton leur montra un bout de papier portant un assemblage de mots bringuebalants. Un télégramme. « La mousson a frappé le continent il y a une semaine, expliqua Norton. Elle s'en vient. »

La mousson était leur sonnette d'alarme. Le temps était sur le point de changer. Il n'y avait aucun moyen de savoir quand, mais les choses se gâteraient, et ils devaient avoir quitté les campements en haute altitude avant que cela se produise. Plus bas, quand les vents printaniers se mettaient à souffler, la mousson apportait de la pluie et du temps chaud : les cultures pousseraient, les rivières pouvaient quitter leur lit. Ici, cela se traduisait par du blizzard, des quantités de neige au sol. Ici, cela voulait dire que le sommet était hors d'atteinte.

Norton s'éclaircit la gorge et reprit. « Nous remontons demain. George et moi avons choisi les équipes. On va tenter notre chance une dernière fois. Deux équipes, à un jour d'intervalle. Avec la grâce de Dieu, et avec un peu de chance, c'est tout ce qu'il faudra. George ? »

Le regard de George fit le tour de la table, s'arrêtant à peine sur Sandy. « Nous formerons deux équipes. Légères, rapides comme l'éclair. Nous nous sommes consultés, Teddy et moi, pour déterminer qui ira. Qui est assez fort, qui est prêt. La décision n'a pas été facile à prendre, mais ce sera notre dernière chance. Je serai de la première équipe, bien sûr. » Il y eut des hochements de tête approbateurs. Même de la part de Noel, qui s'était avancé devant la caméra. « Teddy et Somes formeront la seconde équipe. »

George semblait avoir terminé. Il se pencha quelque peu vers l'arrière et posa ses mains sur la table, comme pour l'éloigner de lui.

« Et ? » Le mot avait échappé à Sandy.

« Et quoi ?

— Et qui sera ton partenaire ?

— Oh. » George détourna le regard et se leva, dominant la table de haut. « Odell. Odell et moi allons mener le premier assaut. »

Norton prit le relais. « Hazard, Shebbeare… vous resterez en bas. Sandy, tu serviras d'aide pour les deux tentatives. Commence au camp IV. Tu monteras une journée après nous. » Sandy n'entendit pas le reste de la conversation.

Peu à peu, chacun quitta la salle, et il ne resta plus que Shebbeare et lui pour s'entretenir au sujet des provisions. Shebbeare feuilletait les papiers que George lui avait remis. « Presque tout ce dont on a besoin se trouve déjà au CBA. Il faudra leur faire parvenir du combustible. De la nourriture supplémentaire. Et ce réchaud, au camp V ? Tu disais qu'il était cassé ?

— Je l'ai déjà réparé.

— Ah. » Shebbeare raya quelque chose sur la liste qui se trouvait devant lui. « C'est réglé, alors. »

Sous ses coups de soleil, le visage de Sandy bouillonnait. Il se sentait comme un imbécile. Comme la fois où il avait dû regarder la course Oxford-Cambridge du haut des gradins, parce qu'il avait eu la géniale idée d'aller au Spitzberg avec Odell. Il était plus en forme que tous les autres rameurs de son huit, mais il n'avait pu participer à cause d'un règlement stupide qui interdisait de s'absenter pendant les entraînements. Mis sur la touche, il avait vu Oxford gagner, ravi pour ses coéquipiers, pour sa fac, mais ça lui avait démangé tout au long du parcours.

Il s'en prit à Shebbeare. «Ça ne vous dérange pas? Que nous servions de bêtes de somme pendant la tentative?

— Bien sûr que non. C'est pour ça qu'on m'a engagé, Sandy. Je sais que tu pensais peut-être avoir la chance de t'illustrer, mais ce n'était pas dans mes plans. J'ai un boulot à faire. On est encore dans le coup.

— Pas du tout. On est forcés de rester derrière à attendre. Et s'il arrivait quelque chose?

— Il n'arrivera rien.» Shebbeare ramassa le reste de ses papiers. «Tu ferais mieux de préparer tes affaires. Norton entend partir à la première heure.» Il s'arrêta dans l'embrasure de la porte. «Je pense qu'on peut y arriver, cette fois.»

Lorsqu'il fut de nouveau seul, Sandy réfléchit à ce que Somes lui avait dit. À lui de déterminer quel prix il était prêt à payer. Si l'Everest en valait la peine.

Si sa participation avait été plus grande, il aurait pu croire que ça n'avait pas de prix. Autrement, non. Non, ça ne valait pas la peine de voir un homme en train de suffoquer, ses poumons se noyer, son cerveau enfler jusqu'à ce qu'il éclate. Sandy déglutit pour chasser cette image.

Ils iraient de l'avant dans leur tentative, qu'elle vaille la peine ou non à ses yeux. Mais il ne verrait plus personne mourir. Peu importe ce que dirait Somes, ou George. Si son travail était de veiller à ce qu'il ne leur arrive rien, c'était ce qu'il entendait faire.

LE THÉ

16 HEURES

Il n'y a rien sur la table à l'entrée. Nul courrier de l'après-midi. Aucune carte. J'y dépose mon chapeau et je me dirige vers la salle à manger, où Vi est en train d'essuyer et de ranger les assiettes déballées. L'un des bols a été fêlé pendant le déménagement, mais je ne veux pas le voir. «Ce n'est pas grave, lui dis-je en lui tendant les fleurs qu'elle devra arranger. Ne vous en faites pas.» Elle me dévisage comme s'il s'agissait d'une erreur monumentale.

«On travaille fort, maman.» Berry m'accueille alors que je franchis la porte de derrière.

«Je vois bien cela.»

Ils sont tous trois sur la véranda, où Edith peut les surveiller de la cuisine sans qu'ils viennent se fourrer dans ses pattes.

«Des lettres pour papa!» s'exclame John, sorte de cri de ralliement avant de se remettre au travail. Berry me montre la sienne – des lettres difformes, un cœur. Des *x* et des *o*.

John se dessine en train de monter une montagne avec son père. Il sort le bout de sa langue, fronce les sourcils. Clare est très soignée, ses lettres sont claires et bien arrondies. «Où on va les mettre, cette fois-ci?»

Dans le bureau de George, l'atlas traîne sur le plancher. Avant son départ, je me suis assise avec les enfants pour écrire des lettres que nous avons cachées dans ses caisses. «Une surprise pour papa, leur ai-je dit. Vous savez combien vous aimez les surprises, non ? Eh bien, devinez quoi ? Papa aussi, il adore ça. »

Clare a plié la sienne et m'a formellement interdit de la regarder. Berry a fait la même chose pour imiter Clare.

Ensemble, nous nous sommes faufilés jusqu'au hall d'entrée, où les caisses ont été empilées, attendant d'être emportées à la gare. Clare a pris la tête de notre petite expédition. Escaladant la pile, elle a glissé sa lettre dans l'une des boîtes du dessus. Berry en a trouvé une autre pour y fourrer la sienne. John m'a remis sa lettre.

« Est-ce qu'il va les trouver ? » a demandé Berry.

Clare a répondu. « Bien sûr que si. Une fois dans la montagne, il va tout déballer et ça va lui faire plaisir. » Elle est redescendue et m'a regardée : « Pas vrai, maman ?

— Oui. Quand il arrivera à la montagne, papa sera content. »

J'apporte l'atlas sur la véranda. Je veux leur dire où se trouve leur père, mais je ne le sais pas.

Clare saisit le livre et l'ouvre ; elle nous montre le trajet, par ici, par là, jusqu'à la montagne. Elle le connaît bien, maintenant.

« Ici. » Elle tape sur la carte. Le mont Everest.

« Est-ce qu'on peut aller les poster, maintenant ? » demande Berry. Ce qu'elle veut, en fait, c'est visiter le magasin de bonbons juste à côté du bureau de poste.

« Non, tranche Clare. Maintenant, c'est l'heure du thé. » Elle se tourne vers moi. « Tu me l'as promis.

— Bien sûr. » Je m'efforce d'être joyeuse. « Nous irons au bureau de poste lundi. Tout le monde : chapeaux et gants. C'est l'heure de prendre le thé au jardin ! »

Nous nous installons sous le saule dans notre grand jardin. *C'est si luxuriant,* vais-je écrire plus tard à George. Il y a des milliers de nuances de vert, et les tulipes et les roses sont comme de vives éclaboussures sur ce fond de verdure. Des abeilles virevoltent autour des fleurs et l'air est doux et frais. Quand le jardin est tranquille, on peut entendre le ruisseau murmurer tout au fond, mais bien sûr, John et les filles ne restent jamais tranquilles. Nous sommes assis tous les quatre à une petite table recouverte d'une nappe de dentelle, repliée aux quatre coins pour en dissimuler les taches. Il y a des scones, de la confiture et du thé au lait.

À l'heure du thé, c'est Clare qui préside à la conversation. Aujourd'hui, elle nous parle de la mer. Du port.

« Cottie dit que peut-être on devrait tous aller au bord de la mer pour nous distraire de ce qui s'en vient. » Ses mots sont impérieux.

« Et qu'est-ce qui s'en vient, Clare ? » demandé-je.

Son front se ride et elle me regarde sévèrement. Je n'aurais pas dû dire cela, mais ça ne fait rien, car Berry entonne le même refrain. « La mer ! On pourrait manger du toffee. » Elle en a déjà mangé et c'est à cela qu'elle pense chaque fois qu'il est question de la mer. Pas l'odeur ni le déferlement des vagues à l'horizon. Seulement le toffee.

John se lève de table et s'éloigne quelque peu. Pas trop loin. Il veut profiter des gâteries mais ne veut pas s'asseoir. Au lieu de cela, il tourne en rond de plus en plus vite jusqu'à ce qu'il tombe à la renverse, riant de plaisir.

Je n'ai jamais compris comment tu pouvais être si déçu à la naissance de Clare. Superflue, *avais-tu dit à Geoffrey. Avoir une fille ne donnait rien alors que tant de jeunes garçons mouraient. Comme si c'était sa faute. Comme si on aurait simplement dû engendrer des remplaçants pour ceux qui tombaient dans les tranchées. Comme s'ils pouvaient être remplacés.*

George n'a assisté à aucune des trois naissances. Même s'il m'avait promis qu'il serait là pour celle de John, convaincu que ce serait un garçon après Clare et Berry.

« Je serai là, Ruth, je te le jure », m'avait-il dit en préparant, encore une fois, ses bagages pour les Alpes.

Mon ventre bombé créait un espace entre nous deux. J'avais refusé de l'aider à faire ses valises.

« Tu pourrais simplement attendre. Partir avec Will après la naissance du bébé. C'est trop serré. Il ou elle naîtra avant terme. » Ma voix était un geignement. Je trouvais insupportable de m'entendre ainsi.

« *Il* », dit George, puis : « Ne sois pas comme ça. »

Je voulais lui demander : *comme quoi ?* Je n'aurais pas trouvé étrange qu'il ait voulu être présent à la naissance de son enfant, et il semblait naturel que j'aie voulu qu'il soit là.

Je savais qu'il la raterait. Quand il est parti, John était déjà si lourd dans mon ventre ; c'était presque comme si je pouvais sentir son désir de naître, comme s'il avait voulu voir George partir à travers mes yeux.

« Il s'en vient », dit Marby deux semaines plus tard en m'épongeant le front ; elle parlait peut-être de John, ou bien de George. Tandis que je me démenais avec John, faisant tout pour le garder en moi, tout pour le faire sortir, George était dans un train qui l'amenait de la côte. L'odeur des montagnes était encore sur lui quand il arriva.

La chambre à coucher empestait le sang, le placenta, la mer. Marby avait enveloppé le cordon ombilical de John dans un torchon à vaisselle pour que je le plante sous un nouvel arbre dans le jardin. Il était posé à côté du lit et son odeur me donnait des haut-le-cœur, car j'avais encore l'estomac barbouillé après un accouchement qui m'avait épuisée.

George arriva comme la brise printanière. « C'est un garçon ! »
Ce n'était pas une question. Marby avait dû le lui dire.

John dormait sur ma poitrine, sa petite tête blottie sous mon menton. Il avait mon odeur. La mienne et la sienne, toute spécifique et familière. Il n'avait encore rien de George sur lui. En cet instant, il était à moi. Seulement à moi. George le regarda fixement, posa la tête du bébé dans le creux de sa main.

« John, dis-je.

— John ? Pas Trafford ? »

Je savais que George voulait baptiser un fils du nom de son frère. J'aurais accepté s'il avait été là. « John Trafford », ai-je consenti.

John miaula, ouvrit les yeux, et dévisagea son père sans le voir, tandis que George me le prenait. « John Trafford », dit-il, hochant la tête.

Dans le jardin, John se jette par terre, roulant sur le gazon en une série de culbutes, puis se met à rire comme un fou. Les filles, je sais que je suis capable de m'en occuper, de les élever correctement. Mais John, il a besoin de son père.

Vi apparaît sur la véranda. « Votre robe est prête, m'dame. »

C'est l'heure, donc. « Clare, tu viens aider maman à s'habiller ? »

Elle acquiesce comme si c'était de son devoir et me conduit à l'intérieur en me prenant par la main.

Ma coiffeuse est un assortiment de petites fioles, de peignes, de brosses. Depuis des années, Clare s'assoit avec moi pendant que je m'habille, et chaque fois, elle sort tous les produits de beauté du petit tiroir du milieu et les place bien comme il faut, les aligne sur le chemin de table en soie que George m'a ramené de la première expédition. C'est un patchwork de violets sombres, fileté d'argent et d'or. Aujourd'hui, elle s'exécute comme machinalement, puis se lève et arpente la pièce jusqu'à un cadre argent posé près du lit. Une photo de son père et moi, prise juste avant son départ pour la France.

« Tu devrais essayer de sourire, m'avait dit George. Alors je pourrai voir ton sourire tous les jours quand je la regarderai.

— Si tu restais ici, tu pourrais le voir tous les jours, ce sourire », lui avais-je répondu, mon visage plissé en un rictus hideux.

« Si seulement je le pouvais. Mais c'est impossible. »

Sauf que c'était tout à fait possible. Il n'avait pas été enrôlé. Il avait choisi d'y aller. Il aurait pu décider de rester. J'ai maintes fois tenté de comprendre pourquoi il me quitte aussi souvent. Je me dis que c'est une question de principe, d'honneur, de devoir. Mais le devoir ne s'applique pas aux hommes comme il s'applique aux femmes. Le devoir est quelque chose que les hommes endossent et qui ne les quitte jamais, comme un uniforme. Pour une femme, le devoir est un manteau qui nous couvre, qui nous pèse comme un fardeau.

C'est moi qui avais eu l'idée de la photo. « Nous pourrions en avoir chacun une. Une pour moi, que je garderais près de notre lit. Une pour toi, que tu emporterais en France. Tu pourrais la garder dans ta poche. Contre ton cœur.

— Ruth, je n'oublierai pas ton visage. Il est gravé ici et là. » Il posa sa main sur son cœur, sur sa tempe. Mais quelque part en moi, je craignais qu'il oublie. Pire, je craignais de l'oublier si quelque chose devait arriver. J'avais besoin d'un souvenir tangible de lui, comme un talisman. Aussi longtemps que je pouvais le voir, il resterait en vie.

Nous avions pris la pose – lui dans son nouvel uniforme qui lui donnait encore plus fière allure, comme j'avais été obligée de l'admettre. Nous trouvions tous les deux que l'autre était plus joli.

« C'est exactement ce qu'il faut, lui avais-je dit quand nous avions reçu les photos. Je te trouve d'une beauté saisissante, tu me trouves jolie. Et tous les deux, nous trouvons que l'autre est gaga. Parfait. Ça devrait toujours se passer ainsi quand on est amoureux. »

Chérie, m'avait-il écrit, *je garde ta photo dans le petit calepin que je tiens dans ma poche. Elle est toujours sur moi, même si elle a pris l'eau et qu'elle s'est salie, elle est là.*

Et c'était facile d'y croire. Quand il fut rapatrié du front, elle revint avec lui, ses coins abîmés, arrondis. Je ne lui demandai pas s'il l'avait un jour sortie, mais je me l'imaginai. Quand il se sentait seul. Quand il avait peur. J'avais besoin d'y croire.

«Ôte ça de là», dit-il, à propos de la photo que je gardais à côté de notre lit, quand il sut qu'il n'y retournerait pas. Pas après les funérailles de Trafford, après la jambe de Geoffrey. «Ça me rappelle le départ, et je ne veux plus partir.» Alors je l'ai enlevée. Je les ai enveloppées toutes les deux dans un bout de papier et je les ai rangées dans une armoire.

La première fois qu'il est parti pour l'Everest, j'ai sorti la photo et je l'ai remise sur la table de chevet. Il n'a rien dit en la voyant.

J'ai vu son exemplaire dans les papiers qui traînaient sur son bureau. «Est-ce que tu l'emportes?

— Bien sûr. Je l'emporte toujours. Chaque fois que je pars. Où que ce soit.

— C'est faux. Je l'ai vue dans le tiroir à linge. Elle y est depuis des années.

— Je la prends et je la remets. Chaque fois.» Je l'imaginai ouvrant le tiroir, la déballant, puis la réemballant à son retour.

«Je la laisserai au sommet. C'est là que tu mérites d'être, puisque tu comptes par-dessus tout, dit-il en m'embrassant. Et je n'en aurai plus besoin après, je n'irai plus nulle part. Je serai juste ici, près de toi. Tu n'auras plus besoin de la tienne non plus. Nous nous débarrasserons des deux.»

Mais ça n'arriva pas. Nous avons continué à les ranger.

Clare trace les contours de la photo. «Tu es très jolie.»

Je ne sais pas si elle veut dire maintenant ou à l'époque, mais Clare ne donne pas sa place quand il s'agit de décider qui est joli et qui ne l'est pas. Bientôt, elle sera devenue trop grande pour cela, je crois. Jusqu'à quand les petites filles regardent-elles leur mère s'habiller? Onze ans? Douze? Je devrai bientôt laisser Berry se joindre à nous, même si j'adore ces moments passés seuls avec Clare. J'aurai encore Berry pour quelques années. J'imagine Clare, devenue une jeune femme, en train de se parer pour impressionner quelqu'un. Je dépose un peu de couleur sur ses lèvres. Du fard sur ses joues. Des papillons brillants dans ses cheveux.

«On aurait dû attendre avant d'écrire à papa. Je lui aurais dit à quel point tu es jolie.»

Son visage s'assombrit quand elle parle de toi. Une lutte achar-née comme elle oscille entre colère et attitude protectrice. Comme moi. Il y a des fois où elle s'emporte, fâchée de ton absence.

Comme elle le fait parfois avec Will, je crois. «Papa devrait être ici pour le faire», avait-elle objecté lorsque Will était venu installer une balançoire dans le jardin. L'injustice nourrissait sa colère.

«Will pourrait être notre père, maintenant», dit Berry, et Clare se retourna contre elle.

«Ne sois pas stupide, Berry. Nous avons un père.»

Cette pauvre Berry te reconnaissait à peine quand tu es revenu de l'Everest pour la première fois. Te souviens-tu combien John se débattait quand tu essayais de le prendre? Et ton visage, quand tu as vu à quel point ils étaient à l'aise avec Will, demandant à être pris dans ses bras... C'était terrible. Il y a eu des répercussions auxquelles aucun d'entre nous ne s'attendait.

Clare a cependant des souvenirs de son père et elle y tient. L'autre jour, elle a dessiné un carré sur une feuille de papier. D'autres carrés à l'intérieur.

«Qu'est-ce que tu fais? lui ai-je demandé.

— J'essaie de me souvenir.

— Te souvenir de quoi?

— Tu ne le sauras pas. Il n'y a que papa qui sait.» Elle a soupiré, puis m'a montré la feuille. «C'est le carré magique de papa. Il l'a dessiné et m'a montré que tous les nombres s'addi-tionnent pour donner neuf. Je n'ai pas pu trouver celui qu'il m'a fait. Je veux en faire un autre.»

Je l'ai laissée seule pour qu'elle ne me voie pas pleurer. Je revoyais George penché sur elle, essayant de l'aider à faire ses devoirs. Elle en pleurait, et George l'avait assise sur ses genoux, lui avait chuchoté : «Je vais te montrer un tour de magie, Clare.»

Et tandis que je les observais, il avait inscrit des nombres dans un carré et lui avait demandé de les additionner. Il tenait ses deux mains ouvertes pour qu'elle puisse compter sur ses doigts.

«Neuf!» s'était-elle écriée avec un petit rire étonné.

Je me suis gardé de lui dire que je pouvais lui montrer comment faire. Elle n'aurait pas voulu.

«Je lui redemanderai quand il rentrera, a-t-elle tranché. Combien de jours encore?

— Je ne le sais pas précisément, mon cœur. Mais on le saura très bientôt.»

À présent, je me tourne vers elle tandis qu'elle s'examine dans la glace. «Tu es ravissante, toi aussi, lui dis-je. On va réécrire à papa, ne t'inquiète pas. On peut lui écrire tous les jours, si tu veux.

— On n'est pas obligées de faire ça.

— Non?

— Il ne nous écrit pas tous les jours. Il est occupé. On est occupées.» Il s'agit d'une simple affirmation.

Elle reste silencieuse un moment, étudiant nos deux reflets dans la glace. Elle ressemble tellement à son père; mais je doute qu'elle puisse s'en rendre compte.

Que ferait-elle sans toi? Je me demande si souvent ce que je ferais que j'en oublie parfois combien ils doivent souffrir. Mais je sais qu'elle compte les jours, qu'elle les coche sur le calendrier qu'elle m'a demandé.

«Je pense que John et Berry s'ennuient de papa», dit-elle, comme si elle lisait dans mes pensées. J'essaie de sourire. «Ils sont tristes, je pense. Et il te manque aussi, pas vrai?

— Bien sûr, chérie.

— Alors pourquoi tu veux te faire belle quand il n'est pas là?»

Je ne sais pas quoi lui répondre. Que pourrais-je dire qu'elle soit en mesure de comprendre ? Qu'on se sent bien quand on se met son avantage. Mais aussi, que ça fait partie de mon devoir. De me comporter comme on s'attend à ce que je me comporte. Nous avons un rôle, chacun de nous en a un ; et parfois, cela ressemble à une trahison, mais ce n'en est pas une. Ce qu'elle veut, c'est que je pleure son absence pour qu'elle n'ait pas à le faire. Pour qu'elle n'ait pas à être triste du fait que son père est parti. Et je le ferai pour elle. De plein gré. Mais pas ce soir. Ce soir, il faut que j'aie le sentiment qu'il n'arrivera rien, que les choses sont bien ainsi.

Et c'est aussi une sorte d'armure – le maquillage, la robe. Clare est déjà en train de l'apprendre. Je dois être armée adéquatement pour survivre à cette soirée. Pour affronter Arthur Hinks. J'imagine ce qu'il pourrait me dire :

Leur tentative est toujours en cours…
J'ai reçu des nouvelles cet après-midi, ils sont en route pour l'Angleterre…
Je suis désolé, mais je voulais vous l'annoncer en personne…

J'attache une écharpe de soie autour de son cou, blanc comme neige. Clare penche la tête d'un côté et se regarde, puis l'enlève, la laisse tomber sur le plancher.

« Parce que c'est une réception », dis-je en me penchant pour la ramasser, et ma voix ressemble à un soupir. « Et que tante Marby sera là. Et Cottie, et Eleanor. Et elles sont toujours très jolies, tu ne trouves pas ? Et oncle Will.

— Ce n'est pas vraiment notre oncle. Pas comme oncle Trafford l'était. » Elle ne se souvient pas de Trafford, n'était qu'un nourrisson au moment de sa mort. Mais son grand-père parle de lui comme s'il était encore en vie.

« Non, pas vraiment. Mais c'est un bon ami, presque comme un frère pour ton père. Et c'est aussi un bon ami à moi.

Et à toi. Alors, on dit oncle Will. Pour qu'il fasse partie de la famille.

— Oh.

— Et tu n'aimes pas te voir jolie ? »

Elle se regarde encore une fois dans la glace. Ses grands yeux sont gorgés de larmes que je tente d'ignorer. Elle hoche la tête. « Est-ce que je peux venir à la réception ?

— Non, ma douce. Tu es trop jeune. Mais ça ne saurait tarder, maintenant. Et si nous faisions une réception avec papa à son retour ? Hein ? Toi et moi et papa. Rien que nous trois. On va mettre nos plus beaux atours et manger dans la belle porcelaine.

— Et si je la casse ?

— Ce n'est que de la vaisselle. »

Elle sourit. « Papa va regretter d'avoir manqué ça.

— Je suis sûre qu'il regrette de manquer des tas de choses. »

L'ASSAUT

27 000 PIEDS

Personne n'était jamais monté aussi haut au cours de l'expédition. Après une nuit glaciale au camp VI, George était parti avec Odell juste avant l'aube. S'ils continuaient d'avancer d'un bon pas, George pariait qu'il leur faudrait environ dix heures pour parvenir au sommet et revenir jusqu'au camp. Dix heures d'escalade ininterrompue. Il avait connu de plus longues journées dans les Alpes, mais jamais à une telle altitude. Et le froid, ici, était insupportable. Il pouvait à peine imaginer ce que se serait de se faire prendre ici la nuit, sans pouvoir avancer. Reste qu'ils progressaient moins rapidement qu'il ne l'aurait voulu, dans la lueur du petit matin. La veille, en montant, Odell l'avait aiguillonné tout au long du trajet jusqu'au camp VI. Il aimait les défis et était désormais convaincu qu'ils atteindraient leur but. Odell et lui. Il n'avait jamais cru que ce serait Odell et lui, et voilà qu'ils se retrouvaient ensemble. Teddy avait raison de dire qu'il faut toujours rester ouvert à toutes les possibilités.

Mais ce matin-là, Odell était déjà sur son déclin, ralentissant avant même que le soleil n'ait franchi les cimes à l'est. Peut-être s'était-il trop dépensé la veille en cherchant à faire ses preuves. Il s'arrêtait à chaque pas, les yeux rivés au sol, prenant trois, quatre respirations avant de faire un pas. George pouvait faire au moins deux, même trois pas avant de devoir s'arrêter pour reprendre son souffle.

« Tu devrais attendre ici, dit-il enfin à Odell.

— Je. Vais. Bien.» Odell haletait. D'une voix lente mais hargneuse. Comme s'il n'arrivait pas à croire qu'il allait être lâché. Mais Odell était comme une ancre. Aussi longtemps qu'ils seraient encordés ensemble, George ne pourrait gagner du terrain. Il fallait qu'Odell en prenne conscience. Cela n'avait rien de personnel. Plus maintenant. Ils devaient tout donner s'ils voulaient réussir. *Lui-même* devait tout donner.

À ce rythme, aller au sommet et en revenir prendrait plus que les dix heures qu'il avait estimées, beaucoup plus. «Tu me ralentis. Il faut aller plus vite. Seul, je peux y arriver.»

Odell leva les yeux vers le grand cône de neige qui luisait au-dessus de lui dans la pénombre, et s'effondra sur le sol. Il tenta un instant de se relever, puis se mit à tripoter la corde nouée à sa taille. «Vas-y, dit Odell avec un hochement de tête. Mais je ne fais pas demi-tour.

— D'accord. Mais sois prudent. Redescends. S'il le faut. Je te rencontrerai là-bas après.» Il désigna la tache sombre de leur tente en contrebas.

Il y avait de cela une éternité. Il avait laissé Odell aux premières lueurs de l'aube et avait continué seul. Alors que le soleil de midi passait au-dessus de lui, le sommet semblait toujours aussi loin. Il ne pouvait même pas l'apercevoir au-delà de l'épaulement le plus proche. Ne savait plus depuis combien de temps il montait, à quelle distance le sommet se trouvait. Un sentiment de culpabilité, du fait d'avoir abandonné Odell, bourdonnait dans sa tête. Si Odell devenait confus, il pouvait mettre le pied dans le vide, et s'il ne bougeait pas, il aurait de plus en plus froid. Il pourrait mourir gelé. George s'imagina redescendre, et trouver Odell mort en bordure du chemin, complètement frigorifié. Il chassa cette image de son esprit.

Relevant sa manche, il consulta sa montre, son poignet brûlé par le froid cinglant. Le sommet était là. Tout juste après cette côte qu'il était en train de monter, peut-être. Il pourrait l'atteindre, cette fois. Il se traîna péniblement vers le sommet. Toujours vers le sommet.

Il était difficile d'évaluer les distances. Il se trouva des repères – un affleurement, une étrange formation rocheuse ressemblant à un chien non loin devant – pour en avoir une meilleure idée. Donna tout ce qu'il avait pour y parvenir et s'autorisa une courte pause, une gorgée d'eau, quand il l'eut atteint. Choisit un autre repère et se remit en route.

Il avançait, pas à pas, à un rythme traînant, comme celui d'un Victrola qui ralentit. Un pas en avant. Suivi d'un autre. Puis d'un autre. Puis, un violent haut-le-cœur, une chute. Il tombait. Et un instant plus tard, il s'arrêtait brusquement, son bras droit dans les airs, son épaule sur le point de se rompre. Il hurla de douleur. Au-dessus de sa tête, son piolet était coincé dans l'ouverture d'une crevasse. La dragonne de cuir lui entamait le poignet. La douleur lancinante dans son bras lui coupait le souffle. Sous lui, l'abîme.

Sa vie ne tenait qu'à sa peau, à son coupe-vent. Il les vit mentalement se déchirer, sa chair se rompre, et le larguer à mille pieds sous terre.

De la lumière pénétrait par la fente au-dessus de lui et à sa droite. Il avait mis le pied sur une corniche de neige masquant une fracture dans la montagne. Il s'efforça de ne penser à rien. Il était suspendu entre deux abrupts de glace et de neige qui devenaient plus profonds, plus violets et indigo à mesure qu'ils plongeaient vers les entrailles de la montagne, loin du vent, du froid et de la lumière. S'il y avait un monstre sur la montagne, c'était dans ces profondeurs qu'il vivait. Ses doigts s'engourdissaient sous son poids. Sous l'action du froid.

Cela pouvait donc se terminer ainsi, si facilement. Il n'était attaché à rien. Ni à la montagne. Ni à Odell.

Odell. Son compagnon était trop loin pour venir à son secours – même s'il avait eu assez de souffle pour crier le nom d'Odell à travers la douleur cuisante dans ses poumons, dans son épaule. Il ferma les yeux. Respire. Lentement. Normalement. Ne panique pas. Sa respiration était un souffle rauque, du fait de son étrange posture. Il n'y avait rien autour de lui, rien d'autre que la glace et la roche. Il pendillait au-dessus du vide enténébré de la montagne et s'imagina lâcher prise.

«Tiens bon», dit Ruth.

Il était suspendu à la loggia de *Holt House*. Il avait grimpé jusqu'à l'endroit où elle s'était assise pour lire, à l'arrière de la maison. «Si tu ne m'embrasses pas, la prévint-il, je lâche prise.

— Non!» Et elle eut un petit rire. «Tiens bon, s'il te plaît.» Puis, elle se pencha en avant et l'embrassa.

Il ouvrit les yeux et resserra son étreinte autour du piolet.

Il était encore accroché à la saillie. Il ne pouvait trouver la prise, ne pouvait sauter. «Vas-y, George, disait Geoffrey. Ou laisse-toi descendre et repose-toi. Tu ne peux pas rester là.»

Il y avait une corniche juste devant lui. Une prise. Assez grande pour son pied. Il ficha ses crampons dans la glace, mit tout son poids sur les pointes de métal. La glace tint bon. Gelée depuis un millénaire, elle était solide. Elle ne se brisa pas, ne s'effrita pas. Il lutta pour dégager son piolet, puis se jeta contre le mur de glace, inondé par sa fraîcheur. Il transpirait, cependant : une chaleur bienvenue, quoique illusoire, dans le froid. Après avoir un peu repris son souffle, il agita son piolet et le planta dans la glace, qui s'effrita sur lui ; souleva son pied droit pour mieux se cramponner.

Les heures passèrent, et le soleil défila lentement au-dessus de l'ouverture de la crevasse, son trait de lumière se déplaçant plus rapidement que lui, tandis qu'il luttait pour s'extirper de son mauvais pas. Faisant fi de ses douleurs musculaires, il grimpa petit à petit le long de la paroi de glace jusqu'à ce qu'il atteigne le rebord, puis se hissa hors de la crevasse et sur le flanc de la montagne. Épuisé. Terrifié.

La cime était là, son drapeau blanc s'agitait dans le ciel. Il ferma les yeux. Le sourd élancement de son épaule le réchauffait, d'une certaine manière, et sa poitrine se soulevait comme il avalait l'air glacial qui desséchait sa bouche et sa gorge, jusqu'à ce qu'il se mette à tousser, son corps tout entier assailli de spasmes musculaires.

«Tu ne peux pas rester là et laisser quelqu'un d'autre la conquérir, dit Geoffrey.

— Et si c'était impossible?»

Geoffrey ne répondit rien. George se recroquevilla sur lui-même. Il devait se remettre en mouvement. D'un côté ou de l'autre. Ce n'était pas impossible. La montagne céderait.

Il se laissa choir sur le sol et poussa un juron vers le ciel. Sa voix fut ensevelie sous le hurlement du vent. Celle de Geoffrey aussi.

Mais dans les circonstances actuelles, c'était bel et bien impossible. Se sortir de la crevasse l'avait épuisé, et même s'il avait pu continuer, il avait perdu trop de temps. S'il s'entêtait, il serait surpris par la tombée de la nuit, à coup sûr. Même s'il parvenait au sommet avant le coucher du soleil, il ne pourrait jamais rentrer au campement avant que le mercure ne dégringole. L'image du corps transi d'Odell lui revint. Non, il était contraint de faire demi-tour.

Enfin, il se hissa sur ses pieds, vacillant, et se remit d'aplomb à l'aide de son piolet. Puis, il redescendit péniblement la crête, tâtant la couverture de neige devant lui. À la rencontre d'Odell, vers le campement.

Il devait se résigner à voir quelqu'un d'autre la défier. C'était au tour de Teddy et Somes, à présent. Il devait rentrer, passer le témoin à la deuxième équipe – en se gardant d'espérer qu'ils échouent.

* * *

«S'ILS RÉUSSISSENT, je serai relégué à une note de bas de page. Après tout ça. Un post-scriptum.» George était penché sur la tasse de thé que Sandy lui avait servie, bien qu'il ne l'eût pas encore portée à ses lèvres.

« Ne sois pas ridicule, George. Tout le monde sait bien ce que tu as accompli sur cette montagne.

— Ouais. Combien d'hommes j'ai tué, tu veux dire. »

George ne lui avait jamais parlé de l'avalanche. Sandy ne savait pas trop quoi répondre. George n'était certainement pas responsable de la mort de Lapkha. Aucun doute là-dessus. C'était lui, le responsable. « Le remords n'épargne personne, on dirait.

— Pour l'instant, tu ne t'en rends pas compte, Sandy, mais tu as toute la vie devant toi. Ça ne se termine pas ici pour toi.

— Pour toi non plus, il me semble.

— Pour moi, si. Soit Teddy et Somes réussiront et ce sera la fin, soit nous rentrerons chez nous et ce sera la fin. Et quand l'Everest Committee sera prêt à retenter l'expérience, je serai trop vieux. J'aurai échoué trop souvent. Ce sera ton tour. Toi et ceux de ton âge.

— Tu ne réessayeras pas ?

— Non. Pas comme ça. »

George déposa sa tasse, et ils restèrent assis en silence dans la tente. Le soir tombait. Ils seraient fixés demain. Sandy ne savait plus trop ce qu'il voulait. Si Norton et Somervell parvenaient au sommet, peut-être son nom serait-il relégué à une note de bas de page, mais au moins, ce serait le récit d'un succès. C'était forcément mieux que le récit d'un échec. Et il n'était aucunement assuré de pouvoir revenir, malgré ce que George prétendait. Hinks avait remercié bon nombre d'alpinistes. Et jusqu'ici, il n'avait rien fait pour se démarquer.

« Que changerais-tu si c'était à refaire ? » demanda-t-il au bout d'un moment.

Ils étaient deux ombres bleues dans la tente, leur peau, pâle comme le bleu de l'eau ; leurs vêtements, plus sombres, comme les profondeurs.

«Tout.

— Non. Sérieusement, George. Ce serait quoi?

— Je ne sais pas. Peut-être aurais-je simplement dû rester chez moi. Peut-être que rien n'y aurait changé quoi que ce soit. Ou peut-être qu'en partant plus tôt ou en utilisant l'oxygène, ç'aurait été différent.»

L'oxygène. Et si l'oxygène pouvait changer la donne?

«Je voulais essayer avec l'oxygène. Je l'ai dit à Teddy. Mais il se disait que si nous n'avions qu'une seule chance, nous ferions mieux de réussir sans oxygène. De cette manière, personne n'aurait rien à redire. Et notre gloire en serait plus grande. Bien sûr, personne ne nous accuserait d'avoir triché. Mais je me fous bien de tricher ou pas. Et si c'était la seule façon?

— On en a ici, George. De l'oxygène.» Il n'avait pas prévu d'en parler à qui que soit, surtout pas à George.

«Quoi?» George le scrutait du regard. Même dans l'obscurité de la tente, il était évident que quelque chose s'était produit: un levier venait d'être tiré. Entre eux, l'air se tendit.

«J'en ai monté.

— Pourquoi? Tu n'étais pas censé faire ça. Ça ne faisait pas partie du plan.»

Sandy sentait une pointe d'irritation chez George, tout ça parce qu'il avait fait quelque chose sans qu'on le lui ait demandé. Il avait suivi les ordres jusqu'à présent, et qu'est-ce que ça lui avait valu? On l'avait laissé à la traîne, pour servir de nounou aux porteurs, pour en regarder un mourir. Comment George pouvait-il être bouché à ce point?

«Mais bon sang, j'ai apporté l'oxygène juste au cas où. Si on l'avait monté avant, peut-être que Lapkha ne serait pas mort.» Sa voix était dure, et sa gorge nouée lui faisait mal, mais il avait besoin de se défouler. Le diable les emporte. C'était fini de toute manière. «Tout ce que j'entends depuis que je suis là, c'est combien les conditions sont difficiles ici.

Combien l'altitude nous affecte, nous ralentit, nous tue. Alors j'ai apporté de l'oxygène au cas où ça empêcherait quelqu'un de crever.»

Il haletait, à bout de souffle après s'être emporté. Des points de lumière explosaient dans sa tête.

George ne répondit pas.

«Laisse tomber», acheva Sandy, s'apprêtant à sortir. Il ne savait pas où il irait, mais il ne voulait plus être assis aux côtés de George.

«Non, attends.» La main de George, posée sur son bras, insistante. «Combien?

— Quoi?

— Tu en as apporté combien?

— Six bouteilles. Deux harnais.

— Tu es un génie, Sandy. Si Teddy et Somes n'y parviennent pas, si le beau temps persiste, alors toi et moi, on va pouvoir réessayer.» George plaqua ses deux mains sur les épaules de Sandy, se pencha vers lui et lui donna un baiser rapide et vigoureux. Ses lèvres crevassées enflèrent, puis se fendirent tandis que le visage de Sandy s'illuminait d'un sourire.

«Sahib! Sahib!»

Le lendemain en fin d'après-midi, ils entendirent des cris, et Sandy sortit aussitôt de la tente. George était à ses côtés, le sourire accroché au visage. L'heure de vérité, pensa Sandy. S'ils avaient réussi, tout était terminé. Sinon, il pourrait tenter sa chance. Mais ils étaient de retour, et ils étaient vivants, et c'était déjà ça. Son sourire à lui s'élargit en une cascade de douleur.

George se pressa en avant, pendant qu'il saisissait un thermos rempli de thé et quelques tasses. Étaient-ils prêts à célébrer? Déçus? Ils étaient blottis les uns contre les autres: Norton, Somervell, et maintenant Odell et George, dans une embrassade. Ils devaient être en train de se féliciter. Il les salua d'une main tout en gravissant la pente; personne ne lui répondit.

Puis, il comprit que Norton n'était pas en mesure de marcher. George et Odell ne lui faisaient pas l'accolade, ils le soutenaient, Somervell s'étant écroulé derrière eux. Tous trois trébuchèrent jusqu'au campement telle une créature moribonde.

Il se précipita vers eux. Ils semblaient en bien mauvais état. Son cœur palpitait. Norton et George passèrent à côté de lui, les yeux de Norton recouverts d'un morceau de tissu taillé dans ses bandes molletières. La cécité des neiges. Ç'aurait pu être bien pire.

Mais c'était peut-être arrivé en redescendant. Après le sommet.

Il alla trouver Somervell, l'aida à se relever, lui offrit son épaule. Somervell, croisant son regard, secoua la tête. Une trace de sang salissait son visage près de sa bouche. Tout en lui exprimait l'échec.

Une possibilité s'ouvrait à lui, physique, un afflux d'adrénaline qui le picota jusque dans les jambes, un goût de sang sur sa langue. Il trébucha, et Somervell grogna de douleur.

George et lui pourraient tenter leur chance.

* * *

« COMMENT C'ÉTAIT, Somes ?

— Épouvantable. »

La voix de Somervell n'était plus qu'un grattement, à peine audible dans leur petite tente. George lui tendit une tasse de thé et l'allongea dans son sac de couchage, adossé à un havresac. Une fois Somervell confortablement installé, George se rassit près de Sandy. La jambe de son compagnon gigotait contre la sienne. « Raconte-moi, dit-il.

— Je trouvais que tout allait si bien », croassa Somervell, de sorte qu'il était pénible de l'entendre. « On a atteint la bande jaune. » Les mains de Somervell papillonnaient près de sa gorge, la tâtant sous son cache-col, la caressant comme un animal.

Ainsi, ils étaient parvenus plus haut qu'Odell et lui. Ils avaient fait mieux. S'ils renonçaient maintenant, pensa George, il ne détiendrait même pas le record d'altitude. Il n'aurait rien.

«Je me suis arrêté. Je toussais. Teddy a continué.» Somervell but une gorgée et grimaça. «Suis resté là pendant des heures. Seule chose qui me tenait éveillé. Ma toux. Cette douleur de merde. Ma gorge. Mes côtes. Partout.»

Somervell resta longuement silencieux, ferma les yeux. Son souffle se ralentit, puis reprit de plus belle avec un violent coup de gosier. George s'apprêtait à partir quand Somes ouvrit de nouveau les yeux et tendit une main. Sandy lui donna une pastille.

«Martha était là. M'a offert du thé. Elle voulait que je marche avec elle. Que je la suive dans un précipice. Je lui ai dit : merci, mon amour, mais je vais attendre ici.»

Somes les avait avertis que de telles choses pouvaient se produire en altitude. «Le manque d'oxygène vous donne des hallucinations», avait-il expliqué sur le *California,* lors d'une de ses conférences. «C'est votre cerveau qui ferme boutique. Quand ça arrive, il est temps de descendre. Au plus vite.» Du point de vue de George, c'était tout à fait différent de la conversation avec Ruth qui était vaguement remontée à sa mémoire : Somes avait vraiment cru que sa femme était là, avec lui. Ça ne lui était pas arrivé. Pas encore. George se disait que c'étaient sans doute les seuls vrais monstres qui se trouvaient là-haut. Ceux qu'ils apportaient avec eux.

«Puis, Teddy était là. Perdu ses lunettes. Et un gant. Je l'ai vu passer en titubant. On ne s'est pas encordés. On aurait dû.» Sa respiration était un long râle, sa voix, déchiquetée. «Le monde se refermait sur moi. Saloperie de neige. Elle tournait, puis tout s'est réduit à un point blanc, comme une tête d'épingle. Je ne voyais plus Teddy. Me suis arrêté. Sais pas combien de temps. J'avais mal partout. Les côtes. La tête. Les poumons. Ma gorge. Comme si on me poignardait à la gorge. Incapable de respirer. Je le savais. J'allais mourir là.»

George ne pouvait imaginer pareille horreur. Celle de mourir seul. Mourir sans que personne ne le sache.

«J'essayais de respirer. Je voulais un couteau pour me trancher la gorge. Trachéotomie. D'urgence. Puis, j'ai toussé et j'ai toussé. Tout mon corps se déchirait. J'ai craché le morceau. Du sang sur la neige. Et quelque chose de solide. Toute la foutue membrane qui recouvre ma gorge.»

Somervell sortit de sa poche un chiffon maculé de sang. Il contenait un morceau de chair, comme un animal écorché, qu'il tapota de ses doigts de chirurgien. «Elle était couverte d'engelures, dit-il. Vous voyez? Ici, ici.»

George sentit un reflux de bile dans sa gorge à lui ; il voulut cracher.

«Me suis senti mieux après.» Somes sourit un peu, puis replia le chiffon et le glissa dans sa poche.

George voulait que Somes puisse se reposer, mais il devait d'abord savoir ce qui s'était passé. «Et Teddy?

— Il ne voyait plus rien, ce matin. M'en a pas parlé. Il a essayé de faire fondre de la neige. A failli mettre le feu à sa manche. Voulait pas que je le sache. Disait qu'il se sentait con.» Somes secoua la tête. «Je nous ai encordés, je l'ai fait descendre. Lentement. Et puis, voilà.

— Et puis, voilà, dit-il à son tour.

— Faut donner à Teddy. Quelques jours pour se reposer. Puis, on s'en ira.

— Je vais lui parler.

— Laisse-le se reposer, George.

— Tu dois te reposer aussi. Je vais juste voir comment il va, lui donner un peu de soupe.

— Vas-y, George, dit Sandy. Je vais rester avec Somes.»

George s'agenouilla devant Teddy et lui tendit un bol de soupe que Sandy avait préparée. Un bouillon de bœuf clair, avec des morceaux de viande séchée qui flottaient à la surface, des flocons non identifiables d'aspect gluant. Cela lui donnait envie de vomir, mais Teddy n'y voyait rien. Un bandeau de linge mouillé lui masquait les yeux, et il gémissait doucement de temps à autre, semblant oublier qu'il n'était pas seul. George ne pouvait se résoudre à le regarder en face, même s'il savait que Teddy ne pouvait le voir.

Et si Teddy lui disait non? Il n'aurait peut-être pas tort. C'était peut-être une très mauvaise idée. Teddy dirait peut-être qu'ils avaient pris bien assez de risques pour conquérir la montagne, que leurs pertes étaient déjà bien assez grandes. Car bien qu'ils aient réussi à rentrer au camp IV, Somes et lui avaient bien failli y laisser leur peau.

Teddy aspira son bouillon avec bruit et tâta le sol près de son genou afin d'y déposer son bol. Il tendit l'autre main vers George, et ses doigts trouvèrent sa joue.

«George, dit Teddy, comment va Somes?»

Les doigts de Teddy explorèrent ses traits, ses cheveux, le contour de sa mâchoire, avant de s'arrêter sur sa nuque. Sans eux, Teddy ne survivrait pas à cette épreuve. Le laisser seul équivaudrait à une condamnation à mort. Il mourrait de faim, ou un faux pas l'entraînerait au fond d'un précipice.

Peut-être devait-il chasser le sommet de son esprit. Peut-être devait-il rester ici avec Teddy, pendant un jour ou deux, et veiller sur les autres. Puis, ils rentreraient chez eux.

«Bien. Il va bien. Il s'inquiète pour toi.

— Il s'inquiète de ma connerie.» Teddy laissa retomber ses bras. Une toux lui ravit tout son souffle. Quand elle eut passé, il dit: «Je suppose qu'on rentre, hein, mon vieux? Quand j'y verrai quelque chose, du moins. Elle nous aura battus à plate couture.» Il y eut un long silence. Il ne savait pas quoi dire. Teddy poursuivit: «Je pense que j'en ai fini, George. Avec ces montagnes. Rien ne vaut le Lake District ou les Alpes. Pour moi, ça suffira. Et toi?» Teddy pencha la tête comme pour écouter.

«Non.» Il ne voulait pas paraître aussi brusque.

«Tu vas revenir? Pour une quatrième fois?

— Non, Teddy. Je ne peux pas revenir.» Il prit soin de s'expliquer. «Je veux faire une dernière tentative.

— George, c'est terminé. On a donné tout ce qu'on a, mais elle nous résiste. Ce n'est pas faute d'avoir essayé.

— On n'a pas essayé l'oxygène.

— Peu importe. On n'en a pas ici.

— Sandy en a apporté. Je veux m'en servir.» Sa voix devançait sa pensée. «On ne peut pas redescendre maintenant, Teddy. Pas tant que tes yeux ne sont pas rétablis. On en a encore pour une journée ici, peut-être deux, avant que tu sois en mesure de franchir le col et la cascade de glace. Il faut se servir du temps qu'il nous reste. On ne peut pas simplement demeurer ici pendant que le sommet nous attend là-haut, prêt à être conquis.» Sa voix avait quelque chose d'implorant, il l'entendait, voulut lui donner un ton plus léger. «Je serai revenu avant que tu sois prêt à redescendre.

— Sandy a monté l'oxygène? Qui lui a dit de faire ça?

— Personne. Il a anticipé les choses. Fait preuve d'initiative. Il y en a assez pour un dernier assaut.

— George, ça ne change rien. L'oxygène, je veux dire. Ce n'est pas une bonne idée. Le temps nous manque. La tempête sera bientôt sur nous. La mousson arrive, que tu le veuilles ou non.

— Il nous faut seulement trois jours. C'est tout. La mousson n'est pas le seul indicateur fiable du temps qu'il nous reste, tu le sais bien. Le beau temps persiste. C'est notre chance.

— Sandy est trop jeune.» Teddy parlait d'un ton mesuré. Prudent. Il pencha la tête en arrière, et ses yeux aveugles fixèrent le vide. George l'avait souvent entendu parler ainsi. Teddy pesait le pour et le contre, discutait. Il était encore possible de le persuader. «Il manque d'expérience, c'est la conclusion qu'on avait tirée. Toi et moi.

— Mais il est reposé. Tous les autres ont déjà mordu la poussière.

— Toi y compris.

— Je peux y arriver. » Une pause. « Je dois y arriver.

— Ça ne suffit pas, George. Tu veux risquer ta vie ? Celle de Sandy ? Il me faut plus que cela.

— Parce que j'en suis capable. » Les mots se précipitaient. « Tu le sais et je le sais. Laisse-moi faire, et nous serons accueillis en héros. Tous sans exception.

— Tu me passes de l'eau ? » Il tendit sa gourde à Teddy. Entendit quelques gorgées passer dans son gosier. « Et tu crois que Sandy en est capable ?

— Je crois que Sandy n'a pas eu la preuve qu'il en est incapable. Il n'a pas encore été battu.

— Il t'accompagnerait n'importe où, George. Il est prêt à tout donner pour te suivre. Pour ne pas te décevoir. » Teddy attendit sa réponse, mais il demeura silencieux, croyant qu'il valait mieux patienter. « Il sera sous ta responsabilité. Il ne voudra pas faire demi-tour. Tu devras le faire pour lui.

— Je sais. Je le ferai.

— Je te demande de ne pas y aller, George. Attends-nous, et nous rentrerons tous ensemble. C'est ce que je te demande.

— Mais ce n'est pas un ordre.

— Non.

— Si tu me l'ordonnes, je n'irai pas. » Aucun d'entre eux ne voulait céder. « Mais la moindre chance qui s'offre à nous, Teddy, je la saisis. »

Dans la pénombre de la tente, Teddy hocha la tête et retira son bandeau. Il plissa les yeux et grimaça avec une inspiration soudaine. George eut mal pour lui.

« George, ne fais pas ça. »

Il saisit le bandeau de Teddy et le replaça doucement sur sa tête. « Je n'ai pas le choix. »

Il y eut un silence. George resta coi ; il ne voulait pas presser Teddy. Celui-ci réfléchissait. Il devait sûrement réfléchir.

« Sandy et toi, donc », finit-il par dire. Une dernière chance. Emmène Odell au camp V. Quelqu'un pour vous aider à transporter le gaz. Puis, Sandy et toi, vous vous servirez de l'oxygène pour monter jusqu'au camp VI. » Teddy secoua de nouveau la tête. « Trois jours, George, et nous partons. Nous rentrons tous au camp de base. Je ne veux plus aucun retard. Trois jours. »

Trois jours. Le jour de l'Ascension.

LA RÉCEPTION

19 HEURES

Les derniers moments avant le début d'une réception ont toujours quelque chose d'interminable. C'est là que vous vous demandez ce que vous auriez dû faire de plus, et si la cuisson de l'agneau sera adéquate. Et sur la cheminée, la pendule fait tic-tac, tic-tac, tic-tac. Il reste une boîte de carton dans un coin, derrière la porte.

« Vi ? »

Sa tête apparaît dans l'embrasure de la porte. Ses cheveux sont mieux coiffés que ce matin, ses joues sont fardées. J'ai envie de lui dire qu'elle est ravissante, mais je lui montre plutôt la boîte. « Pouvons-nous nous occuper de ça ? »

Nous. Bien sûr, je veux dire *elle.*

« Elle est trop lourde. »

Je m'approche, je m'accroupis, ma robe de soie noire tendue sur mes genoux, et je place mes bras autour de la boîte. C'est vrai qu'elle est lourde. Me relevant, je continue à fixer cette hideuse boîte remplie de Dieu sait quoi – des livres, du matériel d'alpinisme, ou des babioles amassées au fil des années. « Y a-t-il un linge qui convienne ? Est-ce qu'on peut la couvrir ? »

Un bref hochement de tête et elle disparaît. Et je me remets à arpenter la pièce. Dehors, c'est le vert doré des premiers soirs de juin. Les jours continuent de s'allonger. Vi n'est pas encore revenue, et on sonne à la porte. Je me dirige vers celle-ci, puis me rappelle que ce n'est peut-être pas Will ou Marby. C'est peut-être Arthur Hinks. Et si c'est Hinks, je veux faire les choses correctement, selon les convenances.

Quand Vi finit par revenir, je lui prends le linge des mains – «La porte?» – et me retourne pour cacher la boîte. Maintenant, c'est une boîte recouverte d'une nappe blanche, et elle détonne sur le lambris sombre.

«C'est moi.» Will, bien sûr, sur le coup de dix-neuf heures. Il tend son chapeau à Vi et s'incline gracieusement vers moi. Il porte un élégant costume de lin, soigneusement plissé. Un frisson de fièvre me parcourt quand je pense à cet après-midi, mes mains cognant à sa porte, ce baiser fantasmé; et j'espère que mon visage ne me trahit pas. Jetant un regard autour, il dit: «J'imagine que j'ai devancé tout le monde.

— Oui. Je les attends encore.» Je lui montre le sofa, mais il se dirige vers le chariot à boissons, saisit quelques glaçons et nous verse du gin. Sans rien me demander, il traverse la pièce et me tend mon verre. Il y a longtemps qu'on ne *reçoit* plus Will. Oncle Will.

«Tu es ravissante.» Et je rougis à nouveau, prenant une gorgée.

«Toi de même. Je veux dire, tu as belle mine.» Et c'est le cas. Mais pas comme George. Quand George est dans la pièce, tous les yeux se tournent vers lui. «Tu es bien trop joli pour un homme», l'avais-je taquiné une fois, tandis que nous nous rendions à une fête quelconque; et il s'était tenu derrière moi devant le miroir du hall, pressant sa joue contre la mienne.

«Les gens ne me remarquent même pas, avait-il répondu, quand tu es là.»

Ce qui était faux, mais quelle importance? Son charme rejaillissait sur moi, me rendait séduisante.

«Je suis désolée, Will.» Il est en train d'étudier les photos qui ornent la cheminée, mais se tourne vers moi. «Pour cet après-midi.

— Arrête. C'est pour ça que je suis là.

— C'est juste que… il y a des jours où je n'en peux plus. Comme si nous étions des fantômes et que nous attendions que la vie recommence.

— Il n'y en a plus pour longtemps.

— Non. Plus longtemps. »

Bien qu'il fasse encore clair dehors, la pièce est sombre et renfermée. J'allume une lampe de table pour chasser les ténèbres, et l'air semble déjà se réchauffer.

« Quand je rentrerai, tout sera différent », m'avait assuré George. Sa décision était déjà prise. J'essayais de m'armer de courage, de le soutenir, de ne rien dire. C'est ce que Marby m'avait conseillé de faire, et que j'essayais de garder à l'esprit : *Fais semblant ! Fais comme si tu étais heureuse, calme et fière, et un jour, tu le seras. C'est difficile, mais c'est ce que tu dois faire. Alors, souris, sois douce et aimante. Sois une épouse.* Et j'essayais. Bon Dieu que j'essayais.

Alors j'avais souri, hochant la tête, et je lui avais dit : « Je sais. »

George, encouragé par mon sourire, avait poursuivi : « Puis, nous aurons notre aventure à deux. Où que tu désires aller. Pitcairn ? C'est toi qui décides.

— Mais c'était il y a si longtemps. Non. Restons plutôt ici. Toi et moi, et Clare, Berry et John. On va s'acheter un chat. Et un poney pour les filles.

— Et on plantera un jardin. Des roses pour toi, des légumes pour moi, et on vieillira en les cultivant. Je vais te construire l'étang à poissons que tu as toujours voulu. Juste là. » Il m'avait montré l'endroit, un coin tranquille et sombre, dans un creux du jardin.

« Tu me le promets ? » J'essayais de garder le sourire. J'essayais de le croire.

« Bien sûr ! On va y mettre de l'eau de la rivière et acheter des poissons étranges et exotiques venant du monde entier.

— Non. Seulement des poissons d'ici. Personne ne doit plus se retrouver à l'autre bout du monde.»

Je donnerais tout pour une conversation banale comme celle-là, pour me chamailler au sujet de ce qu'on mange pour dîner, ou du prix d'un nouveau complet. Penser à l'avenir, aux voyages et à l'aventure. À notre chez-nous.

«Te souviens-tu, Will, de ce voyage d'escalade au pays de Galles? Tu dois t'en souvenir. C'est la seule fois que je vous ai accompagnés, tous les deux. Non pas que j'en veuille à George de ne plus m'avoir invitée après ce qui s'est passé. Et puis, bien sûr, il y a eu les enfants. C'est devenu difficile de s'évader comme avant.»

Son visage s'attendrit à ce souvenir. «George était tellement content que tu viennes. "Enfin, on va tous grimper ensemble", disait-il.

— Il m'a dit sensiblement la même chose. N'est-ce pas que ça lui ressemble? S'assurer que tout le monde s'entende bien. Que tout le monde s'aime. Nous étions censés faire de l'escalade pendant notre lune de miel. Il voulait me l'apprendre. Puis, la guerre a commencé. Et par la suite, il y avait toujours quelque chose. Il partait pour les Alpes, ou bien avec ses vieux potes. Ce n'était jamais le bon moment pour moi. Et puis, enfin, nous sommes partis tous les trois pour le pays de Galles. Il m'a promis que ce ne serait pas trop difficile. Pas la première fois, m'a-t-il dit. Je serais attachée entre vous deux, et il ne pourrait rien m'arriver. Tout avait si bien commencé. Du beau temps, une belle journée. Ce devait être d'un ennui mortel pour vous.

— Comment peux-tu penser ça? Non. C'est l'une des choses que j'adore à propos de ce sport – le partager avec quelqu'un. Ça ne rime à rien d'y aller tout seul. Il faut un témoin. Non, un complice.»

Je me demande parfois si tu n'as pas donné des consignes à Will pour qu'il s'occupe de moi. Tout cela est peut-être ton œuvre:

les visites de Will, la réception. « Je t'en prie, Will, aurais-tu écrit, ne la laisse pas trop souvent toute seule. »

« C'était merveilleux, au début. Et nous nous sommes arrêtés pour déjeuner sur cette corniche – comme un tapis de verdure placé là juste pour nous, et le monde entier à nos pieds. Et nous n'avions que du pain et du fromage, et du thé froid, mais tout était parfait. Jusqu'à ce que le temps se gâte. On dirait que ça arrive tout le temps, en montagne. Il y a toujours quelque chose qui tourne mal, n'est-ce pas ?

— Ça peut sembler être le cas. Mais non, pas toujours, dit Will pour me rassurer. Parfois, tout va comme sur des roulettes. Seulement, les coups de malchance font de meilleures histoires. Qui veut entendre parler d'un voyage où il ne se passe rien ? » Will me décoche un petit sourire et lève son verre. « Espérons que George n'aura pas beaucoup d'histoires à raconter cette fois-ci. » Je suis un petit reflet dans ses yeux, dédoublé, à l'envers, aussi je ne sais plus trop qui je suis.

« Mais alors, le temps s'est refroidi, il faisait noir, et il pleuvait si fort que je ne voyais plus rien à deux pieds devant moi. Je voulais m'abriter quelque part, mais pas George. Il a simplement plongé et nous a emportés avec lui. On aurait dit que ses pieds *savaient* où se poser, c'est aussi simple que cela. Jusqu'à ce qu'on atteigne cette saillie. » Je sens encore la pluie qui ruisselait sur ma peau, le froid qui me glaçait les os. « George voulait que je la franchisse, mais je ne voyais pas ce qu'il y avait en dessous. On aurait dit le vide, le néant qui se perdait dans la brume. « Il y a une corniche, me disait-il. Juste là. Fais-moi confiance. » Mais je ne pouvais pas. J'étais pétrifiée. Il m'a tirée jusqu'à lui, m'a serrée dans ses bras et m'a embrassé sur la joue. Puis, il m'a fait reculer et m'a poussée par-dessus le rebord.

— Il ne t'a pas poussée.

— Mais si, Will ! Tu le sais ! Il m'a poussée. Du moins, c'est ce que j'ai ressenti. Et les cordes ont tenu, évidemment, et vous m'avez fait descendre sur la corniche. Et après cela, l'orage est resté en haut, et vous vous êtes moqués pendant tout le reste de la descente.»

Bizarrement, Will et moi sommes en train de rire. Un rire de soulagement, je suppose, comme quand on vient de vivre une terrible frousse, quand on se rend compte que tout va bien, qu'on est sain et sauf.

«Notre cher George.»

Je suppose que nous allons toujours parler de toi de cette façon.

La salle à manger danse à la lueur des bougies posées sur la table, sur le buffet; des ombres s'étirent jusque dans les coins. À cause des murs lambrissés, nous avons l'impression d'être à bord d'un navire, enfermés ensemble pour la soirée, seuls sur la mer, loin de toutes choses, du reste du monde. La table s'étend devant moi, et de la vapeur s'échappe des assiettes et des bols. Une odeur d'agneau et d'oignons embaume la pièce. Les bougies scintillent sur l'argenterie, sur le cristal. Edith et Vi ont bien fait les choses, et je ressens un bref élan de fierté. Je me promets de les féliciter demain.

À mes côtés, Will lance des regards rassurants dans ma direction, autour de la table, prêt à intervenir en cas de besoin. Il agit comme un chien de garde.

Marby et son mari, le commandant Morgan, sont assis à côté de lui. À la mort de notre mère, Marby s'est occupée de Millie et de moi, cessant de fréquenter l'école; et maintenant, elle vient habiter non loin de chez nous chaque fois que tu me quittes. «Je me débrouillerai», lui ai-je dit cette fois, quand j'ai su que tu partais.

«Bien sûr, bien sûr, m'a-t-elle dit. Mais j'ai toujours pensé que ce serait charmant de vivre à Cambridge pour quelque temps.» Et elle s'est arrangée pour que le commandant loue une maison aux confins de la ville, afin de veiller sur nous. Je sais qu'elle veut bien faire, mais parfois, elle est un peu envahissante. À la lueur des bougies, sa peau paraît douce, moelleuse. Cela lui va bien, la libère un peu de sa sévérité.

Son mari, le commandant, a fière allure dans son élégant uniforme rouge et noir. Si nous étions vraiment sur un navire, il en serait le capitaine.

« Faisons semblant », disait George quand les filles dînaient avec nous à l'occasion. « Faisons semblant que nous sommes sur un bateau, en route pour l'Amérique du Sud. Regardez par le hublot : des dauphins !

— Des pirates ! ajoutais-je, et les filles se dépêchaient de manger avant que les pirates ne montent à l'abordage et leur fassent subir le supplice de la planche.

Cottie se trouve à ma gauche, ses cheveux courts ramassés en de fines boucles à la hauteur de ses tempes. Et à côté d'elle, Geoffrey et Eleanor. Eleanor m'a remis des fleurs à la porte – des glaïeuls du marché –, posant sa main sur l'épaule de Geoffrey clopinant avec sa canne. Geoffrey semble las. Il a vieilli depuis la dernière fois que je l'ai vu. Il s'est si longtemps occupé de toi, je pense que ça lui manque.

Enfin, Arthur Hinks. Il a pris sa place à l'autre bout de la table, après être arrivé en retard, bourru, et sans présenter d'excuses. Je suis contente de l'avoir placé aussi loin de moi que possible. Mais je n'avais pas pensé au fait que je devrais me pencher au-dessus de la table toute la soirée pour l'observer.

Je ne l'ai pas vu depuis la veille du départ de George – sur des océans dans lesquels je ne me suis jamais baignée. Nous avions mangé un *curry*, en l'honneur d'un continent que je n'ai jamais vu. *Essaie d'imaginer le Borough Market de Londres,* m'avait écrit George, *mais avec plein de gitans, des gens de toutes les couleurs, des bêtes à cornes qu'on conduit à travers la foule. Essaie d'imaginer des oiseaux exotiques, de la nourriture qui te brûle la langue non pas parce qu'elle est trop chaude, mais à cause des épices.* J'en étais incapable. Je le suis toujours, d'ailleurs.

Je n'ai peut-être pas revu Hinks depuis, mais j'ai constamment de ses nouvelles. Ou plutôt, il cherche à en obtenir de moi. Deux fois par semaine, il m'envoie une lettre ou un télégramme. Cet homme qui m'a pris mon mari et qui ne cesse de l'envoyer sur l'Everest. Il croit que je suis du même bord que lui, que je désire les mêmes choses. J'attends qu'il me demande quelles nouvelles j'ai reçues, si je peux lui laisser lire mes lettres. J'ai une réponse toute faite. *Je regrette, monsieur Hinks, je n'ai aucune nouvelle qui puisse intéresser le comité, seulement les mots doux d'un mari à sa femme.*

Ça commence.

«Avez-vous des nouvelles, madame Mallory?

— J'espérais en apprendre de *vous,* monsieur Hinks.»

Il se met à fanfaronner au sujet de l'Everest sans que j'y fasse attention, déconcentrée par son tour de taille et sa moustache de morse, laquelle absorbe la nourriture et le liquide, et scintille à la lueur des bougies. Il a cette façon obscène et dérangeante de toujours caresser sa moustache.

Cottie l'arrête au milieu de son discours. «Oh, ne parlons pas de la montagne. Pas tout de suite, à moins que vous ayez des nouvelles de George en particulier?» Son regard se promène entre Hinks et moi. «Dans ce cas, papotons un peu. Comment va ton père, Ruth?»

Je me tourne vers Marby, car je n'en ai aucune idée. Je devrais lui écrire. Préparer une visite. «Comment va papa? lui demandé-je.

— Tu sais comment est papa, toujours le même.» La voix de Marby s'emballe, les mots se succédant à vive allure, comme un train qui s'éloignerait d'elle. «Il veut installer de nouvelles toilettes. Encore d'autres. Il y a presque plus de toilettes que de gens dans cette maison, pas vrai, chéri?» Elle se tourne vers le commandant. «Il m'a donné les plans pour que tu y jettes un coup d'œil. Peut-être après dîner. Ou je peux te les laisser. Mais n'oublie pas de m'y faire penser. Il se demande si tu veux en installer d'autres.

— Je ne pense pas.» Ce cher papa, toujours en train de remuer ciel et terre pour améliorer les choses.

«Nous en installerons sûrement de nouvelles quand le bébé sera là, dit Eleanor en regardant Geoffrey.

— Oh non! C'est une bien meilleure idée de le faire avant l'arrivée du petit», lui dit Cottie; et ils se mettent à parler rénovations, et des difficultés qui se présentent avec un nouveau-né.

Je suis bien contente de toutes ces discussions ménagères. Elles m'apaisent. Mais Hinks est furieux. Il mâche bruyamment sa viande en attendant son tour.

Je me rappelle la première fois que je l'ai rencontré, la première fois que j'ai entendu sa voix tonitruante. Je voulais l'aimer. J'essayais.

«Ruth, tu n'es pas forcée de toujours voir le bon côté des gens», m'avait dit George après ma rencontre avec lui.

C'était à la Royal Geographic Society. J'adorais la façade rouge de cet immeuble victorien, la gravité des salons et des salles de conférence. Les hommes hâlés, aux traits usés, qui en arpentaient les couloirs, de sorte qu'on avait envie de leur demander où ils avaient voyagé, et ce qu'ils avaient vu. Des explorateurs, à n'en pas douter. La première fois que George m'y avait emmenée, j'étais restée hypnotisée devant cette tapisserie représentant le monde, tissée du temps où Elizabeth était reine. Incroyable. Et déjà bien plus vaste que mon monde à moi. Je l'ai regardée tellement longtemps que George a fini par venir à ma recherche. Nous passâmes devant une autre carte, nous arrêtant pour examiner des trophées, les énormes défenses d'éléphant décorant un portail.

«Où aimerais-tu aller?» me demanda George.

— N'importe où. Partout.

— Ferme les yeux.» Ses mains posées sur mes épaules, il me faisait tourner comme une toupie. «Maintenant, pointe un doigt.»

Je m'avançai, aveugle et un peu chancelante, jusqu'à ce que mon index touche la tapisserie. Sèche, poussiéreuse. « Là, dis-je en ouvrant les yeux.

— Pitcairn. Un bon choix. Seuls les descendants des mutinés de la *Bounty* y vivent. Scandaleux. Allons-y.

— Maintenant ?

— Pourquoi pas ? »

Il m'embrassa de nouveau et m'adossa contre le planisphère. J'étais étourdie. À force de tourner, et à cause du baiser.

Quelques mois plus tard, nous y retournâmes pour un gala – George dans son smoking, moi dans ma robe de soie grise – et c'est à ce moment que George fit les présentations. « Ruth, j'aimerais te présenter Arthur Hinks, le président de notre comité. Arthur, mon épouse.

— Monsieur Hinks, dis-je en souriant, c'est un plaisir de rencontrer l'homme qui doit me ravir mon mari.

— J'espère, madame Mallory, que vous soutenez pleinement cette expédition. Il lui faudra tout notre appui pour réussir. Quelle chance pour le roi et pour la patrie, n'est-ce pas ? Le troisième pôle. Les Yankees et les Norvégiens nous ont privés des deux autres. Il nous faut celui-là. Nous devons faire front commun pour que chacun assume sa part.

— Naturellement. »

Hinks se rapprocha de moi, posant sa main sur mon coude, voulant s'assurer de ma complicité. « Par conséquent, j'espère pouvoir compter sur vous pour me communiquer tout ce que notre brave homme vous enverra. Toutes ces petites choses qu'il pourrait vous écrire mais oublier de me mentionner ? Nous devons connaître tous les détails. Le mieux serait peut-être de simplement m'envoyer une copie de ses lettres, ainsi vous n'auriez pas à vous préoccuper de ce qui peut être important ou pas. Laissez-moi en juger.

— Monsieur Hinks, je suis bien certaine que vous n'oseriez pas me demander de partager tout ce que mon mari m'envoie. Les lettres d'un mari à sa femme, n'est-ce pas, euh, sacré, d'une certaine manière ? Vous ne voudriez pas que quelqu'un d'autre lise vos billets doux, j'en suis sûre. Vous imaginez combien ce serait gênant.

— Non. Non, bien sûr que non.» Je l'avais pris de court. Il s'attendait à ce que je coopère. «Votre mari et moi devrons décider de la meilleure façon de procéder. Mais pour l'instant, célébrons. Venez, asseyez-vous près de moi.»

Hinks discourut ce soir-là à propos du roi et de la patrie. Le même genre de propagande qu'en temps de guerre. Des propos qui sentaient le réchauffé, et qui sonnent creux aujourd'hui. George paraissait s'en abreuver. «Une chance de se racheter auprès de tous ceux qui ont fait la guerre», dit-il.

Je n'ai jamais vraiment compris ce que tu voulais dire. Qu'est-ce que tu essaies de racheter ? Comment peux-tu te sentir responsable ?

Quand Geoffrey a perdu sa jambe, George a dit qu'il aurait voulu que ce soit lui.

«Comment peux-tu dire ça ?» lui demandai-je, même si je ne pensais pas qu'il le disait sérieusement. Ni à l'époque ni maintenant. C'était facile à dire. Il était encore à l'hôpital, rapatrié du front à cause d'une vieille blessure qu'il avait subie en montagne ; il était honteux, voulait prouver qu'il n'était pas lâche, ou faible. Qu'il fournirait sa part si on le laissait faire. «Personne ne souhaite que ça t'arrive.

— Geoffrey ne pourra plus jamais faire d'escalade. Il a toujours été avec moi. Il m'a montré tout ce que je sais. Si je ne peux plus grimper avec lui, je ne suis pas sûr d'en avoir envie.

— Ça n'est pas à propos de Geoffrey, dis-je. C'est à propos de toi. De ce que tu as perdu.

— Mais non.

— Tu pleures le Geoffrey que tu as perdu quand il a perdu sa jambe.

— Il me manquera, dit George, comme si Geoffrey était mort.

— Je sais.»

Mais le voilà ici à ma table, et Dieu sait qu'il nous a guidés depuis, autant qu'il le faisait autrefois en montagne.

«Mais vous avez eu de ses nouvelles, n'est-ce pas, madame Mallory?» La voix de Hinks s'élève au-dessus du bavardage et des conseils de rénovation. Et devant le silence qui s'impose, il se rend compte qu'il a maintenant un auditoire, et je crains qu'il se lance dans un discours pour nous rappeler notre devoir, le rôle que nous sommes tous tenus de jouer. Je ne veux pas en entendre un seul mot.

«Oui», lui avoué-je. Je suis peut-être un peu pompette à cause du vin que papa m'a fait envoyer par Marby. L'éclairage des bougies est un nuage d'étoiles allongées qui scintillent en périphérie de mon regard. Je me concentre sur l'assiette que j'ai devant moi. Notre service de porcelaine, celui de notre mariage. Le rôti d'agneau s'étale sur le blanc neigeux des assiettes, sur les pommes de terre colorées d'épices. L'air s'embue, riche, succulent. Je mange machinalement, pose ma fourchette après chaque bouchée, comme le veulent les bonnes manières. Mais je voudrais sauter par-dessus la table et me jeter sur Hinks. Il parle encore.

«Ils progressent bien jusqu'ici. D'après ce que nous rapportent les comptes rendus. C'est ce que Norton nous dit.» Sa voix est plus forte, maintenant, et tous les convives se sont tus. «Mais c'est difficile de savoir ce que les autres pensent ou ressentent. Norton est aux commandes; parfois, on aimerait savoir ce qui se trame avec ceux qui sont dans les tranchées. Vraiment dans les tranchées. Ce qu'ils sont prêts à entreprendre.» Il fait comme s'il s'agissait d'une affirmation générale, mais c'est moi qu'il vise. C'est un reproche.

«Monsieur Hinks, pensez-vous réellement que George en ferait un secret s'il avait atteint le sommet? Qu'il ne le dirait qu'à moi? Vraiment? Que pourrais-je donc savoir que vous ne savez pas? Vous êtes probablement mieux renseigné que je ne le suis. Mon mari m'envoie son affection, me demande des nouvelles de moi et des enfants. Il dit qu'il va bien.»

Ma voix tremble un peu, et je peste intérieurement contre moi-même. Je prends de longues inspirations. Sous la table, Will me prend la main. La sienne est sèche, la mienne, trempée de sueur. Je serre légèrement sa main, puis je retire la mienne, saisis ma coupe de vin.

«Bien sûr.» Hinks essuie les miettes qui se sont logées dans sa moustache avec sa serviette, puis la jette à côté de son assiette. Sa fourchette tombe par terre. Vi se précipite pour la ramasser, mais il ne lui fait même pas attention. Pendant un instant, Vi et moi sommes dans le même camp, toutes deux dégoûtées par cet homme. Hinks poursuit. «Bien sûr, c'est juste que… tout le monde est inquiet. Nous espérions qu'ils auraient déjà réussi. Que notre cher George lui aurait réglé son compte. Alors on fêterait ça, n'est-ce pas?

— Oui, dit Will. On fêterait le retour imminent de George. Sain et sauf. Et n'est-ce pas ce que nous souhaitons tous ardemment?

— Je veux dire, on n'a certainement pas les moyens de les renvoyer là-bas l'année prochaine.» Hinks se laisse entraîner par son sujet, se met à parler argent et politique. «Ça fait déjà trois fois qu'on les envoie! Enfin, Mallory, du moins. Mais quelqu'un va se décider à payer la note. L'Everest est le nouveau pôle. Quelqu'un mettra une autre expédition sur pied si on n'y arrive pas. Les Français! Ou les maudits Allemands, bien sûr. Ils le convoitent tous. Et puis quoi? On va les laisser nous couper l'herbe sous le pied, peut-être? Notre seul espoir est qu'ils ne réussissent pas à obtenir l'autorisation du dalaï-lama. Mais qui sait à qui va sa véritable allégeance?»

J'en ai assez entendu. Pour lui, George a déjà échoué. La colère monte dans mon ventre, dans mes poumons, et presque comme s'il la sentait, il se met à faire marche arrière. «Je dis juste, madame Mallory, si… s'il fallait qu'ils échouent cette fois. Mais je suis sûr qu'ils n'échoueront pas. Ils seront de retour sains et saufs en moins de deux. Et le sommet sera à nous.»

J'ai été stupide de croire qu'il aurait des nouvelles pour moi. Même s'il savait quelque chose, je ne suis pas sûre qu'il m'en parlerait.

«C'est cela que nous voulons, monsieur Hinks. Que notre cher beau-frère revienne. Auprès de sa femme. De ses enfants. Sain et sauf. Sommet ou pas, dit Marby.

— Il ne lui arrivera rien», dis-je. Il faut que j'espère pour nous tous. Je dois y croire même quand tout le monde refuse d'y croire. «Tout le monde est rassasié? Prêts pour le dessert?» demandé-je.

J'essaie d'être l'hôtesse parfaite.

CAMP VI

26 900 PIEDS

Le camp VI était encore plus inhospitalier que dans son souvenir. Se pouvait-il qu'il ait été ici avec Odell seulement trois jours auparavant? Cela semblait faire une éternité.

Une minuscule tente, perchée sur une fragile plate-forme de neige, le monde plongeant vertigineusement sur deux côtés. La tente se détachant sur le ciel, sur le blanc. George tapa des pieds sur la corniche, s'attendant presque à la voir se froisser et céder. La neige crissait sous ses bottes cloutées, mais la corniche tint bon.

Il chassa l'idée qu'elle puisse se dérober ses pieds, s'effondrer et tomber.

Une fois dans l'espace exigu de la tente, George délaça l'une de ses bottes et ramena son pied à la hauteur de sa cuisse pour le masser. Il était tout engourdi. Sa botte était trop serrée, bloquant sa circulation. Comment avait-il pu ne pas s'en rendre compte? Il essaya de se rappeler leur ascension, mais l'ardeur du soleil dans la haute atmosphère en avait consumé le souvenir. La chaleur s'était immiscée sous sa peau, le cuisant de l'intérieur. Jamais il n'avait songé aux engelures.

C'était une erreur d'amateur. Maintenant, ses orteils lui picotaient.

Durant toutes ses années en montagne, il n'avait jamais dû sacrifier quoi que ce soit: pas un orteil, ni une phalange, ni un lobe d'oreille. Sandy se pencha vers lui, prit son pied, le plaça sur ses propres cuisses, et frotta la peau froide afin de favoriser la circulation. Une sensation de brûlure envahit son pied, puis se dissipa en un million de fourmillements.

«Je me souviens de ce porteur», dit George. Le picotement dans son pied le faisait grimacer. «En 22. Non, c'était en 21. Il a perdu ses deux mains. Elles avaient complètement gelé. On entend souvent les gens dire cela, mais je ne pouvais pas croire qu'une partie du corps humain puisse geler complètement. Il avait laissé sa tente ouverte par mégarde durant la nuit. Le lendemain matin, ses mains étaient comme deux blocs blancs.

— Comme Tsering.

— Oui, Tsering. Il disait qu'elles ne lui faisaient pas mal. Elles étaient comme des fantômes. Il pouvait les voir, mais ne pouvait les sentir.»

Il songea à Geoffrey.

«Ça me pique, lui disait-il en se grattant la jambe. C'est à devenir fou.» C'était la première fois qu'il voyait Geoffrey depuis qu'il s'était blessé, depuis qu'ils avaient enlevé ce qui restait de sa jambe; et il avait les traits tirés, blêmes sous sa barbe clairsemée. Ses mains tremblaient sur ses cuisses. Il était en fauteuil roulant. Étrangement, George ne s'attendait pas à le voir en fauteuil roulant.

George n'avait pas compris tout de suite. «Ça peut bien te piquer, Geoffrey, avec une couverture pareille.

— Non, ma jambe, George. Ma jambe me pique.» Geoffrey le regardait. «Elle n'est même plus là et elle me pique.»

Il n'avait pas su quoi dire. Geoffrey avait glissé ses mains sous la couverture, s'efforçant de ne pas gratter le moignon dissimulé en dessous.

George retira son pied du giron de Sandy.

«Alors, les mains du coolie ont dégelé, poursuivit-il. Je ne sais pas ce qu'il y avait de pire. Geler ou dégeler.» D'une manière ou d'une autre, cela vous rappelait que le corps n'était qu'une enveloppe de chair pulpeuse, aisément rompue, déchirée, gelée, dégelée. C'était là le plus terrifiant, de savoir qu'un corps pouvait être détruit d'innombrables façons. «Ses mains devinrent noires. Pourpres. Se gonflèrent comme des ballons. Et l'odeur, l'odeur de pourriture. Comme dans les tranchées. Tu n'y étais pas. Tu ne peux pas t'imaginer, Sandy. Tu ne devrais pas non plus.» Ce souvenir lui soulevait le cœur. L'odeur lui était restée pendant des mois à la suite de son rapatriement. La puanteur collait à ses sinus, à ses vêtements, à ses cheveux. Quand il tournait la tête, elle était toujours là. Il pouvait la sentir en ce moment même. «Tu peux remercier le ciel, poursuivit-il. C'était constant, cette puanteur qui émanait de tous les lambeaux de corps qu'on n'arrivait pas à retrouver.»

Sandy était livide, sa peau croûtée était tendue sur ses pommettes. Lui qui avait eu le teint si clair. Pas translucide, comme celui de Ruth, mais d'une pâleur opaque. Ce n'était plus le cas. La montagne l'avait dévasté. Il rentrerait plus vieux. «Ça devait être un supplice de rester comme ça à pourrir sur place. Il gémissait. Constamment. C'est Bullock qui l'avait retenu, au camp de base, pendant qu'ils lui amputaient les mains.»

Il y eut un long silence.

«À quelle hauteur on est, George?» Sandy parlait d'une voix lente et saccadée.

Il mit du temps à répondre. Son esprit papillonnait, les idées se cognaient à son crâne. Il ne s'était pas senti aussi désorienté quand il était monté avec Odell. Peut-être était-il trop haut depuis trop longtemps. Son altimètre était quelque part non loin.

Il fouilla dans sa poche, ses doigts trop engourdis pour identifier le moindre objet par le toucher. Il vida ses poches, plaça sur son sac de couchage des objets qu'il ne se rappelait pas avoir mis là – des bouts de papier, de la gelée de pétrole, un petit couteau. Il trouva l'altimètre, son petit cadran rond d'un blanc saisissant dans l'obscurité grandissante de la tente. Il le tint dans ses deux mains pour le stabiliser et plissa les yeux afin de lire les chiffres tout autour du cadran. Resta figé jusqu'à ce que le vacillement cesse. Il ferma les yeux.

Son père parlait.

«Je vous demanderais de m'accorder quelques instants, dit son père, afin de réciter une dernière prière pour les jeunes hommes qui prendront part à l'expédition du mont Everest, au nom de notre roi. Puissent-ils se garder d'être téméraires, et que Dieu veille sur eux.»

Mal à l'aise, George baissa la tête et jeta un coup d'œil en direction de Ruth, assise près de lui, sa mère et sa sœur à côté d'elle. Déjà que son père continuait de le réprimander en privé, l'accusant d'individualisme… et maintenant, ça? Son père qui demandait aux fidèles de prier pour lui?

«Ta mère m'a dit que tout le monde était passé les voir pour transmettre leurs félicitations, et souhaiter que tu reviennes sain et sauf. Que tu réussisses, lui chuchota Ruth.

— Bien sûr.

— Ses intentions sont bonnes. Tu le sais bien, George.

— Encore un instant, je vous prie, dit à présent son père du haut de sa chaire, et je demanderai ensuite à notre chorale de nous raccompagner sous le magnifique ciel bleu auquel nous avons droit aujourd'hui. George? Veux-tu monter?»

La main de Ruth s'était posée sur son dos. Il se leva, marcha vers son père sur l'estrade. «C'est pour toi», dit son père en lui tendant une petite boîte. Tout le monde applaudissait. Le chœur se mit à chanter. *Plus près de toi, mon Dieu.* Son père avait bien sûr choisi l'hymne. Il ne s'agissait que d'un autre argument, une tentative de conversion, de salvation.

«Tu es à la recherche de Dieu, même si tu refuses de l'admettre.» C'est ce que soutint son père, plus tard dans la soirée. «Il est là. Dans la nature. En montagne. Mais Il est ici également.

— Moïse s'est rendu sur une montagne», dit George, pointant sa fourchette en direction de son père. Décochant un trait invisible.

«Mais il ne passait pas sa vie à s'enfuir pour aller y gambader.» Son père trancha le rôti dans son assiette, trempa son pain dans le bouillon. Il en dégoulina un peu dans sa barbe, qu'il essuya avec sa serviette. «Les montagnes ne soutiendront pas ta famille, George. Pas plus que d'écrire des livres pour en parler. Les Mallory sont des pasteurs et des révérends depuis des siècles. Tu as déjà une vocation qui t'appelle.

— Les montagnes étaient là bien avant que les Mallory arrivent au sein de l'Église, et elles m'appellent.

— George, tu ne vas pas là pour trouver Dieu. Si c'était le cas, tu l'aurais déjà trouvé. Dieu est facile à trouver quand on le cherche.

— Non, vous avez raison. Dieu n'est pas là-bas. L'Everest est bien la preuve que Dieu n'existe pas.»

George inspira profondément, ouvrit les yeux. Le cadran de l'altimètre semblait plus facile à lire.

«Vingt-six mille… neuf cent… euh, trois?» Il le remit à Sandy pour qu'il vérifie par lui-même.

Un sourire apparut lentement sur le visage de Sandy. Il mit du temps à réagir. Leur conversation semblait retardée comme par un effet de distance. «Incroyable.» Sandy examina l'altimètre, le retourna dans ses mains pour voir les mots gravés au verso. «George, puisses-tu t'élever avec ceci. Rév. HLM.»

Il tendit la main en attendant que Sandy le lui rende. «Mon père me l'a donné en 21. Avant que je mette les pieds ici.»

Il le glissa dans sa poche.

Encore un peu plus de deux mille pieds.

* * *

«J'ai fréquenté l'église de ton père», dit Sandy. Sa voix paraissait étrange – faible et décharnée. Tout en lui était faiblesse. Mais il voulait parler, alors il forçait les sons à sortir de sa gorge. «Mon père m'y emmenait. Je te l'ai peut-être déjà dit ? » De longs silences entrecoupaient ses phrases. Ses mots. Il lui était de plus en plus difficile de distinguer ce qu'il disait de ce qu'il ne faisait que penser. Il aurait été bien incapable de réussir les tests de mémoire de Somervell, à présent. Il essayait d'additionner des nombres dans sa tête, mais oubliait ceux qu'il avait choisis. « Te l'ai-je déjà dit ? demanda-t-il à nouveau.

— Non. »

Sandy s'éventait le visage avec ses mains. C'était infernal. C'était comme si la montagne lui avait écorché toute la peau du visage. Il ne devait plus rester que les os. George se pencha vers Sandy dans le crépuscule, lui écarta les mains et enduisit son visage de gelée de pétrole, doucement, soigneusement. George traça le contour de ses sourcils, de ses pommettes, de ses lèvres. La peau sensible sur sa tempe. Sandy ferma les yeux.

« Je me souviens qu'il m'y emmenait. Mon père, poursuivit Sandy. Non, ce n'est pas vrai, dit-il au bout d'une minute. Je ne m'en souviens pas. Mais mon père, il s'en vantait. Même avant qu'on sache que je viendrais ici. "Sandy et moi, on est allés à l'église de George Mallory", qu'il disait aux gens. Puis, quand on m'a invité à participer à l'expédition, il a dit que nous étions faits pour être ensemble. » Il rougit quelque peu. Pourquoi avait-il dit cela ? « Je me rappelle l'odeur, s'empressa-t-il d'ajouter. Le bois bien astiqué et poli. »

« Il voulait me faire entendre un sermon de Pâques, dit-il à George. La descente aux Enfers.

— L'un des préférés de mon père.

— Mon père sentait la sciure de bois. La pipe. Il y avait une balafre sur le banc de bois à mes côtés. Et une femme devant moi avec un chapeau noir.

— Mon père, dit George, pouvait évoquer le ciel et l'enfer devant ses fidèles. Il nous disait toujours, à Trafford et à moi : soyez bons dans la vie et vous n'aurez jamais froid.

— Je suppose qu'il ne s'imaginait pas qu'on puisse venir ici.

— Non.» Au bout d'un moment, George lui demanda : «As-tu vu les mandalas au monastère ?

— Je ne crois pas.

— Ce sont des dessins de sable que les moines font sur le plancher. Très fins, très élaborés. Tu les aurais remarqués si tu les avais vus.» La voix de George s'élevait vers le toit de la tente. «Nous avons passé des heures à les regarder faire, Teddy et moi. Ils étaient quatre. Toujours quatre. Et ils étaient assis aux quatre points cardinaux. Ils psalmodiaient et se courbaient.» George se dressa sur son séant pour faire une démonstration. Il s'accroupit et regarda ses mains, l'une tapotant l'autre comme pour trier des granules invisibles. «Il sentait l'herbe, le moine près duquel je me suis accroupi. Il se servait d'un long tube rouge pour placer chaque grain. Rouges et blancs – des motifs cachemire sur des costumes de démons.

— Des démons ?» Encore eux.

«Avec des lignes blanches autour de leurs yeux noirs. Des cheveux rouges et des crocs, sur un fond bleu et vert. Quand on les regardait, ils semblaient bouger tout seuls, c'était étourdissant. Les moines restaient assis là pendant des jours. Des semaines. À se tapoter les mains. C'était la dévotion même.» George leva les yeux vers lui, toujours penché sur ses mains. Elles tremblaient de froid, à présent, paraissaient bleutées dans l'obscurité de la tente. «Il appelait ça le *samsara*. Et il nous a dit de revenir.

— Qui ça ?»

George le dévisagea, fâché de devoir se répéter. «Le moine.»

Sandy hocha la tête, et George poursuivit. «Ils appelaient ça la roue de la vie.» George se redressa, ferma les yeux. On eût dit qu'il récitait une prière. «Le désir est à l'origine de toutes les souffrances. Même si le seul désir est de ne pas souffrir. Mais tout est en mouvement. Tout se transforme, tout vient à passer. Même la souffrance.»

Sandy pouvait comprendre une telle philosophie. Dans son équipe, on disait qu'il fallait ramer à travers la souffrance, quand chaque muscle vous brûle. La course prendrait fin, mais le sentiment d'avoir gagné ou perdu ne s'estomperait pas. «Il faut que tu y ailles à fond, avait-il expliqué à Dick. Si tu abandonnes, tu t'en voudras encore longtemps après que la douleur de tes muscles aura disparu.» Mais il n'avait jamais eu l'idée d'appliquer cela à quelque chose d'autre. À la vie. Il aimait bien cette façon de voir les choses, ce raffinement de la pensée. Du coup, il se tint plus droit.

N'empêche… Et si les moines avaient raison, et que rien de tout cela n'était vrai? Et si la tente, la montagne sous lui, n'étaient qu'une illusion, une sorte de rêve? Cela ne semblait pas possible. Pas avec cette douleur, cette difficulté à respirer. Son corps ne cessait de lui rappeler combien cet endroit était réel. Combien il aurait voulu être ailleurs.

«Tout ça me paraît foutument réel, George», dit-il avec un sourire forcé. Il se frotta le nez, et la douleur parcourut ses membres, irradiant sur sa peau comme si tout son corps était une plaie béante. Non, ce n'était certainement pas une illusion. Mais il était sûr que ça passerait. Il n'avait pas toujours souffert. Un jour, il ne souffrirait plus.

Tout finirait par passer.

George tripotait ses affaires, sortait des objets de son sac : un journal, un mouchoir de soie, des allumettes, un paquet de ce qui ressemblait à des chiffons pliés, aux couleurs vives. Il transportait tant de choses. George lécha le bout de son crayon, se pencha sur le carnet ouvert dans sa main comme pour noter quelque chose, mais n'écrivit rien.

Sandy pensa qu'il devrait peut-être écrire à quelqu'un, lui aussi. À Dick. Ou à sa mère.

«Ma mère, dit-il, a arrêté de me parler. Avant que je parte. Elle n'a même pas voulu me dire au revoir.» Sa voix restait coincée dans sa gorge. Craignant de se mettre à pleurer, il continua tout de même. George le dévisageait, à présent. « Elle a allumé un lampion à sa fenêtre. Elle le fait brûler nuit et jour. Elle a dit à Evie qu'il resterait là jusqu'à ce que je passe la porte d'entrée. »

Elle devait toujours l'aimer. Lui avait sûrement pardonné.

« Elle a peur, c'est tout, poursuivit Sandy. Elle a peur que je ne revienne pas. Je n'avais jamais pensé à ça. Qu'est-ce que qu'elle va faire si je ne reviens pas ? » Il baissa les yeux. Il y avait quelque chose d'écrit sur la feuille qui traînait sur ses cuisses. Il ne parvenait pas à lire ce que c'était. Somes lui avait dit qu'il aurait une décision à prendre. Quel prix était-il prêt à payer ?

« Je ne veux pas mourir ici, George. Je ne peux pas faire ça à ma mère.

— Tout ira bien, Sandy. Tu n'as qu'à faire ce que je te dis. Il ne t'arrivera rien. Tu me crois, pas vrai ? »

Il hocha la tête. « Bien sûr. » Sa gorge se serra de nouveau. Il s'éclaircit la voix et répéta : « Bien sûr. »

George poussa la gourde dans sa direction. Sandy se rinça la bouche, imagina ses papilles desséchées, l'intérieur de ses joues, et l'eau qui les remplissait.

George parla de nouveau. « Est-ce que tu crois ce que Somes raconte, Sandy ? À propos de l'avalanche ? »

Il essaya de se souvenir de ce que Somervell avait dit. Cela faisait si longtemps. Avant la noyade du jeune garçon. Avant Lapkha.

« Il me trouve imprudent, dit George, à cause de Bowling Green. Y es-tu déjà allé ? La petite éminence verte au col de Pen-y-Pass ? » Sandy hocha la tête, même si ça ne lui disait rien. « Nous y allons à Pâques. Même Ruth venait avec nous, à l'époque. Mais plus maintenant. Pas depuis les enfants. Mais à Pâques. Et à Noël. Tu pourrais venir, un de ces quatre.

« Nous étions en train de monter, poursuivit George. Will et moi. Et Geoffrey. C'était avant qu'il perde sa jambe. On s'est arrêtés en haut et on a déjeuné. On avait fait un long détour pour s'y rendre. Il y avait un chemin plus direct que je voulais prendre, mais Will et Geoffrey avaient refusé. Disant que c'était impossible à escalader. Quand on a eu fini de manger, j'ai laissé ma pipe là-bas. Exprès. Je n'ai jamais raconté ça à personne, Sandy. Jamais. Une fois redescendus, j'ai dit que je l'avais oubliée, qu'il fallait que j'y retourne. Valeur sentimentale.

— Quelqu'un te l'avait donnée ? demanda-t-il. Quelqu'un que tu aimais ? » Il avait un médaillon d'Evie avec lui. Et une boucle d'oreille de Marjory. Elle l'avait épinglée elle-même à l'intérieur de son manteau. Il l'avait complètement oubliée. Il tâta sa doublure, mais elle n'était plus là.

George secoua la tête. « Ils ont dit que je ne pouvais pas y retourner, que ça prendrait trop de temps. » George se pencha vers lui, comme pour lui souffler un secret, baissa la voix encore plus. Sandy tendit l'oreille. « Mais je leur ai dit qu'il y avait un autre chemin et j'ai préparé la voie. C'était ardu, tout à fait en ligne droite. L'escalade la plus dure que j'avais jamais tentée, à l'époque. Superbe. Ils ont donné mon nom à cette voie. »

George se redressa, un lent et long sourire, quelques hochements de tête.

« Somes était là. Au gîte. Quand on est rentrés. Et quand Geoffrey lui a raconté ce que j'avais fait, il a dit que c'était imprudent. Lui, et le guide aussi. Le lendemain matin, j'ai vu ce qu'il y avait d'écrit dans le livre d'or. *George Mallory est un jeune homme qui ne vivra pas longtemps.* » George se tut, et son sourire s'évanouit.

Sandy frissonnait. Son sac de couchage était tombé à sa taille. Il le remonta, se réfugia profondément à l'intérieur.

« Mais j'ai survécu à tout, dit George. Je survis chaque fois.

— Tu es chanceux, je suppose. »

George hocha la tête, agrippa son sac à dos et y reposa sa tête.

* * *

GEORGE N'ARRIVAIT PAS à dormir. C'était tout ce qu'il souhaitait. Dormir. Un court répit. Il était épuisé, réduit à un sac d'os, de muscles ténus, à un filament de volonté. Sandy n'avait pas ouvert la bouche depuis des heures, pensait-il ; mais cela ne faisait peut-être que quelques minutes. Sa conscience vacillait, allait et venait, comme un banc de poissons. Il était pétrifié, stupéfait dans l'air trop rare.

La tente était dans le noir, à présent. La lanterne s'était éteinte. Elle était bienvenue, cette obscurité. Ils ne pouvaient plus se voir, ne pouvaient plus voir le sommet. Rien n'existait plus dans les ténèbres.

Tous les autres étaient en bas. Au camp V, Odell devait lever les yeux dans l'espoir d'apercevoir une lueur, une faible tache de lumière dans la nuit. Odell et Virgil. Il laisserait une note pour Odell. Lui dirait à quel moment les attendre. À quel moment ils reviendraient.

Plus bas, au camp IV... Teddy et Somervell. Tous deux rompus et prêts à rentrer.

Noel de l'autre côté du col, dans son Nid d'Aigle. Il surveillerait demain la crête. George lui avait écrit pour lui dire qu'il suivrait la crête. C'était le chemin le plus sûr. Il faudrait qu'il pense à se retourner, à saluer Noel et sa caméra.

Tout le monde était en bas. Les attendait.

« Somes en est probablement à rédiger les dépêches pour le *Times,* dit George.

— Quelles dépêches ?

— Ce serait à Teddy de le faire, mais il ne pourra pas. Pas dans son état. Ensemble, ils vont préparer des télégrammes pour chaque éventualité. Il y en aura deux. Un pour dire qu'on a réussi. Qu'on est revenus du sommet, triomphants. Et un autre pour concéder la défaite, dire que nous rentrons. »

Il ne dit pas à Sandy qu'il pourrait y en avoir un troisième. Un qui dirait que l'équipe de la dernière chance était perdue en montagne, qu'il n'y avait plus aucun espoir. Teddy se garderait bien de l'écrire. Il ne voudrait pas tenter le diable.

« Ils seront chiffrés, dit-il. Pour que personne ne sache ce qui est arrivé avant que le *Times* ait décodé le message. »

L'air s'était encore refroidi. Le frissonnement constant endolorissait tous ses muscles. Nom de Dieu, jura-t-il tout bas. À côté de lui, la respiration de Sandy était pénible. Une longue expiration suivie d'un spasme, une bouffée d'air qui ne passe pas, des tremblements. Sandy se blottit contre lui dans l'espace exigu de la tente, essayant de se réchauffer. Ils étaient tout à fait seuls au monde.

Il ne pouvait croire que c'était seulement la veille qu'il avait dit au revoir à Somes et Teddy. Ou que c'était seulement ce matin qu'il avait quitté Odell et Virgil.

Il avait été surpris d'apercevoir Virgil venant à sa rencontre avant son départ. « Sahib ?

— Qu'est-ce qu'il y a, Virgil ? » Il ne voulait pas être aussi brusque. Virgil avait été un fidèle compagnon, mais il s'était senti trahi par la façon dont il avait agi au monastère, en allant parler à Teddy à son insu, en le mettant en garde contre la montagne.

« Vous pas y aller.

— Virgil, nous avons déjà eu cette discussion. » Il se pencha pour ajuster les sangles de son sac. Il ne pensait qu'à s'en aller. Il allait gravir cette maudite montagne et tirer un trait sur tout ça une fois pour toutes. « Je pensais que tu le voulais aussi. J'imagine que j'ai eu tort.

— Aller retrouver famille. » Virgil mit sa main sur sa poitrine, puis il désigna celle de George.

« Je les retrouverai quand ce sera fait. »

Virgil hocha la tête, puis s'éloigna. George observa l'ombre du porteur sur la neige, la vit se retourner et revenir vers lui en tendant un bras. Il leva les yeux. «Je n'ai pas besoin de porte-bonheur.

— Pas bonheur. Pour l'espoir.» Virgil lui tendait des drapeaux pliés, aux couleurs vives. Un paquet ficelé contenant de la farine de riz.

«Garde-les, toi. Tu prieras.

— Non. Vous, sahib Sandy, vous les laissez au sommet. Quand vous atteignez le but.» Quand. Virgil avait dit *quand*. «Pour elle. Pas pour vous.

— Penses-tu vraiment que ça va changer quelque chose? Que ce sera suffisant, si Chomolungma ne veut pas de nous?

— Peut-être si vous lui donnez, elle vous laisse passer. Peut-être pas. J'espère.» Virgil lui sourit et son visage se plissa. «Je prie.»

George se retourna, fit dos à Sandy. Un froid insupportable s'insinuait à travers le rabat de la tente, à travers le sol et son tapis de couchage. Derrière lui, Sandy haletait, s'étouffait, se réveillait en sursaut. Ses convulsions le bousculaient, lui causaient une douleur intense de la tête aux reins. Il serra les dents, tenta de reprendre son propre souffle, et se tourna face à Sandy.

Il sentait de l'affolement dans la respiration de Sandy. Ses yeux ouverts ne voyaient rien, s'exorbitaient tandis que sa mâchoire tremblante laissait passer son souffle. Ses bras fouettaient le corps de George. Ils l'agrippaient, l'escaladaient.

Pendant un court instant, il vit Gaddes au fond du cratère, levant les yeux vers lui à travers un nuage verdâtre. Gaddes arracha son masque défectueux et implora son secours, avalant le gaz à pleins poumons. Cherchant son souffle. Il s'agrippa aux parois de boue glissante, porta les mains à sa gorge, y laissant des traces de sang et de terre. Dans son propre masque, le souffle de George était assourdissant. Au bout d'un moment, Gaddes cessa de lutter et retomba au fond du cratère, secoué de violents tremblements, jusqu'à ce qu'ils cessent à leur tour.

Il prit les mains de Sandy, les posa sur le sol, et se pencha sur son visage, sur sa bouche pantelante. Son haleine était fétide, dense. «Respire, Sandy. Respire.»

Il berça Sandy dans ses bras pendant que celui-ci toussait et crachotait, tentant de retrouver son souffle. «Chuuut… Respire. Reste calme. Respire.»

C'était comme de consoler Clare après un de ses cauchemars. Il adorait quand elle se réveillait et se pelotonnait contre lui; et il s'émerveillait de voir que sa seule présence suffisait à l'apaiser. «À quoi tu rêvais, mon ange?

— Tu tombais, papa.

— Chuuuut… Tout va bien. Je suis là…»

Sandy se mit à respirer normalement.

Chuuuuut…

Dans les ténèbres de la tente, George frissonna.

Quand avait-il été au chaud pour la dernière fois? Il ne se rappelait plus la chaleur étouffante du *cwm*, l'ardeur avec laquelle le soleil s'introduisait sous sa peau. Il essaya de compter les jours qui s'étaient écoulés depuis qu'ils avaient quitté les luxuriantes vallées tibétaines.

En rêve, il sentit à nouveau la sueur couler entre ses omoplates, assis dans l'ombre des rhododendrons – comme de gros poings ensanglantés faisant plier les tiges. Il plongeait dans des étendues d'eau glaciale, ses pores se resserrant. La chaleur infernale des forêts humides fondait sur sa peau tandis qu'il se laissait tomber dans l'eau. Quand il en ressortait, l'eau s'évaporait, la chaleur l'enveloppant comme une couverture.

Il ne pouvait compter les jours. Ne pouvait que compter une journée avant d'atteindre le sommet. Une journée avant le sommet. Sa respiration le scandait.

S'il y avait eu quelque chose avant le froid, il ne s'en souvenait pas.

La montagne pompait la chaleur de sa peau, de son sang, de ses os. Il rêva d'un vent qui le transperçait comme des pics à glace.

Il allait à la dérive. Il marchait le long d'une crête aux rebords tranchants. Puis trébucha. Il se réveilla en sursaut, étouffant un cri, et tâta le sol en quête d'allumettes. Maladroitement, il en gratta une première dont la tête se rompit sur la boîte. Il eut plus de succès avec la deuxième, qui s'enflamma en une aiguille de lumière aveuglante. Il plissa les yeux et plaça ses mains autour de la faible source de chaleur, songeant au lampion qui brûlait à la fenêtre de la mère de Sandy.

Il alluma la lanterne et la posa sur le sol de la tente.

Alors que l'allumette vacillait, il observa l'ombre de Sandy sur la toile, sa poitrine qui se soulevait ; et il s'imagina Ruth allongée dans leur lit, à la maison. Leurs draps blancs, impeccables. Le contour suintant de son corps sortant du bain. Il s'étendit à côté d'elle. Elle était chaude.

Un mouvement, et il la sentit se redresser, prête à sortir du lit.

« Non, dit-il. Reste.

— Je ne peux pas, George. Les enfants vont se lever. Ils vont vouloir te voir.

— Oui, mais pas tout de suite, dit-il. Reste. » Elle se recoucha, son corps allongé contre le sien. Vus d'aussi près, ses yeux étaient tachetés de lumière, comme de l'or.

« Faisons comme si c'était seulement toi et moi, dit-elle. Comme si on était en vacances et que personne ne pouvait nous trouver.

— Non, fit-il en fouinant dans son cou. Restons seulement étendus ici.

— Oui. Restons seulement étendus ici. » Elle se retourna et colla son dos contre lui. Il l'étreignit aussi fort qu'il le put, sa tête blottie sous son menton, de sorte qu'au bout d'un moment, il ne put dire où elle se terminait, où elle commençait. Elle ne sentait aucunement la pierre ou la neige.

Sous lui, la montagne était agitée : la glace se fendait et s'écroulait, un grondement montait du glacier. Il se demanda quand viendrait l'aube. Ils devaient être partis avant que le soleil ne se lève. À ses côtés, la respiration de Sandy était courte, rauque, mais régulière. Son bras reposait sur la poitrine de George et le gênait, rendait sa respiration difficile ; mais il ne voulait pas réveiller le jeune homme tout de suite. Il voulait lui laisser ces derniers moments de repos.

Sa tête lui élançait, la douleur concentrée quelque part derrière son oreille gauche. L'élancement s'accélérait en même temps que son pouls. Il s'imagina ériger un mur entre la douleur et le reste de son cerveau, mais ne parvenait pas à se concentrer, oubliait où il en était. Le mur s'effondra.

Il ressortit son journal de son sac, en parcourut les pages à la recherche du bout de papier qu'il y avait glissé. La dernière page du livre de Ruth.

« Qu'est-ce que tu fais ? lui demanda Sandy pendant qu'il s'affairait à raviver la lampe.

— J'écris à Ruth, voilà tout.

— Maintenant ?

— Il faut que ce soit maintenant. J'ai des choses à lui dire. » Des choses qu'il *devait* lui dire.

Sandy parut réfléchir, puis se redressa et posa son propre calepin sur ses cuisses. « Mais que devrais-je écrire ? J'aimerais vraiment arranger les choses. Avec Dick. Avant que nous partions. »

Ce n'était pas à lui qu'il fallait le demander. Il n'avait aucun conseil à donner à Sandy. Il n'avait pas su quoi lui dire quand le jeune homme lui avait parlé de sa liaison, il y avait de cela des semaines. Il se sentait encore moins capable de l'aider maintenant. Il songea à Ruth. Pauvre Ruth. Comment dire à Sandy de ne pas suivre son exemple ? De ne pas être absent ? Perdu ?

« Tu peux lui écrire ça, je suppose. »

Sandy hocha la tête, considéra quelques instants la page blanche qui se trouvait sous ses yeux, puis demanda : « As-tu peur ?

— Ce qu'on s'apprête à faire n'est pas du tout facile, Sandy.

— J'ai peur.

— Je sais. » Lui aussi avait peur. Mais ce n'était pas la première fois que ça lui arrivait. Dans les tranchées, c'était inévitable ; et il en avait entraîné d'autres dans des situations encore plus terrifiantes. Il les avait convaincus de se tenir sous le feu des mitraillettes. Il les avait convaincus que c'était un devoir, qu'il valait mieux ravaler sa peur, sinon carrément en faire abstraction. Il ne pouvait plus faire cela, à présent. « Moi aussi, dit-il. Mais on va s'en tirer, Sandy. Tu te rappelles ? » Il saisit le calepin de Sandy et le feuilleta, à la recherche du dessin que Sandy avait fait au camp de base avancé, où une ligne très précise figurait la plus haute crête.

Il passa ses doigts sur la feuille, lui montra à nouveau le chemin. « On monte à travers la bande jaune, puis sur la crête, dans ces environs-là. Puis, les marches : une, deux, trois marches. » Il tapa du doigt chacun des ressauts que Sandy avait dessinés, espérait qu'ils pourraient les contourner facilement. « Et puis, la dernière pente de neige. On peut y arriver. »

Il songea à ce que Teddy lui avait dit – qu'il était responsable de Sandy. Qu'il aurait à prendre les décisions pour lui : quand aller de l'avant, quand faire demi-tour.

« Il faut être au sommet à trois heures de l'après-midi. Pas une minute plus tard. Si on prend du retard, on ne sera pas rentrés avant la nuit et on sera coincés dehors. »

Sandy hocha la tête. « Trois heures. »

— On va établir des repères. » Il se repositionna en bas des marches, dans la bande jaune. « Si on part de bonne heure et qu'on avance bien, on sera sur la crête à huit heures. C'est ce que j'ai dit à Noel. On sera à la deuxième marche à midi.» C'était la deuxième marche qui l'inquiétait le plus. Vue d'en bas, elle semblait impossible à contourner : il leur faudrait escalader la paroi. «D'accord, Sandy ? Tu le sauras d'avance : si on n'est pas là à l'heure, on va faire demi-tour. Ainsi, il ne nous arrivera rien. Tu ne courras aucun danger.»

Sandy refit le trajet en pensée, murmurant pour lui-même : «Huit heures, midi, trois heures.»

Une fois qu'ils seraient sur la crête, Sandy ne voudrait plus s'arrêter. Lui non plus.

Il reporta son attention sur la page déchirée du livre de Ruth. Avant d'être monté avec Teddy, il lui avait écrit que leurs chances de réussite étaient de une sur cinquante. Et maintenant ? S'étaient-elles vraiment améliorées ? Il y avait l'oxygène. Et Sandy. Peut-être.

Il écrivit quelque chose dans les marges, à la fin de l'histoire, puis glissa la feuille dans une enveloppe. Odell arriverait du camp V dans la matinée, pour s'assurer que tout allait bien. Il laisserait l'enveloppe avec une note à l'intention d'Odell, lui demandant de la remettre à Ruth si quelque chose devait lui arriver. Ce ne serait pas nécessaire ; mais il voulait être sûr que Ruth connaisse toute l'histoire.

George pouvait à peine bouger, le froid se glissant sous ses vêtements, dans ses veines, ses muscles et ses os. Il tint ses bottes au-dessus du réchaud émettant une faible chaleur, le cuir étant figé dans le gel.

La flamme brûlait vivement dans l'obscurité de la tente. Sandy buvait son thé à petites gorgées, sa tasse enfouie entre ses mains gantées. Ils mangèrent en silence leur chocolat et leurs pastilles de viande. Leurs mains tremblaient à cause du froid et de l'énervement. Il ne trouvait plus le courage de regarder Sandy.

Il vida ses poches, classa les objets qu'il emporterait au sommet. Ceux qu'il laisserait.

Il se détourna quelque peu afin que Sandy ne puisse pas voir ceux qu'il choisissait.

Il étala sur son sac de couchage tous les objets qu'il emporterait avec lui. Tout son voyage se résumait donc à cela, à présent : un paquet d'allumettes orné d'un cygne, une boîte de pastilles de viande, un crayon, des ciseaux à ongles dans un étui de cuir, une épingle de sûreté. Des bouts de papier, la facture du coupe-vent qu'il portait. Un tube de gelée de pétrole. Des lettres de ses proches, enveloppées dans un mouchoir bleu et rouge. Il passa son doigt sur le monogramme, mais son pouce gelé ne put sentir le relief des points, les initiales que Ruth avait brodées là. Un gant bleu. Un canif. Son altimètre et sa montre. Un bout de corde.

Une photo. Ruth et lui. Prise pendant la guerre, alors qu'il était en permission. Il est plus proche de l'appareil, ses traits sont nets, au foyer. C'est de cela qu'il avait l'air à l'époque, avec son uniforme, ses joues grasses et sa moustache naissante. On eût dit qu'il ne faisait que jouer au soldat. Ruth est plus loin, face à l'appareil photo, en retrait. Légèrement floue. Auréolée de lumière. Angélique. « Je la laisserai au sommet. Le sommet du monde », lui avait-il promis.

Il déchira la photo pour ne conserver que Ruth, enveloppa son image dans un autre mouchoir, qu'il glissa dans sa poche. Il était prêt.

Il sortit pour aller chercher les bouteilles d'oxygène afin que Sandy puisse les inspecter une dernière fois. Mais ce faisant, il trébucha sur le réchaud qu'il avait posé tout juste en dehors de la tente. Celui-ci ricocha sur la neige glacée et glissa dans l'abîme. Il le regarda descendre au flanc de la montagne, dégringolant de plus en plus vite jusqu'à disparaître. Merde. À leur retour, ils n'auraient plus rien pour faire réchauffer de la nourriture ou pour faire fondre de la neige. Il secoua la tête.

C'était sans importance. Ils redescendraient jusqu'au camp V de toute manière. Peut-être même jusqu'au camp IV. Tandis qu'il considérait cette éventualité, le vent saisit le fragment de photo où apparaissait son visage et qu'il avait oublié dans sa main, le lui arracha des doigts, et l'envoya flotter vers le sommet.

Le soleil se lèverait bientôt.

Il regagna la tente, déposa les bouteilles à l'intérieur avant d'entrer à son tour. Avant d'éteindre la lampe, il consulta sa montre. Quatre heures du matin.

Une aube bleutée gagna lentement la montagne.

WHISKY ET PORTO

22 HEURES

Un fracas de vaisselle s'élève de la salle à manger tandis que les servantes débarrassent la table. Tous peuvent l'entendre, car le salon est très silencieux. J'ouvre la fenêtre pour faire rentrer l'air frais, le chant des criquets, ce qui améliore un peu l'ambiance. Will et le commandant sont au chariot à boissons, Hinks est assis avec Geoffrey, et Eleanor se tient près de lui pendant qu'ils discutent à voix basse. De l'Everest, peut-être. Ou d'autre chose. Marby se trouve entre Cottie et moi : elle frôle mon coude.

« Tu devrais venir faire du bénévolat avec moi, dit-elle. Ça te ferait du bien de sortir et de penser à quelqu'un d'autre. » Elle se tourne légèrement afin que Cottie soit comprise dans l'invitation. « Je visite l'hôpital des anciens combattants. Ma voisine et moi, en fait. Nous allons les voir pour bavarder. »

Je ne vois pas trop en quoi ça les aide. « Savais-tu, dis-je en lui coupant la parole, que lorsqu'un corps commence à geler, la personne a l'impression qu'elle se réchauffe ? Il arrive souvent que les alpinistes morts de cette façon soient retrouvés nus. Les médecins pensent que c'est à cause de cela. »

Pendant des années, je n'ai pas lu un traître mot au sujet de l'hypothermie. Je ne voulais rien savoir à propos du froid, les menus détails, les mille et une façons de mourir. Cette fois, j'ai tout dévoré, et je me représente chaque détail de ce qui peut t'arriver. Tes vaisseaux sanguins qui se contractent, le sang qui se retire à mesure que tes mains et tes pieds s'engourdissent. Je pense à tes doigts défaisant mes lacets, effleurant ma joue. Je vois ton sang se cristalliser. J'entends tes terminaisons nerveuses qui gèlent et qui éclatent.

Je n'aurais pas dû lire ces mots. Il n'y a pas moyen de les faire disparaître.

Marby est livide, et je suis navrée de ce que j'ai dit. Elle jette un coup d'œil au-dessus de mon épaule, en direction de son mari et de Will, qui nous apportent des verres. Du porto pour Marby, du whisky pour moi. La chaleur de l'alcool me fera du bien.

« Merci, mon chéri. » Sa voix tremble.

Le commandant ne remarque rien. J'ai idée que bon nombre de choses lui échappent.

« À quand remontent les dernières nouvelles de George ? me dit-il. Avez-vous reçu une lettre récemment ? »

Il ne demande que par curiosité, mais je sens, même chez lui, une pointe de récrimination. Une manière de sous-entendre que tu ne m'as pas écrit. Que si tu m'aimais vraiment, tu m'aurais écrit plus souvent. Que si tu m'aimais, tu n'y serais même pas allé.

Marby saisit la main du commandant, la serre doucement pour attirer son attention, et secoue la tête de façon quasi imperceptible ; mais c'est trop tard.

« J'en ai reçu une. Il y a quelques jours. » Cela fait presque une semaine, mais je m'abstiens de le lui dire.

Pour une raison que j'ignore, je crois encore que l'éloignement renforce les sentiments.

J'avale une gorgée de whisky et m'éclaircis la gorge. « Il m'assure que les choses vont bien pour eux. Il demeure confiant. Le beau temps perdure. Il est convaincu qu'il leur reste encore une chance.

— Mais cela doit faire des semaines, maintenant, n'est-ce pas ?

— Bien sûr, commandant », lui réponds-je. Et ce, du même ton joyeux que j'emploie avec les enfants. Je crains qu'à force de faire semblant d'être joyeuse, ma voix ne se fige ainsi pour toujours. « Mais on ne peut pas s'appesantir sur les semaines qui ne sont pas encore passées ici.

— Vous pourriez peut-être nous en lire un bout ? demande Hinks.

— Oh oui, dit Marby. Comme nous le faisions autrefois. »

En effet, lors des précédentes expéditions de George sur l'Everest, je lisais ses lettres aux autres chaque fois que j'en avais l'occasion. Ces derniers temps, je me suis rendu compte que j'avais de moins en moins envie de partager. J'ai suffisamment partagé. Mais ça fera plaisir à tout le monde.

Gravissant l'escalier, je me revois en train de lui dire au revoir. Je me revois remonter la passerelle en courant. Il fallait que j'arrange les choses. Que je lui fasse savoir que tout rentrerait dans l'ordre. Peu importe ce qui allait se passer.

Les choses s'étaient étrangement déroulées dans la cabine avant que la sirène du bateau nous signale le départ. Nous nous étions tournés autour, nous attirant et nous repoussant, nous approchant et nous éloignant. Incapables de rester immobiles jusqu'à ce qu'il m'entraîne sur sa couchette et m'embrasse. Une partie de lui était déjà ailleurs. Je le sentais. Il s'éloignait depuis des semaines. Et une horloge tictaquait dans ma tête : *C'est le dernier contact, le dernier baiser. Sois heureuse. Profites-en.*

J'avais de nouveau essayé sur la passerelle. Lui disant que je ne voulais que ce qu'il voulait. Ce n'était pas tout à fait vrai, mais je voulais qu'il le pense. Qu'il le sache. Je ne sais pas s'il m'a crue. Mais il doit avoir la certitude que je l'aime, et cela devra suffire.

Les lettres qu'il m'envoie de l'Everest sont empilées sous son oreiller. Il y en a trop pour que je les garde sous le mien. Mais quand je dors, je les tâte, j'agace le côté des enveloppes. Elles sont usées, douces au toucher après leur long voyage, après avoir été échangées de main en main. Elles ne sont pas dans un ordre particulier. Il fut un temps où je me plaisais à les relire dans l'ordre où je les avais reçues, mais ça ne me paraît plus très important. Au lieu de cela, j'examine le flot de l'écriture, le calibre et la puissance des lignes, ou encore, les endroits où il a tracé mon nom de multiples fois.

Je ne les attache pas ensemble avec un ruban. Je ne les porte pas sur mon cœur, dans la poche de ma veste. Par contre, je les colle sur mon visage dans l'espoir d'y trouver une odeur qui subsiste. Parfois, je crois en déceler une ; parfois, je sais que c'est seulement le fruit de mon imagination.

La lettre la plus récente est facile à trouver dans la pile : la plus propre, la plus blanche. Celle qui n'a pas été manipulée jour après jour.

George m'a un jour écrit qu'il avait embrassé mon nom sur la feuille et qu'il voulait que je l'embrasse aussi en pensant à lui. Je le fais encore : je dépose un baiser sur sa signature et sur mon nom dans l'appel de lettre. Je ne lui ai pas demandé s'il le fait encore. Je ne saurais pas ce que je ferais s'il me disait non.

Avant de redescendre, je tends l'oreille pour voir s'il y a du bruit dans la mansarde, où dorment les enfants. Rien. Seulement le murmure des conversations en bas. J'essaie de ne pas penser à ce qu'ils pourraient être en train de dire.

Dans le salon, tout le monde se tait, même Hinks. Will me regarde et hoche la tête en signe d'encouragement. Lisant à haute voix, je sens ses mots sur ma langue, les entends dans ma tête.

Ma très chère Ruth,

Les lettres se bousculent, l'une après l'autre en succession rapide. Un merveilleux poème de Clare qui me rend fier et qui m'enchante. Quel bonheur d'avoir des nouvelles, de toi en particulier, mais aussi de quiconque a une bonne lettre à m'écrire…

Je serai dans la seconde équipe. N'empêche, l'objectif suprême est la conquête du sommet, et tout le plan est de moi ; mon rôle sera assez intéressant et m'offre peut-être la meilleure chance d'atteindre le sommet. Il est presque impensable qu'en suivant ce plan, je ne parvienne pas à l'atteindre. Je ne peux m'imaginer revenir dans la défaite.

Nous remontons dès après-demain – six jours pour se rendre au sommet à partir d'ici.

Ma chandelle est sur le point de s'éteindre. Je dois m'arrêter.

Chérie, je te souhaite ce qu'il y a de mieux : que tes craintes soient apaisées avant que tu reçoives cette lettre, en apprenant la grande nouvelle qui ne manquera pas d'arriver rapidement. Nos chances sont de une sur cinquante, mais nous allons encore tenter le coup et sauver notre honneur.

Mais mes craintes ne sont pas apaisées, et tandis que je relis sa lettre, je me demande pourquoi. *Pourquoi n'es-tu pas en train de revenir ?*

Personne ne parle, même pas Hinks, mais je vois bien qu'il veut en savoir davantage et qu'il se retient pour ne pas s'approcher et me prendre la lettre. Je replie les feuilles et les glisse dans leur enveloppe. C'est tout ce que je suis disposée à partager. Il veut lire entre les lignes, mais il n'y parviendrait pas. C'est vrai. J'en sais davantage que lui.

Je connais si bien mon mari que j'arrive à lire dans ses pensées. Je sais ce que chaque regard signifie. Quand il croise les jambes, sa posture me renseigne sur son humeur : défensive et introvertie, ou détendue et ouverte. Il y a une sorte de sténo entre nous. Un flot soutenu de regards et de gestes, de demi-mots et de blagues que nous seuls comprenons. Une intimité qui ne s'invente pas, mais qui s'enrichit dans le temps et dans l'espace.

Je le décode chaque fois qu'il essaie de garder un secret, et il déteste cela. Déteste que je devine chaque cadeau qu'il prévoit de m'acheter, chaque surprise qu'il tente de me faire.

« Je sais que tu m'emmènes pique-niquer. »

C'était mon anniversaire. Il avait envoyé les filles chez ses parents. John n'était pas encore né.

« Comment peux-tu savoir ça ?

— Je le sais, c'est tout.

— Tu es si futée. Où ? Et qu'est-ce qu'on va manger ?

— Euuuh… la rivière où il y a toutes ces péniches, avec ce pub qui n'est pas loin. Et le vin qu'on a bu au mariage de Geoffrey, et cette salade froide que j'adore et que Vi n'aime pas préparer.

— Aucune raison d'y aller, dans ce cas, hein ? » Il fit mine de bouder. « Je ne sais pas comment tu fais pour deviner ça. »

Parce qu'il se frotte la clavicule sous sa chemise, ou tire sur ses boutons de manchette quand il veut garder un secret. Quand il ment, il passe sa main dans ses cheveux, d'avant en arrière, puis il se recoiffe en la ramenant vers l'avant. J'essaie de ne pas le remarquer. J'essayais de ne pas le voir chaque fois qu'il me parlait de l'Everest, ou quand il est revenu de New York. Il me cachait quelque chose – combien il s'était amusé.

Mais je sais aussi quand il dit la vérité. Chaque fois qu'il me dit qu'il m'aime, je le perçois, dans un certain angle de son menton, dans un regard.

Notre histoire est cryptographiée dans ces regards, dans un alphabet morse de touchers, longs et courts, avec chacun son propre rythme, sa propre signification. Les miens ont une légende que lui seul connaît, et je connais la sienne. Aux yeux de toute autre personne, je suis indéchiffrable. Du moins, je l'espère. Je n'ai aucune envie d'apprendre la langue de quelqu'un d'autre.

Mais cela signifie aussi que je peux lire entre ces lignes, là où Hinks, où Geoffrey, où Will, même, en sont incapables. Je

le perçois dans cette lettre – ton espoir. Mais aussi, ton désespoir. Ton besoin. Ta crainte de ne pas mettre un terme à tout
cela. D'en être incapable. De tous nous décevoir.

Tu vas essayer autant de fois qu'il le faudra. Et tu ne
cesseras jamais d'y retourner. Dans ces lignes, je vois aussi
l'avenir.

« Ça va aller, Ruth. » Marby est à mes côtés, me prend l'enveloppe, me serre dans ses bras. Mon corps tremble contre le
sien. Mais je ne pleure pas. Je m'y refuse. Ça ne se fait pas.
Nous avons tous un devoir à remplir. Les hommes s'éloignent,
se dirigent vers le foyer vide. Ma sœur roucoule comme pour
consoler un enfant.

« Je suis certaine qu'on aura bientôt des nouvelles », dit-elle.

La soirée a pris la consistance du goudron – noire et em-
pâtée. Lourde. Comme mon corps. Épuisé, même si je suis
certaine de ne pas dormir. Je songe à ce matin, assise sur le
plancher de ton bureau, le soleil sur les carreaux de la fenêtre.
Ça semble faire si longtemps.

Hinks part en premier.

Il promet, s'il reçoit des nouvelles, de m'en informer aussitôt, et je crois qu'il est sincère. Pour le moment, en tout cas. Je
ne lui fais aucune promesse en retour. Il ne m'en demande pas.

Marby et le commandant font de même, puis Geoffrey et
Eleanor. Ils s'excusent. Ou plutôt, Marby s'excuse : ils ont dû se
lever tôt, ce matin. Je ne leur demande pas où ils vont.

Il ne reste plus que nous trois. Cottie, Will, moi-même.
Autrefois, George était tout ce que nous avions en commun.
Ce n'est plus le cas. Il y a les enfants, les petits moments que
nous partageons ensemble.

« Je peux rester, offre Cottie.

— Non. Ce n'est pas nécessaire.

— Je le sais bien, mais tout de même. »

Je secoue la tête.

«Ou mieux, tu pourrais venir avec moi. Je vais rejoindre Owen à la campagne pour quelques jours. Pourquoi tu ne viendrais pas ? Avec les enfants. Un moment d'évasion. »

J'imagine le courrier tombant dans la boîte aux lettres. Le retard que cela causerait de me le faire suivre : au moins une journée de plus.

«Je ne pourrais jamais », dis-je.

Cottie hoche la tête, n'insiste pas. «Tu nous donneras des nouvelles ?

— Aussitôt que j'en reçois, lui assuré-je.

— Tu prendras soin d'elle, Will ?» Cottie se lève. Will acquiesce, la raccompagne jusqu'à la porte.

«Je reviens.»

Un signe d'assentiment.

À son retour, je lui dis : «Millie a toujours souhaité qu'on ait eu un frère. Quelqu'un qui puisse prendre soin de nous trois. Je pense qu'elle s'est sentie plus égarée que Marby et moi quand maman est morte. Elle m'a dit que si nous en avions eu un, ç'aurait été quelqu'un comme toi.

— En prendrais-tu un autre ? me demande Will en se dirigeant vers le chariot à boissons.

— Mon Dieu, oui. »

Je suis contente qu'il reste. Je ne veux pas être seule. L'agitation de ce matin commence à remonter dans mes veines, et j'ai une autre nuit à passer. Peut-être que Marby a raison, qu'il y aura bientôt des nouvelles.

Le whisky me brûle, la tête me tourne, et Will me tient compagnie dans le salon.

«Qu'est-ce que c'est ?» Il me montre la boîte que j'ai recouverte d'une nappe un peu plus tôt, et j'étouffe un petit rire. Je suis si fatiguée.

«Une boîte. Trop lourde pour qu'on puisse la déplacer. J'ai dû faire avec.

— Tu veux que je la déplace ?

— Non, Will, ce n'est pas la peine. George s'en occupera quand il rentrera. » Dehors, la nuit resserre son étreinte autour de la maison, de la ville. À un hémisphère d'ici, ce doit être bientôt l'aube. Je me demande ce que tu vois – ta vue de la tente, le monde entier illuminé à tes pieds.

« George m'a dit que c'est ainsi qu'on se sent. » Je lui tends mon verre, j'observe le liquide qui brille et qui miroite dans ma main. « En altitude. Comme si on venait de prendre deux whiskys bien tassés. Un peu lent, un peu désorienté. Ça peut être difficile de prendre une décision.

— Heureusement, nous n'avons rien à décider, dit Will.

— Pas encore. »

Nous restons assis, tranquilles. Ce silence paraît long. Mon verre est vide.

« Ils ont raison, évidemment », finis-je par ajouter.

— À quel sujet ? » Sa voix est distante. Endormie.

« La lettre. Elle date de plusieurs semaines. Tout est déjà décidé, et il n'y a rien qu'on puisse faire pour y changer quoi que ce soit. Tu le sais aussi bien que moi. Peut-être que George a réussi. Peut-être pas. »

Je m'arrête. Will ne dit rien. Comment lui dire ce à quoi je pense ? Que c'est le tout dernier moment avant que les choses changent. Qu'après cela, rien ne sera plus pareil. J'attends de voir ce que sera le reste de ma vie, et je ne peux rien y faire. Les choses sont déjà enclenchées. Tout est déjà fixé. Je lui dis ce que je ne peux m'empêcher de penser.

« George est peut-être déjà mort. »

Je m'attends à ce que Will me contredise. Je souhaite qu'il le fasse. Je veux qu'il dise quelque chose pour me rassurer, mais il ne le fait pas.

« Tu en penses quoi ?

— Que je le saurais ? D'une manière ou d'une autre. J'ai besoin d'y croire. J'ai besoin de croire que s'il était arrivé quelque chose à George, je serais au courant. Je le *saurais*. Dans ma tête. Ou dans mon corps. Je le sentirais. Je sentirais son absence. Son immobilité. Je ne sens rien. Rien du tout. Alors, c'est impossible.»

Tout ce que je sens, c'est Will à mes côtés. Il m'embrasse sur la tempe. Ses lèvres sont chaudes.

Avant de partir, il me promet de passer demain. «Pour le courrier de l'après-midi», dit-il.

Même si je sais que je ne dormirai pas, je me lave le visage, j'attache mes cheveux, j'enfile ma robe de nuit. Avant de me mettre au lit, je replie le lourd édredon en trois, jusqu'à la base du lit; je glisse la lettre que je viens de lire à haute voix sous ton oreiller.

J'espère rêver de toi.

Demain matin, je vais me lever une fois de plus, et le plancher sera froid.

Je vais m'habiller en guettant le son du courrier tombant dans la boîte aux lettres.

Je vais écrire à mon père et à ta mère.

Je vais travailler au jardin pendant que les enfants joueront.

Demain matin, j'aurai déjà hâte de me remettre au lit. Chaque jour qui se termine est un jour de plus depuis que tu es parti, un jour de moins avant que tu rentres.

Je ferme les yeux et je reste étendue dans l'obscurité. Dehors, le bruit des criquets, le lourd parfum du jardin, le faible tic-tac d'une pendule non loin.

Peut-être recevrai-je des nouvelles demain. Ce soir, l'espoir devra suffire.

L'ULTIME EFFORT

Dieu qu'il faisait froid.

George fourra ses mains sous ses aisselles, relativement chaudes, mais ses frissons ne cessèrent pas pour autant. Il se mordit la langue pour échapper aux tremblements, au temps glacial, et battit la semelle de ses bottes gelées. Il était sur le point de se fracasser, de voir ses membres frigorifiés éclater en mille miettes que le vent emporterait dans son sillage. Ils devaient bouger à tout prix. Rester immobiles était en train de les tuer.

Tandis qu'il s'éloignait de la tente, la montagne semblait tournoyer derrière les bourrasques de neige. Devant lui, le soleil se levait déjà. Ils auraient dû être partis, mais l'embout d'un des réservoirs à oxygène s'était obstrué, et Sandy avait pu rapidement effectuer une réparation miraculeuse. Ils avaient maintenant tout ce dont ils avaient besoin.

Près de lui, Sandy enfila son sac sur ses épaules, les mains tremblantes et le visage blême, presque bleuté dans la lumière du matin. Dans l'air raréfié, ses lèvres étaient molles et d'un ton violacé.

« Tu es prêt ? » demanda George.

Sandy ne répondit pas ; il le regarda bouche bée, sans entendre.

« Sandy ? Tu es prêt ? » Il plaqua ses mains derrière le cou du jeune homme, le força à croiser son regard.

« Tu es prêt ? » lui avait demandé Ruth. Dans sa bouche, ces mots ressemblaient à une accusation.

Ils étaient seuls dans le hall d'entrée vide, hormis la petite valise de Ruth posée à ses pieds. Will se chargerait de la transporter pour elle à son retour. Leur train partait dans une heure. Elle enfila ses gants, voulut passer son cache-col autour de son cou. Il s'approcha et le fit pour elle. Elle refusait de croiser son regard, fixant plutôt la porte derrière lui.

Que voulait-elle entendre ? Des excuses ? Quoi qu'il dise ou fasse, cela ne changerait rien au fait qu'il la quittait.

La maison était silencieuse autour d'eux. Pesante, comme un soupir. Vide. Les enfants étaient chez Cottie. Elle était venue pour les prendre, juste après le déjeuner. En repartant, Cottie l'avait embrassé sur les joues. « Reviens bientôt ? » C'était une question et une supplication. Ses paupières refoulaient des larmes. Il n'y avait pas fait attention.

Il ne voulait pas que les enfants soient à la maison quand ce serait l'heure de partir. Il voulait que ce soit eux qui s'en aillent, comme si c'étaient eux qui le quittaient, et non l'inverse.

« Il n'y a que toi que ça aidera, lui avait dit Ruth quand il avait suggéré l'idée. Ils sauront quand même que tu les as quittés. John rentrera et il te cherchera dans toutes les pièces en t'appelant.

— C'est la dernière fois », avait-il répondu.

Avant que Cottie ne les emmène, il les avait pris dans ses bras, tous les trois : John, Berry, Clare. Trois petites créatures qui se tortillaient comme des vers. Il avait dû partir à la recherche de Berry quand ce fut pour elle l'heure de partir. Elle s'était cachée dans le placard-séchoir.

« Tu m'as trouvée », lui avait-elle lancé, déçue, lorsqu'il avait ouvert la porte.

« Eh oui.

— Je ne voulais pas que tu me trouves.

— Pourquoi ?

— Si tu ne m'avais pas trouvée, tu ne serais pas parti.

— Je serai de retour en un rien de temps. Et nous prendrons le thé, avec des gâteaux éponges et de la crème fraîche. Rien que toi et moi, on va tout manger.»

En la soulevant jusqu'à lui, il s'était rendu compte qu'elle était plus lourde que dans son souvenir. Cela faisait longtemps qu'il ne l'avait pas portée. Lorsqu'il s'était agenouillé pour la déposer, elle n'avait pas voulu le lâcher, ses bras menus passés autour de son cou. Les deux autres avaient aussi grimpé sur lui. Il les avait portés jusqu'à ce que John se mette à gigoter, demandant à ce qu'on lui rende sa liberté.

«Allons, mes petits monstres.» Cottie parlait d'une voix grave, tendant les bras aux enfants. John avait accouru vers elle, suivi de Berry. Mais Clare s'était agrippée à lui. Elle sentait le linge propre.

Il avait embrassé le haut de sa tête. «Allez. Sois courageuse devant ta sœur», lui avait-il dit. Elle avait redressé les épaules et était sortie sans se retourner.

«Tu es prêt?» Ruth le dévisageait de ses yeux récriminateurs.

Il l'avait attirée à lui, tirant sur son foulard, l'avait embrassée, puis fait reculer jusqu'à la porte, serrant son corps contre le sien. Il lui avait tendu son chapeau, son manteau, l'avait habillée. Une séduction à rebours.

«Tu es prêt? demanda-t-il à Sandy pour la troisième fois. Nous sommes un peu en retard. Mais en marchant d'un bon pas, on peut encore arriver sur la crête un peu après huit heures.»

Sandy hocha la tête sans mot dire. George attacha le masque à oxygène de son compagnon, le vit respirer profondément et se détendre un peu sous l'afflux du gaz quand il eut ouvert la valve.

Plaçant son propre masque sur son visage, George eut un moment de panique. La pression sur ses joues, l'odeur de caoutchouc à l'intérieur des tubes lui firent revivre un instant les tranchées et la menace du gaz. Il étira les bras derrière son dos, cherchant à ouvrir la valve, mais Sandy s'avança et le fit à sa place. George sentit l'oxygène filtrer dans ses poumons et se répandre dans ses membres, dans son cerveau, ce qui l'apaisa quelque peu.

Enfermé dans son masque, sa respiration n'étant qu'un souffle irrégulier, il se tourna vers le sommet. Il se trouvait entièrement seul, à présent, coupé du reste du monde, même de Sandy, n'eût été la corde qui les reliait. Il ne restait plus que la montagne dressée devant lui, la route du sommet, une ligne imaginaire qui montait et montait.

Ses nerfs étaient à vif, le maintenaient au chaud, aussi il partit d'un bon pas. Cette fois, il réussirait. D'ici dix ou douze heures, tout serait fini.

L'aube était claire et brillante. Plus froide qu'il ne l'aurait souhaité, mais au moins, il ne neigeait pas. Même le vent semblait s'être calmé. Malgré le retard accumulé, il n'aurait pu espérer une meilleure journée pour monter. La confiance et l'adrénaline bouillonnaient en lui, donnant de la vigueur à ses muscles. Tandis qu'il grimpait, il sentait que, grâce à l'oxygène et à l'effort, une certaine chaleur se transférait de ses poumons au reste de son corps. Il avait fait le bon choix, l'oxygène fonctionnait. L'étau glacial qui contractait son cœur se desserrait à mesure qu'il trouvait son rythme, que son corps s'éveillait. Ses membres se détendirent.

Ils progressaient rapidement dans la bande jaune quand le vent descendu des hauteurs fondit de nouveau sur eux en hurlant. Mais le temps demeurait clair. Le panache de neige au sommet de la montagne s'étendit sur le bleu opaque du ciel, qui devenait plus sombre à cette altitude. Ici, la nuit était perpétuellement aux aguets derrière une fine couche d'atmosphère. Des étoiles clignotaient au-dessus d'eux. Il leva les yeux vers elles, ébahi, en s'adossant contre le vent. Si leurs masques ne les avaient réduits au silence, ils eussent été incapables de parler. Il pointa l'index vers le ciel, puis, d'un grand geste du bras, désigna les cimes autour d'eux et en contrebas. Il voulait que Sandy profite pleinement du spectacle qui s'offrait à ses yeux. Cette vue, ce panorama du monde, au-dessus de toutes choses : ils étaient venus pour ça. George exultait.

Il leva les yeux afin d'évaluer leur progression. La crête se trouvait encore loin, mais ils étaient dans les temps, même avec ce vent qui les repoussait. Ce satané vent. Comme s'il transportait quelqu'un sur ses épaules. Une fois sur la crête, ce serait encore pire.

« Le vent va tuer vous, lui avait dit Virgil. Il vole le souffle dans vous. Dans vos poumons. » Il s'était frappé la poitrine, s'était penché pour faire de même à George ; puis il avait levé les bras au vent. « Attention, sinon le vent vous prend votre souffle. » C'était une autre de ses histoires. « Un bébé laissé dehors… » Il s'était plaqué la main sur la bouche et le nez.

« Étouffe, avait suggéré George. Suffoque. »

Virgil avait acquiescé. « Avant mourir de froid. »

Le vent le ballottait, menaçait de le jeter en bas. C'était l'arme parfaite.

Il se laissa porter par lui et tenta de reprendre son souffle.

* * *

LOIN DANS LA BANDE jaune, Sandy avançait en traînant les pieds, emboîtant le pas à George. Il n'avait eu aucun mal à quitter la tente, éperonné par la crainte et l'adrénaline.

Mais à présent, l'effort soutenu alourdissait ses membres. En aviron, le plus facile était d'amorcer la course – la poussée initiale, aidée par le stress. Les équipes plus faibles perdaient pied quand elles se laissaient emporter par cet élan d'énergie pour se relâcher ensuite, quand l'effort laborieux de la course se faisait sentir. Elles baissaient les bras trop tôt. Il n'était pas prêt à concéder la défaite, loin de là. Mais il sentait l'effort. Les clous de ses bottes raclaient les pierres jaunes qui jonchaient le sol, *comme des tuiles cassées sur un toit,* avait dit l'un d'entre eux.

Quand était-ce donc ? Sandy essaya de se souvenir. Il était au chaud et plein d'espoir. Chez lui. Odell était assis sur le canapé devant la mère de Sandy ; le service à thé fumait dans la pièce.

« Tout ça a peut-être déjà été au fond de la mer, disait Odell en sirotant son thé. Des millions d'années de sédiments pétrifiés sur le plancher océanique, et Dieu sait quoi d'autre. Il y a probablement des fossiles, peut-être de créatures marines gigantesques que personne n'a jamais vues.

— Monsieur Odell, dit soudain sa mère, nous vous sommes très reconnaissants de ce que vous voulez faire pour Sandy. Mais il faut qu'il termine ses études. Ce devrait être sa priorité. Il est trop jeune. C'est trop dangereux.

— Je comprends votre réticence, madame Irvine, monsieur Irvine. » Odell déposa sa tasse de thé.

Sa mère avait sorti la belle porcelaine et installé son invité dans la pièce d'en avant, pas dans la cuisine où les visiteurs habituels, comme Mme Walker, la veuve d'à-côté, étaient reçus. Sandy savait que sa mère résisterait, mais il espérait qu'Odell soit en mesure de la convaincre.

« Mais Sandy a certainement fait ses preuves au Spitzberg. Notre expédition a besoin d'un homme comme lui. L'Empire a besoin d'hommes comme lui.

— Monsieur Odell, l'Empire a déjà sacrifié tous les hommes comme lui. » Sa voix était calme, et il entendit Odell remuer sur le canapé moelleux.

Il aurait aimé qu'ils cessent de parler de lui à la troisième personne. On faisait comme s'il n'était pas là, ce qui lui donnait l'impression d'être un fantôme.

« L'université a dit que je pouvais y aller, maman. Je raterai seulement un trimestre. Peut-être un peu plus. Je vais me rattraper. J'aurai quand même ma mention très bien.

— Et songez à la chance qui s'offre à lui. Il connaîtra le monde. L'aventure. La discipline. Le leadership. Quand il reviendra, il sera sollicité pour des conférences, pour de futures expéditions. Nous sommes une fière nation d'explorateurs, madame Irvine. Vous n'êtes pas sans le savoir.

— Et s'il lui arrive quelque chose ? Pouvez-vous me promettre qu'il reviendra ? Sain et sauf, en un seul morceau ?

— Je peux vous promettre que je ferai de mon mieux. Je vous l'ai déjà ramené une fois, après tout. »

Quand il revint dans le salon après avoir raccompagné Odell à la porte, sa mère remettait les tasses et les soucoupes sur le plateau. Celui-ci tremblait quand elle le souleva, la porcelaine cliquetait. Elle s'arrêta dans l'embrasure et lui parla sans se retourner. « Je ne crois pas que tu devrais y aller. Je ne veux pas que tu y ailles. C'est tout ce que j'ai à dire. Tu décideras toi-même, mais je ne veux pas que tu y ailles. Ce ne sera pas ma faute. »

Mais là, là, elle serait fière de lui. Il n'avait pas seulement foulé l'Everest, il allait conquérir sa cime.

Sandy se pencha en avant pour ramasser une poignée de roche fracassée. Il trouverait les fossiles qu'Odell avait espérés. Les pierres glissèrent entre ses doigts gantés, rebondirent sur la montagne, se fracturèrent et disparurent. Il n'y avait aucun fossile ici. Non, pas ici. Odell avait tort. La montagne était là depuis toujours.

Des coups secs et rapides le tirèrent à la taille. Il saisit la corde et fit face à la pente où George se tenait, quarante pieds plus haut. La corde se déroulait entre eux deux. George lui fit signe de gravir la pente. Il se remit en route.

Il ferait mieux de vérifier l'heure. La veille, ils avaient fixé des repères : la crête à huit heures. La deuxième marche à midi. Le sommet à trois heures. Posant un pied devant l'autre, il suivit le chemin étroit et oblique choisi par George. Le monde plongea à sa droite, et il étendit le bras gauche de manière à effleurer la paroi de la montagne qui s'élevait tout près de lui. Il faisait bien attention où il mettait les pieds, sentant glisser ses clous. Un seul faux pas et il dégringolerait la pente, écrasé par son harnais à oxygène. Nous pourrions descendre à la course, pensa-t-il en riant – premier arrivé en bas. Et s'ils redescendaient de cette façon ? De retour dans le temps de le dire. Il en parlerait à George. Ça le ferait rire.

Il aperçut du coin de l'œil une lueur de vert, du même vert que la robe de chambre de Marjory. Mais lorsqu'il tourna la tête, il n'y avait rien, seulement la paroi abrupte du précipice. Aucune trace de vert. Nulle part.

* * *

LORSQU'IL PARVINT sur la crête, George put voir dans toutes les directions : pour la première fois, il contempla le versant sud de la montagne, tentant de déterminer quel chemin il aurait emprunté s'il était venu de ce côté. Devant lui, l'étroite plateforme de la crête s'étendait jusqu'à la première des trois marches de pierre.

« Il est pratiquement… dix heures, George », dit Sandy. Son masque rejeté sur le côté pendillait de son chapeau bordé de fourrure tandis qu'il buvait à sa gourde. Cela faisait plus de quatre heures qu'ils grimpaient. « Tu disais… qu'il fallait… être là pour huit heures.

— On est partis en retard. Faut rattraper le temps perdu. C'est possible. C'est encore possible. » Il était bien trop tôt pour jeter l'éponge. Ils avaient à peine commencé. À partir d'ici, ils n'avaient qu'à suivre la crête jusqu'au sommet. Le chemin était déjà tracé pour eux. Il n'y avait que la deuxième marche à surmonter. « On va y arriver », dit-il.

George se leva et sortit du petit renfoncement où ils s'étaient réfugiés, presque à l'abri du vent. À plus de vingt-huit mille pieds d'altitude, la crête, comme le tranchant d'un couteau, plongeait de chaque côté. Plus loin se trouvaient les corniches de neige, façonnées et fouettées par le vent qui soufflait le long de la crête. Impossible de savoir où la montagne se terminait, où le ciel commençait. Sandy le suivait. George était persuadé d'avoir fait le bon choix. Pour l'instant, Sandy avançait très bien. Si George pouvait continuer à le faire avancer, il ne lui arriverait rien.

Il se mit en route ; Sandy le suivait.

«Bravo, Georgie, mon gars. Je n'ai jamais pu me rendre aussi haut.

— Je sais. Je suis désolé, Traf.»

Son frère aimait bien le taquiner de cette façon. George devait grimper au sommet des montagnes ; Trafford, lui, n'avait qu'à monter dans un avion.

«Je veux dire, si tu aimes te compliquer la vie… », lui avait dit Trafford la dernière fois qu'il l'avait vu. Ils parlaient des Alpes, des Pyrénées. Trafford se demandait ce que ce serait de les survoler à basse altitude. Disait qu'il le rencontrerait au sommet du mont Blanc, un jour ; que ce serait beaucoup moins essoufflant pour lui.

George avait étiré le bras pour toucher l'épinglette d'aviateur que portait Trafford sur le revers de son veston de laine kaki. «Oui, enfin, n'importe quel vieil imbécile peut choisir la facilité.

— La facilité ?» Trafford avait ri. Dieu que son rire lui manquait. «George, tu rendrais tout le contenu de ton estomac en l'espace d'un quart d'heure. La facilité !

— Vraiment ? Tu veux gager ?

— Un pari ? D'accord. Je vais t'emmener dans les airs, toi et ton petit cerveau mécaniquement étroit, et tu pourras m'emmener en montagne. On verra qui se débrouille mieux à faire quoi, d'accord ?

— Je ne suis pas sûr qu'on pourra monter aussi haut sans que ton petit cul paresseux repose sur un siège d'avion.

— Alors tu refuses de parier ? De voir qui peut aller jusqu'où ? Qui est meilleur que l'autre ?» C'était une vieille rivalité, qui resurgissait très souvent entre eux.

«Non, c'est entendu. Après la guerre.

— Après la guerre.»

Ils s'étaient serré la main.

Puis, Trafford était mort durant la guerre. «Tu aurais fait un bien mauvais aviateur, lui dit Trafford à présent. Mais tu es doué pour ce que tu fais.» Il y eut un silence. «Évidemment, ce n'est pas surprenant. Depuis le temps que tu te balades à droite et à gauche. Tu as toujours fait comme il te plaisait.

— Ce n'est pas juste, Traf. Toi aussi, tu t'es beaucoup baladé.

— Mais ça ne m'a jamais valu d'être rapatrié du front, pas vrai? Tu n'as même pas eu à te tirer dans le pied. Tu t'es simplement pété la gueule en montant une pente de grès que tu n'aurais jamais dû escalader. Non, le vrai combat, la mort, tu as laissé ça aux autres. À moi.»

George s'arrêta sur la crête. Son sang le piquait, froid dans ses veines, dans sa gorge et dans ses poumons. Tout autour de lui se trouvaient des cimes plus basses, leurs couronnes blanches s'étalant à perte de vue dans toutes les directions. Tout en cheminant, il assurait la corde autour de saillies rocheuses, décrivant une boucle autour de gros rochers de manière à leur éviter une chute. Derrière lui, Sandy démêlait la corde et lui emboîtait le pas. Ils devaient négocier l'espace entre eux, l'arête rocailleuse sous leurs pieds. De petits éboulements de pierres et de glace accompagnaient chacun de leurs pas.

Regardant autour de lui, il fut saisi par la manière dont les cimes environnantes se détachaient sur le bleu profond du ciel, formant un paysage très contrasté. Personne n'avait jamais vu cela avant lui. Personne n'était monté aussi haut. Seulement lui. Et Sandy. Il fallait qu'il prenne une photo. Le monde entier s'illuminait à ses pieds avec une incroyable netteté.

Tandis qu'il glissait la main sous son coupe-vent à la recherche de son appareil, il fut soudain projeté à terre. Sous la violence du choc, il était mal tombé, son bras gauche coincé sous lui. En s'aidant des pieds et des mains, il tenta de retenir la corde pour l'empêcher de glisser et de s'effilocher sur les aspérités de la montagne. Trente pieds plus bas, Sandy avait glissé et cherchait à reprendre pied sur la neige. George voyait bien que sa vie n'était pas en danger pour le moment ; mais ses mouvements trahissaient une panique certaine.

Enfin, Sandy parvint à s'accrocher, et George se laissa choir sur le sol. Le poignet qui avait amorti sa chute lui élançait. Sa montre était cassée, son couvercle de verre brisé et enfoncé dans son bras. Il la retira, la glissa dans sa poche. Sur sa peau nue, le sang était comme une bouillie sombre, presque noire. Il sortait lentement, suintait.

Il le regarda se figer dans l'air raréfié.

* * *

IL AVAIT FAILLI mourir.

Putain, il avait vraiment failli mourir. Sandy regardait en bas de la montagne mais ne pouvait rien voir hormis son masque, ses lunettes. On aurait dit qu'il se tenait sur le vide.

Il tira sur la corde et, au bout d'un moment, il y eut un deuxième coup en retour. Soulagé, il se retourna avec précaution et aperçut George, affalé sur la crête à environ trente pieds de lui. C'était tout. C'était tout ce qui le retenait à la montagne. George et leur assurance sans ancrages. Son cœur tambourinait sur ses tempes. Il jura dans son masque.

« Essaie de ne pas dégringoler du haut de cette montagne, lui avait dit Marjory avec un clin d'œil. Que ferais-je donc si tu ne revenais pas ? »

Tout cela paraissait si farfelu, à l'époque. Si improbable. Comment pourrait-il reprendre sa vie normale là où il l'avait laissée ? *J'ai vu quelqu'un mourir,* avait-il écrit à Dick après la mort de Lapkha. Il avait songé à l'envoyer, mais cela semblait beaucoup trop mélodramatique. Dick ne comprendrait pas. Comment le pourrait-il ? Et maintenant, il venait lui-même de frôler la mort. Il voulut bouger mais n'y parvint pas. Sa peau lui picotait partout. Il avait envie de vomir.

«Tu devras décider toi-même, Sandy.» La voix de Somervell résonnait dans sa tête. «Quel prix es-tu prêt à payer?»

Il se hissa en s'aidant de ses pieds. Chaque pas, un effort. L'un, puis l'autre.

Il essayait de garder les yeux fixés sur George, lequel se tenait debout, à présent, battant la semelle, les bras repliés contre sa poitrine. Mais tout juste devant lui sur la pente de neige, il y avait quelqu'un d'autre. Une femme, enchevêtrée dans la neige comme dans de longs draps blancs. Il voulut la montrer à George, mais ses bras paraissaient aussi lourds que ses jambes. Elle se retourna et se déroba à ses yeux, ses épaules blanches disparaissant sous la neige.

George retira son masque quand il le vit approcher. «Tu vas bien.» C'était une consigne. Un ordre. Pour la première fois, Sandy put imaginer George dans sa tenue d'officier, amadouant des soldats apeurés, les poussant hors des tranchées, sous le feu ennemi. Sandy se le représentait très bien. Il hocha la tête.

«Personne n'est jamais parvenu aussi haut, Sandy. Personne. Nous sommes les premiers.»

Tout autour de lui, le monde semblait en mouvement, les cimes et les nuages emportés par une sorte de courant. Il était en mer. Il se retourna vers George, qui se recula avec assurance, prit une photo de lui, puis rangea son appareil. Il se servait de sa main gauche. «Est-ce que ça va?» Il y avait du sang sur son parement.

«Non, ce n'est rien. Le froid va aider.»

Sandy consulta sa montre. «Je crois que c'est l'heure, George.

— Non.» George semblait réellement surpris. «On peut encore y arriver.

— Bien sûr. Mais l'oxygène», dit Sandy, faisant signe derrière son dos. «La bouteille doit être presque vide. C'est l'heure de mettre l'autre.»

George regarda son propre poignet – nu, à présent, et légèrement contusionné. «En effet. En effet.»

Ils restèrent ainsi à se regarder jusqu'à ce que George lui saisisse les épaules et lui fasse tourner le dos. Sandy se concentra sur ses bottes, sur l'arête de glace et de neige, croyant suffoquer, cherchant son air. Puis, ses épaules s'allégèrent, et le gaz se remit à circuler. Sa vue s'éclaircit, et il inspira longuement et profondément. George laissa tomber le réservoir à ses côtés. Il glissa sur le versant sud de la montagne, d'abord lentement, puis en s'accélérant, vers le Népal. Ils n'étaient pas censés s'aventurer de ce côté.

La frontière semblait si arbitraire, désormais. Qu'est-ce que ça pouvait faire s'ils marchaient d'un côté ou de l'autre? Non, cet endroit leur appartenait. Comme un nouveau continent. Il se retourna. George lui faisait déjà dos, attendant que Sandy lui enlève sa bouteille d'oxygène. Il la décrocha, la posa sur le sol avec soin.

Ils étaient plus légers, à présent, mais la montagne continuait de lui peser.

* * *

LA DEUXIÈME MARCHE se dressait impérieusement devant George, une saillie rocheuse d'environ cent pieds de haut, tel le coin d'une grande cathédrale.

«Je peux surmonter ça, dit-il en remettant la lunette d'approche à Geoffrey.

— Je ne sais pas, George. Tu ferais peut-être mieux de la contourner, de trouver un autre moyen.

— Il n'y a pas d'autre moyen. Il faudrait faire demi-tour. Il faudrait descendre, prendre le chemin de Teddy. Ça nous prendrait des heures.

— Il ne peut pas. Le garçon. Il ne peut pas escalader ça.

— Tu n'en sais rien. J'ai confiance en lui. Tu avais confiance en moi, à l'époque.

— Oui, enfin, répondit Geoffrey, c'est toi qui m'as abandonné. C'est moi qui devrais être en train d'escalader l'Everest en ce moment.»

Geoffrey avait raison, bien sûr. Ç'aurait dû être lui. Et ç'aurait sans doute été lui, s'il n'y avait pas eu la guerre. C'était un meilleur alpiniste que tous ses coéquipiers – Teddy, Somes, Odell. George et lui, sur une même corde, auraient été imbattables. «Si tu n'avais pas perdu ta jambe.» C'était la première fois qu'il le disait tout haut.

«Perdu. Ha!» Geoffrey eut un rire amer.

Il n'avait jamais demandé à Geoffrey s'ils avaient retrouvé sa jambe.

«Pourquoi pas? Qu'est-ce qui t'empêchait de me le demander?

— Je ne pensais pas que tu avais envie d'en parler.

— Foutaise, George. Tu ne voulais pas en parler. Tu ne voulais pas le savoir. Tu voulais continuer à faire de l'alpinisme comme si de rien n'était.

— Ce n'est pas vrai.

— Mais si, George. Du moment que tout tourne en ta faveur, du moment que tu peux continuer à suivre ton petit bonhomme de chemin, tu ne te soucies guère de ce qui peut arriver aux autres. Du moment qu'on est encore là pour applaudir quand tu reviens de tes aventures.»

Il s'apprêtait à lui faire des excuses, mais Geoffrey n'était pas là. Il n'y avait que Sandy et lui sur la crête. Il ne devait pas partir à la dérive de cette façon. Il devait rester concentré.

Il regarda sous la marche, au creux du couloir.

Geoffrey avait tort. Il n'y avait aucun moyen de contourner la marche, pas sans redescendre dans un angle fou qui les verrait dégringoler jusqu'en bas. N'empêche, la marche semblait infranchissable, et déjà il était épuisé. Chaque pas résonnait dans sa tête, et la douleur se répercutait le long de sa colonne vertébrale, dans ses articulations et dans le creux de ses reins, où la bouteille d'oxygène lui éraflait la peau. Mais c'était le dernier obstacle. Il l'avait montrée à Sandy il y avait de cela des semaines : *La deuxième marche – c'est la seule qui compte. Après, la voie est dégagée jusqu'au bas de la pyramide.*

Il y avait quelqu'un, là, en contrebas. Il pouvait le voir. George leva de nouveau la main pour lui faire signe, pour que Sandy le voie. Un homme, là-bas, recroquevillé sur le côté. Les jambes repliées vers le haut. Que faisait-il là ?

Wilson, peut-être ? Non. Impossible. Wilson les attendait en bas du col nord. Sandy, alors ? Il fixa les yeux sur la forme humaine. Mais Sandy était encordé derrière lui. Il se retourna pour jeter un coup d'œil vers son compagnon, avançant d'un pas lourd sur la crête. Lentement, péniblement – avance, arrête, avance, arrête.

Qui était donc sur la montagne avec eux ?

« Plus haut, sur ses épaules, dit la voix de Virgil, les démons attendent. » Lorsqu'il tenta de retrouver l'homme, la forme avait disparu. Transformée en pierre grise.

Il s'adossa à la paroi de la deuxième marche et regarda Sandy cheminer vers lui, ralentissant à chaque longue minute qui passait. Il ferait mieux de bouger, du moins jusqu'au carré de soleil éclairant la pente de neige, au lieu de rester dans l'ombre de l'escarpement. Mais George ne bougea pas. Il ferma les yeux pour ne plus voir ce ciel aveuglant, cet horizon devenu presque blanc.

La pierre qui soutenait son dos absorbait la chaleur de son corps. Il frissonnait, claquait des dents dans la puanteur de son masque. Il essayait de contenir ses tremblements, aurait remué ciel et terre pour être au chaud. Depuis combien de temps grimpait-il ? Le temps se dilatait et se contractait. Sa montre n'était plus à son poignet, rien que des taches de sang. Et des éclats de verre enfoncés dans sa peau, laissant le froid s'immiscer dans ses veines.

Il ferma les yeux et reconnut l'odeur du thé, sèche, terreuse. Il tendit les bras pour saisir la tasse que Ruth lui offrait, mais ses mains tremblaient. Il les fourra sous ses aisselles et prit une longue inspiration avant de les tendre à nouveau vers elle, s'efforçant de ne plus trembler.

«Tu n'as pas l'air bien, dit-elle.

— Ça va mieux, maintenant.

— C'est grâce au thé.

— C'est grâce à ta présence.

— N'importe quoi. Tu ne vis que pour tes aventures. Tu pars à chaque occasion qui se présente. Tu me ranges au fond d'un placard et tu me ressors quand l'envie t'en prend – un petit coup de plumeau, et hop!

— Non.» Il déposa sa tasse et l'attira vers lui. Il sentait sa chaleur se dissiper. Elle aurait froid. «Non. Tu es parfaite. Je n'aurais pas dû partir. Je ne partirai plus. Là où tu es, c'est là que je veux être.

— Mais tu dois d'abord escalader cette montagne.» Il n'aurait su dire s'il s'agissait d'une demande ou d'une constatation. Mais elle avait raison. Il fallait d'abord qu'il l'escalade.

Puis, Sandy fut à ses côtés, affalé sur son épaule. «Quelle heure est-il?»

Lentement, Sandy retroussa son gant, sa manche, trouva sa montre. «Deux heures moins le quart?» Un long silence. «On devrait faire demi-tour. Tu disais qu'il fallait être ici pour midi.

— Comment te sens-tu?

— Fatigué. Bien. J'ai froid. J'y arriverai.» Sandy se leva d'une poussée.

«Parfait.» Il fit de même, leva sa main dans les airs et la retourna sous les yeux de Sandy, qui lui présenta son dos. George posa ses mains sur les épaules de son compagnon. Une simple pression et Sandy eût déboulé jusqu'au glacier loin en bas.

Il détacha le réservoir, fit glisser les sangles des épaules de Sandy. Débarrassées de leur fardeau, elles se redressèrent quelque peu pour s'affaisser de nouveau tandis que le gaz venait à manquer.

Il aurait voulu jeter la bouteille de toutes ses forces, comme pour la lancer au visage de la montagne, mais il n'en avait pas la force. Il la laissa glisser de ses doigts, entendit son fracas métallique, une fois, alors qu'elle tournoyait dans les airs ; puis elle disparut dans l'abîme. Il tourna le dos à Sandy et attendit d'être libéré à son tour. Il fut exaucé, mais n'eut droit qu'à un court répit. Sans cet afflux d'oxygène, sa respiration se fit plus difficile, plus lente. Il avait du mal à aspirer lui-même l'oxygène dans ses poumons et dans ses membres. Le peu de chaleur qu'il lui restait se replia dans son ventre, dans ses entrailles, désertant ses membres.

Il avait espéré que l'oxygène les accompagnerait au moins jusqu'au sommet, peut-être même sur une partie du chemin du retour. Erreur. Ils progressaient trop lentement.

La pierre était froide. Il avait retiré ses moufles extérieures, ne portait plus que de minces gants de laine. Il n'avait pas le choix, car il devait sentir la pierre. Il aurait préféré être en contact direct avec la chair de la montagne – un roc que nul n'avait jamais touché, vierge sous son voile de neige –, mais l'extrémité de ses doigts s'engourdissait déjà, gagnée par les engelures. Son sang gelé se dilaterait, ferait exploser ses cellules, les détruirait.

Une prise, puis une autre.

Il y avait quelqu'un à ses côtés tandis qu'il escaladait le mur. Un autre alpiniste qui reproduisait tous ses mouvements. Un reflet, juste à côté de lui. Il suivait peut-être une meilleure voie. George tendit son bras vers lui, et l'homme étendit le sien dans la même direction. La lutte serait chaude.

Une bouffée d'air vide envahit ses poumons tandis qu'il levait le pied droit pour atteindre une prise, une toute petite faille dans la paroi rocheuse. Les muscles de ses jambes, de son dos et de ses bras le brûlaient, gonflés d'acide lactique. Une longue pause, puis il se hissa. Un pouce. Deux. Rien que la paroi tout près de son visage. Et le vent : un rugissement inaudible dont la persistance s'imposait comme le silence – une pression sur ses tympans, sur son corps. Et l'homme qui grimpait à côté de lui.

Au haut de la seconde marche, George passa la corde autour d'un gros rocher, l'enroula autour de sa taille et sentit le poids de Sandy le tirailler par à-coups. Chaque secousse lui faisait mal au poignet. Les nuages avaient commencé à s'accumuler autour d'eux, s'enflant sous leurs pieds, engloutissant lentement la crête comme pour les couper de la montagne. La route du sommet était encore dégagée, mais celui-ci demeurait énigmatique, caché derrière l'un des épaulements de la montagne.

Où était passé l'autre alpiniste ? Celui qui avait escaladé la marche avec lui ? Il le chercha du regard. Étaient-ce des empreintes qu'il voyait là-bas sur la neige ? Ou seulement un caprice du vent ?

Il se laissa porter par le contrepoids de la corde.

Ses muscles frémissaient contre ses os et ses articulations. Il ferma les yeux. Il sentait partout sur lui des pattes, des pattes aux griffes acérées, plantées dans sa chair, dardant des éclairs de douleur dans ses membres. Des rires. L'autre alpiniste les avait envoyés, ces monstres qui l'attaquaient, afin d'atteindre le sommet le premier. Un ongle tranchant traça une ligne autour de son scalp, puis en décolla la peau. Son crâne blanc luisit au soleil. Un autre pinça son tendon d'Achille comme une corde de violon. Il donna de violents coups de pied, et ses clous se fichèrent dans son autre jambe. Il les sentit à peine sous ses épais vêtements.

Il se réveilla en sursaut. Et s'il s'accrochait à la corde ? Le démon de Virgil. En train de monter vers lui.

Le mieux serait peut-être de couper la corde. Ce serait la seule façon d'être sûr que le démon ne vienne pas l'arracher à la montagne.

«Ne sois pas si irréfléchi, George.» Les mains de Will étaient sur les siennes, l'aidant à tenir la corde. «Tu es toujours bien trop irréfléchi.

— C'est tout réfléchi.» Les mots se faufilèrent entre ses dents serrées.

«C'est une première, alors, tu ne penses pas?» Les mains de Will l'empêchaient de trembler. Le réchauffaient.

«Peut-être. Mais c'est pour ça qu'on te garde, Ruth et moi. Quelqu'un pour prendre soin de nous deux.

— J'ai pris soin d'elle, George. Et pas mal mieux que toi. Elle aurait été plus heureuse avec moi. Tu le sais, pas vrai? Elle est plus heureuse avec moi.»

Le vent lui vida les entrailles, nettoya tout son intérieur, vola les mots qu'il devait dire à Will. Il pouvait les voir, s'éparpillant comme autant de petits rubans au-dessus du Tibet.

*   *   *

SANDY SORTIT UNE BOÎTE de sa poche, plaça une pastille sur sa langue et tenta de l'humecter. Il pouvait à peine croire qu'il venait de franchir la seconde marche et que George continuait, sans même lui accorder un moment de répit. Il fallait à tout prix qu'il le suive. Il le fallait. Dans une minute, il se relèverait. Rien qu'une minute. Deux.

«Allons, fais pas le lambin!» le taquina Marjory. Elle se tenait derrière la porte entrouverte, lui faisant signe d'approcher avec son doigt. «Quelqu'un pourrait te voir.»

Que faisait-il donc? Elle avait raison. Dick pourrait le voir. Mais le champagne du dîner et le digestif de whisky pétillaient dans sa tête, et la gueule de bois lancinante n'était pas loin.

«Tu n'as qu'à mettre un pied devant l'autre», dit-elle pour l'encourager, tout en ouvrant la porte plus grand. Elle avait troqué sa robe de soie blanche pour un peignoir. Le cordon était à peine serré ; les pans entrouverts laissaient voir la longue échancrure entre ses deux seins.

«Non.» Il ferma les paupières avec force, secoua la tête. Il ne pouvait aller vers elle. Il n'irait pas. Lorsqu'il rouvrit les yeux, sa mère se tenait là.

«Je t'ai dit de ne pas y aller, Sandy. Maintenant, s'il te plaît, reviens à la maison.»

Il s'avança vers elle mais fut retenu par une main posée sur son épaule. Il voulut s'en défaire, mais soudain, sa mère n'était plus là, et les doigts de George étaient plantés dans son bras. Son pied se balançait au-dessus du vide, et George tentait de le retenir, de le ramener.

«Nom de Dieu, Sandy. Nom de Dieu.» Il sentit le souffle chaud de George sur son visage, ses deux bras qui l'encer-claient, l'immobilisaient. Peu à peu, il se calma et se laissa tomber par terre. «Tout va bien», lui répétait George sans cesse. «Tout va bien.» Mais tout n'allait pas bien. Il fallait que George consente à faire demi-tour ; ils auraient déjà dû le faire depuis un moment.

«Sandy, je dois te demander de rester ici. Tu avances trop lentement. On n'y arrivera pas, à ce rythme. Mais il reste en-core une chance. Je peux continuer tout seul. Je peux y arriver. Mais tu dois rester ici et ne pas bouger.»

Pourquoi George refusait-il de l'écouter ?

«Tu comprends ?» La voix de George grinçait, intermit-tente, comme le vent. George se pencha sur lui, resserra son cache-col, tira sur les oreilles de son chapeau. On aurait dit que George l'habillait, le préparait.

«Non», dit-il, tandis que George repliait ses bras sur lui, ramenait ses jambes contre son corps. «Non.

— Sandy, tu dois rester ici. » George tripotait la corde à sa taille, défaisait le nœud pour se désencorder. George le laissait derrière.

Il ne pouvait l'accepter. Il se lèverait. Le suivrait. Il fallait qu'ils le fassent ensemble. Il ne voulait pas être laissé seul. Pas ici. Il fit un effort pour se relever, mais la main de George était sur son épaule. Il y eut un serrement, puis un bruit sourd. « Si je ne suis pas revenu dans une heure, voire deux, redescends. » George lui désigna le chemin qu'ils venaient d'emprunter.

George se tourna vers le haut de la crête, se mit à avancer. Lentement. Si lentement. Comme s'il bougeait à peine. Il pouvait encore le rattraper. Il se lèverait et il le suivrait. Dans une minute. Dans quelques minutes.

Sandy contempla l'horizon – contempla la courbure de la terre. Il était parvenu si haut. Il tenta de démêler les chiffres, de calculer à quelle hauteur ils pouvaient être, à quelle distance se trouvait George. Le toit du monde. Il devait prendre en compte certaines choses : l'angle de leur ascension, leur rythme. Tout avait été si lent. Ils avaient grimpé toute la journée. Toute la journée, et ils n'avaient toujours pas atteint le sommet. Il restait encore deux heures. Peut-être trois. Il n'y arriverait pas, mais George y parviendrait peut-être. Combien de temps lui avait-il dit d'attendre ?

C'était sans importance. Il attendrait.

Son cœur battait la chamade, et il imagina son sang, en traça le parcours dans son organisme : sa couleur rouge sombre éjectée de son cœur, à travers son aorte puis ses artères sinueuses et enchevêtrées. Transportant de la chaleur. De l'oxygène. Il enleva son gant et regarda sa main siphonner le peu d'oxygène qu'il avait encore dans le sang, avant que celui-ci ne rebrousse chemin vers son cœur. Mais il manquait de vigueur. Il resterait coincé dans son cœur. Il mourrait.

Il ne voulait pas mourir ici.

Où était passé George? Depuis combien de temps était-il parti?

Il compta les heures d'après l'angle du soleil. Le temps se ralentissait. Tout se ralentissait. Le soleil baissait. Baissait. S'approchait des cimes à l'ouest. «Il ne faut pas se faire prendre par la nuit, lui avait dit George. Tu me diras quand il sera temps de faire demi-tour. Puis-je compter sur toi?»

Il était censé dire à George de faire demi-tour et il avait négligé de le faire. Et si George ne revenait pas bientôt, la nuit tomberait. La température dégringolerait. Il faisait déjà si froid.

Il entendait les cellules mourir dans son cerveau. Mourir de froid. Elles éclataient avec un bruit sec, pétillaient comme du champagne. Ses poumons se remplissaient de liquide.

«Chéri?» Marjory était étendue à ses côtés, une flûte à champagne entre ses longs doigts. Il avait soif, mais elle porta la coupe à ses lèvres et la vida en souriant. Le soleil filtrait à travers les rideaux blancs. Tout était d'une blancheur ouatée. Elle dégageait une odeur fraîche, comme la neige. Il ne voulait pas parler. Voulait rester allongé près d'elle. Dormir. «Chéri, est-ce que tu m'aimes?»

Pourquoi lui posait-elle cette question maintenant?

«Quand tu vas revenir, ronronna-t-elle, qu'est-ce qui va se passer? Entre nous?»

N'avaient-ils pas déjà parlé de tout ça? Qu'est-ce qu'il lui avait dit? Quelque chose qui l'avait rassurée. Mais il ne s'en souvenait pas.

Il ne l'aimait pas.

Sandy se réveilla en sursaut sur la montagne.

«Alors pourquoi, Sandy?» Dick se tenait devant lui, les bras croisés. Il dégouttait, avait dû attraper la pluie.

«Il te faut une serviette. Tu devrais te sécher. Tu vas attraper la mort.

— Tu devrais plutôt t'occuper de toi-même.

— Il ne m'arrivera rien. Je n'ai qu'à attendre, expliqua-t-il. Je dois attendre que George revienne. »

Hochant la tête, Dick s'assit à côté de lui. Le froid émanait de ses vêtements trempés. Il voulait s'en éloigner, mais ne voulait pas froisser Dick, qui avait les yeux rivés sur le nuage blanc qui les enveloppait.

« Tu sais, Sands, ce type n'est pas vraiment ton ami. » Dick leva le pouce et le pointa par-dessus son épaule, dans la direction que George avait prise. « Pas comme je le suis. Il t'a abandonné ici. Il voulait le sommet rien que pour lui, alors il t'a abandonné ici. Et te voilà en train de mourir. Tu le sais, ça ? T'es en train de mourir, Sands. Il t'a abandonné à ton sort.

— Non. Il va revenir. Il n'avait pas d'autre choix que de me laisser ici. Je n'y serais jamais arrivé.

— Alors, est-ce que ça en valait la peine ? » Il tenta de répondre à cette question. Ça en valait la peine, ou pas ? Peut-être. « Vu que tu ne l'aimes même pas ? acheva Dick.

— Je vais tout arranger, Dick.

— Je ne vois pas comment.

— Si tu étais arrivé plus tôt, dit-il, tu aurais tout vu. D'ici, la terre est courbée. » Sandy leva le bras pour le lui montrer. « Comme ça. »

Dieu qu'il faisait froid. Il essaya de prendre son souffle, d'appeler George, mais il s'étouffa en avalant l'air sec. Son corps ravagé par une toux fut pris de secousses. Il essaya de percer le nuage du regard. Et si George était tombé ? Et s'il avait rebroussé chemin et qu'il était passé près de lui sans le voir ? Il fallait qu'il redescende. S'il redescendait, il pourrait rentrer chez lui et arranger les choses. Sandy s'agenouilla avec difficulté.

Il regarda au bas de l'escarpement dans la pénombre grandissante. Il n'était pas si tard, non ? C'étaient les nuages qui assombrissaient tout. La silhouette de l'arête rocheuse se fondait dans le ciel. Il ne pouvait pas redescendre la marche tout seul. Il n'y arriverait pas.

Il se laissa choir à nouveau sur la pierre et sa colère se déversa dans le froid. Laissant tomber sa tête sur sa poitrine, Sandy respira dans son écharpe, fourra ses mains entre ses jambes. L'une d'entre elles était nue. Où était passé son gant ? Il ne sentait plus sa main. Sandy pria pour que son calvaire finisse.

*　*　*

SEUL, GEORGE PARVINT au-dessus du nuage qui l'encerclait de toutes parts. Aucune cime ne transperçait son blanc moutonnement, sa douceur presque solide. Il sortit l'appareil d'Odell. Il n'y avait rien, ici, sauf l'Everest. Le nuage était si dense qu'il était certain de pouvoir marcher dessus, s'il décidait de mettre un pied dans le vide. Il se laisserait porter par les courants atmosphériques, comme au gré des marées.

Il tendit les bras, prêt à sauter, et l'appareil tomba de sa main, dégringolant dans la blancheur à ses pieds. Disparaissant sans bruit. Son regard s'y attarda.

Il n'était plus là. Il n'y aurait donc aucune photo. Aucune preuve de son succès. Seulement sa parole. Et celle de Sandy. Il s'affaissa sur la montagne et contempla la longue pente neigeuse.

À quoi bon, alors ?

Il tourna le dos au sommet, au vent, sortit un bout de papier de sa poche. Puis, prenant soin de l'abriter avec son corps, avec ses mains, il examina la photo de Ruth, amputée de son propre visage maintenant qu'il l'avait déchirée. La photo était plus floue que dans son souvenir. Il ne pouvait pas distinguer ses traits, la boucle de cheveux à sa tempe qui avait échappé aux épingles. Il avait par la suite enlevé les épingles, faisant tomber sa couette sur l'encolure de sa robe, un frisottis auburn sur sa clavicule. Il ne distinguait plus aucun de ces détails sur la photo. Il ferma les yeux et tenta de se la représenter, de la dessiner sur le canevas blanc et vierge de son esprit. Elle refusa d'apparaître. Il ne pouvait l'invoquer que par le souvenir.

«Je ne peux plus continuer comme ça, George.» Son visage était barbouillé, elle avait pleuré. Combien de fois l'avait-il fait pleurer? «J'ai attendu et attendu. Je ne t'attendrai plus, désormais.»

Il ne pouvait pas sentir le papier entre ses doigts gelés.

Lorsqu'il ouvrit les yeux, le vent tripotait le coin de la photo. George tenta de l'agripper, mais le vent lui arracha la photo des mains. Elle disparut dans le nuage.

Il remua légèrement sur le sol et étendit le bras, la paume vers le haut, comme pour saisir la cime. De cet angle, le sommet pouvait tenir dans sa main. Si proche. Il pouvait goûter le vent qui soufflait d'en haut, le courant-jet qui montait de l'océan Indien, charriant un parfum de pluie tropicale, chaud, purifiant. Le chemin se déployait sous ses yeux. Plus qu'une longue pente de neige. Il n'y avait nulle part où aller, à part monter ou redescendre. Mais avait-il encore le choix?

«C'est donc cela, George?» demanda son père dressé devant lui. «C'est pour cela qu'on a tout enduré? Tous ces sacrifices?» Le froid n'était plus sensation mais douleur. George se balançait d'un côté à l'autre tandis qu'il s'insinuait dans ses veines, dans son cœur. Il serpentait et se tortillait à travers sa colonne vertébrale. «Non pas que tu aies jamais cru bon d'en faire, toi, des sacrifices.» Son père, l'air grave, se retourna pour observer la crête, son manteau noir se détachant vivement sur la couverture nuageuse. Il suivit le regard de son père. Sandy était quelque part là-bas à l'attendre.

«Ils ont tous payé le prix pour que tu puisses en faire à ta tête, poursuivit son père. Trafford. Ruth. Tes enfants. Ce garçon, là en bas. Il va t'attendre. Il ne t'abandonnera pas comme tu l'as abandonné, lui. Il suivra les ordres – comme tous les

autres – et il mourra. Pour ça. Pour toi. S'il n'est pas déjà mort. »
Il y eut un long silence. « Et pour quoi faire ? Rappelle-moi
donc pour quelle raison ? »

Il y eut une explosion de lumière, comme le flash d'un appareil. « Parce qu'il est là.

— Exact. Parce qu'il est là. Tu as toujours été captivé par ce
qui est là-bas, George. Il est grand temps que tu t'intéresses à
ce qui est ici. »

« C'est la chose la plus brave que j'ai jamais entendue »,
souffla Stella à son oreille. George sentit sa main dans ses cheveux, de longs ongles qui le grattaient sous son casque de fourrure. Elle se pencha pour l'embrasser. George se détourna et
enfouit son visage dans ses mains, ferma les yeux très fort.

« Qu'est-ce qu'ils vont faire ? lui murmura Sandy. Qu'est-ce
qu'ils vont faire si on ne revient pas ? »

Il essaya de se l'imaginer. Ruth en noir. Ses enfants. Il se
représenta le lampion que la mère de Sandy avait installé à sa
fenêtre. Sa flamme vacillait.

Il ne pouvait pas rester assis là. S'il restait là plus longtemps, il mourrait. Il devait prendre une décision, mais il n'y
avait pas de choix facile. Pas de dénouement heureux.

À travers le nuage au-dessous lui, il ne pouvait plus voir
Sandy. Sandy était encore en vie. Il le fallait. Au-dessus du
nuage, un cône de neige parfait. Une petite pyramide blanche.
Pure, intacte.

Il était si près du but.

*   *   *

LE SOLEIL N'ÉTAIT pas tout à fait couché, mais il disparaîtrait
bientôt derrière l'amoncellement de nuages qui gommait tous
les contours. Ils n'auraient pas dû se trouver ici. Ils auraient dû
être de retour dans leur tente, avec le thé, le chocolat qu'il
conservait dans son sac en prévision de leur retour. Lorsque

Sandy enleva ses lunettes, le vent le pinça, lui racla les paupières. Il plissa les yeux. Il y avait une forme sur la crête. Près de lui. Quelqu'un à ses côtés. George. Il était revenu. Mais il était assis là, immobile. Stupéfait, les yeux grands ouverts, à contempler les nuages. Sandy le secoua de sa torpeur et se leva péniblement, entraînant George avec lui. À présent, les nuages s'élevaient autour d'eux, plus clairs que le crépuscule, comme s'ils gardaient la lumière prisonnière. Il avait l'impression de s'y noyer.

George vacillait sur ses jambes, et sembla soudain se dédoubler : deux hommes se tenaient là devant lui. Sandy fit un effort de concentration – il voulait absolument savoir ce qui s'était passé. « As-tu réussi ? Tu l'as fait, n'est-ce pas ? » Il hocha la tête avec enthousiasme, ce qui lui valut un élancement au crâne. Sandy ferma les yeux pour ne plus voir double. Lorsqu'il les rouvrit, George se tenait devant lui, levant la tête à la rencontre de son regard. Avait-il acquiescé ? On aurait dit que oui.

Sandy voulut sourire. Ses lèvres boursouflées se fissurèrent.

« Il faut partir », dit enfin George.

Sandy tenta de se représenter la vue du haut de la montagne. Comment se serait-il senti en la voyant ? Il essaya de se rappeler son plus grand moment de fierté, mais n'y parvint pas. Il était peut-être en train de le vivre. Comme il aurait voulu être là, avoir vu ce que George avait vu. Tout irait bien, à présent. Ils avaient réussi.

George le secoua avec violence. « Il faut partir. »

Le monde tanguait. Il était sur un navire, ballotté par les vagues au-dessous de lui, autour de lui. Non. Sur la montagne. George rattachait la corde autour de sa taille. Ils se faisaient face sur la montagne, reliés par la corde. George le fit avancer, laissa la corde se dérouler. Il la sentit se tendre dans son dos. Elle le soutenait. Il se mit à descendre la crête en trébuchant.

Ça n'avait aucune importance. George avait réussi. Ils redescendraient, et tout serait différent. Tout serait pour le mieux.

* * *

GEORGE PATAUGEAIT dans la faible lumière qui se réfléchissait autour de lui et lui renvoyait un monde en deux dimensions. Il avait maintenant pris la tête, Sandy non loin derrière, une courte corde entre eux. Il ne voulait pas le perdre dans la pénombre. Ne voulait plus le laisser seul sur la montagne.

Précautionneusement, il posa un pied devant lui, y transféra son poids. L'éboulis de pierres glissa sous sa botte, dégringolant avec fracas. Il assura sa prise de pied et fit un pas de plus. Ils avaient grimpé du lever au coucher, mais il ne se souvenait pas de l'ascension. Rien ne lui paraissait familier. Il y avait, se rappela-t-il, un rocher en forme de champignon. Il fallait qu'il le retrouve. Il avait soif. Faim. La nausée. Cela faisait plus de quinze heures qu'ils avaient quitté le campement. Ils devaient approcher de la fente qui conduisait dans la bande jaune. Il consacra tous ses efforts à retrouver le rocher, le petit couloir qu'ils avaient monté. S'il passait tout droit dans le noir…

«Où est la torche électrique? lui demanda Geoffrey.

— J'ai dû la laisser dans la tente. On n'aurait pas dû en avoir besoin.

— C'est vraiment stupide, George.»

Oui. Vraiment stupide. Il n'y avait plus qu'à continuer, maintenant. Pas d'autre choix. S'il s'arrêtait, il ne pourrait plus jamais se relever. Il se traîna à l'aveugle, aspira l'air chétif dans ses poumons.

Le froid se faufilait dans les clous de ses bottes, qui le brûlaient comme des cautères. Sa main était raide sur son piolet, faible. Ce qu'il pouvait être faible – c'en était humiliant. Qu'est-ce que Sandy allait penser de lui?

Il plissa les yeux à travers la noirceur, à travers la neige qui se mettait de la partie. De gros flocons, comme des papillons de nuit à la fenêtre.

Il pouvait entendre son souffle dans ses poumons. Des cellules éclataient, comme de petits feux d'artifice dans son cerveau. Il pouvait les voir, les sentir, ces petites explosions qui parcouraient son corps.

Le froid et le vent ruisselaient sur lui comme de l'eau. Une sensation omniprésente. Sur sa peau, sur ses jambes qui balayaient l'air, à travers les coutures de ses vêtements. Le froid le tenait dans ses serres. Son corps frémissait, se contractait. Se raidissait sur ses membres.

Il fit un pas de plus ; la montagne l'attirait à elle.

Il y eut une traction sur la corde. Le temps qu'il se retourne, Sandy avait retrouvé l'équilibre et observait le gravier et la neige qui dégringolaient sous lui. Ils cheminèrent encore, s'arrêtant à chaque pas pour prendre une bouffée d'air.

Il fit un pas de plus, sentit des pierres se déloger sous ses pieds.

Ils ne devaient plus être loin.

Il essaya de compter les heures dans sa tête. Ils ne tiendraient plus très longtemps.

Devant lui, une tache claire dans la roche. La bande jaune. Ils y arriveraient. George se dirigea imperceptiblement vers l'endroit où son regard s'était fixé. Une vision tremblotante et indécise à travers les nuages, les ténèbres, le feu roulant de neige. Et s'il se trompait ?

Il fit un pas de plus.

* * *

SANDY FAISAIT TOUT son possible pour marcher sur les traces de George. Ordonnait à ses muscles de se préparer, de tirer, de relâcher. Chaque pas était une corvée. Il n'arrivait pas à croire que ses jambes le soutenaient encore : il pouvait à peine les sentir. Il n'était plus que la sensation de brûlure dans ses poumons, dans sa tête, le froid transperçant ses oreilles comme des pics à glace. Il voulait s'asseoir, s'enfouir dans la roche et la neige. Dormir. Il continuerait demain.

Puis, une violente secousse sur la corde, la montagne qui fonçait sur lui. Ses poumons se vidèrent une dernière fois : quelque chose lui serrait la poitrine et le ventre, et il se sentit écrasé. Il se démena sur les pierres cassantes qui dégringolaient dans l'abîme, noir comme de l'encre. Il lutta contre la corde qui le sciait en deux, tenta par tous les moyens d'agripper quelque chose, et le gant qu'il lui restait se déchira dans sa main. Il s'accrocha à la crête.

Il s'immobilisa malgré le poids de la corde. Rien ne bougeait plus, sauf le vent sur ses vêtements et sur ses mains, lui faisant desserrer les doigts avec lesquels il essayait de se cramponner à la corde. Il était frigorifié et en nage. Cherchant à prendre son souffle malgré l'étau qui l'enserrait, il fut assailli par des explosions de lumière, de couleur.

« George ! » C'était un râle. Aucun son. Il tint la corde. Sa main tremblait, nue, livide, comme une serre blanche. Il comprit lentement. George était tombé. George était à l'autre extrémité de la corde. Il pesa dessus de tout son poids, tenta de la faire remonter. Son esprit s'embrumait, sa vision réduite à un point. Il se cogna la tête contre la montagne afin que la douleur l'aide à rester concentré. Non. George avait conquis la cime. Ils devaient absolument redescendre.

Sa main s'avança sur la corde. S'avança, s'avança encore.

Puis, tout fut terminé.

Il fut rejeté en arrière, percutant sa colonne et son crâne contre l'ossature de la montagne. Il n'y eut aucun son, hormis le vent et son agonie dans les ténèbres pesantes. Il resta étendu là, l'air s'engouffrant dans ses poumons vides, qu'il sentait déjà moins comprimés. Mais il demeurait incapable de respirer. Des filets de couleur lui traversaient les yeux.

« Que dois-je faire ?

« — Mourir. Seul. Comme moi. » Lapkha était à ses côtés. Ses yeux exorbités dévisageaient Sandy, qui tâta les siens de sa main gelée.

« Non. Je ne peux pas. »

Un souffle rauque montait des poumons de Lapkha. « Toi pas m'aider. Personne aider toi.

— Je vais aider George. George va m'aider. »

Il se redressa sur son séant et se mit à tirer sur la corde, mais il ne sentait pour l'instant aucune résistance. Les yeux de Lapkha surveillaient ses mouvements. Quand la corde serait de nouveau tendue, il donnerait un petit coup pour que George sache qu'il était là, qu'il viendrait à sa rescousse. Il la remonta en se servant du pli de son coude et de sa main droite.

Le bout de la corde glissa à travers sa main engourdie, et dans l'obscurité, il tira sur le vide. La corde était empilée à ses côtés. Rompue, le bout déjà effiloché, en train de se désenrouler.

Ses yeux fixèrent la corde.

« Tu n'as qu'à rester calme. Sers-toi de ta tête, dit son père. Reste calme. Réfléchis. T'es un garçon intelligent. Tu te débrouilleras. »

La corde s'était rompue et George était tombé, gisait quelque part en bas. Sandy suffoquait. Il allait mourir. George aussi. Il ne savait pas comment le retrouver. Ne savait pas comment rentrer au campement. La panique monta en lui comme une vague.

Il se lança, trébucha sur l'éboulis, glissa sur le gravier, la pierre lui déchirant les jambes. Il voulut s'agripper à la montagne pour ralentir sa descente. Il devait absolument retrouver George. Descendre. Un nouveau rythme dans sa tête. À chaque pas, à chaque glissade, il croyait basculer dans le vide qui l'entourait. Il s'arrêta de longs moments, paralysé par cette idée, et finit par s'asseoir, trop effrayé pour faire quoi que ce soit jusqu'à ce que le froid le pousse à se relever, à appeler George. Sa voix n'était qu'un murmure. La montagne grinçait de froid. Se rendormait.

Il décida de se reposer. Rien qu'une minute.

S'il se reposait, il pourrait reprendre son souffle. Prendre une décision. Retrouver George. Redescendre. Trouver la tente. Odell les y attendait peut-être. Guettant leur retour. Peut-être qu'Odell montait en ce moment à leur rencontre. Non. Ils n'avaient pas de lampe. Odell n'avait pu les voir. Sandy ne voyait rien. Les étoiles surgissaient dans le ciel, lentement dévoilées par les nuages.

Des larmes ruisselaient sur son visage. Gelaient. Il les essuya de ses mains nues. Où étaient ses gants ? Il ne pouvait sentir ses doigts sur sa joue. Ils étaient blancs aux extrémités, gonflés comme des champignons. Il pressa ses doigts ensemble : ils se cognaient comme de la pierre.

Il ramena ses genoux contre lui, fourra ses mains entre ses jambes. Il baissa la tête et respira dans le creux formé entre ses jambes et sa poitrine. Son souffle était visible. Il se condensait, étincelait légèrement, mais il n'y en avait pas assez. La claustrophobie l'envahit, et il rejeta la tête en arrière, retrouva l'air glacial de la nuit, suffoqué, hurlant tout ce qu'il lui restait dans les poumons. Sa voix était blessée, comme morte.

Il fallait qu'il se relève.

S'il ne se relevait pas, il mourrait, et il ne voulait pas mourir. Pas seul. Sans que personne le sache. Il n'était pas prêt à payer ce prix. Il fallait qu'il redescende. S'il disait au monde ce que George avait fait, alors leurs efforts en vaudraient peut-être la peine.

Encore une minute. Il faisait plus chaud, à présent. C'était si bon, cette chaleur. Comme son vieux lit à la maison. Il arracha son cache-col. Pourquoi diable avait-il mis ça ? Retira son chapeau de fourrure, s'en servit comme d'un oreiller.

« Je ne veux pas mourir ici.

— Tu ne mourras pas. » Sa mère vint le border. La couverture était trop serrée. Il ne pouvait plus bouger. « Tu vois cette flamme ? » Elle la lui montra. Mais il y en avait tant. Tant de feux dansants tout autour de lui. Des foyers, des lampions brûlant aux fenêtres. Loin, loin. Ils clignotaient.

« Laquelle ? demanda-t-il.

— Celle-là… »

Il hocha la tête, pouvant à peine bouger. Ne voulant plus bouger du tout.

« Je la garderai allumée pour toi. »

Il se concentra sur la flamme scintillante que sa mère lui avait indiquée. Elle semblait plus brillante. Elle était toute proche. Il pouvait la voir à la fenêtre de sa mère. Il se traîna vers elle et cogna sur la vitre. Il chercha la porte mais ne put la trouver. Ses mains affolées tâtonnaient sur le mur de pierre, la vitre glacée.

Il s'effondra contre le mur. Elle ne voulait pas le laisser entrer.

Le froid bouillonnait dans ses veines. Il était en train de congeler. Ses mains sur ses jambes étaient des blocs de glace.

« On a réussi », voulut-il dire à sa mère.

Il n'y eut aucune réponse.

Son esprit s'évadait de son corps, calme et léger, ses poumons matelassés d'air. Il était en train de mourir. Une vague de chaleur parcourut son corps, comme un vif soulagement. Où était passée la douleur ? Il voulait qu'elle revienne.

La neige soufflait tout autour de lui, s'amoncelant près de ses genoux et de sa poitrine. Elle ne fondait plus quand elle le touchait, mais se contentait d'effleurer son visage, comme le dos des doigts de sa mère. Ses sourcils étaient couverts de givre, ses couettes blondes aussi, ses mains d'un blanc fantomatique, vidées de leur sang, gelées jusqu'aux os.

Il ne pouvait ouvrir les yeux, enseveli sous la montagne.

* * *

UN SEUL FAUX PAS, et la montagne se déroba sous lui.

Il tombait, son corps tournoyant dans le vide. « Si tu tombes – Geoffrey lui parlait dans sa tête –, il te reste encore trois secondes à vivre. » Il tombait depuis plus longtemps que cela. Il tombait depuis toujours. Elle ne lui faisait pas mal, cette longue descente en chute libre.

Puis la douleur – ses côtes et ses poumons écrasés, un cruel tenaillement là où la corde l'étranglait. Il ne pouvait plus respirer. Il n'y avait plus que la douleur. Dans ses côtes. Dans ses poumons. Il voulut crier, mais il ne sortit de sa gorge qu'une faible plainte. Un souffle, tout au plus. Il y eut un gémissement à son oreille. Puis, un déchirement, un relâchement. Un autre gémissement.

La montagne fondit sur lui à toute vitesse.

Son pied droit heurta la paroi de granit, et il entendit sa jambe se rompre, malgré le vent et la plainte qui bourdonnait dans sa tête. Puis, la douleur comme un coup de poignard et le miroitement blanc d'un os à travers la chair.

Il atterrit dans un éboulis de roche auquel il tenta de s'accrocher, ses doigts et ses mains déchiquetées par le bord tranchant des pierres qui lui déchiraient le corps et lui arrachaient ses vêtements, de larges bandes de chair se soulevant de sa poitrine et de son ventre. La douleur monta par vagues de chaleur.

Quelque part près de lui, trop près, il y eut un cri qui s'évanouit à la fin d'un souffle. Puis, une inspiration forcée et un autre cri. C'était lui. Il étouffait.

Sa tête plongea vers l'avant, heurtant les pierres, la glace et le sable. Le sang ruisselait dans ses yeux, et sa chaleur l'aveuglait.

La montagne s'accrochait à lui, refusait de le lâcher. Il ralentit et s'arrêta, les mains plongées dans l'éboulis, cherchant quelque façon de se retenir. Ses doigts n'étaient plus qu'une bouillie sanglante. Son sang se déversa sur la roche gelée.

Il appuya sa jambe intacte sur celle qui s'était rompue et essaya de soulever la tête. Il ne voyait rien. Ne respirait plus. Son corps se consumait. La chaleur le soulageait.

Ses mains agrippaient encore la montagne. Il tenta d'appeler Sandy. Ses lèvres enflées pouvaient à peine articuler ce son. Et ses poumons ne contenaient plus assez d'air pour le crier.

Le nom de Sandy, une faible plainte sur la montagne. *Sandy.* Il était désolé. *Je ne voulais pas que ça arrive.* Il fallait qu'il relève pour aller lui prêter secours. Pour le ramener à la maison.

Il essaya de se soulever, mais la montagne le retint.

«Ruth?» Il avait besoin qu'elle vienne ici. «Ruth?» Où était-elle?

Sandy lui raconterait ce qui était arrivé. À moins que Sandy ne soit tombé lui aussi. Non. Il parviendrait à rentrer. Il irait voir Ruth. *Je suis désolé. Pardonne-moi, je t'en prie. Je t'en prie. Ruth?*

Il la chercha du regard, mais ses yeux étaient couverts de sang figé, gelé. Ses doigts meurtris agrippèrent la montagne. Il tenta de se soulever en s'appuyant sur sa jambe cassée. La douleur l'enserra. Il retomba au flanc de la montagne. Elle le retint.

Il voulait seulement ne plus bouger. Voulait que ça se termine.

La montagne s'accrochait à lui, le revendiquait. Le froid s'immisçait en lui à travers la pierre, l'air. Elle était allongée à ses côtés. Il sentait son souffle sur sa joue. Sa main sur son front. Le froid le paralysait, les coupures et les ecchymoses, l'os fracturé qui brillait, sortant de sa chair au-dessus de sa botte.

Elle recensa ses blessures. Les caressa, les apaisa.

Il n'existait plus que sous sa peau, dans la mince couche de chair qui ne ressentait plus la brûlure du froid. Son cœur ralentit, le sang cessa d'affluer à ses tempes et se mit à étinceler, tandis que de frêles cristaux de glace se formaient dans ses veines.

Sa respiration flancha, sa douleur au thorax se dissipa. Le vent secouait ses vêtements, les soulevait, se blottissait contre sa peau. Il ne sentait plus les caresses de Ruth.

Son esprit ralentit.

Il était étendu dans leur lit tel un vaste champ de neige, et attendait. Il l'attendrait, à présent. Il l'attendrait, et elle viendrait.

Il était immobile. Son cœur. Son souffle.

Son corps se solidifiait autour de lui.

Il prêta l'oreille au son de ses pas.

VISITES

La lumière du matin qui inonde la pièce a cette curieuse teinte de fin d'été – jaunâtre, comme si une tempête se préparait à l'horizon. Comme une ecchymose qui s'estompe. Il n'y a pas d'ombres, tout donne l'impression d'être plat, comme dans un tableau médiéval : c'est l'importance des objets qui décide de leur taille, et non la perspective. Le plus gros objet dans la pièce est le bureau, avec sa pile de lettres laissées à l'abandon. Mais mon tableau vénitien, sur les étagères presque vides, semble être passé de la taille d'un gros livre à celle d'un objet lourd et encombrant. Avec un effort, je le descends de là où il est appuyé, le dépose dans la boîte au milieu de la pièce. La boîte paraît aussi très grande, alors que ses effets personnels disparaissent au fond. Je suis la seule chose qui semble petite.

Dans la cuisine, Edith se déplace à pas de loup. Elle essaie d'être discrète, mais comme ceux qui marchent sur la pointe des pieds ; ses bruits se remarquent d'autant plus. Le seul claquement de la bouilloire sur le brûleur me fait tressaillir davantage que le léger remue-ménage qu'on entend d'habitude. Une odeur de scones flotte dans l'air – au citron, peut-être ? Ou à la lavande. Et une pointe de cannelle. Elle fait ce qu'elle peut, à sa manière. C'est sa façon à elle de me rendre hommage. La souffrance que j'essaie de contenir remonte à présent dans mes poumons. Je prends une grande inspiration et retiens mon souffle pour la maîtriser. Pour me contrôler.

Le courrier tombe derrière la porte d'entrée, et je me rends dans le couloir à contrecœur. Les enveloppes sont éparpillées sur le plancher. Il y en a tant. Je les ramasse et les empile sur la table d'appoint sans même y jeter un coup d'œil. Edith est à mes côtés. « Désolé, m'dème. Je venais justement le ramasser. » Elle prend le courrier et l'emporte. Elle fait cela depuis le premier soir. Comme si elle pouvait intercepter les pires nouvelles.

C'était en juin, et les enfants avaient déjà pris le thé. J'avais mangé un repas froid et j'étais dans le salon, debout, en train de lire la lettre de Cottie qui nous invitait à aller la rejoindre à la campagne. Elle, Owen et les enfants. *Je sais que tu m'as dit que tu y réfléchirais quand on s'est vues au dîner, mais je veux que tu saches que l'invitation est sincère. Nous aimerions beaucoup être avec toi.* Nous irions peut-être, en fin de compte. Ça nous ferait du bien, le fait de changer d'air, de nous distraire. On pouvait faire suivre le courrier, donner à Hinks l'adresse où me joindre au cas où quelque chose se présenterait.

Je me souviens de chacune de ces pensées, des mots que contenait la lettre de Cottie.

Le bruit de la sonnette me surprit. Puis, la voix d'Edith. Vi se trouvait à l'étage avec les enfants. Un ténor plus profond, la voix d'un homme. Des chuchotements de part et d'autre. J'en eus des frissons malgré la chaleur de la pièce.

Cela faisait deux nuits que je restais étendue dans mon lit, plongée dans un demi-rêve. J'imaginais que George était allongé à côté de moi, son corps étalé sur le drap blanc, ses bras tendus au-dessus de sa tête, son visage face au mur.

À mes côtés, George était lourd, immobile. Si lourd que mon corps roulait vers le sien, et je voulus me blottir contre lui, sentir nos deux corps allongés, pressés ensemble. Mais il était si froid que je m'éloignai, ne le touchant qu'avec la main. Le froid s'infiltra dans ma peau, le long de mon bras, le décolorant. Quand j'enlevai ma main, il y eut un bruit semblable à de la glace qui craque.

Dans le couloir, la porte se referma, et j'expirai bruyamment. Je ne m'étais pas rendu compte que je retenais mon souffle. Puis, j'entendis quelqu'un venant vers moi d'un pas rapide et traînant. Plus rapide que lorsque Edith retournait à sa vaisselle. Je la priai mentalement de ne pas s'arrêter au salon, de regagner sa cuisine. *Ne t'arrête pas. Ne t'arrête pas.*

Elle se tenait dans l'embrasure de la porte, le regard fuyant, les lèvres serrées.

« Qu'y a-t-il ? » J'étais assise. N'avais-je pas été debout à la fenêtre ? N'étais-je pas en train de songer à rejoindre Cottie à la campagne ? J'avais encore sa lettre en main.

Edith désigna la porte d'entrée d'un geste.

« Qu'y a-t-il ? »

Elle répéta son geste. « La porte, m'dème. »

Il y avait un homme juste derrière la porte. Un homme de petite taille, jeune, dans un vieux costume décoloré à la hauteur des coudes, usé jusqu'à la corde. Son col était tout aussi défraîchi. Il tripotait son chapeau. Le faisait tourner dans sa main. Tourne, tourne, tourne. Je ne le connaissais pas.

« Puis-je faire quelque chose pour vous ?

— Madame Mallory ? Madame George Mallory ?

— Oui.

— Je suis Vincent Hamilton. Du *Times* ? » Il s'agissait d'une question, comme s'il n'était pas sûr de s'appeler ainsi ; ou peut-être espérait-il que je le reconnaisse.

Le rêve flotta à nouveau dans ma tête, et je le chassai d'un hochement de tête. Il veut seulement un renseignement, me dis-je, quelque détail concernant George. Quelque chose d'insignifiant dont il fera un article – ce que George a l'habitude de manger avant une journée d'escalade. Était-ce son chapeau porte-bonheur qu'il tripotait ? Je n'avais rien à lui dire.

« Je suis désolée, monsieur Hamilton », dis-je, surprise du calme dont je faisais preuve, tout en le contournant pour lui ouvrir la porte et le faire sortir. Il sentait le vieux tabac. «Je suis désolée que vous ayez fait tout ce chemin, et Edith aurait dû vous dire que je ne parle pas aux journalistes. Vous avez perdu votre temps, j'en ai peur.»

Il cessa de retourner son chapeau, regarda ses chaussures. Il y avait un début de calvitie sur son crâne, regrettable pour quelqu'un de si jeune. Lorsqu'il releva la tête, ses traits étaient blêmes, et il recula vers la porte.

«Oh. Euh… je vois.»

Il cherchait la poignée, s'apprêtant à partir, mais je voyais bien qu'il y avait quelque chose. Je plaçai une main sur la porte et me rapprochai de lui. Sous l'odeur du tabac, il y avait celle du café. De l'alcool, peut-être. Et quelque chose d'autre. La peur et la sueur. Lui ou moi? Il continuait à bafouiller.

«Vous n'êtes pas, euh, n'êtes pas au courant. Je suis désolé. C'est pourtant ce qu'on m'avait dit. Au journal. Que le comité vous avait avertie. Je ne voulais pas venir, de toute manière. Jamais nous ne… Je ne serais pas venu… Mais ce sera dans les journaux demain. Ils ont dit qu'on pouvait le publier. Et on m'a seulement envoyé ici pour vous poser des questions. Mais vous étiez censée le savoir. On voulait seulement… Je veux dire, le journal voulait seulement savoir si vous aviez quelque chose à dire.» Ses paroles n'avaient pas de sens.

«À quel sujet?» Ma voix semblait venir de loin, d'aussi loin que j'aurais voulu être. Là où George se trouvait.

«Au sujet de votre mari? Au sujet de monsieur Mallory?

— Je vous l'ai déjà dit, je n'ai rien à vous dire.

— Mais il est mort.» Le mot explosa de sa bouche.

Et tout s'arrêta. Le temps d'une seconde. Le monde fut réduit à un minuscule point de lumière – un vent froid dans ma tête, comme un raclement qui balaie tout. Mes poumons se contractèrent douloureusement, étouffés par mes côtes. J'étais incapable de respirer. Il y eut un sifflement étrange. Irrégulier. C'était moi.

Deux mois plus tard, je regarde la porte, les rayons de soleil pénétrant à travers les vitres colorées, et le même sentiment m'envahit.

Me voyant paniquer, il se calma. « Nous avons reçu ça aujourd'hui. Cet après-midi. » Il me tendit un bout de papier. Un télégramme. Le papier pelure bruissant dans ma main. Des mots dactylographiés en lettres noires. MALLORY IRVINE NOVE LES AUTRES ALCEDO. Au-dessus, quelque chose d'ajouté au crayon. Le mot *morts*.

Morts.

« Ils sont morts, m'dame. George Mallory et Andrew Irvine. Le connaissiez-vous aussi, m'dame ? Je suis désolé. Ils faisaient une tentative. Je suis désolé. »

Il n'arrêtait pas de dire qu'il était désolé. Comme si c'était sa faute. Comme si ça pouvait aider.

Puis, une question : me sentais-je bien ? Pouvait-il appeler quelqu'un pour m'aider ? Ensuite, il se rappela le but de sa visite. Avais-je quelque chose à dire ? Aux journaux ? À la population ?

L'horloge sonne. Je compte les coups. Dix. Onze.

Déjà onze heures. Le colonel Norton et M. Odell vont bientôt arriver. Dans le salon, j'ai fait installer une petite table pour trois personnes, près de la fenêtre. Edith a mis la belle nappe de dentelle que George m'a envoyée de Belgique pendant la guerre. L'argenterie est si bien polie que les rayons de lumière la font miroiter. Edith a fait cuire quelque chose. Elle a préparé des sandwichs sur du pain frais. Tout ce que nous avons les moyens d'offrir. J'ai fait sortir une bouteille de vin. Il y a des glaçons, au cas où ils auraient envie de quelque chose de plus fort que du thé. Du whisky. Ils en auront peut-être besoin. Ou moi.

En haut dans ma chambre, je me regarde dans le miroir. J'essaie d'avoir l'air composé. Calme. Je ne veux pas qu'ils pensent avoir affaire à une femme au bord de la crise de nerfs, bien que j'aie cette impression. Comme si j'étais sur le point de voler en éclats. Je me pince les joues, je rejette mes cheveux en arrière. Mon visage paraît blême autour de mon col noir. Puis, je m'assois sur le bord du lit et j'attends que la sonnette retentisse.

Je devrai bientôt vider cette chambre. Envoyer les vêtements, les photos chez mon père et leur trouver une place. Il a offert d'acheter de nouveaux meubles, et j'ai accepté, pour les enfants. Moi, je veux garder ce lit.

C'est une éventualité que nous avions évoquée. George et moi. Ici, dans cette chambre.

Le temps des disputes était terminé. Il faisait ses bagages, mais je refusais de l'aider, disant en plaisantant à moitié que je ne voulais pas faciliter son départ.

«Qu'est-ce qui va se passer si…» Je n'arrivais pas à le dire. Je lui volai une paire de chaussettes en laine et la cachai sous mon oreiller.

«Si quoi?

— S'il se passe quelque chose? Si tu ne reviens pas?»

Je ne l'avais encore jamais dit. Tout au long de la guerre, lors de ses premiers voyages vers l'Everest, nous n'en avions jamais parlé. Je ne voulais même pas y penser. Qu'est-ce qui m'a poussé à le dire cette fois-là? Est-ce parce que je l'ai dit, que c'est arrivé?

«George?» Alors il s'arrêta pour me regarder. Je ne voulais pas pleurer. «Je suis sérieuse. Je veux savoir. Et si tu ne reviens pas? Comment je vais faire pour continuer?

— Tu prendras soin des enfants. Tu seras triste. Puis, un peu moins. Tu pourrais même te remarier. Tu continueras malgré tout. Mais ne t'inquiète pas, petite souris. Tout ira bien.

— Tu crois?

— Oui.»

C'est un sentiment qui monte en moi. Pas le chagrin; le chagrin est toujours là. Comme je l'ai expliqué à Geoffrey, *je me sens paralysée, tout à fait incapable d'en prendre conscience, il n'y a que la douleur. Cela vient d'arriver, et il faut que je le surmonte.* Non, la douleur ne me fait pas peur.

Je veux parler du reste. Je ne me rappelle pas la dernière fois que je lui ai dit que je l'aimais. J'aurais dû le lui dire sur la passerelle. J'ai dû le faire. Je n'aurais pas manqué de le faire. Mais l'avais-je fait ?

J'essaie de l'appeler, à présent.

« George ? »

Mais il n'y a aucune réponse.

Deux mois plus tard, j'en suis encore à rassembler les éléments de l'histoire. À relire les lettres et les télégrammes. Les panégyriques dans les journaux. Exactement comme je l'avais craint.

À 19 h 45, une demi-heure après le départ du reporter du *Times,* le télégramme de Hinks arriva. Edith était assise avec moi dans le salon et elle sursauta quand la sonnette retentit de nouveau. Nous étions silencieuses depuis si longtemps. Elle avait fait du thé, s'était assise avec moi, étouffait ses propres sanglots. « Voulez-vous que j'aille chercher les enfants ? avait-elle demandé.

— Non. Laissons-leur une nuit de sérénité de plus. Je le leur dirai demain matin. »

Elle me jeta un coup d'œil furtif et s'en fut répondre à la porte. Je ne pouvais pas pleurer. Je ne pleurerais pas. Si je pleurais, ce serait encore plus réel. De fait, quand la sonnette retentit, je me dis : *Enfin, ils vont nous dire que tout cela n'était qu'une erreur.*

Edith m'apporta l'autre télégramme.

MME MALLORY HERSCHEL HOUSE CAMBRIDGE

COMITÉ EXPRIME PROFOND REGRET REÇU MAUVAISES NOUVELLES EXPÉDITION EVEREST AUJOURD'HUI TÉLÉ-GRAMME DE NORTON NOUS INFORMANT VOTRE MARI ET

IRVINE MORTS DERNIÈRE ASCENSION LES AUTRES SAINS ET
SAUFS PRÉSIDENT ET COMITÉ OFFRENT SINCÈRES CONDO-
LÉANCES À VOUS ET VOTRE FAMILLE AI TÉLÉGRAPHIÉ AU
PÈRE DE GEORGE

HINKS

J'annonçai la nouvelle aux enfants le lendemain matin. Vi les fit venir dans notre chambre. Dans ma chambre.

«Venez vous asseoir», dis-je. En donnant de petites tapes sur les draps, près de moi. John monta aussitôt, suivi de Berry. Clare vint lentement, perchée sur le rebord. «Approche-toi, Clare. S'il te plaît?» Elle ramena les pieds sous ses fesses et s'assit en tailleur au pied du lit. Je savais à peine quoi dire. «Il y a des mauvaises nouvelles, j'en ai peur.»

Tous trois demeurèrent silencieux. Immobiles, ce qu'ils ne sont jamais. Clare plissa le front. «Qu'est-ce qu'il y a, maman?

— Asseyez-vous près de moi.» Je fis monter John sur mes cuisses, Berry à côté de moi, et Clare céda, rampa jusqu'à moi, se blottit contre moi. Ils m'encerclaient, me soutenaient.

Quels étaient les bons mots? *Un accident? Mort* – comme dans le télégramme? *Disparu?* Que voulaient-ils dire?

«Vous savez, commençai-je, que votre père fait un métier très dangereux.

— Monter sur la montagne?

— Oui, la montagne.

— Mais papa est fort et courageux, dit Clare. C'est toi qui l'as dit.»

John suçait son pouce; il quitta sa sœur des yeux et les posa sur moi.

«Oui.

— Bon.» Clare voulut redescendre.

«Pas tout de suite, mon ange.» Je la ramenai vers moi. Elle se raidit, comme un poids mort. Elle ne résista pas, mais ne m'aida pas non plus.

«Il est arrivé quelque chose», dis-je. Mais j'avais l'impression que c'était un mensonge. Qu'était-il arrivé? Un inconnu avait sonné à ma porte et m'avait dit des choses. Un télégramme était arrivé. Pourquoi devais-je y croire? Ce n'étaient que des mots sur un bout de papier. D'un jour à l'autre, rien n'avait changé, seulement le fait de savoir. Le vide que je ressentais dans mon ventre me disait que rien n'était plus pareil. La douleur constante dans mes os.

Et rien que pendant une fraction de seconde, je sentis la colère s'embraser dans mon ventre, comme un choc électrique. La colère d'avoir à faire cela. De devoir annoncer cela à mes enfants.

Clare haletait à mes côtés, montrait des signes d'impatience, voulait se boucher les oreilles.

«Papa a eu un… un accident.

— Il a mal? demanda Berry? Qui va becquer bobo?

— Non, il n'a pas mal. Plus maintenant.» C'était au moins cela. «Mais il ne reviendra pas à la maison.

— Allons-nous le visiter à l'hôpital?»

Je ne veux pas dire le mot. «Non, mon amour. Il est… perdu.»

Clare me darda un regard perçant. «Tu as dit qu'il reviendrait sain et sauf. Tu l'avais promis.» Elle se mit à pleurer.

Berry se pencha vers elle. «Ça va aller. On peut peut-être le retrouver.»

Edith fait entrer les deux hommes. Je ne les ai pas vus depuis près de sept mois. Les deux sont amaigris et ont les traits tirés. Leurs joues sont tendues sur leurs pommettes et sur leurs mâchoires serrées. Le colonel fait la moue, Odell pince les lèvres.

«Colonel Norton. Monsieur Odell. C'est si gentil à vous d'être venus.» Je me lève, et ils traversent la pièce pour venir à ma rencontre.

«Je vous en prie, Ruth. Appelez-moi Teddy.» Il se penche pour m'embrasser sur la joue, ses mains légères sur mes épaules. Il fait un pas en arrière, et Odell s'avance pour l'imiter.

La semaine dernière, j'ai écrit à Geoffrey: *Nous nous partageons George, la douleur et la joie. Il ne m'a jamais appartenu; je n'ai jamais voulu qu'il m'appartienne. Nous avions tous une partie de lui. La mienne était plus tendre et plus proche que celle de quiconque, mais c'était seulement ma partie.* Et maintenant, ces hommes peuvent aussi revendiquer une partie de toi. Ce sont les derniers à t'avoir vu vivant. À l'exception du jeune homme. Ses parents sont en deuil, bien sûr, et je leur ai offert mes condoléances. Odell et Norton leur rendront également visite, si ce n'est déjà fait. Peut-être avait-il une petite amie, qui le pleure en ce moment. Quelqu'un qui croyait pouvoir l'épouser.

«Il y a du thé.» Je leur montre la table. Tout est à sa place. «Mais peut-être préféreriez-vous quelque chose de plus fort? Je sais qu'il est tôt, mais dans des circonstances semblables, je me dis qu'il vaut mieux ne pas faire de manières. Vous ne pensez pas? Mon père dit qu'il faut du whisky – du whiskey irlandais quand on est triste, du scotch quand on est heureux.»

Ils acquiescent d'un hochement de tête, cloués sur place. Je leur montre les fauteuils et me dirige vers le chariot à boissons. Trois verres. Quand je me retourne, ils sont encore debout. Je m'assois pour qu'ils le fassent aussi.

«J'espère que le voyage n'a pas été trop pénible?» Ma bouche se rappelle encore quoi dire, comment être polie. Les convenances ont un but, ces dialogues qu'on suit à la lettre, ces rôles qu'on se donne. Je leur tends deux verres de whiskey bien tassés.

«Non, ça s'est bien passé. Très bien.»

Norton se met à me dire combien il est désolé, et je regarde ses lèvres bouger. Les condoléances ont afflué de toutes parts. Comme un torrent. Tous ces gens qui l'aimaient. Les étrangers qui suivaient chacune de ses péripéties. Les grands titres des journaux se sont succédé. Tout récemment, quelqu'un a mis la main sur le télégramme que le roi m'a fait parvenir – ainsi qu'aux Irvine, je suppose : *Ils seront à jamais considérés comme de grands alpinistes, prêts à risquer leur vie pour leurs compagnons et ne reculant devant aucun danger pour le bien de la science et de la connaissance.* On les compare à des conquérants et à des guerriers, on les dit *plein de compassion, d'esprit fraternel, des gens au cœur pur.* C'est sans doute vrai, mais pas à cause de l'Everest. Hinks fera dire une messe en leur mémoire à la cathédrale St. Paul. L'évêque se chargera de l'allocution. Le premier ministre sera présent.

Mais moi, je ne fais que penser à cette promenade avec lui dans les collines d'Asolo, un jour après qu'il eut glissé ce message sous ma porte, à Venise. Avant que tout cela ne soit même envisagé. Nous avions apporté une bouteille de vin, et d'où nous étions assis, nous avions vue sur la villa de Browning, sur les jardins en terrasses, les vignobles et la ville étalés à nos pieds. Toutes ces maisons accrochées aux collines de manière précaire. Quand la montée est devenue plus abrupte, j'ai pris ta main, je l'ai serrée dans la mienne.

« Vous devez avoir des questions. » Norton me ramène à la réalité. « Nous aimerions pouvoir vous dire ce que nous savons. »

J'ai envie de leur demander s'ils croient que ça en valait la peine. S'ils vont y retourner. « Dites-moi simplement ce qui s'est passé.

— Malheureusement, on ne le sait pas vraiment.

— Vous avez sans doute une vague idée ?

— Il est probable… » Odell prend la relève. Jusqu'ici, il a laissé parler Norton, lequel emploie toujours ce même ton calme et mesuré que je lui connais. Odell semble cependant plus nerveux que lors de nos rencontres passées. Son front transpire un peu, il l'essuie, ses phrases se précipitent comme s'il les avait répétées au préalable, comme s'il craignait de dire ce qu'il pensait, au lieu de ce qu'il pensait dire. « Il est probable que la nuit les a surpris. Sans doute en redescendant. Il est impensable qu'ils aient pu survivre en passant la nuit dehors.»

Ils se sont mis d'accord, ont choisi cette histoire, cette version des événements. Il ne sera pas question d'accidents ou de chutes. Ni de sang. *Chère madame Mallory, votre mari est mort très vite et n'a pas souffert du tout.*

«Personne ne les a vus? Avez-vous cherché? Je suis désolée, je ne veux pas accuser…

— Non. Bien entendu. J'y suis allé, fit Odell avec un hochement de tête. Je suis allé à leur recherche, madame Mallory.»

Le nom m'écorche. «Ruth, dis-je.

— Ruth. J'y suis allé. J'étais là pour les soutenir dans leur tentative. Je les ai vus partir le jour d'avant. J'étais à un campement en dessous. Je devais les suivre, monter au dernier campement pour m'assurer qu'il y avait des vivres, de l'eau, du combustible. Je les y aurais attendus, mais il n'y a qu'une tente là-haut. On n'y reste pas longtemps. Un endroit désolé.

— Typique de l'Everest», l'interrompit Norton. Il ne veut pas que je me l'imagine, mais c'est trop tard. Je vois une tente fouettée par le vent, les bourrasques de neige, je sens l'air glacial.

Combien de fois ont-ils raconté cette histoire? Elle aura été relayée au bas de la montagne, à travers les vallées et sur l'océan pour parvenir jusqu'ici. Ils l'auront répétée et répétée, espérant trouver un meilleur dénouement. Mais il n'y en a aucun.

«Bien sûr, c'était une journée parfaite pour eux», poursuit Odell. Il prend son verre, le tient dans sa main, mais ne boit pas. «Une journée parfaite. J'étais seul sur la montagne, je me sentais bien. Aussi bien qu'on peut se sentir là-haut, je veux dire.» Norton s'éclaircit la gorge. Un avertissement. Il a demandé à Odell de surveiller ses paroles. Pas d'allusions troublantes. «Le sommet de la montagne était nuageux, puis le temps s'est dégagé. Les nuages ont reculé pendant un instant, et j'ai pu voir toute la crête. En début d'après-midi. Une heure moins dix.»

Ses souvenirs sont précis. Comme pour leur donner du poids, la pendule retentit sur la cheminée. Onze heures trente pile.

«Je venais de trouver le premier fossile jamais découvert sur l'Everest. J'ai tout pris en note y compris l'heure. J'étais survolté. Puis, je me suis tourné vers la cime. Et je les ai vus. Une minuscule tache noire sur l'excroissance rocheuse. À ce moment-là, j'étais convaincu qu'il s'agissait de la deuxième marche.» Il jette un coup d'œil vers Norton, qui ne le regarde pas. Il fixe quelque chose derrière moi. «Mais c'était peut-être la première», poursuit Odell. J'ai envie de lui dire que c'est sans importance. «La tache a monté, et une autre l'a suivie. J'ai crié. Je savais qu'ils ne pouvaient pas m'entendre. Mais ils avançaient bien. Et comme je le disais, j'étais survolté. Ils progressaient si bien. C'était bien eux. Votre mari. Et Sandy.» Sa voix flanche un peu au nom du garçon, et il détourne le regard vers la fenêtre, les yeux humides. Tandis qu'il cligne des yeux pour refouler ses larmes, je me rappelle ce que George m'avait dit, qu'Odell avait déjà voyagé avec ce jeune homme. L'avait recommandé au comité. «Ils allaient réussir. Ils auraient besoin de se dépêcher pour regagner le campement avant la nuit, mais ils semblaient en pleine forme. En pleine forme.»

Il s'arrête un moment et prend une gorgée. Sa main tremble un peu. «Et puis, les nuages sont revenus. Je ne les ai plus revus. Quand je suis entré dans leur tente, c'était un véritable fouillis. Rien d'étonnant. Puis, une note de George disant qu'ils avaient perdu le réchaud dans leur hâte, qu'il était tombé dans un précipice, alors ils redescendraient jusqu'au camp V ce soir-là. Peut-être même jusqu'au camp IV. Je devais être prêt à redescendre quand ils arriveraient.

— Cette note est-elle avec vous?» Je veux qu'il me la donne. La dernière chose qu'il a écrite. Ses derniers mots.

«Je suis désolé», dit Norton tandis qu'Odell se tourne vers lui. Elle a été remise au comité pour fins d'archives.

« — Non. Bien sûr. C'est dans l'ordre des choses, n'est-ce pas ? » J'ai l'impression que George m'échappe. Devient quelque chose que les autres peuvent revendiquer. Ne m'appartient plus autant qu'avant. « Je vous en prie, continuez.

— Je leur ai laissé ce qui se trouvait dans mon sac. Un peu de pemmican. Quelques morceaux de chocolat. Je n'avais pas cru bon apporter un réchaud. J'ai enveloppé ma gourde dans leurs sacs de couchage, espérant qu'elle ne gèlerait pas avant qu'ils reviennent. George avait laissé sa boussole au camp V. Je la lui ai apportée. J'ai pris soin de la placer pour qu'il la voie. Puis, j'ai refermé la tente. »

Odell me dit qu'il est resté éveillé pendant une bonne partie de la nuit, tendant l'oreille, rampant hors de sa tente pour scruter les pentes noires, dans l'espoir de voir une lueur, quelque chose. Il n'y avait aucune trace d'eux. Aucun indice portant à croire que des êtres vivants se trouvaient là-haut.

« Nous les guettions aussi, dit Norton. D'où nous étions, en bas. Essayant de deviner ce qui se tramait en haut.

— Vous les guettiez ? Je croyais que vous étiez atteint de cécité des neiges.

— Bien sûr. Mais Howard Somervell surveillait la situation. Il a été mes yeux pendant quelques jours.

— Je suis sorti de ma tente aux premières lueurs », poursuit Odell. Il fait sa déposition, comme au tribunal. Il est le seul témoin, et je suis le juge. « Le temps était encore meilleur qu'il l'avait été la veille. Dégagé jusqu'au sommet, et pas trop froid. Mais j'étais épuisé. Cela faisait plusieurs jours que je me trouvais à cette altitude. Néanmoins, je restais toujours en mouvement, parce que, sincèrement, je m'attendais à les voir revenir à tout moment. Mais je me suis rendu au camp VI et je n'ai trouvé aucune trace d'eux.

« Et la tente était exactement comme je l'avais laissée. Fermée. Silencieuse. Avant d'arriver, je les ai appelés, mais rien, aucune réponse. Je continuais tout de même d'espérer. Ils étaient peut-être simplement épuisés. Je les réveillerais, je les ferais descendre. Quand j'ai ouvert la tente, j'ai vu la boussole de George là où je l'avais laissée. Personne n'avait touché à rien.

« Je suis sorti, puis je suis monté par le chemin qu'ils auraient normalement suivi. Je les ai appelés. J'ai regardé un peu partout, cherchant quelque indice de leur passage. Mais il n'y avait rien. J'ai appelé Sandy. Je pensais pouvoir l'entendre si le vent voulait bien s'arrêter. » Sa voix se brise, à présent. Il avale son whiskey d'un trait. « Vous ne pouvez pas imaginer ce que c'est, là-haut. Impossible de faire quoi que ce soit, de se déplacer rapidement. Cela faisait des jours que j'y étais. J'étais épuisé. »

Norton lui jette un bref regard. C'est une réprimande. Le genre de regard que Clare réserve souvent à Berry. Odell inspire profondément et se calme quelque peu. Le vent s'est levé, et les feuilles du grand chêne s'agitent à l'extérieur. Un miroitement de lumière sur les murs. Nous sommes sous l'eau. Tous submergés.

« Je n'ai vu aucune trace d'eux. Pas même des empreintes dans la neige. Rien. » Odell saisit son verre, le dépose à nouveau sans boire. « Je suis vraiment désolé. »

Je le vois debout sur la pierre. L'espoir qui s'effrite à mesure que le froid s'installe. Comment il a dû se sentir quand il a compris qu'ils ne reviendraient pas, aussi longtemps dût-il attendre. Je me demande s'il s'est rendu compte qu'à ce moment-là, il n'y avait aucun être vivant plus haut que lui sur la Terre.

« J'ai regagné la tente pour ramasser leurs effets personnels. Pour transmettre le message à ceux qui étaient en bas.

— Il y avait un code, m'explique Norton. Pour qu'on sache ce qui est arrivé. Pour qu'on sache ce qu'on avait à faire. Si nous devions envoyer quelqu'un là-haut. »

Évidemment, ils avaient dressé un plan en prévision d'une telle éventualité. En prévision de la catastrophe. George avait sûrement participé à son élaboration. Tout le monde avait été mis au courant.

Ils n'ont encore rien pris de ce qui se trouve sur la table. «Vous devriez manger un petit quelque chose, dis-je. Edith s'est vraiment mise en quatre. Elle a tout préparé elle-même. George adore ces scones. Je vous en prie.»

Ils restent tous deux immobiles. Norton secoue légèrement la tête. «Je n'aurais pas dû le laisser partir. Je suis désolé. Je l'ai dit à Somes. J'ai même songé à les rappeler au campement. Mais George semblait avoir besoin de ça. Tout de même, j'aurais pu l'en empêcher. Je lui ai bien demandé de ne pas y aller, mais j'aurais dû le lui ordonner.

— Il y a une caisse qui doit arriver de la gare, me dit Odell. Les affaires de George. J'ai tout emballé sans regarder ce que c'était. Mais il y a ces deux petites choses.» Il me tend la boussole que George avait oubliée, ainsi qu'une enveloppe. «Quand j'ai sorti les sacs de couchage, je l'ai trouvée en dessous. Il y avait votre nom dessus. J'ai voulu m'assurer que vous la receviez.

— Merci.» Je prends l'enveloppe. Je ne leur demande pas s'ils croient qu'il est parvenu au sommet.

Toute la journée, j'ai gardé l'enveloppe sur moi. Le poids de la boussole dans ma poche me console un peu. J'ai peur de ce qui pourrait se trouver dans l'enveloppe. De ce que le contenu pourrait dire. Et ne pas dire.

Cette journée s'est lentement écoulée, comme toutes celles qui ont passé depuis que tu es parti. Consacrée à un travail sans fin, celui de passer à autre chose. Après le thé, il y a eu d'autres boîtes à faire, d'autres lettres à écrire, les enfants à nourrir. J'attends encore. Je ne peux pas m'empêcher de croire, quelque part au fond de moi, que tu es sur le point de rentrer. Alors, j'attends.

Il y a tant de choses qui n'ont pas été dites entre toi et moi. Je m'assois à ton bureau et j'en fais la liste. Les choses que j'aurais dû dire. Toutes les choses que je gardais en tête en attendant de pouvoir les partager avec toi. La maison se prépare à dormir, pratiquement silencieuse. Presque tout est à sa place, prêt à être emporté. Dans deux jours, nous partirons chez mon père. Nous vivrons à Westbrook, du moins pour un certain temps. J'apprendrai à John à nager dans l'étang qui s'y trouve, à faire de la bicyclette, tout comme nous l'avons fait, mes sœurs et moi. Will a promis de me rendre visite aussi souvent qu'il le pourrait.

Je laisse traîner la feuille de papier sur le bureau. J'éteins tout, et au moment où je referme la porte, elle semble luire dans l'obscurité.

Au grenier, les enfants dorment d'un profond sommeil. Quand j'habiterai chez mon père, Clare aura sa propre chambre. Berry et John partageront la même pendant quelque temps encore. La salle à manger de mon père s'ouvre sur une véranda d'où je pourrai voir *Holt House*. Je la leur montrerai. « C'est là que nous habitions, à l'époque.

— Avec papa », diront-ils.

Ils semblent bien se porter. John a commencé à boiter, mais les médecins pensent que c'est psychosomatique. « Une manifestation physique de sa douleur », disent-ils. Je ne devrais pas m'en préoccuper, selon eux. Mais comment pourrais-je ne pas y faire attention, quand ce mal me rappelle chaque jour ce qu'il a perdu ? Ce que j'ai perdu.

Je me penche et je les embrasse tour à tour. Il n'y que Clare qui remue. Elle se retourne et se rendort. Puis, je redescends jusqu'à notre chambre.

Les draps sont froids, et je replie les pieds sous ma robe de nuit. Je dépose la boussole sur ton oreiller, je tiens l'enveloppe tout près de mon visage.

L'odeur du papier. Rien d'autre. Je l'ouvre et j'en retire une feuille jaunie, déchirée d'un côté, des mots et des lettres qui manquent. La dernière page. La fin de l'histoire.

Les mots que tu as écrits d'une main tremblante dans la marge s'embrouillent à travers mes larmes. La dernière chose que tu auras jamais écrite. Cette partie-là ne s'adresse qu'à moi. Je ne la partagerai avec personne d'autre.

Tandis que l'horloge sonne au bas de l'escalier, je me blottis sur le côté avec cette dernière page, et la blancheur de l'oreiller, le drap un vaste champ de neige, se déploient sous mes yeux.

NOTE DE L'AUTEURE

*P*ar-dessus tout* est une œuvre de fiction inspirée de faits historiques. Quand j'ai découvert l'histoire des premières expéditions sur l'Everest, je n'étais même pas au courant des faits : je connaissais seulement le mythe.

La première fois que j'ai entendu parler de George Mallory, je travaillais dans un magasin de plein air, où je vendais de l'équipement de camping et d'alpinisme. Le magasin était équipé d'une télévision où l'on passait des vidéos d'équipement, des films d'escalade et des documentaires d'aventuriers. Mon documentaire préféré montrait des images en noir et blanc des premières tentatives visant à conquérir l'Everest. C'est ainsi que j'ai fait connaissance avec George Mallory : coiffé d'un casque colonial, traversant l'Himalaya en chaussettes longues. Cette image accrocheuse et l'histoire de sa disparition m'ont aussitôt fascinée.

Le mythe entourant Mallory est certainement très prestigieux. Il fut l'un des derniers « gentlemen explorateurs » anglais : un athlète, un érudit, un écrivain lié au Bloomsbury Group, réunissant plusieurs artistes et intellectuels britanniques. Il était extrêmement séduisant : « un mètre quatre-vingts, un corps d'athlète digne de Praxitèle, et un visage, oh ! incroyable : le mystère de Botticelli, le raffinement et la délicatesse d'une estampe chinoise, la jeunesse et le piquant d'un improbable garçon anglais », comme le décrivait Lytton Strachey. Personnage romantique, surnommé Galaad par ses amis, il fut à l'origine de ce qui est sans doute l'une des citations les plus énigmatiques du siècle dernier. Quand on lui demanda pourquoi il voulait escalader l'Everest, il répondit : *Because it's there* («Parce qu'il est là»).

Mais les mythes ne sont jamais qu'un début, aussi, avant même de savoir que je passerais des années à écrire sur Mallory, j'ai commencé à lire tout ce que je pouvais trouver à propos de l'Everest en général, et de Mallory et des expéditions britanniques des années 1920 en particulier. J'étais stupéfiée par l'incroyable ambition de ces premières tentatives : par le degré d'optimisme et d'entêtement qui les a rendues possibles, et par ceux qui ont volontairement enduré les désagréments et les souffrances infligés par les températures glaciales et les nombreux dangers qu'on associe aux altitudes extrêmes – sans autre forme de protection que leurs costumes de tweed Burberry.

Mais très tôt, je me suis également demandé ce que cela supposerait d'être mariée à un homme comme George Mallory. Comment supporter le fait d'être laissée seule pendant des mois d'affilée, avec, pour unique consolation, des lettres livrées par paquebot avec plusieurs semaines de retard ? Comment remplir ces longues journées d'attente ? Et comment faire face à la possibilité que votre mari pourrait ne plus jamais revenir ?

Bientôt, je me suis trouvée à écrire un roman.

Grâce à une subvention du Conseil des arts du Canada, je me suis rendue en Angleterre et j'ai pu visiter la Royal Geographic Society, le Club alpin et la bibliothèque Samuel-Pepys au Magdalene College, à Cambridge. Cambridge, où Mallory passa ses années les plus formatrices, a été ma première destination : c'est là qu'il fréquenta l'université et en escalada les tours, c'est là qu'il vécut ses premières amours, et qu'il laissa, en fin de compte, sa femme et ses enfants pour se joindre à sa troisième expédition sur l'Everest. C'est au Magdalene College que j'ai eu la chance de lire les lettres que Mallory et sa femme, Ruth, se sont échangées tout au long de leur relation – depuis le premier poème d'amour de George, jusqu'à sa dernière lettre envoyée de l'Everest.

Avec ses volumes poussiéreux et ses grands traits de lumière filtrant à travers les fenêtres à carreaux, la bibliothèque du Magdalene College ressemblait à un décor de film pour une vieille bibliothèque universitaire anglaise ; et le docteur Luckett, conservateur de la bibliothèque Samuel-Pepys, avec sa canne et sa crinière grise, paraissait tout droit sorti d'une agence de casting.

Après m'avoir interrogée sur mon livre et sur ce que je croyais qu'il pouvait être arrivé à Mallory, le docteur Luckett m'expliqua que la bibliothèque Samuel-Pepys était dépositaire de tous les documents personnels de Mallory. Il s'excusa pour les quelques documents qui ne faisaient pas partie du fonds, puis il soupira et dit : « Je suppose que vous aimeriez voir les lettres ? »

« Bien sûr », répondis-je sans hésiter, même si je ne savais pas exactement à quelles lettres il faisait allusion.

Le docteur Luckett ouvrit le grand livre à reliure de cuir qu'il tenait entre ses mains et en sortit une enveloppe de plastique, qu'il me tendit. « Allez-y. »

Je retirai les minces feuilles de l'enveloppe. Elles étaient pliées, leurs bords salis et usés. Je consultai la première. Je connaissais cette lettre : je l'avais vue reproduite dans des biographies de Mallory. C'étaient les documents qu'on avait retrouvés sur lui quand son corps fut découvert en 1999 : des lettres, des reçus, des listes de bouteilles d'oxygène. Ma gorge se noua. Cela faisait déjà plus d'un an que je côtoyais mentalement George et Ruth. Avec mes amis, je disais souvent à la blague que si on pouvait être amoureuse d'un homme décédé plus de quatre-vingts ans auparavant, j'étais sûrement amoureuse de lui ; et je me trouvais devant les documents qu'il portait sur lui le jour de sa mort. Je retins mes larmes. Ce scénario devait se répéter encore et encore dans ma quête d'informations sur la véritable existence de George et Ruth – la surprise de tomber sur un document ou un objet particulier, et auquel je ne m'attendais pas. Le docteur Luckett finit par reprendre ses papiers et me laissa à mes recherches.

Il y a quelque chose de troublant à se plonger dans la correspondance intime d'un couple. Elles étaient toutes là, des centaines de lettres entassées dans quatre ou cinq boîtes – George professant son amour pour Ruth, et Ruth confiant à George (dans un anglais souvent truffé de fautes) ses inquiétudes quant à son rôle de mère, et le sentiment de s'être «très mal comportée» avant l'ultime départ de George. Et toujours, toujours, cet amour cadencé qui fleurissait et se tarissait, mais qui n'a jamais cessé d'exister. «Je t'aime, écrivit-elle à George durant la Première Guerre mondiale, et tu m'aimes, et ce devrait être un bonheur suffisant pour toute une vie, mais je veux tout de même que nous soyons ensemble, à toute heure, et que nous partagions nos réflexions, nos joies, nos peines, et ça ne se fait pas aussi bien en étant séparés qu'en étant ensemble.»

Comme j'examinais ces documents et ces lettres, ces photographies et ces babioles, George et Ruth commencèrent à prendre vie dans ma tête. Complètement séparés des sources historiques, de ce qu'ils peuvent avoir été pendant leur existence. Il est pour le moins paradoxal que ce soient leurs propres mots qui m'aient permis de faire la transition au roman. George n'était plus simplement le héros tragique, et Ruth son épouse dévouée et délaissée, chacun dans le rôle qu'on leur a longtemps attribués. Pouvoir les découvrir tels qu'ils étaient, les voir s'exprimer dans leurs propres mots et dans les moments les plus intimes, m'a donné la confiance nécessaire pour les présenter tels qu'ils devaient être dans leur incarnation romanesque.

* * *

Par-dessus tout est un œuvre de fiction, et lorsqu'on choisit d'écrire un roman qui met en scène des personnages historiques, on doit établir ses propres règles. Il faut décider du degré de fidélité qu'on souhaite adopter au regard des sources historiques, et faire les choix difficiles qui s'imposent : quoi garder, quoi retrancher ; quelles transformations, quelles coupures et quels développements apporter pour les besoins du récit. À ce titre, des personnages ont été fusionnés, la géographie quelque peu transformée et la chronologie modifiée et condensée pour une meilleure compréhension et un meilleur effet.

Quelques-uns de ces écarts méritent une attention particulière, et j'aimerais ici les souligner.

Le frère de Mallory, Trafford Leigh-Mallory, était chef d'escadron dans la R.A.F. Il a survécu à la Première Guerre mondiale et est mort dans un écrasement d'avion dans les Alpes françaises en 1944. Je crois que l'ombre de la guerre pesait lourdement sur les membres des premières expéditions, galvanisant leurs efforts dans la conquête de l'Everest. La mort d'un frère de sang, en plus de celle de nombreux frères d'armes, me semblait donc un ressort dramatique efficace pour mieux articuler le profond sentiment de deuil et de culpabilité que George et les hommes de sa génération ont pu ressentir du simple fait d'avoir survécu.

Maurice Wilson a vraiment piloté son avion jusqu'à l'Everest et tenté d'en atteindre le sommet en méditant. L'histoire de Wilson telle que racontée par George est conforme à la réalité, sauf que la maladie de Wilson et sa guérison ultérieure se sont produites beaucoup plus tard, en 1932 ; son ascension de l'Everest a eu lieu en 1934.

Bien qu'Alfred Wegener ait avancé sa théorie de la dérive des continents dès 1912, elle ne fut généralement acceptée qu'au moment où la théorie de la tectonique des plaques fit son apparition dans les années 1960. Le mécanisme de la tectonique des plaques est également évoqué de façon anachronique dans les méditations de Ruth lors de sa visite à Round Church à Cambridge.

Quant aux aspects techniques de l'ascension, j'ai reproduit la mentalité générale consistant à assiéger la montagne par vagues – « en haut, tu grimpes ; en bas, tu dors » – et qui prévaut depuis les toutes premières tentatives d'ascension de l'Everest.

Pour de nombreux lecteurs, la grande question sera évidemment la suivante : qu'est-il arrivé à George et à Sandy ? J'ai examiné le peu d'informations factuelles dont nous disposons concernant les tragiques événements de cette journée fatidique, et comme tous ceux qui s'intéressent au mystère de leur disparition, je me suis fait ma propre idée quant à ce qui pourrait s'être produit lors de l'ascension ou de la descente, et si, oui ou non, les deux alpinistes ont atteint le sommet. J'ai voulu m'en tenir le plus possible à ce que nous savons de leur dernière ascension, expliquer ce qui est connu et explorer ce qui ne l'est pas – autant dire un tas de choses.

Le lecteur trouvera peut-être intéressant de savoir que Will Arnold-Forster fut un bon ami de George et Ruth et un soutien constant tout au long de leurs vies respectives ; en fait, c'est à Will que George confiera en premier son amour pour Ruth Turner. En 1937, quelques treize années après la disparition de George, Ruth et Will se marièrent. Elle s'éteignit peu de temps après, en 1942, emportée par le cancer. Will mourut en 1951.

Le corps de George a été découvert le 1er mai 1999 par Conrad Anker et l'Expédition de recherche de Mallory et Irvine. L'histoire a fait les manchettes partout dans le monde et a permis d'obtenir certains éléments de réponse quant à la mystérieuse disparition de George et Sandy, le 8 juin 1924. La position et l'état du cadavre ont révélé qu'un accident s'était produit très haut sur l'Everest, mais sa découverte n'a pas permis d'élucider la grande question, à savoir : George Mallory a-t-il été le premier homme à vaincre l'Everest ?

George transportait bel et bien une photo de Ruth qu'il avait promis de laisser au sommet. Certains croient que, puisqu'elle n'a pas été découverte sur sa dépouille, c'est la preuve qu'il est parvenu à la cime. Toutefois, la photo n'a pas non plus été retrouvée au sommet de l'Everest. Il n'existe aucun consensus chez les experts quant à la probabilité que George et Sandy aient pu atteindre le sommet ; mais certains chercheurs estiment qu'il n'est pas impossible qu'on puisse un jour répondre à cette question – dans l'éventualité où le corps de Sandy serait retrouvé, avec, peut-être, un appareil photo.

Ceux et celles qui voudraient en savoir plus sur le vrai George Mallory seront ravis d'apprendre que bon nombre d'ouvrages historiques lui sont consacrés – trop, en fait, pour que je puisse citer ici tous ceux qui m'ont guidée. J'aimerais mentionner, en particulier, *The Wildest Dream : Mallory, His Life and Conflicting Passions* de Peter et Leni Gillman, *Fearless on Everest* de Julie Summers, *George Mallory* de David Robertson, *The Irvine Diaries* de Herbert Carr, *Lost on Everest* de Peter Firstbrook, *Mallory & Irvine : à la recherche des fantômes de l'Everest* de Conrad Anker et David Roberts, et *Ghosts of Everest* de Jochen Hemmleb, Larry A. Johnston et Eric R. Simonson ; ainsi que de nombreux livres au sujet de l'Everest en tant que tel, dont le célèbre *Tragédie à l'Everest* de Jon Krakauer, *Everest : le rêve accompli* de Stephen Venables, et *Dead Lucky* de Lincoln Hall, dont je me suis inspirée pour décrire les derniers moments de Sandy.

Pour une bibliographie complète et pour de plus amples discussions concernant la relation entre réalité et fiction, visitez mon site Web au www.tanisrideout.com.

REMERCIEMENTS

Je ne peux suffisamment remercier mon éditrice, Anita Chong, pour sa grande clairvoyance, ses conseils, ses indications et son engagement envers ce roman. Sans elle, il ne serait vraiment pas ce qu'il est devenu.

Je remercie également Susan James, ma secrétaire d'édition, qui n'a négligé aucun détail historique ; Ron Eckel et Suzanne Brandreth, de la Cooke Agency International, et Ellen Seligman et le reste de l'équipe de M&S, pour leur soutien indéfectible ; ainsi que Amy Einhorn et Venetia Butterfield.

J'aimerais remercier Simon Racioppa, Jill Barber, Ian Daffern, Stephanie Earp, Britta Gaddes, Sarah Harmer, Sheetal Rawal, Carolyn Smart et Tate Young, qui ont lu des extraits et des premiers brouillons.

Merci à Natalie et Nigel Piper, qui m'ont hébergée et m'ont fait visiter quelques-uns des lieux de prédilection de Mallory, et promenée à travers la campagne anglaise.

Ainsi qu'à mes amis et à ma famille pour leur amour constamment renouvelé et leurs encouragements.

Je tiens à exprimer ma gratitude au personnel de la bibliothèque Samuel-Pepys du Magdalene College de Cambridge, de même qu'à la Royal Geographical Society, au Club alpin, au British Film Institute et à la British Library.

Certaines parties de cette œuvre n'auraient pu voir le jour sans le soutien financier du Conseil des arts du Canada, la Writers' Reserve du Conseil des arts de l'Ontario, et le Conseil des arts de Toronto.

Un premier extrait de ce roman a paru dans le magazine *PRISM international*.

Cet ouvrage composé en Adobe Caslon corps 11,5 a été achevé d'imprimer au Québec
sur les presses de Marquis Imprimeur le quinze avril deux mille quatorze
pour le compte de VLB éditeur.